Stefan Gliwitzki

QUITT!

Roman

OMNINO

Impressum

Bibliografische Informationen der Deutschen Nationalbibliothek
Die Deutsche Nationalbibliothek verzeichnet diese Publikation in der Deutschen Nationalbibliografie; detaillierte bibliografische Daten sind im Internet über http://dnb.d-nb.de abrufbar.

Lektorat/Korrektorat: Ralf Diesel
Grafisches Gesamtkonzept, Titelgestaltung, Satz und Layout: Stefan Berndt

ISBN: 978-3-95894-277-6 (Print)

Der Schrei (Samstag, 30.7.22)

„Sind die denn wahnsinnig?"

Hans Karl Peters Stimme donnerte mit urwüchsiger Kraft durch alle drei Etagen bis ins Dachgeschoss des Hauses, wo das Echo mit alpiner Wucht zu seinem Ursprung zurückgeschleudert wurde. „Dem Verräter schicke ich einen Schlägertrupp nach Hause!", dröhnte die nächste Brüllattacke und nahm denselben Weg durch Raum und Zeit. Dieses Mal allerdings kippte die Tonlage zwei Oktaven höher ins Fistelige, was der Situation eine ungewollte Komik verlieh. Völlig entgeistert starrte der Seniorunternehmer auf die verhasste Lokalzeitung Die Klemme, die wie jeden Samstag auf seinem Frühstückstisch lag. Beide Mundwinkel zuckten clownesk auf und ab, während er mit seinem rechten Zeigefinger auf die Titelzeile einstach: „Neuer hochprozentiger Topseller der Firma Peter kurz vor Markteinführung", stand dort. Seine Gesichtsfarbe hatte innerhalb von Sekunden alle Nuancen von blass bis zum aktuellen Infarktblau durchlaufen wie ein Chamäleon auf Speed. Jahrelang hatte er dieses Geheimnis gehütet wie seinen rechten Lieblingsaugapfel und die Mitarbeiter der Peter GmbH und Co. KG zum Schweigen verpflichtet. Nun wussten alle davon: die Konkurrenz, die Kunden, die Geschäftspartner, einfach jeder. Und noch dazu erfuhren sie es aus der Zeitung – der Super-GAU für jedes Unternehmen. Als wäre das nicht schlimm genug, musste er im weiteren Text die üblichen Halbwahrheiten und Spekulationen des örtlichen Chefreporters Uwe Dittmann über sich ergehen lassen. Wofür bezahlte er eigentlich die Abteilung für Öffentlichkeitsarbeit, die immer von „besten Beziehungen zur Journaille" faselte? Mit denen gab es einen ganzen Hühnerstall zu rupfen, ach was, man sollte sie alle rausschmeißen. Hans Karl Peter war in Aufruhr, der Tag war im Eimer. Die Woche. Der Monat. Die Zukunft. Die Pläne für die große Feier zum fünfzigsten Firmenjubiläum in zwei Monaten drohten wie eine Seifenblase zu zerplatzen.

Seine Frau Gisela hatte in der Küche bei seinem ersten Wutausbruch augenblicklich die Kontrolle über die Bratpfanne verloren, in der sie just die drei Spiegeleier hatte wenden wollen, die ihr Gatte traditionell – mit der Sonne nach unten – für einen standesgemäßen Anfang des Wochenendes beanspruchte. Die abrupte Klappbewegung ihres rechten Unterarmes in Richtung Oberarm hatte für eine rekordverdächtige Aufwärtsbeschleunigung gesorgt, durch die alle drei Eier synchron die Pfannenbodenhaftung verloren hatten. Auf der Schallwelle des ersten Schreis waren sie spontan nach oben geschossen, wo sie aber auf ihrem Weg jäh von der designpreisgekrönten Deckenleuchte der Marke Illuminato dekorativ aufgehalten worden waren. Dort hingen sie nun formlos herum, wobei sich das Eiweiß besser hielt als der sich langsam auflösende, nach unten tropfende Dotter. Zu schnell für einen Stalaktiten. Das alles war so rasend schnell gegangen, dass Gisela Peter den Nachhall der abwärts scheppernden Pfanne und die Furcht vor einem anschwellenden Tinnitus nicht auseinanderhalten konnte. Dieses fiese Fiepen im linken Ohr! Vor den spitzen Schreien ihres zur Hysterie neigenden Ehemannes hatte ihr Hals-Nasen-Ohrenarzt sie schon öfter gewarnt und zu akustischen Selbstschutzmaßnahmen geraten. Mit dreiundsiebzig schreien Männer offenbar häufig in Sopranlage, mögen sie in ihrer Blütezeit auch eher über einen brunftigen Bass verfügt haben. Die Unternehmergattin kam nicht umhin festzustellen, dass mit dieser Veränderung der Tonlage die Männlichkeit ihres Gatten an Souveränität einbüßte. Früher hatte sein Brummbass Geborgenheit ausgelöst. Und heute? Sie verbot sich, darüber weiter nachzudenken. Musste die Haushälterin ausgerechnet samstags frei haben, wenn ihr tyrannischer Mann sie am meisten beanspruchte? Es war doch wirklich nicht einzusehen, dass sie selbst auf der ganzen Arbeit sitzen blieb. Schließlich war sie weder zur Hausfrau geboren, noch sah sie als Unternehmergattin darin ihre Bestimmung. Auch sie hatte schließlich ein Recht auf freie Zeit. Da würde sich einiges ändern müssen.

Hans Karl Peter griff indessen zum Telefon, rief seinen Sohn Jeremias an und schnauzte in den Hörer: „Familientreffen, sofort! Und bring den Friemel mit! In dreißig Minuten hier am Tisch!"

„Soll ich Fiona auch inf...?", fragte der verunsicherte Juniorchef.

„Nein, deine Frau kann bleiben, wo sie ist. Für Krisen taugt sie eh nicht", ranzte ihm sein Vater ins Wort.

Wie befohlen fanden sich Jeremias, alias „Jay Pi", wie man ihn im Unternehmen nannte, und der Geschäftsführer Johannes Friemel, alias „der Fummler", der überall seine Finger drin hatte, im Herrenhaus der Peters ein. Das Haus lag inmitten eines bilderbuchartig angelegten englischen Gartens, dessen preisgekrönter Landschaftsgärtner von Hans Karl Peter gewissenhaft unter den vierundachtzig zur Wahl stehenden Anbietern aus ganz Europa ausgesucht worden war. Er war der teuerste von ihnen, hatte zwölf Bücher veröffentlicht und zählte die Queen – Gott hab sie selig – zu seinen Kundinnen. Wie sein Auftraggeber, hasste auch er Bambus aus tiefstem

Herzen, was eine gute Arbeitsgrundlage bot. Friemel gehörte nicht zur Familie. Als erfahrener Manager war er damit beauftragt, den Junior an die Hand zu nehmen und für die Führung der Firma fit zu machen, bevor der Vater sich irgendwann aus dem Geschäft zurückziehen würde. Wann das sein sollte, blieb für alle Beteiligten im Nebel der Spekulation verborgen, der sich seit acht Jahren im Unternehmen verbreitete.

Als er fünfundsechzig geworden war, hatte Hans Karl Peter angekündigt, in zwei Jahren einen Schritt zurückzutreten und der jüngeren Generation das Ruder zu übergeben. So stand es dann auch in der Zeitung, und die Menschen zogen respektvoll ihren Hut. Diese Entscheidung war eine Befreiung für den Junior, der einfach nicht in die Fußstapfen seines Vaters passen wollte, solange dieser voranschritt. Fortan stolzierte Jeremias Peter mit geradem Rücken durch die Fußgängerzone von Oberklemmbach, sein neues, strahlendes Selbstbewusstsein reichte für die gesamte Kleinstadt. Den Rückzug hatte der Alte damit begonnen, seinem Sohn gleich bei der nächsten Betriebsversammlung das Rednerpult zu überlassen. Der Vater hatte noch vor der ersten Reihe gesessen und auf der Stuhlkante mit unerträglicher Spannung und eingefrorenem Lächeln auf die ersten Worte seines Sohnes in der neuen Rolle als Thronfolger gewartet. Als Jay Pi seinen zweiten Satz begann mit: „Ähm, ich würde gern in Zukunft, also wenn das okay für euch ist, in enger Zusammenarbeit mit dem Betriebsrat …", konnte er ihn nicht einmal selbst beenden. Sein Vater sprang mit überraschender Geschwindigkeit auf, hechtete auf das Pult zu und entriss ihm mit eisernem Griff das Mikrofon. Dies sollten vorerst die letzten Worte des Sohnes an die Belegschaft gewesen sein – und das für nun schon mehr als acht Jahre. Gleich zwei Reizwörter in einem Satz waren einfach zu viel für Hans Karl Peter – „Betriebsrat“ und dieses verbrüdernde „euch“. „Was mein Sohn Ihnen sagen will“, tönte der alte und neue König so laut, dass die Lautsprecher knarzten, „ist ...“. Der Rest – Legende. Dann zog Hans Karl Peter einen Zettel mit Notizen für seine Ansprache aus der Innentasche seines Anzugsakkos – und mit ihm alle rhetorischen Register. Er legte eine fulminante Rede ohne „äh“ und „aber“ hin, ohne „du“ und „ihr“. Als er fertig war, herrschte gespenstische Ruhe. In den Gesichtern der fünfhundertdreißig Mitarbeiter konnte man den Schock ablesen, der sich wie eine Bleiweste auf ihre Schultern gelegt hatte. Der Betriebsrat, der kurzfristig innerlich um einen Meter gewachsen war, schrumpfte wieder auf Normalgröße. Das Thema Bonuszahlung für alle war von der Tagesordnung verschwunden. Vergessen war alles Rückzugsgeläut des Seniorchefs, blass und gebückt verzog Jeremias Peter sich in die zwölfte Reihe, wo seine Abteilung Betriebliches Vorschlagswesen saß, deren stellvertretenden Leiter er vertrat, wenn der mal nicht da war. Er war immer da.

„Keine Fragen?“

Hans Karl Peter erklärte die Versammlung für beendet.

Auf Geheiß seiner Frau Fiona trat Jeremias Peter schon am folgenden Tag einen „lang geplanten“ achtmonatigen Arbeitsurlaub an, um im Ausland moderne Managementtechniken zu studieren. Zu einem Bericht über seine Erkenntnisse kam es nach seiner Rückkehr ins Unternehmen nie. Der ein oder andere meinte, ihn während dieser Zeit in der Dämmerung am Rande der Stadt dann und wann gesehen zu haben, ganz sicher war sich allerdings niemand. War Jay Pi nicht etwas größer als diese gebückte Erscheinung?

Johannes Friemel hatte also eine echte Herausforderung zu meistern. Diesen Sohn eines übermächtigen Vaters zu einem souveränen und respektierten Unternehmensführer zu formen, erschien ihm als eine zum Scheitern verurteilte Mission. Aber sie war zu gut bezahlt, um sie abzulehnen. Und mit erst vierzig Jahren zum Geschäftsführer eines erfolgreichen Familienunternehmens berufen zu werden, schmeichelte Friemels Ego schon sehr. Die Gehaltsverhandlung verlief ungewöhnlich. Als Hans Karl Peter ihm die eigentliche Aufgabe schilderte, die sich hinter der Position ‚Geschäftsführer für Sonderaufgaben' verbarg, runzelte Friemel nur einmal leicht die Stirn. Sein Gehalt wurde in derselben Sekunde verdoppelt, der Dienstwagen – ein Maserati – mit hundert PS mehr ausgestattet und sein Büro bekam eine Minibar. Aufgefallen war Friemel dem Unternehmer als Dozent eines Seminars namens „Wer viel erbt, hat noch nichts geschafft", an dem beide Peters teilnahmen. Der eine sollte etwas lernen, der andere wollte ihm dabei zusehen. Der Vater belegte später noch ein weiteres Seminar bei Friemel, das den Titel „Die Scherben der Erben" trug. Spätestens da war ihm klar, dass nur ein Typ wie Friemel seinen Sohn in die Erfolgsspur bringen könnte – wenn das überhaupt möglich war. Jeremias hatte sein Abitur erst im dritten Anlauf auf einem teuren Privatgymnasium fern der Heimat im tiefsten Bayern geschafft, das auch nur mit großer Mühe. Unter ausnahmslos verhaltensauffälligen Pennälern aus besserem Hause hatte er es binnen Stunden geschafft, als stinkreicher „Pinkel" im Dauerabo nahezu sämtliche Mobbingenergie seiner Mitschüler auf sich zu ziehen. So lernte er zu leiden, ohne zu klagen. Seine Noten reichten hinten und vorne nicht für ein Studium in Deutschland, so blieb nur der Umweg über das Ausland. Nach mehreren Gesprächen, zu denen sein Vater eigens mit einem Anwalt aus London angereist war, nahm ihn schließlich eine Privatuniversität im schottischen Hinterland für den Studiengang Master of Business Administration auf. Um nicht der teuerste Flop der renommierten University of Lagavoulin zu werden, musste Jeremias aber erst diverse Englischkurse absolvieren. Nachdem er diese innerhalb von zwei Jahren abgeschlossen hatte, stellte er fest, dass an seiner neuen Uni ein harter schottischer Dialekt gesprochen wurde. Er verstand wenig bis nichts. Die anderen wiederum verstanden ihn nicht, weil sein heftiger deutscher Akzent jedes englische Wort bis zur Unkenntlichkeit verbog. Seine Bitte am Frühstückstisch „Ken ei hef se brett, pließ?“ sorgte verlässlich für gute Laune. Seine Kommilitonen nannten ihn „Se Dscherman“. Trotz dieser Hürden kam er, strauchelnd, durch die drei Jahre und kehrte mit einem international anerkannten Studienabschluss zurück, dessen Gesamtnote allerdings ein Geheimnis blieb. In seiner Heimatstadt verstanden ihn die Menschen nicht, weil er nun mit einem eigentümlichen Zungenschlag sprach, den niemand zuordnen konnte. Ein Tourist aus der Schweiz, der Jeremias Peter nach einer Straße fragte, fühlte sich von ihm veräppelt, weil dieser offenbar einen Zürcher Dialekt nachäffte. Andere hielten ihn für einen Niederländer mit einem schweren Sprachfehler oder einen Dänen, der längere Zeit in Island gelebt hatte und nun Deutsch als Fremdsprache lernte. Nach einem sechsmonatigen Intensivkurs bei einem Logopädieprofessor mit dem Spezialgebiet Interlinguale Interferenz waren die größten Stolpereien beseitigt. Nur wenn er in seinen Alpträumen laut sprach („Lett mi in pieß, ju schottisch fullidiot, or ei koll mei faser!“), fühlte sich seine Frau Fiona an verständigungslose Zeiten erinnert. Ihren Nachwuchswunsch bekam sie immerhin erfüllt. Die gemeinsame Tochter Fee wuchs in ihren ersten sechs Monaten mit zwei Sprachen auf, verstand aber nur eine davon.

Verrat

„Wer, in Gottes Namen, konnte wieder die Klappe nicht halten?“, polterte Hans Karl Peter über den Frühstückstisch, den seine Frau inzwischen abgedeckt hatte. Mit der linken Hand hielt er seinem Filius und Johannes Friemel die Zeitung entgegen, mit der anderen fuchtelte er wild herum. „Das kann uns Kopf und Kragen kosten!“ Der Topseller der Peter GmbH & Co. KG, der Quittenbrand Sausepeter, war in die Jahre gekommen und verkaufte sich nicht mehr so gut wie in der Blütezeit. Trotzdem war die patentierte Rezeptur noch immer einzigartig, und keiner hatte sie bisher erfolgreich kopieren können. Chinesische Firmen hatten immer wieder versucht, eine Billigkopie auf den Markt zu bringen, waren mit ihren Panschereien aber kläglich gescheitert. Auch mit der Sprache hatten sie es nicht leicht. Ihr Gebräu hatte schillernde Namen wie Prozente Peter oder Quid pro Po. Dennoch, der Geschmack der Konsumenten hatte sich geändert, und dem musste sich auch die Peter GmbH & Co. KG irgendwann stellen. Drei Jahre lang arbeiteten Entwicklungsleiter Jonas Mischke und sein zehnköpfiges Team an trendigen Rezepturen, mixten, probierten, verwarfen und hatten zahllose verkaterte Tage hinter sich. Im Unternehmen durfte das komplette Team keinen Kontakt mehr mit den anderen Mitarbeitern haben, „aus Gründen der Geheimhaltung“, wie es offiziell hieß. In der Kantine war es zu Zwischenfällen und Beschwerden wegen lauter Gesänge und Rangeleien mit dem Küchenpersonal gekommen. Einige „Rühr-Rudis“, wie man sie liebevoll nannte, hatten mehr Hochprozentiges in den

Nachspeisen gefordert. Zwei Mitarbeiter mussten noch vor Ende der Entwicklungsphase einen Alkoholentzug antreten. Ein anderer, Fabian Dengler, nahm sich regelmäßig einige Kanister der Testsubstanzen mit in sein Home-Office, wo er sich hingebungsvoll dem Probieren widmete. Sein zwölfjähriger Sohn folgte dem neuen süßlichen Geruch im Haus und schlürfte mit einem Strohhalm aus diesem und jenem Kanister. Erst einmal, dann öfter. Im Englischunterricht hatte er plötzlich einen amerikanischen Akzent und endlich auch die dafür nötige Lockerheit im Mundwerk. Der Englischlehrer war entzückt. Als sich aber der Klassenlehrer bei den Eltern meldete, weil der Junge statt Büchern seinen Schlafanzug im Ranzen hatte, ständig einschlief, komisch roch und in den Pausen kleine Flaschen an Mitschüler verkaufte, sah sich seine fulltime arbeitende Mutter nach zwei Jahren erstmals wieder in seinem Zimmer um. Neben einer beträchtlichen Summe Bargeld fand sie hunderte kleine Flaschen und Etiketten, Versandkartons mit internationalen Adressen und eine Gewerbeanmeldung mit der gefälschten Unterschrift ihres Mannes. Sie hatte den Schock noch nicht verdaut, als eine Mitarbeiterin des Jugendamtes in Begleitung der Polizei an der Haustür klingelte. Die Selbsthilfegruppe der Anonymen Alkoholiker hatte sich aufgrund eines seltsam hohen Zulaufs von Zwölfjährigen eingeschaltet. Man war besorgt.

„Brauchen wir jetzt einen Privatdetektiv, der im Unternehmen die undichte Stelle findet, oder was?", fragte Hans Karl Peter die beiden schweigenden Männer, die sich nicht trauten, ihren Kaffee anzurühren. Johannes Friemel dachte an den Mann mit den Testkanistern auf dem Parkplatz und fragte sich, was er wohl damit vorhätte. Einer der beiden Mitarbeiter, die in der Entzugsklinik waren, war seither nicht mehr im Unternehmen aufgetaucht. Vielleicht hatte dieser ja …

„Wir fragen am besten unsere PR-Frau, woher die Lokalfuzzis das wissen können", fuhr der Alte fort.

„Vielleicht hat die sich verplappert. Wäre ja nicht das erste Mal."

Als Helen Spieker, die Leiterin der Abteilung für Presse- und Öffentlichkeitsarbeit, die Telefonnummer ihres Chefs auf dem Display ihres vergoldeten Smartphones sah, war sie sofort hellwach. Der Abend in der Cocktailbar war länger und süffiger geworden als geplant, ein Drink war nahtlos in den nächsten übergegangen. An den Rest konnte sie sich nicht erinnern. Sie schob den Mann, der neben ihr am Stehtisch in der Küche stand und sich gerade wieder an ihrem knappen Rock zu schaffen machte, brüsk zur Seite. „Ähm, du, ich glaube, du musst jetzt gehen." Wie war sein Name doch gleich? Hatte sie ihn überhaupt je gewusst?

„Kevin heiße ich, schon vergessen?", zischte der eben noch Namenlose, griff beleidigt nach seiner Jacke und wankte in Richtung Wohnungstür.

„Brings nächse Ma ws von euam Peterjesöff mit, soll ja gut knalln", brüllte er, und die Tür fiel hinter ihm ins Schloss.

Helen Spieker wurde spontan speiübel. Hatte sie die Kontrolle über sich verloren und Dinge erzählt, die nicht für andere Ohren bestimmt waren? KO-Tropfen vielleicht? „Spieker", sang sie ins Telefon, „Guten Morgen, Herr Peter, schön Sie zu …"

„Ihre Säuselei können Sie sich sparen, Frau Spieker! Haben Sie schon das Schmierblatt gelesen?", fuhr er sie an.

Hatte sie nicht, und das war ihr peinlich.

„Ähm, ich …"

„Was treiben Sie eigentlich, wenn Sie nicht im Unternehmen sind?“, unterbrach sie Peter schroff. Wusste er bereits von ihren Eskapaden?

„PR-Leute sind immer im Dienst, Frau Spieker. Vielleicht sehen Sie sich nochmal Ihren Arbeitsvertrag an. Sie lesen jetzt sofort die Zeitung und kommen dann zu mir. Eine Erklärung wäre gut.“

Das Gespräch war beendet.

Hektisch suchte Helen Spieker auf ihrem Smartphone nach der Online-Ausgabe der örtlichen Tageszeitung. Bestürzt las sie den Artikel, in dem wie immer nicht viel stimmte. Aus diesem Grund hatte sie die Lokalpostille schon längst abgehakt, weil selbst die einfachsten Dinge anscheinend eine Überforderung für die selbstherrliche Redaktion waren. Sorgfalt und genaue Recherche waren offenbar Fremdwörter für diese Autodidakten, denen ein guter Text so leicht von der Hand ging wie einem Automechaniker eine Sahnetorte. Sie hatte ihre Karriere im Blick und befasste sich lieber mit der Wirtschaftspresse – und nun das: „Eine neue Rezeptur mit ungewöhnlichen Kräutern. Ein Schnaps mit unbändiger Power im Abgang und ein Muss für jede Kneipe“, wurde eine nicht namentlich genannte Quelle zitiert. In nur einem Monat würde der Verkauf offiziell starten. Woher hatten die das? Die Großkunden der Peter GmbH & Co. KG würden entrüstet sein, diese Information nicht persönlich von ihrem Lieferanten erhalten zu haben, der Vertriebsabteilung standen viele unangenehme Gespräche bevor. Helen Spieker konnte sich beim besten Willen nicht vorstellen, wo im Unternehmen eine undichte Stelle existierte. Auf den Bruch der Geheimhaltungsvereinbarung stand eine saftige Geldstrafe. Welcher Trottel setzte da seinen Job aufs Spiel?

Eine halbe Stunde später parkte sie ihren Porsche zwischen Johannes Friemels Maserati und dem E-Bike von Jeremias Peter. Die Führerscheinprüfung hatte der Sohnemann auf Grund seiner Rechts-links-Schwäche selbst in fünf Anläufen nicht bestanden. Löwenrunde, dachte sie. Bevor sie das Esszimmer betrat, nahm sie den Umweg durch die Küche und begrüßte anstandshalber zuerst die Dame des Hauses, der das sichtlich unangenehm war. Spiekers Blick streifte kurz das abstrakte Ensemble an der Deckenleuchte, wurde aber von Frau Peters gelb verklebten Haaren abgelenkt. Sie sagte jetzt besser nichts. Statt einer Begrüßung pfiff Hans Karl Peter sie an: „Wie viel Kaffee müssen wir noch trinken, bis Sie endlich antanzen? Hat Ihr Hobel etwa zu wenig PS?"

Er wies ihr einen Stuhl zu. Zu dem feucht-gelben Fleck auf der linken Schulter ihres grauen Armanikostüms sagte keiner der Männer etwas, aber das Standing der Pressesprecherin war augenblicklich ruiniert. Manchmal reicht Eigelb an der falschen Stelle zur falschen Zeit. Das Treffen verlief ergebnislos, außer den zu erwartenden Schimpftiraden des Alten passierte wenig, und es kam auch sonst niemand zu Wort. Den Sonntag brauchten dann alle Beteiligten zur Erholung. Hans Karl Peter verabredete sich zum Golf mit dem Bürgermeister, Jeremias ging mit seiner Familie Minigolf spielen, und Johannes Friemel verzog sich in die Sauna. Helen Spieker powerte sich im Fitnessstudio aus und gönnte sich eine kosmetische Behandlung. Im Suff hatte dieser Calvin, oder Kevin – wie hieß er doch gleich? – gelallt, sie sähe für ihre fünfundvierzig noch ganz knackig aus. Sie war siebenunddreißig und musste etwas tun. Dringend.

Auftakt

Schon seit sechs Uhr morgens saß Nadine Grosfuß an ihrem Schreibtisch und brütete über einer Excel-Tabelle auf ihrem Computerbildschirm. Als Assistentin der Geschäftsführung hatte Hans Karl Peter ihr die Planung der Feier zum fünfzigsten Firmenjubiläum übertragen. Als er diese Nachricht in einem Meeting mit den Abteilungsleitern verkündete, entgleisten in manchen Gesichtern ganze ICE-Züge. Marketingleiter Björn Paulsen fühlte sich ebenso für die Aufgabe berufen wie Helen Spieker. „Frau Grosfuß wird ein Team zusammenstellen, das dieses wichtige Projekt gemeinsam vorbereiten wird“, beschloss Peter. Die arrogante Grosfuß sollte den anderen also auch noch Weisungen erteilen? Helen Spieker hatte nicht genug Platz im Magen, um all ihren Groll herunterzuschlucken. Björn Paulsen war in Gedanken bereits zurück in Dänemark. Der Personalchef Jobst Anstand hatte ihn erst vor einem Jahr aus dem Norden abgeworben, wo er zu dieser Zeit stellvertretender Marketingchef des größten dänischen Herstellers von Kräuterschnäpsen und ein echter Fang war. Seine ungewöhnlichen Werbekampagnen hatten für Aufsehen gesorgt und seinem Arbeitgeber gigantische Umsatzsprünge eingebracht, und der Konkurrenz Kopfzerbrechen. Ein Werbespot wurde sogar vom Internationalen Marketingverband mit dem Goldenen Händchen belohnt. Hauptdarsteller war ein Stechinsekt: Der Spot zeigte eine Mücke, die in ein Schnapsglas mit dem hochprozentigen Topseller „Äquator“ fällt, sich mit letzter Kraft rettet und auf dem Unterarm eines Priesters auf dem Weg in die Kirche landet. Sie sticht ihn durch die Kutte, worauf der Geistliche – augenblicklich vollständig alkoholisiert – in den Gottesdienst stürzt, auf die Kanzel kriecht und die Predigt seines Lebens hält. Über voreheliche Sex. Die Gemeinde brüllt „Zugabe“, und beim Abendmahl inhalieren alle den Atem des Priesters und wanken daraufhin laut singend Arm in Arm aus der Kirche, die von da an jeden Sonntag brechend voll ist. Der Werbespot hatte weitreichende Konsequenzen: Die dänische Kirche beschloss auf einer Klausurtagung, sich beim Abendmahl nicht länger auf das Verabreichen von Wein zu beschränken, und der den Priester mimende Laienschauspieler, Carsten Knudsen, bekam einen Vertrag für die Hauptrolle in einem amerikanischen Kinofilm mit dem Titel *One drink too many*.

Am Tisch neben Nadine Grosfuß saß der Azubi Lukas Neubert, den sie damit betraut hatte, eine Einladungsliste vorzubereiten.

„Mit Titel, Anrede, Vornamen, Namen, Adresse und so weiter“, erklärte sie ihm.

„Wie soll ich die Adressen anordnen?“, erwiderte Neubert schüchtern.

„Nach Schuhgröße, Herr Neubert, nach Schuhgröße!“, ätzte sie.

Bei der Zusammenstellung des Teams hatte sie weitgehend freie Hand bekommen, aber der neue Azubi war bei der obligatorischen Visite der Abteilungen aktuell ihr zugeteilt und musste also eingebunden werden. Es war schon schwer genug, die beleidigte Streberin Spieker und den gekränkten Überflieger Paulsen in die Spur zu bringen, einen Grünschnabel dabei zu haben, überforderte ihre Geduld. Lukas Neubert schaute sie irritiert an.

„Aber, woher soll ich denn die Schuhgröße ...?“

„Das war ein Scherz, Neubert, ein Scherz!“, bellte sie und konnte gerade noch die Lautstärke drosseln, als die Tür aufflog und Hans Karl Peter zornesrot vorbei in sein Büro stürmte. Wochenenden taten ihrem Chef nie gut, das wusste Nadine Grosfuß und dachte sich nicht viel dabei. Für heute war wieder ein Meeting des Teams „Goldene Fünfzig“ geplant, der Titel war ihre Idee. Dafür musste noch einiges vorbereitet werden. Neubert sollte Getränke für sieben Personen in den großen Besprechungsraum stellen, und sie genoss es, diese Art von Aufgabe abzugeben und einmal nicht diejenige zu sein, die den Gästen ihres Chefs Getränke und Gebäck vor der Nase drapieren und dabei womöglich auch noch dämliche Kommentare kassieren musste.

„Was trinken die denn so und wo stehen die Drinks?“, fragte der Azubi, froh über eine praktische Aufgabe.

„In der Teeküche hängt ein Zettel für Meetings, da stehen die Getränke pro Person drauf. Gehen Sie bitte auf dem Weg zur Küche noch in der Vertriebsabteilung vorbei und erinnern Herrn Guth an die Besprechung gleich um zehn Uhr. Der vergisst das gern mal.“ Die zwei Wochen in der Vertriebsabteilung hatten Lukas Neubert gut gefallen. Gisbert Guth und seine Truppe waren nicht nur erfolgreich, sondern auch cool. Um sich mit dem Hauptprodukt der Peter GmbH & Co. KG vertraut zu machen, musste er den Drink in seinen fünf verschiedenen Varianten probieren. Das war der beste Tag. Wie er damals nach Hause gekommen war, wusste er nicht mehr.

„Der Frischling, siehe da!“, rief die Vertriebsassistentin Julia Bende, als er in das Empfangszimmer des Vertriebschefs trat. „Hast du Sehnsucht nach uns?“

Bevor Lukas Neubert antworten konnte, stupste ihn etwas am rechten Bein. Er erschrak und blickte nach unten. „Das ist Buschido, unsere gute Seele“, verkündete Julia Bende.

„Montags ist er meistens bei uns und frisst sich erstmal satt.“

Der Hund hatte die Größe eines Terriers, mit dem er optisch aber nichts gemein hatte. Sein schwarz-weiß geflecktes Fell erinnerte mit seinen Locken an ein Schaf, das einem Graffitikünstler bei der Arbeit im Wege gestanden hatte. Freundlich und voller Erwartung blickte Buschido ihn an und wedelte mit dem kurzen Schwanz.

„Er meint, du müsstest ihn streicheln“, sagte Julia Bende.

„Ok.“

Vorsichtig ging Lukas Neubert in die Hocke und strich dem Hund mit der rechten Hand sanft über den Kopf. Schlapp! Eine Hundezunge fuhr ihm über das Gesicht.

„Er mag dich!“, jubelte sie.

Bushido rieb sich genüsslich an Lukas Neuberts Hosenbein.

„Woher hat der Hund seinen Namen?“

Buschido (einige Tage zuvor)

Eines Tages war der Hund einfach da. Woher er kam und wem er gehörte, wusste niemand. Der Gärtner des Unternehmens, Bert Grabowski, drehte gerade seine Abendrunde um die zehn firmeneigenen Gewächshäuser, in denen die geheimen Kräuter für die Entwicklung neuer Getränke angebaut wurden. Die Quittenbäume standen zu Hunderten am anderen Ende der Stadt, ebenfalls streng bewacht. In den Gewächshäusern eins bis sieben wuchsen bekannte Pflanzen wie Schafgarbe, Beifuß, Löwenzahn, Johanniskraut, Spitzwegerich, Ringelblume, Labkraut, Fenchel, Giersch und Anis. Entscheidend für die Ausnahmequalität und den einzigartigen Geschmack des Sausepeter waren jedoch die Gewächse in den Häusern acht und neun, zu denen nur wenige Personen Zutritt hatten: Außer Grabowski waren das lediglich der Entwicklungschef Jonas Mischke, der Leiter des Qualitätswesens Lasse Gudsen und natürlich Hans Karl Peter höchstpersönlich. Für das neue Kultgetränk, an dem die Rühr-Rudis arbeiteten, war eigens das Haus Nummer zehn errichtet worden, in dem exotische Kräuter gezüchtet wurden. Ein ganz besonderes hatte Jonas Mischke illegal aus der Mongolei mitgebracht, wo er mit dem Oberklemmbacher Bogenschützen e. V. einen Lehrgang „Reiter und Bogen“ absolviert hatte. Da er dabei allerdings ständig vom Pferd fiel, hatte man ihm ein Pony zur Verfügung gestellt, das auf Befehl anhielt. So konnte Mischke beruhigt beide Füße absetzen und aus dem Stand schießen, ohne abzusteigen. Das galt immerhin noch als „Schießen vom Pferd“, und er entging dem Gesichtsverlust vor den anderen zehn Vereinsmitgliedern. Das blau blühende Kraut mit dem markant-herben Geruch nach Tundra fand er zufällig, als er wieder einmal aus dem Sattel gefallen und mit dem Gesicht nach unten gelandet war. Es hatte ihn sofort inspiriert. Er trocknete ein Büschel über dem Lagerfeuer, atmete genüsslich den Duft ein und erzählte den anderen am nächsten Morgen mit leuchtenden Augen von den wildesten Träumen. Alle schnupperten, alle träumten. Das Kraut musste mit. Einen Namen hatte es nicht, was es umso geheimnisvoller machte. Es brauchte wenig Wasser und ernährte sich offenbar von Insekten, daher wuchs es nur im Sommer.

Bert Grabowski hörte in der Nähe von Haus neun ein Geräusch, das ihn stutzen ließ – eine Art Fiepen wie von einer rostigen Tür, die sich langsam öffnete. Nur war da nirgends eine Tür. Dem Geräusch folgend, näherte er sich einem Busch, der schon länger hätte gestutzt werden sollen. Stille. Er wollte gerade wieder gehen, als es wieder anfing zu fiepen. Jetzt kam ihm das Geräusch sogar etwas traurig vor. Als er mit der Stabtaschenlampe in den Busch leuchtete, sah er zuerst nur Fell, dann Augen, die ihn scheu ansahen. Angst vor Hunden hatte er nie gehabt. Er kniete sich vorsichtig hin. Als Besitzer zweier Beagle hatte er immer Leckerli in seiner Hosentasche, fand ein paar, hielt sie dem Hund hin und sprach das verängstigte Tier an. „Wie kommst du denn hierher, Kleiner? Hast du kein Zuhause?“ Es dauerte ein paar Minuten, bis der Hund sich traute, die angebotenen Happen anzunehmen. Sie schmeckten ihm, und er wollte mehr. „Du hast Hunger, was?“, fragte Grabowski, der die Not sofort erkannte. Bevor er zur Spätschicht kam, hatte er noch schnell das Nötigste für Zuhause eingekauft, auch Hundefutter. Seine beiden Hunde waren süchtig nach den Pasteten der Marke Schlappi, von denen er eine Vorratspackung im Büro verstaut hatte. „Warte, ich bin gleich zurück." Er ging zu dem Blockhaus, in dem sich sein Schreibtisch befand. Dort angekommen, nahm er eine Dose der Sorte „Wild und Lachs" aus seinem Rucksack, drehte sich um und wäre beinahe über den Hund gestolpert, der ihm auf leisen Pfoten gefolgt war. Hunde wissen instinktiv, wem sie vertrauen können. Die Dose mit dem Fleisch vertilgte der Hund schnell, eine zweite auch. Das angebotene Wasser nahm er ebenfalls gern. So gesättigt legte er sich vor des Gärtners Füße und schlief auf der Stelle ein. Grabowsky kratzte sich am Kopf. Was war nun zu tun, rätselte er? Es war fast dreiundzwanzig Uhr, er konnte zu dieser späten Stunde nicht einfach beim Tierheim anrufen. Dort hätte man eventuell gewusst, ob irgendjemandem ein Hund entlaufen war. Er trug kein Halsband. Einen Chip unter dem Fell konnte man vielleicht finden und auslesen. Das musste aber warten. Er wollte das Tier nicht stören, doch mit nach Hause nehmen konnte er es auch nicht. Vertreiben? Das brachte er nicht übers Herz. Vielleicht lief er ja von allein weg. Bis sechs Uhr morgens würde seine Schicht noch gehen. Neben dem Blockhaus befand sich ein großer Schuppen für die Gartengeräte, dessen Tür immer offenstand. Dort lagen auch einige alte Decken, aus denen Grabowski ein weiches Lager baute, trocken und warm. Eine Schale mit Wasser stellte er dazu. Der Hund schlief so tief, dass er ihn einfach auf den Arm nehmen und in den Schuppen tragen konnte. Da lag er nun in Sicherheit, und Bert Grabowski ging wieder seiner Arbeit nach. Hin und wieder schaute er nach ihm, der Hund schnarchte leise und bewegte sich keinen Millimeter. Der friedliche Anblick stimmte den Gärtner milde – er freute sich, diesem lieben Vierbeiner helfen zu können. Als er seine Schicht beendete, sah er ein letztes Mal in das Holzhaus: friedliche Ruhe. Sein junger Kollege Fabian Kluge löste ihn pünktlich ab und staunte nicht schlecht, als Grabowski ihm erzählte, was passiert war. Er versprach, ein Auge auf den Hund zu haben. Als er später nach ihm sah, war der allerdings verschwunden. Ernsthafte Sorgen machte sich der Gärtner aber nicht, denn der Hund war wohl wieder nach Hause gelaufen. Gut so. Irgendwie hatte der Hund dann aber den Weg durch den Nebeneingang des Hauptgebäudes gefunden. Meistens ließen die Raucher aus Nachlässigkeit die Tür offen, und er hatte die Chance ergriffen. Neugierig stromerte er über den Flur im Erdgeschoss und lief direkt in das erste Büro. Es war niemand da. Er schnüffelte hier und da und fand schließlich auf einem Stuhl in Schnauzenhöhe eine Tüte mit der Aufschrift „Der Bäcker Ihres Vertrauens". Der Inhalt duftete verlockend. Julia Bende hatte die Angewohnheit, auf dem Weg zur Arbeit beim Bäcker zu halten und ein belegtes Brötchen zu kaufen, das sie dann im Büro aß. Heute gab es Lachs mit Ei. Essen am Arbeitsplatz hatte der Senior zwar per Aushang verboten, aber niemand hielt sich daran. Der Hund schon gar nicht. Als sie zurück in ihr Büro kam, waren von ihrem Brötchen nur Papierfetzen und Krümel auf dem Teppich neben ihrem Schreibtisch geblieben. „Was zum ...?", rief sie, kam aber nicht weiter. Ein leises Winseln ließ sie innehalten. Sie erblickte unter ihrem Schreibtisch zwei schüchterne Augen, die sie schuldbewusst anschauten. Ihr Herz wurde sofort weich.

„Wer bist du denn? Wie bist du hier reingekommen?"

Der Hund erhob sich und kam vorsichtig näher. Von dieser Frau ging offenbar keine Gefahr aus. Und leckeres Futter hatte sie auch.

„Hey, kommt mal alle rüber!“, rief die Vertriebsassistentin in das Großraumbüro nebenan, in dem die fünf Vertriebskollegen saßen, einer war gerade draußen in der Raucherecke. „Wir haben Besuch.“

Die Truppe freute sich über die willkommene Abwechslung. Keiner kannte das Tier, niemand wusste, ob jemand im Unternehmen neuerdings seinen Hund mit zur Arbeit nahm. Auch das war streng verboten, weil Hans Karl Peter eine Hundehaarallergie hatte. Nun wollte jeder den süßen Fratz streicheln, und der ließ es sich gern gefallen. Als Letzter kam Klaus Wörner mit rauchigem Atem dazu. „Ach, das ist der Hund?“ Die anderen sahen ihn fragend an.

„Garten-Kluge hat mich eben gefragt, ob ich einen gesehen hätte. Der hat draußen im Schuppen gepennt und war dann weg. Grabowski hat ihn gestern Nacht unter einem Busch gefunden, ist wohl abgehauen.“

„Er braucht einen Namen! Wir können ihn doch nicht Hund nennen!“, rief Julia Bende.

Sofort flogen die verschiedensten Vorschläge durch den Raum – man kann Vertrieblern keinen Mangel an Kreativität vorwerfen: Wilhelm Busch, Buschmann, Buschinger, Buschi Obermeyer waren nur einige der Ideen. Vertriebsleiter Gisbert Guth, der die Szene unbemerkt aus dem Hintergrund beobachtetet hatte, verkündete schließlich trocken: „Buschido!“ Und Zack, das war es dann. Der Name war sofort Konsens. Dass Buschido eine Hündin war, bemerkte im Eifer des Gefechts keiner von ihnen. Alle hatten zunächst nur Augen für sein, ihr, süßes Gesicht. Eilig wurde eine Schale mit Wasser organisiert, die Buschido gierig leer schlabberte. Und dann noch eine zweite. Kurz darauf wurde die Hündin unruhig, rannte aus dem Büro und kam nicht wieder. Das war es erstmal mit ihrem

Antrittsbesuch. Aber sie war offenbar stubenrein. Am Abend fand Bert Grabowski im Geräteschuppen einen schlafenden Hund, links eine Schale mit frischem Wasser, rechts eine mit Futter darin. Läuft, dachte er zufrieden.

Team Fünfzig (immer noch Montag, 1.8.22)

„Ich müsste mal kurz zu Herrn Guth und ihm was von Frau Grosfuß sagen", sagte Lukas Neubert, noch immer die rechte Hand auf Buschidos Kopf.

„Du meinst, du MÖCHTEST ihm ETWAS AUSRICHTEN?", fragte Julia Bende, die eine Ausbildereignungsprüfung hatte. So viel Korrektur an seiner Ausdruckweise musste schon sein.

„Ja, genau", erwiderte der junge Mann.

„Worum geht es denn, wieder diese Firmenfeier?"

Sie wartete nicht auf die Antwort und ging in Gisbert Guths Büro, um den Besuch anzukündigen. Kurz darauf hörte Lukas Neubert durch die geschlossene Doppeltür aus schwerem Massivholz eine laut schimpfende Männerstimme und Wortfetzen wie „unfassbar dämlich", „tibetanische Gebirgsziege" und „Tippse mit tonnenweise Schminke in der Fr...!" Das letzte Wort wurde von einem lauten Rumms übertönt. War jemand gestürzt? Hochrot kam Julia Bende zurück in ihr Büro.

„Das ist kein guter Moment, er ist beschäftigt", sagte sie. „Was soll ich ihm ausrichten?"

„Ok. Frau Grosfuß hat gesagt, ich soll ihn an den Termin in einer Stunde erinnern, weil er den immer vergisst", sagte der Azubi unbedarft.

Julia Bende wusste, wenn sie das so an ihren Chef weitergeben würde, wäre ein unkontrollierbarer Wutausbruch vorprogrammiert. Die Grosfuß und Guth, das ging gar nicht. Spätestens seit der letzten Familienfeier im Erlebnispark Dinoland war das Verhältnis der beiden auf Lebenszeit zerrüttet. Unter den gruppendynamischen Spielchen, die sich die Grosfuß ausgedacht hatte, durfte Reise nach Jerusalem nicht fehlen. Am Ende stürzten Nadine Grosfuß und Carolin Guth gleichzeitig auf den letzten Stuhl zu und mit diesem zu Boden. Unter dem allgemeinen Gelächter – alle hatten schon reichlich getrunken – rappelten die beiden sich auf, und der Blick der Chefassistentin fiel auf die zerknitterte Bluse der Ehefrau des Vertriebsleiters.

„Ihre Bluse ist ja genauso schlecht gebügelt wie die Hemden Ihres Mannes", raunte sie spitz. „Die Haushälterin von Herrn Peter hat sicher ein paar gute Tipps", fügte sie an und töckerte auf ihren Pfennigabsätzen zur Bar.

Carolin Guth verließ die Feier noch vor ihrem Mann per Taxi. Das fiel auch Hans Karl Peter auf, der seinen Vertriebschef am Folgetag zur Rede stellte.

„Fühlt Ihre Frau sich in unserem Kreis nicht wohl, Herr Guth?", wollte er wissen. „Ist sie bessere Gesellschaft gewohnt?"

Das saß. Auf dem Weg zurück in sein Büro musste Guth an Nadine Grosfuß vorbei. Die studierte demonstrativ auf ihrem Bildschirm ein großes und gut sichtbares Foto mit dem Titel „Bügeln für Amotoriker". Hätte Guth jetzt jemandem seine Gefühle beschreiben sollen, hätten ihm die Worte gefehlt. Seine Frau hatte ihm mit der Scheidung gedroht, sollte er noch einmal das Wort ‚Familienfest' erwähnen oder sie zu einem solchen einladen. Bügeln solle er seine Klamotten ab nun gefälligst selbst, schlechter als sie könne er das sicher nicht. Die Grosfuß umzubringen, wäre keine Lösung, aber ganz sicher wohltuend.

Das Planungsteam für die Jubiläumsfeier traf nach und nach ein. Die langen Tische waren im Rechteck angeordnet, an der kurzen Seite vor Kopf thronte Nadine Grosfuß und hatte diverse Stapel mit Listen und Ordnern vor sich liegen. Sie wartete bis exakt zehn Uhr und hakte dann mit bedeutungsvoller Miene die Teilnehmerliste ab: Personalleiter Jobst Anstand, Marketingleiter Björn Paulsen, die Leiterin der Öffentlichkeitsarbeit Helen Spieker, der Betriebsratsvorsitzende Gundolf Krachnitz, der Azubi Lukas Neubert. Alle waren da und nahmen Platz. Links und rechts von ihr blieben jeweils drei Stühle frei. „Dann fehlt ja wie immer nur noch Herr G..."

„Wo der nur wieder bleibt?", rief Gisbert Guth, der im selben Moment aufreizend lässig durch die Tür kam und sich in den Stuhl neben Helen Spieker warf. Er knuffte sie an und flüsterte: „Wie halten wir das nur ohne Koks aus?" Spieker kicherte und dachte an den Abend zuvor, von dem sie allerdings nicht mehr viel wusste. Dieser Calvin, oder Kevin, hatte gute Quellen. „Dann können wir ja anfangen. Guten Morgen, Frau Spieker und meine Herren", eröffnete die Chefassistentin formvollendet das Meeting.

„Ich darf Ihnen von Herrn Peter sagen, dass er bis Ende dieser Woche einen kompletten Plan für die Jubiläumsfeier erwartet, den er sich dann am Wochenende durchlesen wird. Schließlich sind es nur noch knapp zwei Monate."

Die anderen stöhnten leise in sich hinein. Dann verteilte sie Listen mit Aufgaben für alle. Helen Spieker sollte eine Einladungskarte entwerfen und eine Liste mit möglichen Aktionen und Highlights machen. „Und vergessen Sie dieses Mal nicht wieder die Hüpfburg für die Kleinen", belehrte sie die Grosfuß. Der Würgereiz wurde fast übermächtig. Der Personalchef sollte eine Liste mit allen Mitarbeitern und Familien bereitstellen. Björn Paulsen sollte einen kleinen Film erstellen, der dann im firmeneignen Intranet gezeigt werden würde – eine herzliche Einladung von Hans Karl Peter persönlich. Gisbert Guth wurde die Einladung der wichtigsten Kunden übertragen, Lukas Neubert sollte gut zuhören. Nur Betriebsratschef Gundolf Krachnitz bekam keine Aufgabe, es war schon viel, wenn er nicht störte. Immerhin darin waren sich alle – unausgesprochen – einig. Dann waren alle Aufgaben verteilt. Niemand wusste, wohin mit dem Ärger über die Unterforderung und die Oberlehrerattitüde von „Big Foot", wie die anderen im Unternehmen sie verächtlich nannten. Und so griffen alle in einer synchronen Übersprunghandlung gleichzeitig zu den bereitgestellten Getränken und Keksen. Lautes Klappern mit Geschirr, hektisches Rühren mit Löffeln, krachende Kekse in Mündern. Nadine Grosfuß musste warten – was ihr gar nicht passte. Zuerst prustete Gisbert Guth angewidert seinen Kaffee zurück in die Tasse, von wo aus sich die Hälfte der Füllung auf dem Tisch und dem Versacekostüm von Helen Spieker verteilte. Sie sprang auf und griff sich zur Rettung ihres teuren Fummels alle Servietten vom Tisch. Jobst Anstand pulte sich die übelschmeckenden Kekskrümel aus den Zahnlücken und legte sie auf seine Untertasse. Teetrinker Paulsen blickte irritiert in die Runde. Gundolf Krachnitz, der vor einigen Jahren seinen Geschmacksinn verloren hatte, merkte rein gar nichts. Er aß und trank alles.

„Wollen Sie uns vergiften?", krächzte Gisbert Guth mit rotem Kopf. Nadine Grosfuß war sprachlos. Was war hier los? Sie witterte eine Inszenierung mit dem einzigen Ziel, sie aus der Reserve zu locken, sie vorzuführen.

„Was ist denn, Herr Guth?", fragte sie ehrlich unschuldig. „Ist ihnen nicht gut?"

„Trinken Sie diese Brühe doch mal selbst!", polterte der.

Sie schenkte sich eine Tasse Kaffee ein und nahm einen Schluck.

„Schmeckt wunderbar", freute sie sich.

„Mit Milch!", befahl Guth.

„Ist das hier eine Verkostung? Ich trinke keine Milch", entrüstete sie sich. „Können wir jetzt bitte wieder zur Tagesordnung kommen?"

Sie hatte genug von dem Theater. Helen Spieker kam zurück in den Raum, ihr Kleid war nass, voller Flecken und total versaut. Das war schon das zweite in zwei Tagen. „Haben Sie eine tote Kuh gemolken?", regte sie sich auf. Vielleicht hätte sie der Spieker doch nicht sagen sollen, dass sie montags immer nach Samstagnacht riecht und ihre Röcke für eine Kleinstadt wie Oberklemmbach zu kurz waren, dachte Nadine Grosfuß. Hatte sie ihr das etwa übel genommen? Dann sah sie mit ernstem Blick Lukas Neubert an, der mit den Schultern zuckte. Er hatte, wie gewünscht, die Getränke auf den Tisch gestellt, Wasser und Saft. Den Kaffee hatte er aus der Kantine geholt. Kekse und Milch fand er zunächst nirgends. Dann stieß er auf einen Karton unter der Spüle in der Teeküche, direkt neben dem Geschirrspüler. Hätte er ahnen sollen, dass der Karton samt Inhalt

– einer offenen Packung Kekse und einigen angebrochenen Fläschchen Kondensmilch – dort vor zwei Jahren vergessen worden war und in dieser Zeit täglich mindestens drei Mal heiß wurde, wenn der Geschirrspüler lief? Das Meeting war schnell beendet, alle griffen ihre Listen und verließen eilig den Raum. Lukas Neubert trug ein volles Tablett in die Teeküche, wo Gundolf Krachnitz sich gerade einige Kekse in die Hosentaschen stopfte. Er hörte noch, wie auf dem Gang vor der Küche jemand flüsterte. „Die Schnepfe wird doch nur durch Schminke zusammengehalten." Er blickte an den Aushang an der Wand mit dem Titel „Unsere Werte". Ganz oben war zu lesen, dass Lästerei und Mobbing keinen Platz in der Firma hätten. Für welches Unternehmen das galt, stand nirgends.

Der Kick (Dienstag, 2.8.22)

Hans Karl Peter betrat das Büro von Entwicklungsleiter Jonas Mischke, wie immer ohne zu klopfen. Er kam jeden Dienstag, nur wann, das wusste niemand. „Wie weit sind wir?" Mischke druckte den roten Knopf auf seinem privaten Mobiltelefon. Seine Freundin am anderen Ende hörte nur noch das Knacken, dann das Tuten. So hatte er noch nie ein Telefonat beendet. Sie rief ihn sofort wieder an, er nahm nicht ab. Weggedrückt. Was war da los?

„Sie wissen, dass private Telefonate während der Arbeitszeit verboten sind", zischte der Alte ihn an. „Sie sind ja ein leuchtendes Vorbild für Ihre Mitarbeiter."

„Wir haben die Rezepturen der fünf besten Mischungen in den letzten Tagen nochmal optimiert. Bis auf eine schmecken nun alle rund und trendig. Wir haben einen klaren Favoriten“, antwortete Mischke, ohne auf die Zurechtweisung seines Chefs einzugehen. Er wusste, dass er das zu erwartende Wortgefecht nicht würde gewinnen können.

Das neue Getränk des Unternehmens sollte sich deutlich vom bisherigen Topseller Sausepeter abheben und sich bei den Verbrauchern gegen die Konkurrenz durchsetzen. Dafür hatten sie in den neuen Gewächshäusern ganz andere Kräuter angebaut als bisher, streng bewacht und abgeschirmt. Die Quitte sollte auch der Hauptbestandteil des neuen Drinks sein, aber eine neue Kräutermischung würde den entscheidenden Unterschied machen und die Kunden verzücken. Die anderen Hersteller könnten sich daran die Zähne ausbeißen, erst recht die lästigen Chinesen, die einfach die Versuche nicht aufgeben wollten, das Rezept des Sausepeter in ihre Fänge zu bekommen. Monatelang hatten Mischke und sein Team verschiedene Rezepturen getestet, ohne einen Volltreffer zu landen. Die Getränke waren solide, peppig, scharf, süßlich, aber keine Variante haute irgendjemanden vom Hocker. In der letzten Woche dann schmeckten vier der fünf Finalisten auf einmal anders, hatten Charakter, Kick und einen wuchtigen Abgang. Der letzte Eindruck der Testtrinker war so stark, dass sie gleich ein neues Glas wollten. Sie waren auf dem richtigen Weg. An welchen Kräutern das genau lag, wusste Mischke noch nicht, er hatte noch nicht einmal eine Ahnung. Das behielt er aber besser für sich. Der Alte war erstmal zufrieden. „Über Ihre Telefoniererei reden wir noch!“, pampte Hans Karl Peter und verließ das Büro. Die Tür ließ er offen. Wie immer.

Swing (Wochen davor)

Im Unternehmen herrschten strenge Regeln, die von Außenstehenden als mittelalterlich belächelt wurden. Die Mitarbeiter aber ächzten unter der Last der Einschränkungen und Vorschriften. Keine Privattelefonate, kein Duzen, kein Essen am Arbeitsplatz. Die Kleiderordnung schrieb genau vor, was erlaubt war und was nicht: Anzug oder Sakko, Hemd mit Stoffhose für die Herren; Kleider oder Kostüme, keine nackten Schultern für die Damen. Schuhe aus Leder, Knöchel verdeckt bei den Herren. Tattoos mussten unsichtbar sein, und es gab weitere, individualitätsberaubende Beschränkungen. Im Alltag führte das zu allerlei modischen Fehlinterpretationen, Geschmacklosigkeiten von der Stange und anderen Versündigungen an der äußeren Erscheinung. Ein voll tätowierter Auszubildender in der Buchhaltung, Matthias Albrecht, trug unter seinem Anzug einen Rollkragenpulli hoch bis unters Kinn, ließ sich einen Vollbart wachsen, um die Gesichtskunst zu bedecken. Eine schwarze FFP-Maske versteckte den Nasenring, eine Perücke die Malereien auf seiner Glatze und schwarze Einweghandschuhe die Totenköpfe an den Händen. Wenn er auf seine eigenwillige Erscheinung angesprochen wurde, erklärte er diese mit „multiplen Allergien gegen fast alles, was man fühlen, riechen, essen und trinken kann". Er bekam ein Einzelbüro und „durfte" sein Essen in der Kantine außerhalb der normalen Zeiten zu sich nehmen. Nach zweieinhalb Jahren kannte er fast niemanden. Nur wenige im Unternehmen wussten von seiner Identität in den sozialen Medien, wo er als „Mat All" mit einer avantgardistischen Version knallharter Heavy-Metall-Musik Furore machte, die stark vom Punk, Grunge, aber auch von deutschem Schlager beeinflusst war. Die Texte sprachen von Liebe und Romantik, weniger von Blutrausch. Die Musik war immer über der zulässigen Lärmgrenze. Einhundertfünfzigtausend Follower allein auf Finstergram waren eine echte Referenz. Das lenkte den Blick der Musikindustrie auf den jungen Mann und seine Band. Die deutsche Punk-Band Die Roten Rosen und der Schmachtschlagerstar Scheino wollten gern einige der Lieder in ihr Programm aufnehmen. Die Verhandlungen liefen noch. Aber es gab auch Wendungen, die den Menschen Flügel verliehen. Lydia Bremer aus der Personalabteilung fühlte sich am wohlsten in den geblümten Kleidern, die sie in ihrem Swing-Tanzverein trug. Es dauerte nicht lange, bis ihre vier Kolleginnen sie baten, ihnen ein paar Tanzschritte zu zeigen. Sie alle trugen bald Swing-Kleider. Nach drei Wochen tanzte die ganze Abteilung jeden Freitagmorgen in der Frühstückspause den „Peter-Swing“, den sie selbst erfunden hatten. Die Begeisterung in der Kantine, die aus allen Nähten platzte, kannte keine Grenzen. Es wurde gejohlt, gestampft und geklatscht, das Servicepersonal bot Chips und Drinks an, ohne Alkohol. Und weil Hans Karl Peter das Abspielen von Musikgeräten im Unternehmen untersagt hatte, sang und spielte die Firmenband Die Anonymen Alks live auf ihren akustischen Instrumenten. Das Ganze nahm nach und nach den Charakter einer fünfzehnminütigen Pausenshow an, die mit Plakaten an den Schwarzen Brettern angekündigt wurde. Es gab sogar einen Schwarzmarkt für Tickets, denn es passten nicht alle gleichzeitig in den Raum. Von dem eingenommenen Geld kaufte die Gruppe neue Kleider. Nach und nach stießen auch Frauen und Männer anderer Abteilungen zu den „Peter Swingers“ und es entstand an den

Feierabenden eine komplette Aufführung, die mit großem Erfolg auf der Weihnachtsfeier gezeigt wurde. Die Gruppe wurde sogar für Auftritte in Tanzschulen und als Vorgruppe für ein Konzert der kanadischen Swing-Legende Paul Panka gebucht. Es sprach sich in der Gegend herum, dass Tanzen gut für das Betriebsklima sei. Und so wurde Hans Karl Peter vom Oberklemmbacher Unternehmerverband OBUV gebeten, auf der Jahreshauptversammlung im Feuerwehrhaus einen Vortrag „Wege zum guten Betriebsklima" zu halten. Und er solle unbedingt die Tanztruppe mitbringen. Einhundertundfünfzig enttäuschte Unternehmensvertreter folgten eine Stunde lang konsterniert seinen Worten über Kleiderordnung, Telefonvorschriften und die zersetzende Wirkung inflationärer Duzerei. Er schloss mit den Worten: „Meine Damen und Herren, Mitarbeiter brauchen einen klaren Kompass, damit sie sich nicht im Dschungel der Möglichkeiten verlaufen. Wer sich zu viel mit sich selbst beschäftigt, bringt keine Leistung!" Nach dem faden Applaus kamen keine Fragen. Dann wurden einige Tische und Stühle zur Seite geschoben, und die Tanzgruppe der Peter GmbH & Co. KG betrat den Saal. Aus dröhnenden Lautsprechern begleitet von den Anonymen Alks zeigten sie ihre besten Choreografien. Nach nur zwei Minuten wurden alle restlichen Möbel verschoben, gestapelt, in den Hof getragen. Der ganze Saal tanzte und juchzte vor Vergnügen. Hans Karl Peter wurde gegen seinen erbitterten Widerstand in eine Polonaise gezogen, die sich laut johlend durch den Saal schlängelte, angeführt vom sturzbetrunkenen Bürgermeister Vogel, der immer kurz vor der Eröffnung des Büfetts kam. Chefreporter Uwe Dittmann, der jedes Jahr über die Sitzung berichtete, war überfordert. Was sollte er über diese denkwürdige Veranstaltung schreiben? „Unternehmer im Rausch" oder

„Tanz in die Zukunft“? Er fragte später Hans Karl Peter, ob er ein Interview über die offenbar einzigartig gute Stimmung in seinem Unternehmen mit ihm führen konnte. Mehr als „Bitte rufen Sie dazu unsere Presseabteilung an“ brachte der nicht heraus. So sprachlos hatte ihn noch niemand erlebt. Er wusste noch nicht einmal, ob er stolz oder stinksauer sein sollte. Die tanzenden Typen hatte er bislang nur geduldet, weil sie keinen Schaden anrichteten und er nicht alle Mitarbeiter gegen sich aufbringen wollte. Dass er nun ausgerechnet für dieses Gehampel von allen Seiten große Anerkennung erfuhr, widersprach seinem Selbstbild kolossal. Das konnte doch alles nicht wahr sein. So wurde sein Unternehmen zur Lachnummer der Nation. Der Artikel in der Klemme am Folgetag sorgte für noch größeres Aufsehen. „Tanztruppe peppt Peter auf“ war das Thema des Tages und verbreitete sich mit rasender Geschwindigkeit. Die ganze Stadt redete darüber. Der kurze Filmmitschnitt von Dittmann schaffte es sogar in die Tagesumschau des öffentlich-rechtlichen Fernsehens. Bei der Peter GmbH & Co. KG war der Teufel los, in allen Abteilungen wurde gejubelt. Und zu Hause beim Frühstück fiel Gisela Peter ihrem Mann um den Hals: „Ich bin stolz auf dich, Hans. Das ist das Beste, was seit Langem über dich in der Zeitung stand.“ Sein Name kam in dem Artikel allerdings nicht vor. Er hatte ihn zwei Mal gelesen.

Pressesprecherin Helen Spieker und ihr Team hatten in den darauffolgenden Wochen mehr zu tun, als ihnen lieb war. Sie kamen kaum noch dazu, das Telefon wegzulegen. Es meldeten sich große Tageszeitungen, Radio- und Fernsehsender. Auch Fachzeitschriften für Psychologie und Motivationstechniken waren an dem tanzenden Unternehmen interessiert.

Die Chefredakteurin der TV-Show „Let's Fetz!" lud die Peter Swingers zur nächsten Staffel ein. Sie alle wollten mit Lydia Bremer sprechen und über sie berichten. Sie bekam einen lukrativen Werbevertrag eines Herstellers von Tanzmode angeboten, die örtliche Tanzschule bot ihr die Leitung an. Nur mit Hans Karl Peter wollte niemand sprechen. Lydia Bremer entschied erstmal gar nichts und nahm sich Zeit, um über alles nachzudenken.

Fahndung (Mittwoch, 3.8.22)

Nachdem er den ersten Schock überwunden hatte, suchte Hans Karl Peter in den folgenden Tagen systematisch nach der undichten Stelle in seinem Unternehmen, kam jedoch nicht weiter. Wer hatte der Presse gesteckt, dass sein Unternehmen an einem neuen Getränk arbeitete? Woher wusste der Dilettant Dittmann das, der aus jeder Mücke ein Mammut machte? Viel stimmte zwar nicht in dem Artikel, aber immerhin wussten nun alle, dass etwas Großes geplant war. Und das war schlimm genug. Gleich am Montagvormittag hatten die ersten Großkunden aus Österreich und der Schweiz bei Peter persönlich angerufen.

„Müssen wir ab jetzt die Provinzpostille in Ihrem Kaff abonnieren, um zu erfahren, was unser Hauptlieferant vorhat?", fragte der Wiener Unternehmer Magister Karl Edelhuber. „Wenn Sie schon endlich mal ein neues Getränk auf den Markt bringen wollen, dann sollten Sie nicht vergessen, wer das für Sie zu den Verbrauchern bringt! Wenn wir das nicht vorher probiert haben, können Sie uns als Großhändler gleich von der Liste streichen."

Was für ein Desaster. Und so ging es den ganzen Tag. Der Dienstag wurde noch schlimmer. Der größte Getränkegroßhändler in Norddeutschland, Besser Trinken GmbH, stornierte alle seine Aufträge für den Sausepeter im Wert von dreiunddreißigtausend Euro. Man wolle lieber auf das neue Getränk warten und dann bestellen, vielleicht, wenn es gut sei. Das war gar nicht gut und vielleicht nur ein Vorgeschmack auf weiteres Ungemach. Mit geschwollenem Kamm und stechendem Blick betrat Hans Karl Peter sein Büro und bellte Big Foot an: „Das Krisenteam zu mir, sofort!" Eilig trommelte Nadine Grosfuß die ausgewählten Personen zusammen. Es dauerte zehn lange Minuten, bis das Investigativteam versammelt war – Helen Spieker, der Leiter der Abfüllung Klaus Wunder, den alle nur „Wonderman" nannten, Chefentwickler Jonas Mischke, Personalleiter Jobst Anstand, IT-Chef Ansgar Buchs und Johannes Friemel. Zehn Minuten, die ihr Chef nicht hatte.

„Seit wann werden Sie für Trödelei bezahlt?", fuhr er die Truppe an. „Wir haben einen Notfall. Dieser Geheimnisverrat wird Folgen haben. Nicht nur für das Unternehmen, auch für die Person, die sich diesen Hammer geleistet hat", rief er.

Keiner der Anwesenden hatte offenbar eine Ahnung oder auch nur einen Verdacht.

„Sie fragen jetzt jeden Abteilungsleiter und Mitarbeiter nach ungewöhnlichen Vorkommnissen. Hat jemand interne Protokolle an Dritte geschickt, hat jemand Informationen bekommen, die ihn nichts angehen? Hat sich jemand auffällig benommen? Wer, außer Ihnen, hat Kontakt zur Zeitung und dem dusseligen Dittmann, Frau Spieker?"

Sie hatte keine Ahnung.

Den verhassten Chefreporter der Klemme hatte Hans Karl Peter noch am Sonntag angerufen und zur Rede gestellt. Der genoss es, seinen für solche brisanten Fälle komponierten Standardsatz aufzusagen: „Ich verstehe Ihre Aufregung, aber unsere Quellen können wir leider nicht bekanntgeben."

Der Alte war außer sich vor Entrüstung.

„Wie meinen Sie das, Quelle? Es war doch offenbar jemand aus meinem Unternehmen, also mein Mitarbeiter. Ihre sensationslüsterne Pfuscherei ist in höchstem Maße gefährlich für uns, ist Ihnen das klar? Wer kontrolliert Sie eigentlich? Das werde ich mit Ihrer Verlagsleitung besprechen, machen Sie sich auf etwas gefasst, Sie Pfeife!"

Der Verlagschef war, wie Peter, Mitglied des örtlichen Tigers Club, einem Verein für Wichtige und solche, die es werden wollten. Manche waren auch nur Wichte.

„Wenn Sie bis morgen keine Ergebnisse liefern, schalte ich die Polizei ein. Und dann rollen hier Köpfe." Mit diesen Worten erhob sich Hans Karl Peter und verließ den Raum. Die Tür ließ er offen. Die Münder der Anwesenden schlossen sich erst nach und nach. Der Alte fuhr groß auf. Bis morgen war nicht viel Zeit.

Tarzan (am selben Tag)

Jeremias Peter fiel aus einem schrecklichen Alptraum. Eine junge Frau aus Finnland stürzte über eine Klippe und dann einen steilen Abhang hinunter. Sie hatte ihn in Oberklemmbach auf Englisch nach dem Weg zu einem Aussichtsturm auf dem Berg gefragt. Er antwortete in seinem post-schottischen Kauderwelsch, was sie erfreut für Finnisch mit schwedischem Akzent hielt. Dann radelte sie in die falsche Richtung davon. Kurz vor ihrem Aufprall erwachte er. Als er seine Frau Fiona fragte: „Ken ei hef ä brettschen foa bräckfäst?", war diese sofort alarmiert und wusste, was zu tun ist. Für derartige Rückfälle ihres Mannes in die alte Sprachverwirrung hatte sie die Mobilnummer des Linguistikprofessors, der sich sofort auf den Weg zu ihnen machte. Schnelles Handeln war wichtig. Einen ganzen Tag lang musste sich Jeremias Peters wieder Sprachübungen unterziehen, um die schottisch-englisch-deutschen Sprachrelikte aus seinem Hirn zu löschen. Ins Unternehmen konnte er heute nicht. Es war der einzige Tag seit Langem, an dem der stellvertretende Leiter seiner Abteilung nicht im Haus war. Während der Übungen mit dem Sprachheiler fiel Jeremias Peters Blick auf den roten Vorhang vor dem Wohnzimmerfenster. Dorthin war der Kater des Hauses vom Eichenschrank aus gesprungen und hing dort knapp unter der Zimmerdecke, festgekrallt im dicken Samt. „Tarzan, kamm ser runter!", rief er. Das Tier war seit zwei Wochen Mitglied der Familie, verstand nichts und sah auch gar nicht ein, sich zu bewegen. Schließlich hatte es seinen Namen bekommen, weil es genau das tat, was es tat. Auf den Rat seines Psychotherapeuten besuchte Jeremias Peter jeden Samstag das Oberklemmbacher Tierheim. Dort sollte er die „bedingungslose Zuwendung der Tiere" erleben, die den Menschen nicht bewerten. Dies würde ihm guttun und sein Selbstbewusstsein stärken. Gleich bei seinem ersten Besuch spürte er, dass besonders die Hunde ihn mochten. Im Freilaufgehege wichen ihm die aktuell zwölf Tiere nicht von der Seite. Von der linken. Sie stupsten ihn an, bellten freundlich, fordernd. Ein Dobermann allerdings wurde ungehalten und grollte.

„Na, da hast du ja gleich einen Haufen neuer Freunde, Jerry. Hast du dich mit Speck eingerieben?“, rief Hundebetreuerin Nancy aus dem Kaninchenstall herüber. Jerry war sein Tarnname, denn er war inkognito hier. Nicht auszudenken, was seine Kollegen im Unternehmen sagen würden, wenn sie wüssten, dass er hier war. Und sein Vater! Der würde ihn auf der Stelle enterben. Nach zehn Minuten wurde das Rudel dann doch zu aufdringlich, der Dobermann warf „Jerry“ fast zu Boden. Nancy empfahl eine Spielpause. Er half im Katzenhaus und schlenderte später zufrieden nach Hause, die Hände locker in den Jackentaschen. In der linken fand er ein Wurstbrot vom Vortag, was sogar noch schmeckte. Er nahm sich sein Essen immer mit zur Arbeit, weil er die Kantine mied. Wann immer er dort auftauchte, forderte ihn jemand auf, etwas auf „Schrottisch“ zu sagen.

Eine Woche später nahm er seine Tochter Fee mit ins Tierheim, wo er den Hunden völlig egal war. Der größte, ein Mastiff, pinkelte ihm auf die Schuhe. Die Katzen wurden gerade gefüttert, und Fee zeigte auf die kleinste von ihnen und rief fröhlich: „Daba!“ Zwei Tage später holten Jeremias Peter und seine Frau das Tier mit einem Katzenkorb ab, den sie vorsichtig ins Auto stellten. Der örtliche Händler für Haustierbedarf Tom & Terry, hatte im Hause der Peters alle nur denkbaren Spielgeräte, Kratzbäume, Katzenklos und Kissen verteilt. Futter für ein Jahr mit einem anderen Speiseplan für jede Woche. Kaum aus dem Korb entlassen, raste der Kater auf die Vorhänge im Wohnzimmer zu, hechtete mit einem Riesensatz zwei Meter hoch und klettete sich dort fest. „Daba!“, jubelte Fee. Das Reißen des Stoffes klang nicht gut. „Daba!“ Nach zwei Tagen waren beide Vorhangseiten rechts und links des Fensterns flächendeckend perforiert, und der Stubentiger war mehr in der Luft als am Boden. Jeremias Peter hatte diesen Stoff nie gemocht, weil er ihn an den Speisesaal an der schottischen Universität erinnerte. Seine Frau sah das anders. Die Namensgebung des Katers war reine Formsache.

Richtungswechsel (Donnerstag, 4.8.22)

Pünktlich zur Jubiläumsfeier am dreißigsten September sollte der neue Drink präsentiert werden, mit dem das Unternehmen in Zukunft wieder große Erfolge feiern würde. Die treuen Kunden des etablierten Sausepeter waren mit ihm älter geworden oder einfach weg, und der Umsatz bröckelte jedes Jahr mehr. Allen war klar, es musste etwas passieren, denn das Image des Quittenbrandes hatte Staub angesetzt und war uncool für jüngere Konsumenten. Zu süß, langweilig, alt. Der Name des Drinks sorgte mittlerweile für Belustigung. Eine Weile versuchte der Vertrieb, mit neuen Rezepten für Longdrinks neue Kunden zu gewinnen. Sausepeter on the rocks, Peter the Rock, Peter Tonic oder Zitronenpeter. Das war aber nicht mehr als Kosmetik und konnte den Rückgang der Zahlen nicht aufhalten. Die Truppe um Jonas Miscke war kurz vor, aber noch nicht am Ziel. Sie saßen am Besprechungstisch im Garten, direkt vor Gewächshaus neun, den sie nach draußen getragen hatten, weil es sich an frischer Luft besser denken lässt. Buschido war, wie an jedem Vormittag, bei der Vertriebsmannschaft, hatte gut gefuttert, war ihnen nach draußen gefolgt und aalte sich in der Sonne. Auch Klaus Wunder war heute dabei, denn es ging um die Abfüllung und die neuen Flaschen. Diese hatte Gisbert Guth entwickeln lassen, denn das Auge trank ja mit. Außer seinem Team und Wonderman hatte sie noch niemand gesehen. Das Besondere an ihnen war, dass sie der Form einer Quitte nachempfunden waren. Rund zwanzig verschiedene Rezepturen hatten sie entwickelt, getestet und fünf für gut befunden. Alle Varianten basierten natürlich auf der Quittenfrucht, dazu Zucker, Zimt, Gewürznelken, Schnaps und Zitronen. Diese Grundmischung war das Erfolgsgeheimnis des Sausepeter, den die Peter GmbH & Co. KG seit mehr als dreißig Jahren verkaufte, aber in den Nuancen unterschieden sich die Finalisten. Das Team jonglierte mit Kardamom, Weinbrand, Vanilleschoten, braunem Kandis, Ingwer, Orange und dem Mongolenkraut, das sie züchteten und streng bewachten. Dieses hatte einen Geschmack, der alles übertraf, was sie je probiert hatten, winzige Mengen reichten, um ein ganzes Fass anders schmecken zu lassen. Es roch eher muffig, schmeckte aber würzig wie der „Atem eines Tigers und schwungvoll wie ein Steppenpferd". Das hatte sich Jonas Mischkes Frau ausgedacht, der er ein paar Dinge im Vertrauen erzählt hatte, die sie eigentlich nicht wissen durfte. Sie war Werbetexterin in einem Verlag für Gartenbücher. Der Anbau dieses Zauberkrauts war einfacher, als sie gedacht hatten. Wenig Licht und Wasser, keine besondere Erde. Das war alles. Fast. In den Blüten verfingen sich Fliegen, die von der Pflanze verschlungen wurden. Da Fliegen aber nur im Sommer unterwegs sind, mussten die Entwickler für den Appetit der Pflanze eine Lösung finden. Ganzjahresfliegen, sozusagen. Und weil Insekten keinen Kalender haben, wurde eines der Gewächshäuser einfach konstant auf sommerliche dreißig Grad geheizt. Es sprach sich unter den Fliegen herum, dass es dort angenehm warm war. Sie wurden mehr und mehr, sodass bald auch Fledermäuse hermussten, um der Menge Herr zu werden. Dem Mongolenkraut aber war seine Lieblingsspeise sicher.

„Wir müssen uns entscheiden, welche zwei Varianten wir unseren wichtigen Kunden vorstellen", sagte Mischke. „Wir machen eine Blindverkostung."

Alle waren sofort begeistert. Es war erst vierzehn Uhr, der Nachmittag begann vielversprechend.

„Einer von uns schenkt jedem fünf KLEINE Gläser ein, die mit farbigen Klebestreifen markiert sind. Es darf nicht erkennbar sein, aus welcher der nummerierten Flaschen die Flüssigkeit kommt. Wer ausschenkt, kann also nicht probieren", erklärte Mischke seine Idee. „Wer übernimmt das?" Keiner wollte.

„Kann das nicht jemand aus einer anderen Abteilung machen, vielleicht die Grosfuß?", schlug jemand eifrig vor.

Buschido stellte die Ohren auf und knurrte. Die also nicht.

„Oder der Azubi, der Lukas, der soll doch was lernen."

Der Hund wedelte mit dem Schwanz. Da Lukas Neubert zurzeit bei Big Foot saß, mussten sie sich eine List überlegen, um ihn für eine Weile von dort zu entführen. Womit konnten Sie die Chefassistentin überzeugen, ohne dass sie Lunte roch?

Klaus Wunder hatte einen Geistesblitz und griff zum Telefon. „Frau Grosfuß", säuselte er, „ich bin gerade in der Entwicklungsabteilung, wir haben hier eine schöne Aufgabe für Herrn Neubert." Alle wussten, dass Big Foot weder den Azubi noch Hunde mochte. Buschido hatte sich vor einigen Tagen neben dem Parkplatz genüsslich im Matsch gesuhlt. Als er Nadine Grosfuß aus dem Auto steigen sah, lief er fröhlich auf sie zu und sprang sie von hinten an. Jeder Mensch hatte bei der Hündin erstmal einen Vertrauensvorschuss. Sie hatte das Tier vorher nie gesehen und schrie hysterisch, weil das neue Kleid hin war. Hausmeister Krause im Erdgeschoss öffnete sein Bürofenster, weil er dachte, jemand brauche Hilfe. Er sah die besudelte Grosfuß, wie sie nach dem Hund trat und ihn angiftete: „Scheißköter!" Zufrieden schloss er das Fenster, setzte sich und trank weiter seinen Kaffee. Buschido merkte sich den Duft der unsympathischen Frau und mied auf seinen Touren durch die Büros die Chefetage. Wonderman erklärte Big Foot, dass irgendein Hund in den Firmengarten gekackt hatte. Es wäre doch eine schöne Sache für Herrn Neubert, sich darum zu kümmern. Nadine Grosfuß jubelte innerlich. Sie konnte den Dummkopf für eine Weile los sein und sah ihn schon voller Schadenfreude mit Kotbeuteln hantieren.

„Das ist eine sehr gute Idee, Herr Wunder, ich schicke ihn gleich zu Ihnen. Er hat alle Zeit der Welt für diesen schönen Job. Das ist doch wirklich mal was anderes." Sie schickte ihn feixend los. Jonas Mischke führte Lukas Neubert in die Teeküche und erklärte ihm das Vorgehen. Ein farbiger Klebezettel auf jede der fünf Flaschen. Fünf Flaschen, fünf Farben. Er wusste, dass man es für den Azubi einfach halten musste. Dann auf die fünf Gläser für die Verkoster jeweils Klebezettel mit denselben Farben, einschenken und los. Mischke und sein Team durften die Flaschen aber nicht sehen und bekamen nur die fingerhutgroßen Gläser auf den Tisch gestellt. Dazu einen Zettel zum Bewerten von Nase, Geschmack, Würze, Abgang, Attraktivität für jüngere Kunden. Ein allgemeines Urteil sollte auch jeder aufschreiben. Um ganz sicher zu gehen, würde das Ganze ein zweites Mal durchgeführt, mit anderen Farben auf Flaschen und Gläsern. Das Team war begeistert und schlug gleich noch eine dritte Runde vor, was der Chef zum Bedauern aller aber nicht für nötig hielt. Lukas Neubert servierte die Gläser und verschwand wieder in der Küche. Nach Runde 1 gab es einen klaren Favoriten: Gelb. Und Rot war knapp dahinter zweiter. Die anderen drei kamen gut weg, waren aber abgehängt. „Was machen Sie denn da?“, herrschte Mischke seinen Mitarbeiter André Lemke an, der sich gerade ein Glas von seinem Sitznachbarn geangelt hatte und es ausschleckte.

„Da war noch ein Rest drin“, stammelte der verlegen.

Mehr als „Oh, Mann“ fiel Mischke dazu nicht ein. Dann Runde zwei, nach einer kurzen Pause mit Wasser und Weißbrot zur Neutralisierung der Geschmacksnerven. Der Sieger war mit großem Vorsprung wieder derselbe, aber Nummer zwei ein anderer. Sie brauchten zwei Varianten für die geplante Verkostung mit den Großkunden. Davor musste natürlich Hans Karl Peter probieren und sein Urteil abgeben. Also gab es doch eine Runde drei, ein Stechen nur mit den beiden Zweitplatzierten. Die Stimmung war ausgelassen. Jeder zwei Gläser. Vorher Wasser, Brot. Mischke blickte Lemke scharf an. Der streichelte unschuldig den Hund. Schließlich war auch der zweite Favorit gefunden. „Ich präsentiere das Ergebnis der vorläufigen Hochrechnung der Entwicklungsabteilung der Peter GmbH & Co. KG“, trötete Jonas Mischke durch seine zum Sprachrohr geformte rechte Hand. Gewonnen hatte Flasche Nummer fünf, gefolgt von Nummer zwei. Diese beiden Rezepturen waren die einzigen, die das Mongolenkraut enthielten, die eine mehr, die andere weniger. Das war er also, der entscheidende Unterschied. Insgeheim freute sich Mischke darüber, dass er so ein schlechter Reiter war. Es ist noch kein Meister vom Himmel gefallen, aber vom Pferd schon. Er bat Lukas Neubert, aus der Teeküche zu kommen, der Test sei vorüber und er wolle sich bei ihm bedanken. Es rummste vernehmlich, alle fuhren auf. Erst im zweiten Anlauf gelang es Neubert, den Raum zu betreten. Beim ersten war die Türöffnung nicht breit genug. „'s wamia 'ne Freue", lallte er. Wie selbstverständlich hatte er in der Küche an dem Test teilgenommen, als unabhängiger Beobachter, nur ohne Bewertungsbogen. Seine Favoriten waren zwar eher die Flaschen eins und vier, aber so sicher war er sich da nicht. Als jemand „Einer geht noch rein!" anstimmte, brüllte Mischke ihn an, ob er noch wisse, dass dies hier zu seinem Job gehöre und er nicht irgendwo in einer Eckkneipe bei den Fans das FC Oberklemmbach sei. Dann war Ruhe. In diesem Zustand konnten sie den Neubert nicht zu Big Foot zurückschicken. Klaus Wunder rief sie an und erklärte ihr, der Azubi habe noch mehr Arbeit im Garten gefunden und sei bis zum Feierabend beschäftigt. Sie hatte nichts dagegen. Neubert grinste mit glasigem Blick.

Eines hatte sich Entwicklungsleiter Jonas Mischke bis zum Schluss aufgehoben. Er musste sein Team fragen, ob jemand eine Idee hätte, wer der Presse verraten haben könnte, dass ein neuer Drink in Arbeit war. Von dem Aufruhr hatten alle etwas mitbekommen. Er musste nicht erklären, dass seine Abteilung ganz oben auf der Liste der Verdächtigen stand, tat es aber doch. Erwartungsgemäß waren alle beleidigt und entrüstet. Wie er nur glauben könne, dass ..., und wie er denn auch nur auf die Idee kommen könne, dass ...

„An eurer Loyalität habe ich keinen Zweifel, Leute. Überlegt bitte, ob euch irgendwas oder irgendwer aufgefallen ist in den letzten Wochen. Es geht hier um Insiderwissen. Im schlimmsten Fall sind wir alle unseren Job los. Wir müssen den Maulwurf finden."

In dem Artikel war auch die Rede von einer neuen Zutat aus Asien gewesen, die bis dato noch völlig unentdeckt sei. Er schloss die Sitzung und sah jedem tief in die Augen. Einer wandte den Blick ab.

Suche (Freitag, 5.8.22)

Die nächste Sitzung des Krisenteams brachte keine verwertbaren Hinweise, was Hans Karl Peter erzürnte. Alle hatten herumgefragt, Druck gemacht, mit Konsequenzen gedroht, jedoch ohne Ergebnis. Nicht einmal eine Spur. Der Alte würde nun die Polizei einschalten, wenn seine eigenen Leute ihren Laden nicht im Griff hätten. Großartig! Helen Spieker sah schon die Schlagzeilen in der Klemme vor sich: „Polizei ermittelt gegen Peter." Für jeden negativen Bericht machte Hans Karl Peter sie persönlich verantwortlich, weil sie doch so großartige Kontakte zu den Medien hätte. Da der Schreiberling Dittmann den direkten Draht zur Polizei hatte, würde er ganz sicher sofort erfahren, dass etwas im Busch wäre. Und dann würde der Schlamassel erst richtig losgehen. Eine Sensation für das Schmierblatt, Herzattacke für den Alten und Riesenärger für sie selbst. Wie sollte sie der Chefredaktion der Klemme erklären, dass die Polizei denjenigen suchte, der ausgerechnet diese Zeitung informiert hatte? Das würde die gesamte Medienwelt auf den Plan rufen, Verleger, Presserat und Journalistenverband – sie alle würden auf Pressefreiheit und den nötigen Schutz von Quellen pochen. Im schlimmsten Fall bekäme die Peter GmbH

& Co. KG einen Medienanwalt auf den Hals gehetzt, der das Unternehmen verklagen würde. Was für ein Chaos. Ihre Karrierepläne könnte sie schreddern, ihr Lebenslauf wäre schwer beschädigt. Wer will eine Pressesprecherin einstellen, die das Recht der Medien auf kritische Berichterstattung mit Füßen tritt? Sie musste etwas unternehmen.

Einen Tag später klingelte Hans Karl Peters Mobiltelefon. Nur wenige Menschen kannten seine Nummer. Es war der Bürgermeister der Stadt, Lothar Vogel, der berichtete, dass im Rahmen eines Wirtschaftsaustausches mit Asien überraschend auch eine Delegation chinesischer Unternehmer aus Peking in Oberklemmbach sei und gern die Peter GmbH & Co. KG kennenlernen würde. Der Alte hatte sich am Ende der denkwürdigen Jahreshauptversammlung des Unternehmerverbandes bereit erklärt, eine Delegation zu empfangen. Von Chinesen war da aber nicht die Rede. Mit Alkohol hatten die doch nichts am Hut, weil sie keinen vertragen. „Morgen um zehn Uhr also." Hans Karl Peter legte verärgert auf. Es war ihm ganz recht, dass es am Samstag sein sollte, wenn niemand sonst in der Firma war. So konnte er den Zirkus kurzhalten. Er hatte wahrlich andere Sorgen, als seine Zeit mit neugierigen Gästen zu verplempern. Vor einigen Jahren wollte ein chinesisches Unternehmen aus Shanghai seine Firma kaufen, weil er doch sicher bald in den Ruhestand gehen wolle. Er hatte abgelehnt, überhaupt darüber zu reden. Die Hoffnung, dass sein Sohn vielleicht doch noch die Kurve bekäme und das Ruder übernehmen könnte, hatte er damals noch nicht aufgegeben. Der Friemel würde das schon hinbekommen.

Alles anders (am selben Tag)

Jetzt musste er sich um die Fünfzigjahrfeier kümmern. Das Planungsteam hatte die Woche genutzt, um mehrere Konzepte zu erarbeiten. Einhundertfünfzig Seiten! Wer viel schreibt, hat wenig zu sagen. Das war sein Credo. Oder eines davon, er hatte viele. Sollte er das wirklich alles lesen? Er hatte die Grosfuß darum gebeten, eine kurze Zusammenfassung zu bekommen, die für den ersten Überblick reichen würde. Er rechnete ohnehin damit, darin nur die erwartbare Langeweile zu finden, tausendmal kopierte Ideen aus dem Internet. Er hatte ganz klar gesagt, dass er ein Feuerwerk an Überraschungen erwartete, die aber bitte zur Firma und zum Anlass passen sollten. Kunden, die Familien der Mitarbeiter und andere Gäste sollten beeindruckt nach Hause gehen und noch lange von der Feier sprechen. Wozu sonst hätte er gut bezahlte Leute? Über Geld sollten sie nicht nachdenken, der Firma ginge es blendend.

„Benutze ich neuerdings chinesischen Dialekt oder eine andere exotische Ausdrucksform?“, blaffte Hans Karl Peter seine Assistentin an. Ihre Freude auf ein schönes Wochenende zerfiel vor ihrem inneren Auge in Einzelteile. Sie blickte ihn fragend an.

„Ich, äh …“

„Hatte ich nicht in einer auch Ihnen gut verständlichen Version der deutschen Sprache klar und deutlich gesagt, was ich erwarte? Und das war kein Mittelhochdeutsch.“

Eine fiese Anspielung auf ihr abgebrochenes Germanistikstudium. Er musste mal wieder Dampf ablassen, und mal wieder an ihr.

„Wenn Sie meine sprachlichen Möglichkeiten für begrenzt halten, sollten Sie mir das vielleicht sagen. Ansonsten gehe ich davon aus, dass sie mich gut verstanden haben und hier etwas schiefgelaufen ist."

Er zeigte auf den vor ihm liegenden Papierstapel. Nadine Grosfuß musste sich kurz sammeln und Luft holen. Dann erklärte sie ihrem Chef, dass sie das sehr wohl alles genauso weitergegeben hätte. Und sie hätte den Kollegen ihre Aufgaben übertragen. Nur dann hätten sich die anderen – gegen ihren Protest – dafür entschieden, nicht einen gemeinsamen Vorschlag abzugeben, sondern drei Alternativen, die in drei Gruppen erarbeitet wurden. Was sollte sie da machen, petzen? Wenn er es auch nicht zugeben würde, gefiel Hans Karl Peter diese Eigenmächtigkeit seines Personals. Frech kommt weiter, ein weiteres Credo. Er war sogar neugierig. „Und welcher Vorschlag ist von wem?" Das wüsste sie selbst nicht, erwiderte Grosfuß kleinlaut. Jetzt amüsierte es ihn, sehr sogar. Auch wenn es niemand glauben würde, er liebte Überraschungen. Wenn sie gut waren. Er schickte sie raus und begann zu lesen.

„Vorschlag eins: Peterchens Mondfahrt". Das ging ja gut los, völlig falsche Schublade. Er wollte sofort aufhören zu lesen. Aber vielleicht war alles andere ja noch schlechter, also las er weiter. Wie er es hasste, wenn sein Name für irgendwelche geschlaumichelten, meist plumpen Anspielungen missbraucht wurde. Das ganze Firmengelände sollte in eine Mondlandschaft verwandelt werden. Statt eines Maikäfers, wie in dem Kindermärchen, sollte eine Raumkapsel auf dem Mond landen. Aus der sollte dann der Firmenchef selbst steigen und im Astronautenanzug die Gäste begrüßen, die sich dann alle wie Astronauten fühlen sollten, die nicht das sechste Bein des Käfers, sondern das neue Getränk der Firma Peter GmbH & Co. KG suchen. Dem Finder der gut versteckten Flasche winkte ein Abo „All you can drink“ für ein Jahr. Von Hüpfburgen für Kinder, Disco für die Jugend, einem opulenten Büfett und Achterbahn für die Großen war die Rede. Auch die Reise nach Jerusalem fehlte nicht, damit war Hans Karl Peter alles klar. Als musikalisches Highlight sollte Peter Krause auftreten, ein sehr in die Jahre gekommener Alt-Rock-'n'-Roller. Das könnte Hans Karl Peter gefallen, dachte die Gruppe eins. Falsch gedacht. Er gähnte und blätterte weiter. „Vorschlag zwei: Menschen, Tiere, Sensationen!“ Ein international bekannter Zirkus sollte anrücken, sein Zelt innerhalb von zwei Tagen aufbauen, mit den Mitarbeitern einige Nummern einüben, die dann vor den Gästen in vier Shows gezeigt werden sollten. Das Zelt fasste fünfhundert Menschen. Der Höhepunkt sollte jeweils Hans Karl Peter sein, wie er aus einem Zylinder kein Kaninchen, sondern eine Flasche mit dem neuen Drink zauberte. Und das vier Mal. Um das Zelt herum allerlei Jahrmarkttreiben, Fressbuden, Süßkram, Dosenwerfen, Schießbuden, Autoscooter. Hau den Lukas war auch dabei. Den Lukas könnte doch der Betriebsratsvorsitzende spielen, dann würde sogar er selbst zum Hammer greifen, dachte Peter. Aber nein, öde. Weiter. Eine Chance gab er dem Team Fünfzig noch. „Vorschlag drei: E-S!“ Angelehnt an einen legendären Horrorthriller sollte das komplette Firmengelände in ein unterirdisches Kanalisationssystem umgestaltet werden. Völlige Dunkelheit. Aufgabe für jeden Gast wäre es, allein oder in Gruppen den Weg vom Eingang bis zum Ausgang des Labyrinths aus Gängen und Kloakenströmen, die richtig stinken sollten, zu finden. Dazu war eine Zusammenarbeit mit den örtlichen Abwasserbetrieben geplant, die für die Dauer der Feier den gesamten flüssigen Abfall des Industrieviertels in dieses Kanalsystem umleiten sollten. Jeder bekam eine Wegeskizze, die aber nicht zu genau sein sollte, damit es genügend Möglichkeiten des Verlaufens gäbe. Ein Beispiel lag dabei und sah aus wie eine Schatzkarte in einem Goldgräberfilm. Sie stank erbärmlich. Gummistiefel wären mitzubringen und robuste Kleidung, am besten wasserdichte. Garantie für die Garderobe würde auf keinen Fall übernommen. Wer durchkam, könnte per Losziehung eine Flasche des neuen Drinks der Firma gewinnen. Für Kinder eine Spezialmischung ohne Alkohol. Aber der Weg hatte es in sich. Beleuchtete rote Luftballons sollten den Gästen den Weg weisen, von einem Schrecken zum nächsten. Manche Wege führten auch ins Nichts oder zum Eingang zurück. Aus Gullischächten rechts und links würden Hände nach den Beinen der Besucher greifen und leicht daran ziehen. Schreckliche Clownsmasken sollten die Menschen urplötzlich anbrüllen und irre kichern. Eine Stimme von irgendwo würde drohen, sie wolle den Menschen die Arme abbeißen. Es gab Strecken, die nur durch stinkende Abwasserbecken führten, mit dem „Fäulnisgeruch der Unterwelt", wie es in dem Vorschlag hieß. An einigen Stellen würde unvermittelt Dreckwasser über den Menschen ausgegossen. Einige Höhenunterschiede könnten nur durch glitschige Strickleitern überwunden werden. Echte Ratten sollten durch die Gänge wuseln, die an Fleischresten nagen würden, welche ein örtlicher Schlachter stiften würde. Skelette würden überall herumliegen, Totenschädel würden den Gästen zuflüstern, sie seien die nächsten. Dazu grauenerregende, laute Musik aus versteckten Lautsprechern. Zartbesaitete fänden überall Notausstiege, um den Horror jederzeit beenden zu können. Für Aussteiger wäre dann die Feier allerdings beendet. Auch Sanitäter waren dort geplant. Wer gut und schnell war, würde den Weg in ungefähr drei Stunden schaffen. Das dann geplante Büfett sollte unter dem Motto „Gotham's Delight" stehen und einem auf Heavy-Metall-Festivals spezialisierten Caterer übertragen werden. Als Höhepunkt zum Schluss sollte die bekannteste deutsche Metall-Band, Kantstein, auftreten und das Erkennungslied für das neue Getränk der Peter GmbH & Co. KG spielen. Vom Dach des fünfstöckigen Firmengebäudes sollten die Musiker über eine dreißig Meter lange Rutsche auf die Bühne gleiten. Konnte das alles wahr sein? Hans Karl Peter las einfach weiter. Eingeladen würden die Gäste nicht langweilig per Brief oder E-Mail. Sie würden überhaupt nicht eingeladen, sondern müssten herausfinden, ob sie erwünscht wären oder nicht. Das würde auch für Kunden, Lieferanten, Politiker, andere VIPs und die Medien gelten. Dazu sollte in verschiedenen Zeitungen und an Plakatwänden ein QR-Code veröffentlicht werden unter der Überschrift: „50 Jahre Peter – nichts für Weicheier!" Mit dem Code käme man auf eine spezielle Internetseite, auf der nur wenige, sehr abschreckende Informationen zu finden wären – düster und gruselig. In einem Video würde ein ekelhaft geschminktes Wesen gezeigt, gekleidet in schwarze Tücher, das triefend und tropfend aus dem Abwasser steigen und grollen würde, wer seine Kinder mitbringen wolle, sei selbst schuld und solle sie vorher besser durchzählen, auch deren leckere Beine. Wer dann noch wollte, könnte sich registrieren, müsste allerdings drei Fragen beantworten. Von den insgesamt zweitausend vorher definierten Gästen, die zur Registrierung zugelassen wären, würde sicher mindestens ein Viertel nicht kommen wollen. Weitere fünfundzwanzig Prozent würden die Fragen falsch beantworten. Und da sicher nicht mehr als die Hälfte der verbleibenden Gäste den Weg bis zum Ende des Kanalsystems finden würden, wäre man am Ende bei höchstens fünfhundert Menschen für das Konzert und das Büfett. Das wäre der elitäre Kreis, der sich die Abschlussfeier erarbeitet und verdient hätte. Eine satte Einsparung zum Schluss. Hans Karl Peters Kaufmannsseele lachte. Was für ein verwegener Vorschlag! Er schauderte vor Vergnügen. Das war ganz nach seinem Geschmack. Die Leute würden nicht wie sonst bei den Firmenfeiern von der Stange gepampert und verwöhnt, gemästet und bespaßt, bis sie mit vollgestopften Taschen nach Hause gefahren würden (er dachte an Krachnitz, den Kleptomanen). Und am nächsten Tag wäre die Hälfte der Belegschaft krankgeschrieben wegen Kater und Verdauungsstörungen. Nein! Sie würden gefordert, zu Tode erschreckt und von Kopf bis Fuß besudelt. Und das Beste wäre, niemand könnte sagen, er wäre nicht gewarnt worden. Die notorischen Ich-kann-leider-erst-zum-Büfett-Kommer würde es auch nicht geben. Von einer solchen Jubiläumsfeier würde man in der Tat noch lange reden, wenn auch nur die wenigen, die es bis zum Schluss schafften. „Genauso machen wir das!" Er schlug mit der rechten Faust auf den Schreibtisch. Vor Schreck fiel der Grosfuß ihr teurer Mont-Blanc-Füller aus der Hand und mit der Feder voran auf den harten Tisch. Gebrochen! Und das helle Designerkleid? Schwarz gesprenkelt. „Frau Grosfuß, kommen Sie doch bitte mal zu mir", tönte es aus der Sprechanlage. Selten war sie einer Ohnmacht so nah.

Eien Män (Samstag, 6.8.22)

„Mein herzliches Beileid, Herr Peter. Es ist für uns alle ein schwerer Schlag, besonders natürlich für Ihre Familie und Sie. Ihr Vater war bis vorgestern so agil und dynamisch, saß genau dort, wo Sie jetzt sitzen, und gab mir Anweisungen." Johannes Friemel stand vor dem Schreibtisch, der jetzt Jeremias Peter gehörte, in einem dunklen Anzug mit drei dicken Aktenmappen unter dem rechten Arm. Der über Nacht in die Rolle des Alleingeschäftsführers gestoßene Erbe erhob sich schüchtern, um das Beileid entgegenzunehmen, wurde aber von Friemel zurück in den Stuhl gedrückt.

„Es gibt viel zu tun, Herr Peter. Er knallte die nummerierten Mappen auf den Tisch. „In der ersten sind die bisher eingegangenen Kondolenzbriefe von Kunden, Lieferanten und so weiter. Die können Sie später lesen. Die Angebote des Bestattungsunternehmens und des Restaurants, in dem das Essen nach der Trauerfeier stattfinden soll, finden Sie in der zweiten. Das eilt."

Dort fand er auch den Entwurf für die Trauerrede des örtlichen Pastors, den dieser gern mit Jeremias Peter abstimmen wollte, um Fettnäpfchen zu vermeiden.

„Am dringendsten sind aber die Angebote und Vertragsentwürfe in der dritten Mappe. Am besten unterschreiben Sie die sofort, es muss ja weitergehen", ordnete Friemel an. Und er erinnerte ihn daran, dass ab jetzt allein er die Verantwortung für das Unternehmen und alle Mitarbeiter hätte. Ein Firmenlenker ohne Führerschein. Dann war er allein. Er stand auf und tigerte durch sein Büro, die Hände in den Hosentaschen seines viel zu großen Anzugs – er hatte nur diesen einen. Was sollte er jetzt tun, was zuerst, was danach, was überhaupt? Krampfhaft versuchte er, sich daran zu erinnern, was er während seines Studiums gelernt hatte. Speziell für die Söhne älterer Unternehmer wurde der Wochenendkurs „How to be a Captain over night" angeboten. Er hatte die Veranstaltung nur am ersten Tag besucht, weil er lediglich jedes zehnte Wort des nordschottischen Dozenten Ian Mac Dermit verstand. Woran er sich noch erinnerte, war der dringende Rat, Stärke zu zeigen, kein Mitgefühl zuzulassen, alle Emotionen zu unterdrücken, niemanden fragen, mit starker Hand zu handeln. Mitarbeiter und Geschäftspartner dürfen keine Sekunde an der Führungsstärke des neuen Kapitäns zweifeln, er selbst auch nicht. Also setzte er sich an den Schreibtisch und nahm sich die Mappe mit den Verträgen, schlug sie auf und wollte den ersten unterschreiben. Es ging um den Einkauf von zwanzigtausend Flaschen in Quittenform für das neue Getränk im Wert von rund dreißigtausend Euro. Auf einem gelben Klebezettel stand eine Anmerkung vom Leiter der Einkaufsabteilung. Trotz harter Verhandlungen wäre kein besserer Preis möglich gewesen, es täte ihm leid. Unten links, irgendwie hineingequetscht, war die Zeile für seine eigene Unterschrift, davor stand gedruckt sein Name. Rechts daneben eine weitere Zeile, der Name daneben war durchgestrichen: Hans Karl Peter. Er nahm den goldenen Füller, den Friemel bereitgelegt hatte, und setzte an. Sein Blick fiel auf die Gravur im oberen Teil des Schreibgerätes: „H. K. Peter." Der spontane Schweißausbruch kam wasserfallartig, und er sah sich wieder in den Fußspuren dieses großen Unternehmers versinken. Bilder, die immer wieder in seinen Träumen auftauchten, in denen er wie ein Zwerg neben seinem Vater aussah, der ihn an einer Hundeleine hinter sich herzog. Der schwere Füllfederhalter rutsche ihm durch die Finger. Vielleicht ging es besser mit seinem eigenen Stift, dem Plastikkugelschreiber mit der Adresse des Tierheims, den er für eine kleine Spende bekommen hatte. Er sah Mac Dermit vor sich und hörte ihn brüllen: „Du itt, ju Feigling! Ju mast bi än Eien Män!" Abermals setzte er an.

„Stopp! Sofort aufhören!" Jeremias Peter fuhr vor Schreck zusammen. „Was machen Sie denn da?" Johannes Friemel raufte sich die Haare.

„Ich dachte, wir wären schon viel weiter. Sie machen ja einen Fehler nach dem anderen, Herr Peter! So einen Vertrag können Sie doch nicht einfach unterschreiben, ohne vorher mit dem Einkaufsleiter zu sprechen. Sie müssen ihm sagen, dass Sie mit diesem Vorschlag nicht zufrieden sind und er nachverhandeln muss. Druck machen, Herr Peter, Druck machen! Sonst nimmt Sie niemand ernst."

„Aber mein Vater hätte den Vertrag doch auch ..."

„Nein, hätte er nicht", unterbrach ihn Friemel. „Und Sie müssen jetzt noch strenger sein als Ihr Vater. Das erwarten die Leute. Sie haben nicht nur ein Unternehmen geerbt, sondern auch eine Rolle. Also weiter, bitte, holen Sie sich jetzt den Einkaufsleiter."

Friemel ging wieder raus. Jeremias Peter bat seine Assistentin, den Einkaufsleiter zu rufen.

Vor Jeremias Peter stand wieder Johannes Friemel, nun in der Rolle des Einkaufsleiters, breitbeinig, Hände in den Taschen und mit fiesem Grinsen.

„Watt is' denn nun wieder, Junior?"

„Wie bitte, was bilden Sie sich ein?", mehr kam aus Jeremias Peter nicht heraus.

„So, und jetzt nachladen und voll auf die Zwölf! Lassen Sie sich das nicht gefallen", brüllte Friemel ihn an.

„Schluss, aus! So geht das nicht!", schrie der entnervte Neugeschäftsführer.

„Pause, Leute!", rief Friemel in den Raum hinter sich. Der Kameramann und der Tontechniker ließen sich mit einem Bier in der Hand auf ein Ledersofa fallen.

„Kompliment, Herr Peter, jetzt sind Sie genau da, wo ich Sie haben möchte: sauer, wütend und laut. Ganz der Vater."

Jeremias Peter stöhnte, diese Vergleiche mit seinem alten Herrn machten ihn fertig. Konnte der Friemel das nicht einfach mal lassen? Es erinnerte ihn jedes Mal aufs Neue an seine Unzulänglichkeit. Immer sollte er ein anderer sein, als er war. Das war schon während der Schulzeit so. Ab der achten Klasse bestand sein Vater darauf, dass er mit Anzug, Weste und Krawatte in die Schule ging. Jeden Tag. Freunde hatte er keine. Ab der neunten Klasse redeten seine Klassenkameraden ihn frotzelnd mit „Herr Doktor Peter" an. Als reicher Lulli im Dreiteiler bestand seine Schulzeit aus Demütigungen und Spott. Das sahen alle, nur sein Vater nicht. Mehrfach sprachen die besorgten Lehrer die Eltern des Jungen auf dessen Sonderrolle an und ob eine schlichte Jeans nicht auch eine gute Idee wäre. Darauf wetterte Hans Karl Peter, dass er mit der Schulleitung ein ernstes Gespräch über eine ordentliche Kleiderordnung führen müsse. Vier Wochen lang versuchte Jeremias alles, um diesem Bekleidungsdiktat zu entkommen. Er wälzte sich mit den Anzügen im Dreck, zerschnitt die Sakkos, riss Löcher in die Hosen, goss Motoröl über die Klamotten und verbrannte die Krawatten im Kamin. Allein, es half nichts.

Sein Vater hatte für solche Fälle pubertärer Renitenz beim örtlichen Herrenausstatter ein Depot mit Anzügen anlegen lassen. Es wurden einfach am selben Tag neue geliefert. Dann gab sein Sohn auf. Vier Wochen Aufbegehren, lebenslanger Schaden.

Johannes Friemel hatte mit Hans Karl Peter vertraulich vereinbart, dass er dessen Sohn bis zum Firmenjubiläum für die Nachfolge bereitmachen solle. Mehr Zeit hätte er nicht. Geld sollte keine Rolle spielen. Im Erfolgsfall würde der Alte noch auf der Feier das Ruder an seinen Sohn übergeben, und dann wären Friemel und Jeremias Peter die beiden Geschäftsführer der Peter GmbH & Co. KG. Die Alternative war deutlich unattraktiver: Friemel wäre seinen Job los, Jeremias Peter bekäme irgendwelche Sonderaufgaben im Unternehmen, und Hans Karl Peter bliebe im Amt. Es gab noch eine dritte Variante. Die aber gab es nur im friemelschen Kopf. Er hütete sie sehr sorgfältig. Als Johannes Friemel mit Gesprächen, Arbeitsspaziergängen und therapieähnlichen Sitzungen nicht weiterkam und Jeremias Peter immer wieder in alte Verhaltensmuster zurückfiel, griff er zum letzten Mittel: Rollenspiele waren der letzte Schrei unter Betriebspsychologen und Personalchefs, die sich mit Problemen in Unternehmen oder mit schwierigen Einzelfällen beschäftigten. Im Internet fand er das Unternehmen ‚Wer nicht lernen kann, muss fühlen'. Im Angebot waren unter anderem Rollenspiele – fiktive Situationen für Firmennachfolger, die ohne Anlauf ins kalte Wasser geworfen würden. Für verschiedene Themengebiete könne man Sprechtexte, Auswertungstabellen und Requisiten buchen, sogar einen erfahrenen Kameramann und einen

Tontechniker. Als Gegenüber von Jeremias Peter in diesen gestellten, aber realistischen Situationen, könne Friemel sich von professionellen Schauspielern vorher trainieren lassen, in seinem Fall wurde die Kinogröße Udo Bullenkecht empfohlen. Wie ihm das gefiel! Das Konzept überzeugte Friemel sofort. Durch überzogenes und provokantes Verhalten wollte er Jeremias Peter zwingen, zu reagieren, zu entscheiden, aus sich herauszugehen, seinen Instinkten zu folgen, wenn er denn welche hätte. Friemel wählte die zu spielende Situationen aus und machte Termine. Jede Szene wurde gefilmt und ausgewertet, wobei es um die richtigen Reaktionen, Ausdrucksweise, Überzeugungskraft und Führungsqualitäten ging – in allen Bereichen war Jeremias Peter nach Friemels Auffassung auf dem Niveau eines Praktikanten. Außerdem wurden die Filme Hans Karl Peter zur Verfügung gestellt, damit er die Entwicklung seines Sohnes selbst verfolgen könnte. Bislang gab es allerdings nichts zu verfolgen. Irgendwie kam es am Ende immer dazu, dass Jeremias Peters aus der Rolle fiel, Fehler machte und aufgab. Das alles hatte bislang fünf Mal stattgefunden – und nichts gebracht. Wenn es für Jeremias Peter so schwer war, sich vorzustellen, wie es am Tag der Tage sein würde, das Unternehmen allein zu leiten, musste Hans Karl Peter eben sterben, damit er seinen Vater komplett ausblenden könnte. Nun war er tot – und Jeremias dennoch mal wieder gescheitert. Das Video dieser letzten Folge war gleichsam der Nachweis des ultimativen Scheiterns des Sohnes als möglichem Nachfolger seines Vaters. Johannes Friemel lächelte zufrieden. Er konnte sich nichts vorwerfen, niemand konnte das.

Keiner da (Samstag, 6.8.22)

Die Delegation chinesischer Geschäftsleute war tatsächlich erschienen, alles Hoffen, es könnte etwas dazwischenkommen, hatte nicht geholfen. Hans Karl Peter hieß die Gäste aus Peking zähneknirschend willkommen und dankte ihnen für ihr Interesse an seinem Unternehmen.

„Ich spreche und trete auf der Stelle für alle. Wir schätzen das Wissen, dass Sie ein Opfer Ihrer Zeit sind", antwortete der Übersetzer Tu Hin. Peter begann mit der Führung. Mit bedeutungsvollem Blick bat er die Gruppe, alle Mobiltelefone auszustellen, da sie durch sicherheitsempfindliche Bereiche gehen würden, Signale aller Art würden sofort den Alarm auslösen. Zwanzig Augenpaare zwinkerten sich erfreut zu. Die von Helen Spieker in dreistündiger Arbeit vorbereitete Power-Point-Präsentation hatte er sich gar nicht erst angesehen. Da er die Gäste schnell wieder loswerden wollte, sollten die es sich im Sitzungsraum gar nicht erst bequem machen. Er hatte den Azubi Lukas Neubert angewiesen, Getränke für die Gäste an Stehtischen in der Kantine bereitzustellen. Das Übliche. Dafür gab er ihm eine Stunde Zeit, denn länger würde die Führung nicht dauern.

Peter zeigte leere Büros, den Parkplatz, eine neu geflieste Herrentoilette, die Dachterrasse mit Solarmodulen aus China. Applaus. Von hier hatte man einen tollen Blick über die Stadt und die ganze Gegend. Die Chinesen lächelten gequält. Man konnte auch den Garten mit den zehn Gewächshäusern sehen. Der Dolmetscher versuchte einen Vorstoß und fragte, ob man nicht einen Blick in ein „Hauswachs" werfen könne. Hans Karl Peter tat so, als hätte er das nicht gehört, und führte die Gruppe wortlos lange Gänge entlang, Treppen hinauf und hinunter, in die leere Tiefgarage, vorbei an Werkstätten und der Abfüllung. „Nein, da können wir nicht rein, weil da niemand ist", sagte Peter, ohne dass er gefragt wurde, und legte einen Zahn zu, die Stunde war fast um. Sie hasteten vorbei an Besprechungsräumen und der Entwicklungsabteilung. Ein dumpfer Knall, hektische Stimmen hinter ihm. Offenbar war ein Mann aus der Gruppe gestürzt und nun ohnmächtig, genau vor der Tür von Entwicklungsleiter Mischke. Einige bemühten sich auf Knien und bildeten einen Kreis um ihn. „Soll ich einen Arzt rufen?", fragte Peter den Dolmetscher lustlos. Das sei nicht nötig, Herr Pin Tau habe wohl nur zu wenig getrunken. Den unausgesprochenen Hinweis auf die schlechte Gastfreundschaft ignorierte Peter. Von dem Kreis der knienden Männer verdeckt, schob einer mit einem Teleskopstab ein ultradünnes Smartphone unter der Bürotür hindurch, das sofort im Stakkato zu fotografieren begann. Da die gemeinsamen Wiederbelebungsversuche der anderen mittlerweile auffallend laut waren und von lauten Aufmunterungen begleitet wurden, hörte niemand die Geräusche des Auslösers. Ein lautes Krachen ließ alle verstummen. Hans Karl Peter schmunzelte. Hinter der Bürotür von Jonas Mischke hatte die zusätzliche Sicherheitstür reagiert, ausgelöst durch die von dem Teleskopstab unterbrochene Lichtschranke am Boden. Eine eiserne Tür war von der Zimmerdecke nach unten gerauscht und hatte – wie eine Guillotine – das Smartphone vom Stab getrennt. Hier kam nun niemand mehr rein, bevor nicht der Sicherheitsdienst beide Türen entsicherte. Der eben noch bewusstlose Herr Pin Tau erstand spontan auf und schob sich den stark beschädigten Teleskopstab ins linke Hosenbein. Die Gruppe folgte Hans Karl Peter hektisch, während hinter der Bürotür von Jonas Mischke einsam ein Smartphone klingelte.

Schweigen (Montag, 8.8.22)

Die Tür zu Julia Bendes Büro war geschlossen, es roch auch nicht nach Lachs und Ei. Montags ab acht Uhr war sie doch sonst immer da. Urlaub vielleicht? Also trottete Buschido weiter und stieß im Gang auf Enno Klamm, den Leiter der Buchhaltung. Er hatte eine Tasse Kaffee und ein belegtes Brötchen auf einem Tablett. „Na komm, du Wonneproppen!", sagte er und ging in Richtung seines Büros. „Hattest du ein schönes Wochenende?" Der Hund wusste, der Tag würde gut beginnen, und folgte ihm. Klamm schätzte die Gesellschaft des ausgeglichenen Vierbeiners, für den er ein Hundekissen unter seinen Schreibtisch gelegt hatte. Und Hundefutter hatte er auch immer in der Schublade. Die beiden konnten gut zusammen schweigen, das können Buchhalter immer gut, auch allein. Quatschende Menschen sind nichts für Hunde. Es war Zeit für die Wochenbesprechung. Enno Klamm rief seine sechs Mitarbeiter aus dem Nebenzimmer zu sich. „Und bringen Sie bitte den Jungspund mit!", rief er noch. Der Azubi Matthias Albrecht saß in seinem Einzelbüro, wo er nichts mitbekam und immer eine Extraeinladung brauchte. Als Letzter kam er in Klamms Zimmer geschlurft. Buschido sprang auf, schnüffelte intensiv an seiner Hose und wedelte mit seinem ganzen Hinterteil. Die anderen wunderten sich. Hatte der Azubi nicht eine Hundehaarallergie? Albrecht blickte nur cool in die Runde. Die Abteilung musste jede Menge neue Rechnungen prüfen, bezahlen oder eigene ausstellen. Sie gingen das immer zusammen durch, teilten die Aufgaben auf, bevor sich jeder in seine Arbeit stürzte. Wie immer war auch eine Rechnung dieses Professors für Linguistik mit der Überschrift „Notfall Jeremias Peter" dabei. Jedes Wochenende ein sprachlicher Notfall? Das ganze Team war zur Verschwiegenheit verpflichtet, aber wundern durften sie sich schon. Und dann war da auch wieder eine Zahlungsanweisung an das Unternehmen „Wer nicht lernen kann, muss fühlen". Beide Dokumente waren freigegeben durch Johannes Friemel. „Was treibt der Fummler da bloß?", fragte sich Enno Klamm halblaut. Buschido grollte, Hunde wissen oft mehr, als sie sagen. Sie sind die wahrhaften Meister des Schweigens.

Gute Idee (am selben Tag)

Einmal im Monat sichtete die Abteilung für Betriebliches Vorschlagswesen alle eingegangen Verbesserungsvorschläge. Die sinnvollsten mussten sie Hans Karl Peter zur Entscheidung vorlegen, der nur solche Ideen akzeptierte, die für Einsparungen sorgten. Erst im letzten Monat hatte er einen Vorschlag zur Umsetzung freigegeben und vergab dafür eine satte Prämie: Ab sofort kaufte das Unternehmen eine sehr viel billigere Keksorte für Besprechungen als bisher. Ein Test hatte ergeben, dass niemand sie mochte, weil sie staubig und moderig schmeckten. Also wurden bald gar keine mehr gekauft, und die Dauer der

Meetings reduzierte sich um fünfzig Prozent. Das gefiel dem Alten. Heute lagen drei Verbesserungsideen im Briefkasten. Ein Mitarbeiter wünschte sich jeden Freitag ab dreizehn Uhr leichte alkoholische Getränke in der Kantine, weil das gut fürs Betriebsklima sei. Abgeschmettert! Ein anderer meinte, die Kleiderordnung solle gelockert und Sneakers erlaubt werden. Abgelehnt! Das würde Hans Karl Peter niemals genehmigen. Und ein Mitarbeiter der Personalabteilung war der Meinung, jeder solle sich Pflanzen und Haustiere mit ins Büro bringen dürfen. Das sei gut gegen Stress und würde sogar die Sozialkompetenz der Mitarbeiter erhöhen.

„Wie oft hatten wir diese blöde Idee eigentlich schon auf dem Tisch?", stöhnte Abteilungsleiter Ulf Sondermann.

„Herr Peter reißt uns doch den Kopf ab, wenn wir ihm das vorlegen.

„Wir könnten es wenigstens mal versuchen."

Dieser Satz kam von Jeremias Peters, der sonst kaum etwas in dieser Runde sagte. Er blickte in erstaunte Gesichter, Sondermann war baff. Das waren ja ganz neue Töne. Seit er regelmäßig ins Tierheim ging und Tarzan bei ihm zu Hause die Gardinen zerrupfte, sah Jeremias Tiere mit anderen Augen. Er fügte hinzu, das sei in vielen Unternehmen erlaubt und die Peter GmbH & Co. KG solle mit der Zeit gehen. Das sei auch gut für das Gewinnen neuer Mitarbeiter.

„Und am besten kann man dann auch noch eine Auszeit für das Pflegen von schwangeren Hamstern beantragen", frotzelte Sondermann. Alle lachten und schlugen sich auf die Schenkel. Nur Jeremias schwieg, Sondermann errötete.

Eine Woche zuvor war Jeremias Peter in der Pause durch den Firmengarten geschlendert, um den Gärtner zu besuchen, hatte im Schuppen aber nur einen Hund gefunden, selig schlafend und offenbar gut versorgt. Das hatte er aus den Schalen mit Futter und Wasser geschlossen. In Haus 5 war er dann auf Bert Grabowski bei seinem täglichen Rundgang durch die Kräuterbeete gestoßen.

„Seit wann haben Sie einen Hund?"

„Das ist nicht meiner, ich habe ihn nur gefunden. Seitdem ist er hier", hatte Grabowski geantwortet.

„Und wer kümmert sich um ihn?"

„Alle, irgendwie."

So schnell wird ein Unternehmen zum Tierheim.

Die Daltons

Es gab eine Zeit vor dem Internet und ohne Smartphones. Familien und Freunde saßen um einen großen Tisch, aßen zusammen und unterhielten sich, nicht selten mit vollem Mund. Und danach wurde alles abgeräumt, damit genug Platz war für Spiele, Bretter, Karten, Würfel. Mit roten Köpfen wurden stundenlang Figuren bewegt, Zahlen diskutiert, Siege gefeiert und Tränen über Niederlagen vergossen. Kinder mussten getröstet werden, Mütter verloren mit Absicht, was ihnen nichts als Ärger einbrachte. Ehrgeizige Väter schlugen mit der Faust auf den Tisch, und es wurde gemogelt. Damals schon. Jan Fledders Familie war so eine. Sowohl Ehefrau Doris als auch die Söhne Jörn, Jupp und Jockel waren im besten Sinne spielsüchtig. Fünf, sieben und neun Jahre waren die Buben alt, keiner war das Ergebnis von Familienplanung, sie waren einfach irgendwann da. Alle drei hatten natürlich Tablets und Mobiltelefone, aber die waren nach dem Abendessen unwichtig. Dann wurde gespielt. Alle drei Jungen waren im Schachclub von Oberklemmbach, wo sie alles gewannen, was es zu gewinnen gab. Sie kannten jede Partie und jeden Zug der Schachgeschichte und konnten gewaltig nerven, wenn sie einen gegnerischen Zug als „sizilianische Eroberung" oder „russisches Gambit" bezeichneten. Meistens wussten ihre Kontrahenten nicht, wovon sie da redeten, und waren froh, nicht schon nach drei Zügen schachmatt zu sein. Die drei konnten sich gut mit sich selbst beschäftigen und waren auch damit Exoten. Die Familie verfügte über die wohl größte Sammlung an Legosteinen der jüngeren Zeit, die in einer Doppelgarage lagerten, welche sie vom Nachbarn gemietet hatten. Vater Fledder hatte als Kind schon mit dem Sammeln begonnen und diese Leidenschaft an seine Kinder weitergeben, die in wochenlanger Kleinarbeit ganze Fantasyfilme und Kulissen nachbauten. Fotos von ihren Werken erschienen regelmäßig in der Fachzeitschrift Schpiel & Schpass. In der Szene waren sie kleine Berühmtheiten, was sich auch in Oberklemmbach herumgesprochen hatte. Wenn Menschen ihre Wohnungen entrümpelten, stellten sie ihre Legobestände den Fledders vor die Tür. Im Testament des örtlichen Spielwarenhändlers stand, dass alle Legokartons aus seinem Geschäft zu den „Legolurchen" gehen sollten, falls er noch vor seinem Ruhestand das Zeitliche segnen sollte. Ihr größtes Vergnügen aber waren Puzzles. Zum Geburtstag und zu Weihnachten wünschten sie sich keines mit weniger als fünfzigtausend Teilen. Und dann stürzten sie sich darauf wie Bluthunde auf frisches Fleisch, vergaßen alles um sich herum und fügten nächtelang Teil an Teil. Gegessen wurde auf dem

Fußboden, wenn überhaupt. Und wenn es fertig war, kurze Freude. Aber dann wurde sofort alles wieder zerstört und sie begannen von vorn, dieses Mal aber mit der Rückseite der Teile. Die war meistens schlicht grün oder blau. Fünfzigtausend einfarbige Teile! Eine ungünstige Nebenwirkung hatte diese Leidenschaft aber: Alle neuen Hosen der drei Söhne bekamen schon nach wenigen Tagen Löcher an den Knien, die von der Mutter mit aufgenähten Flicken bedeckt wurden. In der Schule nannte man sie voller Sympathie die Flickfledders. Damit konnten sie leben. Immer noch besser als Fleddermäuse.

In der Weihnachtszeit saß die ganze Familie an jedem Adventssonntag bei Kaffee oder heißer Schokolade und bastelte Hexenhäuser in allen Größen. Spekulatius, Dominosteine, Schokoladenringe mit Liebesperlen und Zuckerguss. Hänsel und Gretel waren aus Pappe und liebevoll angemalt, die Hexe sogar aus Holz, damit sie besser brennt. Es waren wohl immer um die sechzig Häuser, eine kleine Massenproduktion. Alle Verwandten und Freunde bekamen eines vor die Tür gestellt und freuten sich in unserer digitalen Zeit darüber ganz analog, sehr sogar. So viel heile Welt konnte allerdings nicht jeder ertragen. Einige Nachbarn hielten die Fledders für eine Sekte, andere vermuteten bei den Eltern eine Überdosis der Fernsehserie *Die Daltons* aus den Siebzigerjahren des letzten Jahrhunderts. In jeder Folge über diese amerikanische Bilderbuchfamilie tropfte der Kitsch in allen Farben von den Wänden. Ein derartiges Übermaß an Harmonie konnte sich doch niemand ausdenken. Ihren ungewöhnlich guten Familiengeist übertrugen die Fledders auch auf andere.

Jeremias Peter hatte nicht sonderlich viele Kontakte im Unternehmen und ging den Leuten lieber aus dem Weg. Für die meisten war er nur der Sohn seines Vaters und er spürte, dass ihn kaum jemand ernst nahm. Jan Fledder waren Vorurteile und Lästerei fremd, er fand den Kronprinzen, wie er ihn nannte, sehr nett, und es entwickelte sich eine zarte Freundschaft zwischen den beiden. Manchmal luden sich die Familien Peter und Fledder gegenseitig zu Kaffee und Kuchen ein. Dann wurde kein einziges Wort über die Peter GmbH & Co. KG gesprochen, stattdessen wurde gespielt. Allerdings nicht Monopoly. Die kleine Fee saß abwechselnd auf allen Schößen der Fleddersöhne, die alle ganz verliebt in sie waren und stundenlang mit ihr auf allen Vieren über den Boden krochen. Sie nannten sie „Königin von Daba". Fiona Peter war erst skeptisch gewesen, weil es doch nicht standesgemäß sei, dass sich der kommende Geschäftsführer mit Mitarbeitern seines Unternehmens anfreunde. So hatte sie es gelernt. Von wem eigentlich? Gegen die unbeirrbare Fröhlichkeit der Fledders konnte sie sich aber nicht lange wehren. Die konnten nun endlich auch mit anderen spielen, aber einer von ihnen gewann immer. Und die Peters konnten einfach mal die Würfel entscheiden lassen. Geistige Entschlackung am Spieltisch. Dieser Gegenentwurf zum Peter-Imperium tat gut.

Zwei Mal (Montag, 8.8.22)

Helen Spieker hatte ihren ganzen Charme mobilisiert und war mit dem blöden Tastentorfkopf Dittmann von der Klemme sogar im Restaurant gewesen, um ihm den Namen seines Informanten zu entlocken. Der spulte nur wieder seinen Standardsatz ab, verschluckte sich nicht einmal dabei. Er konnte sogar mit vollem Mund dämlich grinsen. Ach, wie ihm das gefiel, diese arrogante PR-Tante so richtig auflaufen zu lassen. Spieker war der Verzweiflung nah. Wenn ihr eigener Job nicht bald der Vergangenheit angehören sollte, musste ihr etwas einfallen, und zwar schnell.

Sie hatte lockeren Kontakt zu Britta Laskow, einer ehemaligen Redakteurin der Klemme, die berüchtigt für ihre bissigen Kommentare und ihre rücksichtslosen Recherchen war. Unternehmen, Behörden, Vereine und die selbst ernannten Wichtigtuer der Stadt waren ihr die liebsten Zielscheiben. Sie alle hatten irgendwo eine Leiche im Keller, und die fand Britta Laskow. Immer. Die Leser feierten ihre Kolumne *Hart ist herrlich*. Sie hatte erstklassige Informanten und war immer die erste, die von heiklen Vorkommnissen erfuhr. Im Unterschied zu Chefreporter Uwe Dittmann waren ihre Artikel immer sauber recherchiert und gut geschrieben. Dennoch wurde ihr von der Verlagsleitung vor einem Jahr gekündigt, weil der Druck einiger einflussreicher Pinsel der Stadt zu groß geworden war, die sich von ihr auf den viel zu langen Schlips getreten fühlten. Laskow müsse weg, oder man würde in der Klemme keine Anzeigen mehr schalten. Britta Laskow schrieb weiterhin und verkaufte ihre Texte an andere Zeitungen, vor allem aber handelte sie mit Informationen. Die Redakteure verschiedener Medien ließen sich von ihr mit explosivem Material versorgen, Fotos und heiße Hintergründe. Laskow kaufte von ihren geheimen Quellen und verkaufte an andere. Nicht wenige Affären und Skandale wurden auf diese Weise aufgedeckt, und Laskow selbst wurde damit nie in Zusammenhang gebracht. Oberkreisdirektor Schlummbach hatte sich vom Unternehmen Feist Trockenbau eine Kellerbar in seinem Ferienhaus auf Mallorca einbauen lassen. Eine Rechnung wurde nie geschrieben. Es handelte sich um eine Gegenleistung für einen großen Auftrag, für den Feist das mit Abstand höchste Angebot abgegeben hatte. Nach dem Artikel *Filz im Obergeschoss* rollten gleich zwei Köpfe. Ebenso delikat war der Fall eines mit wenig Intelligenz beseelten Gymnasiasten, der trotz eines Notendurchschnittes von fünf die Versetzung in die elfte Klasse schaffte. Sein Vater war der Vorsitzende des Elternbeirates und Betreiber des Sternerestaurants Nobel. Die in Scheidung lebende Schuldirektorin hatte dort ihren eigenen Tisch in einem Separee. Und schwanger war sie auch. Der Kommentar „Zu dumm!" löste eine Lawine aus.

Laskow und Spieker trafen sich im Café Frida, das zu der örtlichen Buchhandlung gehörte. Hier gab es ruhige Ecken zum Reden, und wo in Oberklemmbach konnte man sonst französische Leckereien genießen. Helen Spieker erzählte Britta Laskow von ihrem Problem. Hans Karl Peter hatte die Polizei eingeschaltet, um den Verrat eines Betriebsgeheimnisses aufklären zu lassen. Wenn aber der Dittmann Wind von einem Sondereinsatz bei der Peter GmbH & Co. KG bekäme, würde Vulkanausbruch folgen. Das müsse unbedingt verhindert werden. Aber wie? Sie war überrascht zu hören, dass auch Dittmann zu den Kunden ihrer Gesprächspartnerin gehörte. Das eröffnete Perspektiven. Zwei Milchkaffees später und mit dem Geschmack von Zitrone im Mund verließ Helen Spieker vergnügt das Café Frida. Man konnte Britta Laskow wahrlich nicht vorwerfen, langweilig zu sein. Gute Ideen hatte sie auch. Wenn man sie sich leisten konnte.

Zu dumm (am selben Tag)

Der Sicherheitsdienst hatte bei seinem ersten Rundgang am Montagmorgen etwas Merkwürdiges gefunden und davon Jonas Mischke sofort in Kenntnis gesetzt. Der lachte nur laut, was die beiden Securitymänner sehr irritierte. Sie hatten nicht nur festgestellt, dass die Sicherheitstür in Mischkes Büro aktiviert worden war, sondern auch noch ein Mobiltelefon gefunden. Es war eingeschaltet. Und auf dem Display stand „Download completed". Jemand hatte offenbar Daten von dem Gerät heruntergeladen. Danach hatte sich der komplette Inhalt eigenständig gelöscht. Auch das beunruhigte den Entwicklungsleiter nicht im Geringsten. Die beiden Männer meinten, sie müssten Hans Karl Peter den Vorfall melden, was sie auch gleich taten. Auch der grinste sie nur breit an. Was war hier los?

Zur selben Zeit irgendwo in Peking: Dreißig Mitarbeiter der Entwicklungsabteilung des Unternehmens Peking Drink Ltd. saßen um einen riesigen Bildschirm herum und beobachteten einen blauen Balken, der von links nach rechts wanderte. Er zeigte in Prozenten den Fortschritt des Herunterladens von Daten. „Download completed!" Ihre Kollegen, die zurzeit in Oberklemmbach waren, hatten sich in enger Zusammenarbeit mit dem chinesischen Fachdienst für Wirtschaftsspionage China First eine ganz besonders fiese List ausgedacht, mit der sie die Peter GmbH & Co. KG übertölpelt hatten. Diese überheblichen Deutschen waren doch einfach zu dumm. Den Bürgermeister zu bestechen und einen Termin bei der

Peter GmbH & Co. KG zu bekommen, war eine Sache von Minuten gewesen. Natürlich gehörte das überzogene kleine Theaterstück mit dem ohnmächtigen Kollegen genauso zum Plan wie das Smartphone, das im Büro des Entwicklungsleiters zurückblieb. Von der Lichtschranke und der Sicherheitstür hatten sie gewusst und waren vorbereitet, ebenso darauf, wie weit sie das Gerät in das Büro schieben mussten, damit es nicht von der herabsausenden Tür zerstört würde. Die integrierte Kamera hatte eine Dreihundertsechzig-Grad-Funktion und konnte fast alles im Radius von zehn Metern messerscharf aufnehmen. Eine Erfindung des britischen MI6, welche von der Sektion China First gestohlen und kopiert worden war. Was die dreißig Entwickler in Peking nun auf dem ersten Foto sahen, war zu schön, um wahr zu sein. Mitten in Jonas Mischkes Büro stand eine überdimensionale Pinnwand, in nahezu perfektem Winkel zum auf dem Boden liegenden Smartphone ausgerichtet. Dort hing nur ein einziger großer Zettel mit einem Link: https://peter_drink_strengeheim.de und darunter die Buchstabenkombination diezukunftgehoertuns! Eilig wurde die Adresse in den Internetbrowser getippt. Es öffnete sich ein nicht öffentliches Video auf Jutuup, geschützt durch ein Passwort. Das war keine Hürde. Zwei Klicks, und es öffnete sich ein Video mit dem Titel: „Weltneuheit: Kiwitt – der neue Superdrink der Peter GmbH & Co. KG!" Die Truppe jubelte. Was sie nun zu sehen bekam, übertraf all ihre Erwartungen. Zehn Entwickler in weißen Kitteln laufen im Labor hin und her, arbeiten an Formeln auf Zetteln und an Computern, trinken aus Testgläsern, korrigieren Rezepturen, prüfen Reagenzgläser, hacken Kräuter klein, zerstoßen sie mit Mörsern. Dabei singen einige von ihnen *Drei Chinesen mit dem Kontrabass*, einige auf U, andere auf A. Auf einem Tisch die

Speisekarte des Lieferservice Der lustige Chinese, und überall stehen leergefutterte Boxen und benutzte Stäbchen herum. Ganz hinten in der Ecke ist eine volle Flasche zu erkennen mit dem Etikett „Top Secret" und ein Zettel mit Zutaten, Mengenangaben und Anweisungen zur Verarbeitung. „Nur für internen Gebrauch!" Daneben eine zwei Meter hohe, vergoldete Winkekatze, die rhythmisch in Richtung Kamera wackelt. Sie waren am Ziel. Hurtig wurden die Zutaten notiert und per Express-E-Mail beim größten chinesischen Lieferanten von Kräutern und Gewürzen bestellt. Lieferzeit zwei Tage.

Butter (Dienstag, 9.8.22)

„So, Leute, jetzt mal Butter bei die Fische!" Hans Karl Peter hatte das Krisenteam einberufen und wollte nun endlich Ergebnisse. Er wurde enttäuscht. Niemand hatte irgendetwas herausgefunden. Es gab keine Anzeichen von Aktendiebstahl, gehackten Servern oder verdächtige Dinge auf Videoaufzeichnungen der Sicherheitskameras. Als auch der herbeigerufene Sicherheitsdienst nur von einem gefundenen Mobiltelefon berichten wollte, unterbrach der Alte.

„Ich denke, das reicht. Hat jemand eine andere Idee, als jetzt die Polizei einzuschalten?"

Helen Spiekers Herz pochte wie ein Presslufthammer. Jonas Mischke sprang erregt auf und fragte: „Muss das wirklich sein? Außer dem Bericht in dem Klatschblatt ist doch nichts passiert." Hans Karl Peter hatte niemandem von den wütenden Anrufen der Kunden erzählt. Das holte er jetzt nach. Betretene Stille. Im Beisein der anderen griff er zum Telefonhörer und bat Nadine Grosfuß, ihn mit Hauptkommissar Horst Maschinski zu verbinden. Die anderen hielten den Atem an. Peter schilderte dem Polizisten in aller Kürze, dass es einen Fall von Wirtschaftskriminalität gebe und er Anzeige erstatten wolle. Maschinski seufzte vernehmlich ins Telefon. Er hatte noch genau dreizehn Tage bis zum Beginn seines Ruhestandes und wollte eigentlich keine neuen Fälle mehr annehmen. Aber seinem Golffreund konnte er das nicht abschlagen und versprach, am Donnerstag mit seinem Kollegen Fichtel vorbeizukommen. Hans Karl Peter blickte in betretene Gesichter.

„Was glotzen Sie denn so? Sie hatten alle Zeit der Welt, das Problem selbst zu lösen. Und darüber, dass wir die undichte Stelle finden müssen, sind wir uns doch wohl einig, oder?"

Dann schickte er alle wieder an die Arbeit.

Rückfall (am selben Tag)

Fiona Peter saß mit ihrer Tochter Fee im Auto. Sie waren auf dem Weg zu ihrer Schwiegermutter, die sie unregelmäßig besuchten. Irgendetwas stimmte nicht mit ihrem Mann Jeremias. Ihr fiel seit geraumer Zeit auf, dass er nachts wieder seine schlimmen Alpträume hatte und immer öfter die Hilfe des Sprachprofessors brauchte. Das machte ihr Sorgen. Richtig gut ging es ihm nur, wenn er von seinen Tierheimbesuchen zurück war. Dann streichelte er stundelang die Katze und redete auf sie ein. Tarzan hatte schon einige kahle Stellen auf dem Rücken.

Der Tierarzt hatte so etwas noch nie gesehen und empfahl, statt Tabletten gegen Fellausfall einfach mal das Tier in Ruhe zu lassen. Gisela Peter begrüßte die beiden herzlich und winkte sie herein. Sie gingen direkt ins Esszimmer. In der Küche stand eine Leiter, auf der ein Elektriker versuchte, gehärtete Reste von etwas Weiß-Gelbem von der absurd teuren Deckenlampe zu kratzen. Verlorene Eier kannte er. Von fliegenden Eiern hatte er noch nie gehört. „Daba!“ Fee zeigte auf die Lampe.

„Ist doch herrlich, Frauentag, mal ganz ohne die Männer“, freute sich Gisela Peter und schenkte Kaffee in die wertvollen Tassen einer limitierten Edition von Rutschenheuter. Das komplette Service gab es nur fünf Mal auf der Welt. Ihr Mann hatte drei davon gekauft, weil er einen möglichen Verlust jederzeit kompensieren wollte. Die Klemmbacher Kaffeetorte hatte sie von der Konditorei Sahnehäubchen liefern lassen. Wie es sich für eine ordentliche Schwiegertochter gehörte, wartete Fiona Peter geduldig, bis die Smalltalkthemen durch waren. Garten, Wetter, der neueste Klatsch in der Stadt. Das Unternehmerehepaar Brockmann hatte sich scheiden lassen, weil sie ihm nach Jahren an den Kopf geworfen hatte, dass sie sein Toupet schrecklich fand. Ihr Mann, nun Ex-Mann, verklagte darauf seinen Friseur Goldlöckchen wegen eheschädlicher Beratung. Zehn Jahre später. Ihr sei aufgefallen, dass Jeremias immer häufiger diese Rückfälle hatte, die sie sich nicht erklären konnte. Es würde doch alles für ihn getan. Psychotherapeutische Sitzungen mit Herrn Dr. Pfleghaar, Workshops mit Johannes Friemel zum Thema Unternehmensnachfolge. Und es hatte auch lange sehr gut ausgesehen, sie hatte sich ganz normal mit ihrem Mann unterhalten können. Selbst Tochter Fee hatte ihren Vater immer öfter verstanden. Neulich beim Abendessen hatte Fiona ihn gefragt, ob er einen Plan habe, wann er die Geschäftsführung übernehmen könne. Ihr Mann hatte sich wortlos die Katze geschnappt und im Laufschritt den Raum verlassen. Erst zum Frühstück hatte sie ihn wiedergesehen. Dazwischen lag ein heftiger Traum, in dem Jeremias Peter in einem Pool von Quittenbrand ertrank. Tarzan hatte in der Nacht viel Fell verloren. Ihre Schwiegermutter konnte zu all dem wenig sagen, weil sie ihren Sohn selten sah. Ihr Mann sprach wenig über ihn. Hin und wieder zog er sich in den Medienraum zurück, sah sich irgendwelche Filme an und kam anschließend kopfschüttelnd ins Wohnzimmer. „So wird das nichts", sagte er. Oder: „Sind das wirklich meine Gene?" Seine Frau wusste, er würde nur reden, wenn er das wollte, also fragte sie nicht. Ihr war aber klar, dass es um ihren Sohn ging. Vielleicht sollte sie sich mehr dafür interessieren, wie es ihm ging und ob er tatsächlich bald die Peter GmbH & Co. KG leiten würde. Ihr Mann wurde immer dünnhäutiger und reizbarer. Vielleicht sollte er mit dreiundsiebzig Jahren den Absprung schaffen, was er ja vor acht Jahren schon angekündigt hatte. Und dann die Rolle rückwärts. Er war noch nicht so weit, Jeremias auch nicht. Was alle anderen nur ahnten, wusste sie ganz genau: Hans Karl Peter war so sehr Unternehmer, dass er sich selbst als Privatperson nicht kannte. Sie hatte sogar die Befürchtung, dass er dann statt der fünfhundertdreißig Mitarbeiter sie selbst den ganzen Tag herumkommandieren würde. Außer Golf hatte er keine Hobbys. Aber kaum jemand wollte noch mit ihm spielen, weil er immer Befehle erteilte, welcher Schläger, welcher Ball, wie der Schlag auszuführen sei. Aus Höflichkeit hörten seine wenigen Spielpartner auf ihn. Als aber Bürgermeister Vogel kürzlich gegen ihn verlor, obwohl oder weil er seinen Anweisungen gefolgt war, kündigte er ihm die Rasenfreundschaft. Da sie immer um Geld spielten, auch ein Diktat von Hans Karl Peter, hatte er mal wieder satte zweihundert Euro verloren. Nun reichte es ihm. Er könne sein Geld auch gleich im Fluss versenken, schimpfte er. Dabei hatte er doch gerade erst zehntausend Euro in einem Briefumschlag gefunden und hätte die Dinge gelassener sehen können. Günter Langbein, der Besitzer des Modehauses Fein & Edel hatte keine Lust mehr, ständig gegen den sehr viel schlechteren Hans Karl Peter zu verlieren, nur damit der weiterhin seine Klamotten bei ihm kaufte. Also zeigte er ihm, was er draufhatte, und feierte lässig einen Triumph nach dem anderen. Peter sprach nie wieder mit ihm und verbot seiner Frau jeden Kontakt mit Frau Langbein. Gisela konnte fortan weder am Lesekreis noch an der wöchentlichen Bridgerunde der Unternehmerfrauen teilnehmen. Wenn das so weiterginge, stände sie demnächst allein da. Also hatte sie gleich zwei Pflegefälle – ihren Sohn und ihren Mann.

„Warte mal", sagte sie zu ihrer Schwiegertochter und verschwand im Medienraum. Das hatte ihr Mann ihr strikt untersagt, da sie von der Technik nichts verstünde und sicher die falschen Tasten und Knöpfe drücken würde. Sie wusste nicht, was sie suchte, und fand dennoch etwas. Auf dem runden Tisch lagen fünf DVD-Hüllen. *Die Kündigung*, *Der Millionen-Deal*, *Guter Vertrag, schlechter Vertrag*, *Wir kaufen ein Unternehmen* und *Plötzlich Kapitän*. Sie sahen professionell gemacht aus. Produziert waren sie von der Firma „Wer nicht lernen kann, muss fühlen". Die Namen der Darsteller: Johannes Friemel und Jeremias Peter; Regie und Drehbuch: Johannes Friemel. Sie nahm die DVDs mit ins Esszimmer und zeigte sie ihrer Schwiegertochter. Hier war etwas faul. Und zwar ganz gewaltig. Von all diesem Zirkus hatten sie nichts mitbekommen und keine Ahnung, was dahintersteckte. Die beiden Frauen sahen sich an und nickten gleichzeitig. Nun waren sie gefragt.

Entscheidung (Mittwoch, 10.8.22)

Nadine Grosfuß legte Hans Karl Peter eine interne Mitteilung auf den Schreibtisch. „Vertraulich!“, das Datum war Mittwoch, der zehnte August. Jonas Mischke informierte seinen Chef darüber, dass die Entwicklung des neuen Getränks abgeschlossen wäre. Seine Abteilung hatte sich per Blindverkostung eindeutig für eine der fünf Varianten entschieden. Man könnte nun den Namen für den neuen Topseller auswählen und das Tasting mit den wichtigsten Kunden planen. Auch die Zutaten und Flaschen für die Massenproduktion müssten in Kürze beschafft werden, wenn die Präsentation auf der Jubiläumsfeier am dreißigsten September stattfinden sollte.

„Na, da habe ich ja richtig Glück, dass ich darüber informiert werde, dass die Zukunft meines Unternehmens gesichert ist!“, brüllte Peter ins Telefon. Mischke hielt den Hörer am ausgestreckten Arm weit von sich weg und kniff die Augen zusammen.

„Wie viele Geschäftsführer außer mir kennen Sie, Herr Mischke, mit denen Sie sich abstimmen müssen?“ Er war außer sich. „Ob und wann hier etwas fertig ist, entscheide immer noch ich, Herr Entwicklungsleiter.“

Konnte man dem Alten irgendetwas recht machen?

„Sie baten um ein Ergebnis, Herr Peter“, hob Mischke an. „Daher haben wir ...“

„Sofort in mein Büro!“, herrschte der Alte ihn an.

Fünf Minuten später stand Mischke vor seinem Chef, der ihm keinen Stuhl anbot. Die Anordnung war deutlich: Hans Karl Peter wollte alle fünf Varianten des neuen Quittendrinks probieren, selbst zu einem Urteil kommen und ausdrücklich nicht wissen, wofür sich das Entwicklungsteam entschieden hatte. Also eine Blindverkostung für den Chef. Die sollte eine Stunde später stattfinden. Der Ablauf sollte allerdings dieses Mal ganz anders sein. Peter und das komplette Entwicklungsteam sollten nochmal alle fünf Mischungen probieren und so lange die nicht so leckeren aussortieren, bis nur noch eine übrig war. *Die* eine. Mischke hastete zurück in sein Büro, eine Stunde war wenig Zeit. Weißbrot musste her, jede Menge. Und Mineralwasser, sehr viele frische Gläser. Und Lukas Neubert sollte auf Wunsch von Hans Karl Peter wieder den Service machen. Also mussten sie ihn finden. Sein Team war hin und weg von der Perspektive eines munteren Nachmittags, die ganze Verkostung noch einmal von vorn. Herrlich! Der Azubi war nach zehn Minuten gefunden, er hantierte gerade im Garten mit Kotbeuteln. Das war jetzt Teil seiner Ausbildung, dafür hatte Big Foot gesorgt. Er fand das nicht so schlimm, weil er mit Buschido spielen und Tricks trainieren konnte. Das Tier konnte schon eine Menge. Auf Befehl umfallen und sich tot stellen, war bislang die beste Nummer.

Mischke erklärte Neubert den Ablauf und zeigte auf fünf Kartons mit den nummerierten Flaschen. Den sechsten, der etwas abseitsstand, erwähnte er nicht. „Aus jedem Karton nehmen Sie eine Flasche, schenken fünf Gläser für jeden ein, jedes Glas bekommt die Farbe der dazugehörenden Flasche. Nach jeder Runde stellen alle Teilnehmer das leere Glas mit ihrem Verlierer in die Mitte des Tisches, und dann wird die entsprechende Flasche der Verlierervariante aussortiert. Denn schenken Sie vier neue Gläser voll, dann drei und so weiter. Das machen wir vier Mal, bis nur noch eine Flasche übrig ist, der Gewinner. Die Farben sollen wieder in jeder Runde geändert werden. Und dieses Mal keine Entgleisung!"

„Geht klar", sagte der Azubi knapp. Dann kam auch schon Hans Karl Peter herein. Die Tür ließ er offen und blies sofort zur Attacke.

Runde eins: Lukas Neubert griff sich fünf Flaschen, füllte aus jeder für die elf Tester ein Glas, fünf für jeden, fünfundfünfzig insgesamt. Es dauerte eine Weile, bis er sie alle auf den großen Besprechungstisch gebracht hatte. Hans Karl Peter gab das Signal, und alle schlürften, schmeckten, wälzten die Flüssigkeit im Mund bedeutungsvoll hin und her, aßen Brot, tranken Wasser. Als der letzte sein Glas in die Mitte des Tisches gestellt hatte, hatten zehn dieselbe Farbe. Klarer Fall, Rot war raus. Lukas Neubert räumte alle Gläser ab und stellte die rote Flasche weg. Runde zwei: Vier Gläser für jeden, neue Farben für die Flaschen. Schmatzen, Kauen, Schlucken, fertig. In der Tischmitte war es knapp – fünf Mal Grün, sechs Mal Blau. Blau war raus. Noch drei Flaschen. Nach Runde drei kam das Ende für die grüne Flasche. Als Lukas Neubert die Gläser für die vorletzte Runde markieren wollte und die zwei Flaschen in der Hand hielt, sah er, dass beide die Nummer zwei hatten. Er sah sich schnell alle anderen aussortierten Flaschen an – die Nummer fünf fehlte und war bislang gar nicht getestet worden, dafür die Nummer zwei gleich doppelt in allen drei

Runden. Ihm fuhr ein Schock in die Glieder. Bislang hatte in der zunehmend heiteren Stimmung noch niemand etwas bemerkt. Was war passiert? Er hatte einfach in die fünf Kartons gegriffen in der Annahme, dass in jedem nur eine Sorte war. Aber Nummer fünf war in dem Karton ganz hinten, aus dem er bisher keine Flasche genommen hatte. Es war ja nicht seine Schuld, dass die Flaschen wild durcheinander in den Kartons standen, aber der Alte würde ihm den Kopf abreißen. Wie kam er aus der Nummer raus? Am Besprechungstisch waren die Laune bestens und die Stimmen inzwischen sehr laut. Auch der Chef hatte ein gerötetes Gesicht und lachte über die Witze der anderen. Als er selbst einen erzählte, verstand niemand die Pointe, alle lachten herzlich. Lukas Neubert hoffte, keiner würde merken, dass plötzlich eine neue Mixtur auf dem Tisch stand. Wenn die Pause doch nur etwas länger wäre, würde sich keiner mehr an das erinnern, was er vorher geschmeckt hatte. Dann schickte jemand einen rettenden Engel.

Jonas Mischke stand auf und richtete das Wort an alle.

„Ich schage 'ne Trosrunne vor."

Er meinte, das Team hätte so lange an allen fünf Rezepturen gearbeitet, dass die Verliererdrinks einen würdigen Abschied verdient hätten. Keiner hatte etwas dagegen.

„Neubaaat, füllnse uns nomma jeem drei Glser vonnen Luusan ab!", jodelte Mischke.

Jeder bekam vor dem großen Finale nochmal je ein Glas der drei ausgeschiedenen Varianten. Die Stimmung war auf dem Siedepunkt. Hans Karl Peter erhob sich und wollte eine Rede halten, sackte aber sofort wieder auf seinen Stuhl. In diesem Moment betrat Nadine Grosfuß den Raum und informierte Hans Karl Peter, dass seine Frau am Telefon sei.

„Sangse ihr, ds ich trinkn muss“, lallte er fröhlich.

Die anderen applaudierten. An so einem Chef orientierte man sich doch gern. Big Foot blickte irritiert in die Runde. Bevor sie kehrtmachen konnte, schob Hans Karl Peter ihr eines seiner Gläser zu.

„Wir trinkn auch mit Fraun“, nuschelte er.

Gefügig nippte sie vorsichtig.

„Ds nennse Trinken? Nu abama runtadamit!“, befahl der Alte.

Und dann bekam Big Foot ihre eigenen drei Gläser und durfte den Raum nicht mehr verlassen, bis die Show vorbei war. An der großen Endverkostung sollte sie ebenfalls teilnehmen.

„Der Sekretärinnentest ist doch immer der Beste!“, rief einer.

Nadine Grosfuß funkelte ihn an. Sekretärin war für sie mehr ein Schimpfwort als eine Berufsbezeichnung.

Finalrunde. So angeheitert alle auch waren, war das Ergebnis so klar wie Quellwasser. Der mit Abstand leckerste Drink wohnte wieder in Flasche Nummer fünf. „Ds is Schpitze, Hr Mschke“, tönte der Alte. „Wie hamse des gmacht?“

Das fragte Jonas Mischke sich auch, noch immer. Nadine Grosfuß half dem Azubi beim Abräumen und war irgendwie weniger verkrampft als sonst. Beim Spülen der Gläser fiel ihr Blick auf die Flaschen mit den farbigen Klebezetteln. Sie zählte sechs.

„Herr Neubert, ich dachte es sind nur fünf Varianten. Warum gibt es die Nummer zwei denn doppelt?“

„Och, na ja“, erwiderte der einzig Nüchterne, setzte sein charmantestes Gewinnerlächeln auf und stellte eine der Flaschen mit der Zwei in einen der Kartons zurück. „Sehen Sie, genau fünf."

„Sie Schelm", frotzelte sie und kniff ihm leicht in die rechte Wange. „Autsch!", übertrieb Lukas Neubert lächelnd. „Jetzt müssen Sie aber pusten."

Das tat sie und beugte sich vor, wobei ihre knallroten Lippen seiner Wange sehr nahekamen. Rumms! Hans Karl Peter hatte den anderen Raum verlassen und das erste Mal seit Monaten die Tür hinter sich geschlossen. Er war zu beschwingt, um das leise zu tun. Vor Schreck verlor seine Assistentin kurz das Gleichgewicht und platzierte auf der Azubiwange einen schönen Kussmund. Und natürlich kam genau in der Sekunde einer der Entwickler herein und sah, was er sehen musste. Bevor er eine süffisante Bemerkung herausposaunen konnte, stöckelte Big Foot panisch an der ganzen Mannschaft vorbei und verließ hastig den Besprechungsraum. Sie hinterließ eine Steilvorlage für anzügliche Lästerei, die auch sofort verwandelt wurde. Aber das hörte sie schon nicht mehr. Lukas Neubert freute sich den Rest des Tages über viele anerkennende Blicke und liebevolle Tuscheleien von Kollegen. Er schien doch eine gewisse Wirkung auf andere zu haben. Das Leben kann schön sein, sagte er sich, und ging viel aufrechter als sonst. Als er abends nach Hause kam, rief seine Mutter an der Haustür: „O, wie schön, unser Junge hat eine Freundin!" Hans Karl Peter musste ausnahmsweise an seiner eigenen Haustür klingeln, weil der Schlüssel heute auch nach dem dritten Versuch nicht passen wollte. Als seine Frau ihm öffnete, fiel er ihr um den Hals, was er seit Jahren nicht getan hatte.

„Gsla, wir schteen voaeina leckren Sukumpft."

Er summte das Lied *Der Teufel hat den Schnaps gemacht* und wackelte in die Küche: „Hungaaa!" Wie immer stellte seine Frau keine Fragen. Aber sie hätte einige gehabt.

Einsatz (Donnerstag, 11.8.22)

Nach der Entscheidung über den neuen Superdrink der Peter GmbH & Co. KG waren alle irgendwie nach Hause gekommen, kaum einer wusste, wie. Die meisten von ihnen fühlten sich am Tag danach zwar etwas genudelt, keiner aber hatte Helmbrennen oder andere unerwünschte Nebenwirkungen, was für die gute Rezeptur sprach. Genießen ohne Reue. Das musste das Marketing unbedingt in das Werbekonzept einbauen. Nur sechs Wochen blieben noch für das ganze Programm bis zur öffentlichen Präsentation des bislang noch namenlosen Getränks. Probeläufe in der Abfüllung, Qualitätskontrolle, Flaschen und Etiketten einkaufen, einen Namen finden und schützen lassen, den Verkaufspreis festlegen, Werbekonzept und mehr. Vor allem aber mussten Kräuter geerntet und die wichtigsten Kunden dringend zum Tasting und zu Vertragsverhandlungen eingeladen werde. Hans Karl Peter beauftragte das „Team Zukunft" mit der Planung. Björn Paulsen, Helen Spieker, Klaus Wunder, Vertriebsleiter Gisbert Guth und Doktor Lasse Gudsen, den Leiter des Qualitätswesens. Er gab ihnen eine Woche Zeit für einen lückenlosen Plan.

Und dann kam die Polizei. Um nicht aufzufallen, benutzten Polizeihauptkommissar Horst Maschinski und sein Assistent Christian Fichte ein Zivilfahrzeug, das sie hinter dem Firmengebäude parkten. Wie besprochen, wurden sie vom Hausmeister durch den Hintereingang ins Gebäude gelassen. Diese Tür nutzen sonst nur die Raucher. Und Buschido. Den Fotografen im Gebüsch in fünfzig Metern Entfernung bemerkte niemand. Das Treffen fand in Hans Karl Peters Büro statt. Maschinski ließ sich genau schildern, was vorgefallen war und welche Probleme das Unternehmen dadurch hatte.

„Es war ganz klar ein Verstoß gegen die von allen unterschriebene Geheimhaltungsverpflichtung. Wir müssen diese Person unbedingt finden und zur Rechenschaft ziehen“, dampfte Hans Karl Peter.

Der Polizeihauptkommissar kratzte sich nachdenklich am Kopf.

„Der Verrat von Betriebsgeheimnissen ist eine Straftat und kann zu einer Freiheitsstrafe bis zu drei Jahren oder zu einer Geldstrafe führen. Dazu müssten wir Ermittlungen aufnehmen und jede Menge Staub aufwirbeln. Möchtest du das?“, fragte er seinen Golfkumpel. Das Unternehmen könne dadurch großen Schaden nehmen und stünde in der Öffentlichkeit nicht gut da.

„Wie sollen wir den Täter finden, ohne ihn zu suchen?“, fragte Peter. Maschinski hatte eine andere Idee, die schon in anderen Fällen zum Erfolg geführt hatte, ohne Zutun der Polizei. Er hatte ohnehin keine Lust, sich kurz vor der Rente noch zu verausgaben.

„Hast du mal an eine Belohnung gedacht?“, fragte er. „Wenn die hoch genug ist, will plötzlich jeder wissen, wer der Übeltäter ist, und alle suchen fieberhaft.“

Genauso hatte es in anderen Unternehmen auch funktioniert. Der Druck auf untreue Mitarbeiter war nach kurzer Zeit so groß geworden, dass diese sich selbst stellten. Oder sie wurden von Kollegen angeschwärzt, die angesichts der lockenden Belohnung jegliche Solidarität vergaßen. Und das Beste war, dass die Öffentlichkeit und die lästige Presse davon nichts mitbekamen. Das überzeugte den Firmenchef. Es fehlte noch, dass die Schmeißfliege Dittmann irgendwelchen Mist in die Welt setzte. Ein Kopfgeld also. Als die beiden Polizisten das Haus verließen, kam ihnen schwanzwedelnd ein Hund entgegen. Bevor sie die Tür hinter sich schließen konnten, war er im Haus verschwunden. „Der weiß offenbar, wo es langgeht“, staunte Fichte. Polizei mit Hund – der Fotograf hatte rechtzeitig abgedrückt.

Hans Karl Peter berief rasch eine Sondersitzung mit allen Abteilungsleitern und Johannes Friemel ein. Sie alle hielten die Luft an, als er von dem Besuch der Polizei berichtete, und atmeten aus, als sie hörten, dass es keine Ermittlungen geben würde, erstmal. Er setzte eine Prämie von zehntausend Euro für die Identifizierung des Verräters aus. Und er befahl, dass alle Mitarbeiter nur mündlich zu informieren seien, keine schriftlichen Dokumente. Die Frist dafür war genau eine Woche. Personalleiter Jobst Anstand ergriff das Wort:

„Hier soll jeder gegen jeden ermitteln, wie bei der Stasi? Das gibt doch ein Hauen und Stechen. Und hinterher traut niemand mehr dem anderen über den Weg.“

„Haben Sie eine bessere Idee, Sie Sozialromantiker?“, schrie der Alte. „Sie scheinen vergessen zu haben, für wen Sie arbeiten. Das sind nämlich nicht die Mitarbeiter. Ihre dämliche Duzerei mit dem Betriebsrat geht mir sowieso gegen den Strich.“

Björn Paulsen wollte wissen, wie das Vorgehen im Falle mehrerer Verräter wäre, für jeden zehntausend Euro? Das würde er dann entscheiden, wenn es so weit wäre, sagte Hans Karl Peter. Die Sitzung war beendet.

Startschuss (Freitag, 12.8.22)

Kurz vor dem Wochenende beorderte Hans Karl Peter das Planungskomitee für die Jubiläumsfeier in sein Büro. Er wartete, bis alle einen Platz gefunden hatten, und sah mit ernstem Blick schweigend von einem zum anderen. Sie ahnten nichts Gutes. „Frau Grosfuß, wo bleibt der Kaffee?“, brüllte er durch die geschlossene Tür. Kaffee? Sie erschrak und wunderte sich. Den bot er doch fast niemandem an, seit Jahren. Dasselbe dachten die anderen und entspannten sich etwas. War das noch der Restalkohol von gestern? Hans Karl Peter hatte sich bei der Verkostung mehrfach nachschenken lassen. Big Foot öffnete vorsichtig die Tür.

„Auch Kaltgetränke?“

„Das volle Programm, bitte.“

Hatte er „bitte“ gesagt? Sie wunderte sich und verschwand. Nach zehn Minuten bugsierte sie einen großen Teewagen in den Raum und stellte alles auf den Tisch. Dann setzte sie sich auf den letzten freien Stuhl, sie gehörte schließlich auch zum Team, war sogar die Projektleiterin. Darüber ging Hans Karl Peter allerdings hinweg und eröffnete die Sitzung. Gemeinerweise hatten die anderen ihr den Stuhl neben Lukas Neubert gelassen. Es hatte sich in Windeseile im Unternehmen herumgesprochen, dass der Azubi von Big Foot ein Wangentattoo bekommen hatte, mit dem er den Rest des Tages nichtsahnend durch das Unternehmen getrottelt war. Als sie sich setzte, erröteten beide. Sie mehr als er. Das ein oder andere Grinsen hier und da war fast nicht erkennbar. Anzügliche Bemerkungen mussten sich die anderen in Anwesenheit des Chefs allerdings verkneifen und rührten laut und kräftig in ihren Tassen. Eine Übersprunghandlung, die häufig in Besprechungen vorkommt und deren Funktion eine wissenschaftliche Studie wert wäre.

„Meine Damen und Herren, ich hatte Sie gebeten, mir auf zehn kompakten Seiten eine Zusammenfassung Ihrer Ideen für eine einzigartige Jubiläumsfeier zu geben. Bekommen habe ich fünfzig."

Nadine Grosfuß hielt sich innerlich die Ohren zu vor dem großen Donnerwetter, das gleich losbrechen würde. Ihr Chef legte eine Kunstpause ein.

„Ich bin es nicht gewohnt, dass man sich über meine Anweisungen hinwegsetzt."

Immer noch die Ruhe selbst. Kunstpause. Er genoss die Spannung in den Gesichtern der anderen und ließ sie noch ein wenig zappeln.

„Sie haben also entschieden, sich in drei Gruppen aufzuteilen und drei Vorschläge statt einem zu erarbeiten?" Alle nickten vorsichtig.

„Und da waren Sie sich einig?" Allgemeines Nicken. Heftiges Rühren in den Tassen. Er sah seine Assistentin an. Die zuckte mit den Schultern und machte ein belämmertes Gesicht. Kunstpause.

„So, dann will ich Ihnen mal sagen, was ich davon halte und was Sie jetzt erwartet."

Kein Löffel bewegte sich mehr, Gesichter verkrampften sich. Sie alle hatten in den letzten Jahren gelernt, wie man einen inneren Schutzschild um sich herum hochfährt, der die Geräuschempfindlichkeit der Ohren um fünfzig Prozent reduziert, und wie man durch flache Atmung einen Schweißausbruch vermeidet. So saßen sie steif auf ihren

Stühlen im Fluchtmodus. Und dann ließ der Alte endlich die Katze aus dem Sack. Niemand außer Big Foot wusste, welche Ideen die verschiedenen Unterteams hatten. Alle wussten nur, wer die Mitglieder der jeweils anderen Teams waren. Hans Karl Peter beschrieb in für seine Verhältnisse blumigen Worten, was er beim Lesen der fünfzig Seiten gedacht hatte. Da ihn nicht interessierte, von wem welcher Vorschlag kam – noch nicht –, nahm er wenig Rücksicht auf die Gefühle der Anwesenden. Das Märchen und die Zirkusnummer zerriss er genüsslich in der Luft. Spießig, gestrig, langweilig, einschläfernd und abgekupfert waren noch die harmlosesten Attribute, die ihm dazu einfielen. Er blätterte wild in den vor ihm liegenden Papieren herum, stieß seinen rechten Zeigefinger mal hierhin, mal dorthin, und ereiferte sich über die ausgemachte Einfallslosigkeit. Diese Vorschläge würden in der Tat dafür sorgen, dass niemand diese Feier jemals vergessen würde, weil sie so dermaßen öde wäre, dass man ihresgleichen vergeblich suchen würde. Die in sich zusammenfallenden Gesichter um sich herum nahm er gar nicht wahr. Ihm gefiel, dass er den schlechtesten Vorschlag zu Beginn zu lesen bekommen hatte, gewissermaßen einen für den Müll. Mehr als ein platter Witz könnte mit „Peterchens Mondfahrt“ wohl kaum gemeint sein. Und die Verniedlichung seines Namens wäre Kindergartenniveau. Diese Vernichtung verstanden nur Nadine Grosfuß und Jobst Anstand. Die anderen blickten sich fragend an. Und den zweitschlechtesten Vorschlag zerpflückte er ebenso, obwohl schon besser, aber offensichtlich nicht ernst gemeint. Er wollte gar nicht wissen, auf welcher Internetseite die Urheber die fade Idee mit der Zirkuswelt gefunden hätten. Die alberne Aktion mit dem Zylinder und der Flasche, die er am Ende gleich vier Mal selbst vorführen sollte, wären schlechter als der mieseste Witz, den er je gehört hätte. Team eins und drei verstanden nichts. Gisbert Guth war diese Schelte vom Alten egal, denn er hatte es der Spieker überlassen, ein Konzept zu schreiben. Er hatte Wichtigeres zu tun, und sie hatte sich geradezu vorgedrängelt. Vermutlich dachte sie, sich bei Hans Karl Peter einschleimen zu können. Nun war sie auf ihrer eigenen Schleimspur ausgerutscht. Das würde er seiner Frau erzählen, vielleicht könnte er damit ein paar Punkte gut machen. Vor dem Highlight am Ende ließ Hans Karl Peter allen Kaffee nachschenken. Der Auftrag ging an seine Assistentin, deren Flügel er damit auf Hühnerkükenniveau stutzte. Ihre stille Hoffnung auf einen Aufstieg im Unternehmen schmolz auf die Größe einer Schneeflocke zusammen. Unter ihr in der Hierarchie war jetzt nur noch Hausmeister Krause.

Dann nahm sich der Chef die große Gruselei vor, die Björn Paulsen und Lukas Neubert erarbeitet hatten. Neubert hatte noch seinen Mit-Azubi Matthias Albrecht dazugeholt, weil er nicht nur mit älteren Semestern zu tun haben wollte. Für den dreißigjährigen Paulsen war das in Ordnung. Dänen haben die Gelassenheit erfunden und können gut Lorbeeren teilen. Hans Karl Peter sprach von einer unglaublichen und unverschämt wagemutigen Idee, die ihn, der sonst mit Gruselfilmen so gar nichts anfangen könne, begeistert habe. Unerhört kreativ, provokant, erfrischend pervers und absolut zukunftsweisend. Dieses Konzept sei so unfassbar gut, dass man es glatt an andere Unternehmen verkaufen könne. Nur die Härtesten kämen überhaupt zu der Feier und würden dort ihr grauenhaftes Wunder erleben. „Wer das überlebt, hat wirklich etwas zu erzählen“, schloss er. Außer Björn Petersen und Lukas Neubert wusste keiner, wovon er da sprach. Nadine Grosfuß wagte sich hervor und wies ihn vorsichtig darauf hin, dass die drei Gruppen sich nicht ausgetauscht hätten und keiner wüsste, welche Ideen die anderen hätten.

„Das ist ja noch besser!", jubelte der Alte. „Dann lese ich Ihnen das jetzt mal vor." Und das tat er. Mit seiner Theaterstimme, tief, sonor und sehr dramatisch, trug er den Vorschlag Nummer drei Wort für Wort vor, schmückte sogar hier und da etwas aus.

Als er seine Frau Gisela kennenlernte, war sie lange wenig interessiert an dem reichen Schnapsschnösel im Anzug mit den staubigen Manieren. Ein stocksteifer Langweiler. Er aber ließ wochenlang nicht locker, weil er es gewohnt war, immer alles zu bekommen. Aber dieses Mal konnte ihm auch sein Vater nicht helfen. Er musste sich etwas einfallen lassen. Schließlich hatte er sich entschieden, in diese junge Frau verliebt zu sein. Wenn er auch wenige Talente hatte, eines brachte ihm den entscheidenden Durchbruch. Er konnte seine Stimme verstellen und sie je nach Situation so einsetzen, dass er andere beeindruckte, einschüchterte, einlullte oder überrumpelte. Er konnte sogar witzig sein. Sein Repertoire reichte von John Wayne über Hardy Krüger bis zu Heinz Erhardt. Seine Parodien von Humphrey Bogart im Englischunterricht brachten ihm viel Anerkennung. Die Deutschlehrerin schmolz dahin, wenn er Gedichte von Goethe vortrug, mit der Stimme von Götz George. In Giselas Fall allerdings half nur Richard Burton. Als er sie fragte, ob sie seine Cleopatra sein wolle, gab sie jeden Widerstand auf. Niemals danach fiel ihm dieses Talent wieder ein. Aber jetzt.

Als Richard Burton zeichnete er das Bild der Jubiläumsfeier vor den Augen der anderen, und sie konnten den Schrecken spüren, den die die Gäste durchleben würden. Es war ein Hörspiel, in der Hauptrolle Hans Karl Peter, der es genoss, seine Unwiderstehlichkeit wiedergefunden zu haben. Er ließ mehrere Figuren sprechen, entwickelte ein kleines Theaterstück. Seine Mitarbeiter konnten nicht glauben, was sie da erlebten. Diese Verwandlung des knallharten Firmenlenkers in einen überaus überzeugenden Schauspieler war ihnen unheimlich. Waren Drogen im Spiel? Hans Karl Peter beendete seine Vorstellung. „Phänomenal!" Aber den wahren Geniestreich hob er sich bis zum Schluss auf. Er wollte nicht wissen, von wem welcher Vorschlag war, denn diese Überraschung wollte er für sich selbst für später aufheben. Er beauftragte vielmehr das ganze Team Fünfzig, diesen tollen Vorschlag gemeinsam eins zu eins umzusetzen. Und wenn sie ihn bräuchten, würde er auch gern helfen. Nach der ersten Enttäuschung waren nun doch wieder alle in einem Boot. Damit konnten sich auch die Mondfahrer und Zirkusdompteure arrangieren.

„Leute, das wird historisch, epochal. Sie sind alle Helden! Und jetzt hören Sie endlich auf, die Tassen mit ihren Löffeln kaputt zu rühren!"

Innerhalb der nächsten Woche sollten die Information der Gäste anlaufen und alle nötigen Unternehmen mit dem Umbau des Firmengeländes beauftragt werden. Die Sitzung war beendet. Kaffee hatte vor Aufregung niemand getrunken. Drei Tassen hatten Risse bekommen.

Skandal (Samstag, 13.8.22)

„Drogenrazzia bei Firma in Oberklemmbach", stand auf der Titelseite der Klemme, die Hans Karl Peter beim samstäglichen Frühstück vor sich hatte. Endlich ist mal was los, dachte er und verschluckte sich an seinem Toast mit englischer Orangenmarmelade. „In einer geheimen Mission stattete die Suchtabteilung der Kriminalpolizei der Peter GmbH & Co. KG einen Besuch ab. Samt Drogenhund. Der Verdacht lautet: illegaler Anbau und Verkauf von Cannabis." Er schrie nach seiner Frau. Es kam noch schlimmer. Ein großes Foto zeigte die beiden Polizisten Maschinski und Fichte beim Verlassen der Firma durch die Hintertür und einen Hund. Den hatten die beiden doch gar nicht dabei, als sie in seinem Büro waren. Ein zweites Foto zeigte einige der Gewächshäuser. In dem Artikel war die Rede von einer verlässlichen Quelle, die bezeugen könne, dass das Unternehmen seit Jahren mit Rauschmitteln handele und die Produktion anderer Produkte nur ein Fake sei. Das Betriebsklima wäre auch nur deswegen so gut, weil alle Mitarbeiter monatlich große Mengen Dope umsonst bekommen. Alle seien ständig high und würden sich tanzend durch die Büros bewegen. Hans Karl Peter riss die Augen auf. Was war hier los?

An den Kiosken der Stadt kauften die Menschen die Zeitungsständer leer. In den Wohnungen und Häusern der Mitarbeiter der Peter GmbH & Co. KG herrschte Fassungslosigkeit. Telefone liefen heiß, die Stadt bebte. In der Pressestelle der Polizei war große Aufregung. Woher wusste dieser lästige Zeitungspaparazzo überhaupt von dem Besuch der beiden Kollegen bei den Peters? Und wie kam er zu diesen wilden Behauptungen? Horst Maschinski hatte sein Frühstück unterbrochen und war in die Dienststelle gehastet.

„Seid ihr wahnsinnig?", schrie er seine Kollegen an. „Wer hat dem Schreiberling diesen Mist gesteckt?"

Die Polizei hatte sich daran gewöhnt, dass Chefreporter Uwe Dittmann verlässlich an jedem Unfallort aufkreuzte und seine Sensationen verbreitete. Das war das Recht der Presse. Aber so einen Artikel voller Fehlinformationen hatte es noch nie gegeben. Er hatte auch niemanden auf dem Revier um Informationen gebeten. „Wie heißt denn dein Hund, Horst?", wollte ein Kollege wissen.

Maschinski verlor augenblicklich die Fassung und brüllte nur: „Halt deine dämliche Fresse!"

Am frühen Vormittag hatten bereits einige Bürger der Stadt angerufen und der Polizei zu ihrem neuen vierbeinigen Mitarbeiter gratuliert. Der sähe ja süß aus. Eine Hundeschule hatte auch schon angerufen und bat um den Namen des Polizisten, der den Drogenhund ausgebildet hätte, weil sie gern mit ihm zusammenarbeiten wollte. Am zentralen Busbahnhof in Oberklemmbach, Hauptumschlagsplatz der Drogenszene, machte sich große Unruhe breit. Die Bullen machten offenbar ernst.

Zur gleichen Zeit saß Helen Spieker ebenfalls beim Frühstück, im Club 84, der für Nachtschwärmer und Übriggebliebene Katerfrühstück anbot. Auch sie hatte die Lokalpostille in der Hand und schüttelte sich vor Lachen. Sie konnte kaum glauben, dass dieser Vollidiot Dittmann tatsächlich in die Falle getappt war und aus einer Mücke einen Dinosaurier gemacht hatte. Endlich hatte sie ihn da, wo sie ihn haben wollte, Opfer seiner eigenen Neugier und Selbstüberschätzung. Heute überließ sie ihrem Chef nicht den Vortritt und rief ihn auf seinem Mobiltelefon an. Sie hörte sich seine ersten lauten drei Minuten an, sie hatte nichts anderes erwartet. Das sei Rufmord, die Firma erledigt. Die Kunden würden reihenweise die Verträge kündigen. Wer wolle mit einem Drogenhersteller zusammenarbeiten und was solle er den Mitarbeitern sagen? Und von wem hätte dieser Schmierfink eigentlich diesen ganzen Unfug? Irgendwann musste er mal Luft holen, und Helen Spieker nutzte die Pause. Betont gelassen sagte sie in die Atempause hinein, dass sie ihm das gern erklären könne, am liebsten persönlich. Sein Gesicht wollte sie gern sehen, wenn sie ihm den Masterplan schilderte.

„Das ist ja ganz neu, dass Sie mir etwas dazu sagen können, was in diesem Käseblatt steht", erwiderte ihr Boss.

Sie machte sich auf den Weg.

Helen Spieker begrüßte Gisela Peter, die ihr mit sehr besorgtem Gesicht die Tür öffnete. „Mein Mann ist außer sich", flüsterte sie.

Helen Spieker hob beschwichtigend die Hände, schob sich an ihr vorbei und hinterließ einen zarten Geruch von Rauch, Rum und Martini.

„Möchten Sie sich kurz frisch machen?"

Die Pressesprecherin verstand den Hinweis und warf schnell ein Pfefferminzbonbon ein. Nun kam noch ein Hauch Minze dazu. Hat das je etwas geändert? Sie setzte sich auf einen Stuhl gegenüber dem hochroten Hausherren, der ihr die Titelseite der Klemme entgegenhielt. Helen Spieker wirkte weder aufgeregt noch beunruhigt. Einen Fleck auf dem Kleid hatte sie auch nicht. Sie war heute offenbar kein leichtes Opfer seiner Tiraden. Und so blieb auch er einigermaßen gefasst. Ungefähr so wirken Ochsen auf die Kampfstiere in den spanischen Stierkampfarenen, wenn man beide vor dem Kampf in einen Stall stellt. Nun war Helen Spieker weder optisch noch sonst einem Ochsen ähnlich, ihre Wirkung aber war durchaus vergleichbar. Beruhigend. Zumindest auf Hans Karl Peter, der wiederum wenig mit einem Stier gemein hatte. Er konnte allerdings auch anders. Heute aber fehlten ihm die Worte. Er konnte diesen ganzen Schwachsinn weder verstehen noch beschreiben.

„Dann erklären Sie mir bitte mal, was das hier soll und wo es herkommt. Das ist doch alles nur falsch und ohne Sinn und Verstand. Wie kommen solche Informationen an die Presse?"

Helen Spieker musste weit ausholen, um ihren Chef mit auf die Reise zu nehmen. Da sie beschlossen hatte, mit offenen Karten zu spielen, auch wenn er ihr daraus einen Strick drehen würde, musste sie ihre Aufregung unterdrücken. Es habe mit dem unsäglichen Artikel über den neuen Drink der Peter GmbH & Co. KG zwei Wochen zuvor begonnen. Als die Polizei ins Spiel kam, habe sie als Pressesprecherin handeln müssen. Die Gefahr, dass die Suche nach dem Informanten und die Drohungen gegen einen Redakteur der lokalen Zeitung in der Öffentlichkeit bekannt würden, wäre einfach zu groß. Denn dann würde der Baum erst richtig brennen. Einschränkung der Pressefreiheit, Erpressung von Journalisten und Einschüchterung von Informanten wären Themen, mit denen das Unternehmen die gesamte Medienlandschaft gegen sich aufbringen würde. Auch mit Klagen durch Medienanwälte wäre zu rechnen und mit endlosen Berichten, von denen sich die Firma nie mehr erholen würde. Mit dem Ruf wäre auch das Geschäft zerstört. Soweit konnte Hans Karl Peter ihr folgen, wenn auch widerwillig. Das alles hatte er nicht bedacht, würde es allerdings nie zugeben. „Und dieser ganze Unsinn hier macht es besser?"

Er zeigte auf die Zeitung. Das sei in der Tat so, antwortete Helen Spieker. Denn Herr Dittmann habe sich soeben sein eigenes Grab gegraben, der Zeitungsverlag würde vielleicht auch darin versenkt. Dann gebe es gleich zwei Probleme weniger. Sie erzählte von Britta Laskow, deren Namen dem Chef noch vage bekannt war. Als professionelle Informationsbrokerin, oder auch lebendes Leak, hatte sie dem Dittmann „brandheiße Scheiße" angeboten, exklusiv und hundertprozentig explosiv. Ein Skandal der Extraklasse. Damit wäre seine Karriere in der Medienwelt nicht mehr aufzuhalten. Es sei denn, er wollte für immer über Verkehrsunfälle und Kaninchenzuchtvereine schreiben. Wollte er nicht, also biss er an. Und zahlte sogar nicht schlecht. Für einen besonders reißerischen Artikel legte er sich mächtig ins Zeug, und für ein gutes Foto in die Büsche. Als er im Polizeifunk von dem Sondereinsatz des Duos Maschinski und Fichte gehört hatte, war er nicht mehr aufzuhalten. Ein heimisches Traditionsunternehmen im Drogensumpf, was für eine Bombe! Den Namen der Firma hatte die Laskow etwas undeutlich durchs Telefon genuschelt. „Peter" hatte er klar verstanden, den Rest musste er raten. Die Funknachricht über den Polizeieinsatz bei Schnapspeter beseitigte alle Restzweifel. Außerdem konnte er den Impuls nicht unterdrücken, dem arroganten Vorzeigeunternehmer und seiner überkandidelten Pressetante zu zeigen, was eine Harke ist. Als er den fertigen Artikel in der Redaktion vorlegte, fegte er alle Zweifel und Fragen nach Richtigkeit und seiner Quelle für die Inhalte vom Tisch. „Wollen Sie nun exklusive Berichte und höhere Verkaufszahlen oder nicht?", hatte er den Chefredakteur angezischt. Der hatte keine Lust, sich schon wieder mit „Unfall-Dittmann" zu zoffen, und ließ ihn gewähren. „Auf Ihre Verantwortung", sagte er und hoffte insgeheim auf ein Desaster.

„Das ist ja alles prima, Frau Spieker, aber was soll denn jetzt passieren? Nun haben wir einen möglichen Skandal gegen einen anderen eingetauscht. Was haben wir denn davon außer neuen Problemen?"

Helen Spieker musste sich beherrschen. Zu gerne hätte sie ihm gesagt, dass sie mit ihrer List das Ziel verfolgte, Hans Karl Peters persönlichen Hintern zu retten und damit sich selbst im Unternehmen unentbehrlich zu machen. Aber darauf sollte er besser selbst kommen. Sie erklärte ihm den zweiten Teil ihres Plans zur Ehrenrettung des Unternehmens. Gemeinsam mit der Polizei sollte Hans Karl Peter noch heute den Verleger mit der Tatsache konfrontieren, dass in seiner Zeitung auf der Titelseite eine Falschmeldung der Superlative stand. Ein journalistischer Supergau. Da der Artikel bereits in ganz Deutschland die Runde gemacht hatte und in Funk und Fernsehen Thema war, konnte der Schaden nicht größer sein. Die Klemme hatte als Zeitung abgewirtschaftet, es sei denn, ein edler Ritter würde eingreifen. Zunächst musste gleich am Montag eine Richtigstellung erfolgen, und zwar auf der Titelseite. Dieses Schuldeingeständnis würde wehtun, sollte es auch. Dann sollte die Zeitung sich verpflichten, die Ankündigung der Peter GmbH & Co. KG zur Jubiläumsfeier zu veröffentlichen, ebenfalls auf der Titelseite und gratis. Eine schicke kleine Erniedrigung. Die Krönung ihrer Strategie aber war die Rettung der Klemme durch keinen Geringeren als Hans Karl Peter selbst. Er würde dem Chefredakteur ein exklusives Interview geben, in dem er die wichtige und gute Arbeit der Lokalzeitung für die Region lobte. Dieses Missgeschick würde er auf keinen Fall der hochkompetenten Redaktion oder dem Verleger selbst anlasten. Das sei eine Verfehlung einer einzelnen Person. Und damit wäre Dittmann erledigt, der Ruf der Zeitung gerettet, die der Peter GmbH & Co. KG für immer verpflichtet wäre.

„Frau Spieker, ich glaube, ich habe Sie unterschätzt", sagte der sichtlich beeindruckte Firmenchef.

„Das ist perfide und könnte Stoff für den nächsten James Blond sein."

Er griff zum Telefon und rief erst Horst Maschinski, dann Verleger Heinrich von Gudenberg an und bestellte sie zu einem Treffen von besonderer Bedeutung am Sonntag um zehn Uhr im Garten des Unternehmens ein.

„Euren Hund bringst du aber bitte nicht mit", sagte er zu dem Polizisten.

Verleger Heinrich von Gudenberg erschien überpünktlich um kurz vor zehn auf dem Parkplatz der Peter GmbH & Co. KG, wo er von Helen Spieker abgeholt wurde. Die Scham war ihm ins Gesicht geschrieben. Einen eins fünfundneunzig großen Mann so klein zu sehen, war ihr fast unangenehm. Daher war sie betont freundlich und bat ihn, ihr in den Garten zu folgen. Dort wartete schon Gärtner Bert Grabowski. Wie abgesprochen, gab es nur eine kurze Begrüßung, nach der von Gudenberg zu einer Führung durch die Gewächshäuser eingeladen wurde. Er lernte viel über Kräuter, deren Herkunft, Anbau und Pflege. Grabowski sprach über das ideale Klima jeder einzelnen Pflanze und die beste Erntezeit. Er ließ nichts aus. Lavendel, Enzian, Kardamom, Kamille, Anis, Fenchel, Minze, Thymian, Liebstöckel, Salbei und zwanzig weitere. Nach einer Stunde waren sie mit Haus Nummer eins fertig. Als sie gegen dreizehn Uhr aus Nummer fünf kamen, bat der Verleger darum, die Toilette besuchen zu können. Nach weiteren drei Stunden hatte er auch das letzte Kraut gesehen und hätte eine Abhandlung für die Fachzeitschrift Mein Kräutergarten schreiben können, wenn er sich Notizen gemacht hätte. Er hatte geschlagene sechs Stunden nicht ein Wort gesagt. Allerdings hatte er auch kein Cannabis gesehen, nicht ein Blatt.

Nun kamen auch Hans Karl Peter, Hauptkommissar Horst Maschinski und Helen Spieker dazu. Es gab Kaffee aus der Thermoskanne, und der Firmenchef sagte, von Gudenberg könne gern Fragen stellen. Der war nicht unsensibel und wusste genau, was ihm diese lange Vorführung sagen sollte. Keine Drogen weit und breit, ein Zeitungsartikel voller Wortmüll. Die unausgesprochene Forderung nach Wiedergutmachung hing in der Luft wie eine überreife Wassermelone kurz vor dem Platzen. Bevor er etwas sagen konnte, sprach Horst Maschinski.

„Ich sage es ungern, aber von uns hat Herr Dittmann diese Informationen nicht. Wir haben ihn auch nicht eingeladen, uns beim Einsatz zu begleiten."

„Sie können ruhig sagen, er hat sie verfolgt, denn genau das hat er ja gemacht", sagte von Gudenberg kleinlaut und schoss sich langsam auf seinen Chefreporter ein. Er wusste, was alle von ihm erwarteten.

„Im Namen des Verlages bitte ich Sie alle um Entschuldigung, besonders Sie, Herr Peter. Selbstverständlich werden wir das in der morgigen Ausgabe richtigstellen, das ist Ehrensache und unsere Pflicht. Und das wird nicht Herr Dittmann schreiben."

Er sah das Fragezeichen auf den Gesichtern.

„Herr Dittmann wird unser Unternehmen verlassen."

Keine Fragezeichen mehr, nur anerkennendes Nicken.

„Da wäre noch etwas", sagte Helen Spieker.

„Wir würden Sie gern persönlich zu unserer Jubiläumsfeier einladen. Die offizielle Einladung soll kurzfristig auch in der Klemme als Anzeige erscheinen. Wir stellen uns dafür die Titelseite vor."

Eine Anzeige auf der Titelseite! So etwas hatte es noch nie gegeben. Das würde nach dem Aussehen, was es war: eine Zeitung am Pranger zum Gespött der Leute. An dieser Riesenkröte würde er lange schlucken müssen, aber sie musste runter, irgendwie. Hans Karl Peter kostete den Moment noch ein paar Sekunden aus, bevor er von Gudenberg zu Hilfe kam.

„Wir wissen, dass dieser unselige Bericht das Produkt eines Einzelnen ist und nichts mit der Qualitätsarbeit ihrer professionellen Redaktion zu tun hat", log er. Und er bot an, im Zusammenhang mit dem Firmenjubiläum ein Exklusivinterview zu geben, in dem er die Bedeutung der Klemme und die unternehmerische Leistung der Familie von Gudenberg würdigen würde. An diesem selbstgefälligen Vorschlag drohte der Verleger fast zu ersticken. Aber was blieb ihm übrig? Er konnte die Genugtuung in den Augen von Peter und seiner Pressetante lesen und doch nichts dagegen unternehmen. Und dann musste er schnell los, um die Richtigstellung für die Montagsausgabe auf den Weg zu bringen. Irgendjemand würde Überstunden machen müssen. Er nahm sich vor, sich zu betrinken.

Als sie sich voneinander verabschiedeten, fragte Hans Karl Peter den Polizisten, welches Unternehmen denn nun tatsächlich die Cannabisplantage hätte. Maschinski bat um absolute Verschwiegenheit, als er die Peter Konrad GmbH aus dem Nachbarort Borgholzkamp erwähnte.

„Das ist aber nur ein Verdacht. Morgen wissen wir mehr."

Und dann kam wieder die Frage nach dem Hund auf dem Pressefoto.

„Den kenne ich nicht, der war auf einmal da."

Langsam war er genervt.

Ausgeschnüffelt

Als Richard R. (der volle Namen darf aus Gründen des Schutzes von Persönlichkeitsrechten hier nicht genannt werden) den Zeitungsartikel über den neuen Drogenhund der Polizei sah, stutzte er. Das Tier auf dem Foto kam ihm seltsam bekannt vor und weckte schlechte Erinnerungen an einen großen Irrtum. Aber wer hatte sich in wem geirrt? Richard R. war bekannt als windiger Unternehmer und hatte mit verschiedenen Firmen immer wieder Pleiten hingelegt. Stets war es ihm um schnelles Geld gegangen, mit dem er sich und seiner Frau teure Wünsche erfüllen wollte, die allesamt nicht erfüllt wurden, weil das Ende immer zu schnell kam. Von Diamantenimport, Versandhandel für Edelschuhe oder anderen Abenteuern hatte er schlicht zu wenig bis keine Ahnung, wovon er sich aber nicht beirren ließ. Sein vorerst letzter Vorstoß in unbekannte Gefilde sollte etwas ganz Exklusives sein und ihm endlich ungeahnte Reichtümer bescheren, der Verkauf von Trüffeln an die Gaumenfreunde in aller Welt.

Einzige Herausforderung: Diese seltenen unterirdischen Pilze kann man nur mit Hilfe von Spezialisten finden, die ebenfalls nicht oft vorkommen, und die haben vier Beine. Die besten ihrer Zunft sind Lagotto Romagnolo, Trüffelhunde. So einer sollte es sein. Die Preise, welche die Züchter für diese edlen Tiere verlangten, überstiegen aber alles, was Richard R. sich leisten konnte, da ihm keine Bank mehr einen Kredit gab. Seine unbescheidene Frau war von der Idee des Trüffelimperiums infiziert und riet ihrem Mann, einen „gebrauchten" Hund zu suchen.

Richard R. scannte das Internet nach Hunden mit exzellenten Nasen und telefonierte mit den Tierheimen in der Gegend. Irgendwann stieß er auf eine Anzeige, in der ein zweijähriger Mischling mit außergewöhnlicher Nase und großem Jagdinstinkt angeboten wurde. Richard R. war hundeunerfahren genug, um sich mit seinem untrüglichem Gespür für schlechte Ideen für dieses Tier zu entscheiden, und vergaß auch zu fragen, warum der Hund verkauft werden sollte und was er bislang erlebt hatte.

Der Heilsbringer mit dem Namen Trixi zog an einem Montag bei Ehepaar R. ein, zeigte sofort seinen freundlichen Charakter und schien froh, ein neues Zuhause zu haben. In der großen Wohnküche schlug die Hündin ihr Basislager auf, legte sich vor den Esstisch und zeigte damit an, dass sie genau dort ihren Stammplatz haben würde. Daraus entwickelte sich sofort der erste Konflikt, denn Frau R. wollte den Hund nicht im Haus haben, eine Hütte im Garten sei doch gut genug. Da sich seine Erfahrungen mit Hunden sehr in Grenzen hielten, wusste Richard R. nicht, dass sie sich in einer neuen Umgebung erst orientieren und an ihre neuen Menschen gewöhnen müssen. Ein Hund auf Bestellung müsse doch sofort funktionieren, dachte er. Das tat Trixi auch, nur anders. Fressen wollte sie anfangs überhaupt nicht, an der Leine zu gehen, hatte sie noch nicht gelernt und ihre Geschäfte verrichtete sie überall dort, wo es nicht erwünscht war – unter den Himbeersträuchern im Garten, vor der Haustür, auf der Terrasse und besonders gern neben der Fahrertür des Autos. Wichtiger war allerdings, dass nun schnell die Trüffelsuche beginnen konnte und der Hund seine Arbeit aufnahm. Also fuhr Richard R. in den Wald, schlug sich mit der Hündin ins Unterholz und ließ sie dort von der Leine. „Such die Trüffel, such!", hörte sie noch, als sie die Nase erst in die Luft, dann auf den Boden senkte und loslief. Der kommende Trüffelmillionär rieb sich voller Vorfreude die Hände und trank aus seinem Flachmann, einen Korb mit Pilzmesser und Schaufel neben sich. Der Hund würde sich bald melden.

Trixi konnte ihr Glück nicht fassen und hatte die Nase im besten Sinne voll, hielt sie erst in die Luft und sog dann staubsaugerartig die Gerüche des Waldbodens auf. Von dem ihr hinterhergerufenen Befehl kannte sie nur „Such!", und das musste man ihr nicht zweimal sagen. So viele verlockende Düfte, denen sie ohne diese lästige Leine nachlaufen durfte. Jetzt musste sie sich nur noch entscheiden – links, rechts, oder doch hier entlang oder da? Ihr Schwanz wedelte vor Aufregung wie ein Propeller, als sie sich für eine Fährte entschied. Sie stieß einen Hetzlaut aus, rannte los und vergaß in derselben Sekunde, wer Richard R. war, der das Echo ihres Bellen aus dem Wald hörte, das immer dünner wurde, bis es nicht mehr zu hören war. Trixi suchte – und fand. Keine

Trüffel, aber eine Rotte Wildschweine in einem Waldstück zwischen zwei Getreidefeldern. Gefolgt war sie nur dem Duft und hatte keine Ahnung, was am Ende der Spur auf sie warten würde. Als sie plötzlich vor den Schwarzkitteln stand, die sich erschrocken aus ihrer Schlammsuhle erhoben, meldete sie mit lautem Gebell, dass sie etwas gefunden hatte, traute sich nicht vor, wollte aber auch nicht wieder weg von dort, was für alle Beteiligten weitaus harmlosere Konsequenzen gehabt hätte als das, was nun folgte. Die Leitbache der Wildschweinfamilie war schnell genervt, blies zur Attacke und stürzte sich auf den Hund, der ausweichen konnte und um sein Leben rannte. Ein ungewöhnliches Bild bot sich einer Wandergruppe, deren Weg von einer Jagdgemeinschaft Wildschweine gekreuzt wurde, die hinter einem Hund her waren. Was war hier falsch? Es ging minutenlang durch den Wald, über Lichtungen und Äcker, ohne dass eine der beiden Parteien ermüdete. Trixi rannte in ihrer Not auf ein Haus am Feldrand zu, sprang über den zierlichen Staketenzaun und wähnte sich in Sicherheit. Aber nur kurz. Mit lautem Getöse walzten die Wildschweine den Zaun nieder und setzten ihre Stampede in dem Gemüsegarten fort. Aufgeschreckt von dem Lärm, blickte Udo Obermann aus dem Fenster und erkannte seinen Garten nicht wieder, in dem acht Wildschweine hinter einem Hund hertobten. Er öffnete die Terrassentür, um die Tiere zu verscheuchen, und merkte schnell, dass das keine gute Idee war. Im selben Moment schoss der gejagte Hund an ihm vorbei ins Haus, wo er sich unter dem Wohnzimmersofa verkroch. Die Mannschaftsführerin der Schweinbande machte laut grunzend ein paar Schritte auf Udo Obermann zu, der sich schnell ins Haus zurückzog. Und dann machte sich die Rotte über die Karotten, Kartoffeln und Tomaten des Selbstversorgers her, der live und hilflos beobachten musste, wie seine komplette Ernte versaut wurde. Obermann rief die Polizei.

Als die Ordnungshüter ankamen, war der Alptraum schon vorbei und der Garten wirkte wie eine Ausgrabungsstätte wildgewordener Archäologen. Der Hund lag noch immer unter dem Sofa und war als einziger Täter noch am Tatort. Trixi wurde verhaftet und an einer Leine abgeführt. Ihr Besitzer war anhand der Hundemarke schnell ermittelt. Richard R. hatte seine Stellung im Wald, den Hund und die Hoffnung auf Trüffel aufgegeben und erklärte seiner Frau gerade, dass das neue Geschäft mit den Erdfrüchten noch nicht so recht Fahrt aufgenommen habe, als es klingelte und zwei Polizisten mit einem Hund vor seiner Tür standen, mit seinem Hund. Ob er ihn denn gar nicht vermissen würde, wollten sie wissen, denn eine Suchmeldung gab es nicht. Auf der Frage, wo und wie ihm die Hündin entlaufen sei, konnte Richard R. nicht so schnell lügen, wie es hilfreich gewesen wäre. Beim Rausgehen sagte einer der Polizisten noch, ein Hundeführerschein hätte geholfen und es würde eine Anzeige wegen Sachbeschädigung folgen, die ihn sicher nicht freuen würde, aber er wäre ja wohl versichert. War er nicht, denn auch das wusste er nicht. Das Wort Hundehalterhaftpflichtversicherung war ihm neu.

Verklagt wurde Richard R. auf insgesamt achttausend Euro für den Luxuszaun und die Pflanzen und sollte außerdem einen Landschaftsgärtner bezahlen, der den Garten neu anlegen würde. Er brüllte die Trüffelhündin zusammen und verbannte sie in die Gartenhütte, wo sie allein bleiben musste und nur Futter und Wasser hingestellt bekam. Einen Tag später meldete er Privatinsolvenz an. Trixi fristete ihr Dasein in dem Holzhaus, wo sie sich allein fühlte und Angst hatte, wenn draußen Gewitter tobten und der Regen auf das dünne Dach donnerte. Sie wimmerte und bellte. Erst leise und nur manchmal, dann lauter und immer. Hin und wieder ging Richard R. in den Garten, schrie die Hündin an und drohte ihr mit Schlägen. Ein besorgter Nachbar und Tierfreund bot an, den Hund bei sich aufzunehmen.

„Den können sie sich aus der Hütte holen, dann bin ich das Vieh los", wütete Richard R.

Dazu kam es nicht. Die ungewollte Hündin wusste, dort konnte sie nicht bleiben, und machte sich auf den Weg. Irgendwo musste es doch auch für sie Glück geben. Ihren Namen nahm sie nicht mit.

Notfälle (Sonntag, 14.8.22)

Nach dem Frühstück hatte Jeremias Peter wieder eines dieser lästigen Treffen mit Johannes Friemel. Anfangs hatte er gehofft, dass ihm dessen Coaching helfen würde, sich auf die Übernahme der Firmenleitung vorzubereiten. Erst hatte es auch danach ausgesehen. Sein Vater war offenbar ebenfalls mit den Zwischenberichten zufrieden. Dann kamen die Rückschläge. Immer wieder musste er Fragen zu seiner Zeit in Schottland beantworten. Wenn er seine Probleme loswerden wollte, müsse er sich seinen schlimmsten Erinnerungen stellen, dozierte Friemel. Ihm fielen nur miese Erfahrungen ein. Die Universität, die Sprache, die Professoren und seine Kommilitonen. Die Zeit war für ihn eine einzige Tortur, über die er inzwischen gut hinweggekommen war. Die Psychotherapie hatte geholfen. Mit jedem erzwungenen Blick zurück machten sich allerdings die alten Probleme und Selbstzweifel wieder in ihm breit. Zunächst träumte er nur schlecht und wachte schweißgebadet auf. Immer häufiger verfiel er in sein schottisch-englisch-deutsches Kauderwelsch. Zu Hause verstand ihn bald niemand mehr, weder Frau noch Tochter, auch Tarzan nicht. Als wäre das nicht alles schon übel genug, kam der Friemel dann mit diesen Filmaufnahmen, die alles noch schlimmer machten. Mittlerweile reichte ein Wort und er bekam eine ausgewachsene Krise. Auf das Wort ‚Geschäftsführer' reagierte er allergisch. Völlig entnervt saß er mit der Katze im Arm auf dem Sofa und stierte Löcher in die Luft. Tarzan sah seit Wochen aus wie ein Papagei in der Mauser. Seine Frau war mehr als besorgt und fragte, was los sei.

„Lass mi äloon!", schrie ihr Mann sie an. „No Mensch ken anderstänt mi. Ai häit sis män."

Tarzan fuhr die Krallen aus. „Daba!", kreischte Fee. Fiona Peter war alarmiert.

Erst jetzt hörte sie das Telefon, das bereits acht Mal geklingelt hatte und nicht aufhören wollte. Als sie abnahm, fragte eine aufgeregte Stimme nach Jerry. Er müsse sofort kommen, ein Notfall. Wer war Jerry und woher hatte diese Person ihre Telefonnummer?

„Hier gibt es keinen Jerry", sagte sie irritiert.

„Doch!", rief ihr Mann und entriss ihr den Hörer.

Er sprach mit einer Nancy, mit der er offenbar gut vertraut war. Und zwar in reinstem Deutsch.

„Ich komme sofort, muss mich nur schnell umziehen."

Seiner verdutzten Frau erklärte er kurz, dass im Tierheim unter den fünf Mitarbeitern Corona ausgebrochen sei und sich niemand um die Tiere kümmern könne. Das müsse er jetzt übernehmen. Er nahm sich eine Einkaufstasche und verstaute darin die kompletten Wurstvorräte aus der Speisekammer und verschwand. Er würde erst spätabends wiederkommen, sagte er noch. Fiona Peter rief umgehend ihre Schwiegermutter an und kündigte ihren Besuch an. Es musste Licht ins Dunkel, und zwar schnell.

Dort angekommen, erklärte sie Gisela Peter in knappen Worten, was sie gerade erlebt hatte und dass ihr Mann ihr mehr als seltsam vorkam, er ihr immer mehr entglitt. Nun war auch Gisela Peter alarmiert und schlug vor, sich diese ominösen Videos anzusehen, mit denen sich ihr Mann oft beschäftigte und die offenbar eine Rolle spielten. Sie setzten sich vor den DVD-Player in Hans Karl Peters Medienraum und warfen die erste DVD von dem Stapel auf dem Tisch ein: *Die Kündigung.* Nach dem kurzen Vorspann Jeremias Peter auf dem Bildschirm. „Daba!" Fee saß auf dem Schoß ihrer Mutter und war begeistert. Ihr Vater saß an einem Schreibtisch, ihm gegenüber Johannes Friemel in der Rolle von Entwicklungsleiter Jonas Mischke. Es ging offenbar um dessen Kündigung wegen Geheimnisverrats. Das Gespräch verlief zunächst sachlich, und alles, was der Chef sagte, wirkte gut einstudiert, aber wenig authentisch. Plötzlich brach Mischke in Tränen aus und jammerte, er hätte eine Familie und Verpflichtungen. „Nimm das doch bitte nicht persönlich ...", sagte Jeremias Peter und wurde jäh unterbrochen. „Stopp! So geht das nicht!", fuhr der aufgebrachte Friemel ihn an.

„Herr Peter, wie oft habe ich Ihnen gesagt, dass Duzen überhaupt nicht in Frage kommt für einen Geschäftsführer.

Und jetzt machen Sie das schon wieder. Also alles nochmal: Mag sein, dass man sich in Schottland duzt, aber hier …"

„Schluss, aus, es reicht!"

Jeremias Peter sprang auf und lief aus dem Bild. Ende des Films. Die beiden Frauen sahen sich an. Was war denn das? Dann sahen sie *Der Millionen-Deal*. Im Bild Jeremias Peter mit einem Geschäftspartner an einem Besprechungstisch. Der Mann hieß Otto Knesebeck und wurde gespielt von Johannes Friemel. Es wurde hart um den Preis für eine große Lieferung von Containern mit Quittenbrand verhandelt. Als es zur Vertragsunterschrift kommen sollte, sagte Knesebeck, er wolle noch zehn Prozent Rabatt. Den bekomme er von der Konkurrenz auch. „Na gut …", antwortete Jeremias Peter.

„Halt, was ist das denn?" Wieder regte sich Johannes Friemel auf und meckerte, scheinbar verzweifelt.

„Was soll ich nur mit Ihnen machen, Herr Peter? Sie können sich doch nicht so einfach in die Knie zwingen lassen. Einfach mal zehn Prozent auf eine Million Euro. Hat man Ihnen das in Schottland beigebracht?"

„Scheiße!"

Mit einem Schrei der Verzweiflung war Jeremias Peter verschwunden. Auch diesmal keine Wiederholung. So ähnlich verliefen auch die anderen drei Filme, und die beiden Frauen erkannten ein Muster. *Guter Vertrag, schlechter Vertrag* endete mit wütendem Geschrei, *Wir kaufen ein Unternehmen* mit einem Nervenzusammenbruch. *Plötzlich Kapitän* war der fünfte und offenbar letzte Film, der auch kein gutes Ende nahm. Hatte der Friemel in einer der letzten Kameraeinstellungen gegrinst? Sie waren sich nicht sicher und sahen es sich noch einmal an. Ein kleines selbstgefälliges Schmunzeln am Ende jedes Films, kein Zweifel. Was sagte ihnen das? Und warum ritt er immer auf Schottland herum?

Erst um Mitternacht kam Jeremias Peter nach Haus. Er stank so fürchterlich, dass seine Frau ihn bat, sofort zu duschen und die verdreckte Kleidung gleich in die Waschmaschine zu stecken. Neunzig Grad. Oder gleich in den Müll. Er war völlig erledigt, aber strahlte über das ganze Gesicht und erzählte eine geschlagene Stunde lang von seinem Tag mit den Tieren. Sie hörte von Hunden, Katzen, Kaninchen, Meerschweinchen, Papageien, einer Echse und einem kleinen Esel. Von Ställen, die gereinigt werden mussten, von Fütterungen, Tieren im Freilaufgehege und einer gebrochenen Katzenpfote. Zwei verfeindete Hunde waren aufeinander losgegangen, aber Jerry konnte sie trennen, indem er beherzt und furchtlos dazwischen ging. Freiwillige Helfer mussten eingewiesen und Gäste, die an den Vermittlungstieren interessiert waren, begrüßt werden. Er hatte für fünf geschuftet und alles hinbekommen. Die Tiere verstanden ihn auch ohne viele Worte, die Sprache war ihnen ohnehin egal. Wer ihnen Futter gab, war ihr Held. Und wenn sie ihm vertrauen konnten, waren sie glücklich. Er auch. Als er die Tür des Tierheims am Abend hinter sich abschloss, wimmerten und jaulten einige der Hunde. Das brach ihm fast das Herz. Morgen würde er wiederkommen.

„Liebling (wann hatte er das zuletzt gesagt?), das war der schönste Tag seit Langem." Er sagte, er müsse die ganze Woche im Tierheim aushelfen, weil dort sonst die Versorgung zusammenbreche. Fiona Peter war sprachlos. Sie kam nicht mehr mit. Ihr Mann hatte offenbar eine zweite Identität mit einem Tarnnamen. Jeremias, der Firmenerbe, war ein stammelndes Häufchen Elend. Jerry, der Tierpfleger, strotzte vor Selbstbewusstsein und redete ohne Punkt und Komma.

Der eine trug Anzüge und hatte Alpträume, der andere war verdreckt, stank erbärmlich und schlief wie ein Baby. Mit welchem von beiden war sie verheiratet? Sie hatte den Faden verloren und konnte nicht einschlafen, während ihr Mann schon nach dem ersten Schaf friedlich hinweggedämmert war. Sie wusste, ihre Schwiegermutter ging spät ins Bett, und rief sie an. Gisela Peter hörte sich an, was ihre Schwiegertochter ihr erzählte, und schenkte sich Rotwein aus der mittlerweile fast leeren Flasche nach. Ohne etwas Nachhilfe aus dem Rebstock fiel ihr das Einschlafen schwer. Sie erfuhr, dass ihr Sohn auf Anraten seines Psychotherapeuten den Weg ins Tierheim gefunden hatte. Anfangs war er nur hin und wieder dort, aber seit der Friemel sich häufiger mit ihm traf, war er regelmäßig bei den Tieren. Offenbar brauchte er das.

„Wer weiß davon?“, fragte sie.

Bis auf das Tierpflegerteam niemand. Einmal war ein Mitarbeiter der Peter GmbH & Co. KG auf der Suche nach einer Katze für seine Tochter im Tierheim. Als er Jeremias Peter sah, stutzte er. In den Arbeitsklamotten und hinter dem Schmutz im Gesicht erkannte er ihn aber nicht. Als Mutter war Gisela Peter froh, dass ihr Sohn trotz aller schlimmen Erfahrungen glücklich sein konnte. Als Ehefrau seines Vaters sah sie ein Erdbeben voraus, falls ihr Mann davon Wind bekommen sollte. Der zukünftige Geschäftsführer und Sohn des Musterunternehmers als Tierversteher, der besser mit Hunden als mit Menschen kann. Das würde ihr Mann nie verstehen, und noch viel weniger akzeptieren.

Spürhunde (Montag, 15.8.22)

Der Artikel auf der Titelseite der Klemme am folgenden Montag war kurz und nüchtern, ohne Foto. Unter der Überschrift „Falscher Alarm" wurde erklärt, dass der Inhalt des Berichts über den Polizeieinsatz bei einem namhaften Unternehmen der Stadt leider auf falschen Informationen beruhte und nicht die Tatsachen wiedergegeben hätte. Diesen Fehler bitte die Redaktion zu entschuldigen, das könne beim Streben nach kritischer Berichterstattung passieren, sollte es aber nicht. Die Autorin des Textes war eine Britta Laskow. Verwunderung bei den Lesern, Erleichterung bei den Mitarbeitern der Peter GmbH & Co. KG und deren Familien, Staunen bei den Medien landesweit. Und wieder war die Klemme in aller Munde, nicht zu ihrem Vorteil. Derweil ging es im Unternehmen der Peters drunter und drüber. Die Suche nach dem Verräter lief auf Hochtouren. Die Aussicht auf zehntausend Euro Belohnung hatten dazu geführt, dass jeder jeden verdächtigte und zum Privatdetektiv avancierte. Eifrige Mitarbeiter wühlten in Schreibtischen ihrer Kollegen, fragten herum, werteten Dateien aus. Alle hielten Abstand voneinander und beobachteten sich argwöhnisch. Auf dem Parkplatz sah man Menschen, die in Autos schauten und nach etwas suchten. Einige beäugten Reifenspuren. Jeder konnte der Maulwurf sein. Auf dem Gang vor der Kantine gab es eine Rangelei, weil ein Mitarbeiter aus dem Controlling einem Kollegen vorwarf, in letzter Zeit auffällig lange im Büro gewesen zu sein. Was er da eigentlich immer mache, wollte er wissen. Der andere rastete völlig aus, weil er fürchtete, seine privaten

Telefonate ins Ausland auf Firmenkosten würden auffliegen. Auch vor dem Büro von Geschäftsführer Johannes Friemel und verschiedenen Abteilungsleitern machten die Spürhunde nicht halt. Der Sicherheitsdienst brauchte abends sehr viel länger für die üblichen Rundgänge, studierte die Aufnahmen der Überwachungskameras noch genauer als sonst. Hausmeister Krause ging wieder nachts durch die Gänge, was er vor einigen Jahren eingestellt hatte, als die Sicherheitsfirma engagiert wurde. Wonach er suchte, wusste er nicht, aber er wollte auch nichts übersehen, nicht für zehntausend Euro. Und dann hörte er Geräusche aus einem unbeleuchteten Kopierraum, abends um dreiundzwanzig Uhr. Es hörte sich an, als würden Möbel verschoben. Er hatte schon das Telefon in der Hand und wollte die Security anrufen, als er einen unterdrückten Schrei hörte, wie hinter vorgehaltener Hand. Aber nicht unglücklich, eher erleichtert. Was war da los? Er versteckte sich auf dem dunklen Gang hinter einer Trennwand und wartete. Nach ein paar Minuten sah er Einkaufsleiterin Constanze Krempel leicht derangiert aus dem Raum huschen. Kurze Zeit später folgte ihre Mitarbeiterin Isabell Winkler. Krause beschloss, das zu tun, was Hausmeister am besten können. Schweigen. Ein Mitarbeiter des betrieblichen Vorschlagswesens, Jan Fledder, spezialisierte sich auf Papierkörbe in den Büros und den Altpapiercontainern auf dem Hinterhof. Er vermutete, dass in der Hektik viele Aufzeichnungen, Notizen und Dokumente in den Müll geworfen würden. Personalchef Jobst Anstand war beunruhigt und fürchtete um das Betriebsklima. Was, wenn all das nur der Anfang wäre? Beunruhigt war auch Fabian Dengler. Erst der Artikel über den neuen Drink und das Theater im Unternehmen, dann die Polizei und nun die vielen Kopfgeldjäger, die sich eine satte Prämie einsacken wollten und wie im wilden Westen auf die Jagd gingen. Das machte ihn fertig. Er hielt es nicht mehr aus.

„Herein!“ Er betrat das Büro von Jonas Mischke.

„Du hast WAS getan?“, schrie ihn dieser fassungslos an.

„Bist du von allen guten Geistern verlassen? Ist dir klar, dass du dafür in den Knast gehen kannst? Und hast du mal an all die Kollegen gedacht, deren Zukunft du mit dieser Scheiße zerstörst?“

Nun war es raus. Fabian Dengler war der Maulwurf. Ein Donnerwetter hatte er erwartet. Und es würden mehr kommen. Sein Geständnis hatte eine lange Vorgeschichte: Schon im Frühjahr hatte die China Forest Ltd. aus Shanghai eine Delegation von fünf Mitarbeitern nach Oberklemmbach geschickt. Das Unternehmen war eine Tochter der sehr viel größeren Shanghai Drink or Die Ltd. und erst kurz vor der Abreise des Teams gegründet worden. Das geht in China schnell, wenn man die richtigen Verbindungen hat. Das offizielle Ziel der Reise war eine forstwissenschaftliche Studie über den Anbau von Nutzholz auf schwierigem Boden. Da der Holzbedarf in China ins Uferlose stieg, mussten Wege gefunden werden, die Wälder schnell aufzuforsten. Und weil die Oberklemmbacher schon besonders weit waren, wollte man den „Deutschen Weg“ dort genau erforschen. Das stand in dem Begleitschreiben, mit dem sie sich im Bürgermeisteramt vorstellten. Mit Schmeichelei kommt man oft recht weit. Nicht nur in China. Forstamtsleiter Xaver Eschmann wunderte sich, als man ihm die Truppe vorstellte und ihn bat, sein Wissen zur Verfügung zu stellen. Außer riesigen Sturmschäden, Tausenden toten Bäumen durch Trockenheit und den gefräßigen Borkenkäfern hatte der Wald um die Stadt herum wenig zu bieten. Seine Informationen waren noch nicht einmal eine

Fußnote in einer wissenschaftlichen Studie wert. Außerdem war ihm völlig neu, dass die deutsche Eiche in China gedeihen könnte. Bürgermeister Lothar Vogel musste lange auf ihn einreden, bis er bereit war, sich wochenlang mit fünf Chinesen zu beschäftigen, die kein Deutsch konnten und Dinge wissen wollten, die er selbst nicht wusste.

Den Bürgermeister von einer Zusammenarbeit zu überzeugen, war den Gästen aus Asien nicht schwergefallen. Am Ende ihres Gespräches in seinem Büro versprach er, die Sache zu prüfen und sich zu melden. Beim Rausgehen fiel einem von ihnen ein dicker brauner Briefumschlag aus der Tasche. Bevor Lothar Vogel etwas sagen konnte, waren sie verschwunden. Und dann wollte er auch gar nichts mehr sagen. Seine Prüfung des Inhalts fiel sehr kurz aus.

Manchmal sah man die Chinesen im Wald. Sie studierten Bäume, Borken und Boden, machten Fotos und Notizen. Sie interessierten sich besonders dort für alles Grüne, wo der Forst an das Gelände der Peter GmbH & Co. KG grenzte. Xaver Eschmann war es egal, er war froh, wenn er sie los war. So sah er nicht, wie sie auf Bäume kletterten und sich an den Stämmen zu schaffen machten, Kameras und Richtmikrofone in Tarnfarbe anschraubten. Er bemerkte auch nicht, dass sie Äste absägten, Gräben aushoben und mit Camouflagenetzen abdeckten. Niemand sah das. Eine lange Antenne wurde an einen Baum geflanscht, ein mit Diesel betriebenes Stromaggregat in den Graben versenkt. Herzstück der Ausrüstung war ein portables Aufnahmestudio, mit dem sie die eingefangenen Bilder und Töne bearbeiteten, bevor sie nach China gesendet wurden. Das Equipment hatten sie vom chinesischen Ministerium für Wirtschaftsspionage geliehen. Und dann legten sie sich auf die Lauer. Tagelang filmten, belauschten und beobachteten sie die Mitarbeiter der Peter GmbH & Co. KG beim Kommen und Gehen. Sie hatten den Parkplatz und alle Türen der drei Gebäude im Visier. Nichts entging ihnen. Sie sahen Menschen zur Arbeit gehen und belauschten Unterhaltungen über schlechten Kaffee, miese Kekse und die Freude auf die Rente. Sie sahen einen Hund, der offenbar hier zu Hause war und eine Frau ansprang. Der sah nicht sehr lecker aus. Raucher mit gelben Fingern, ein Chef, der morgens der Erste und abends der Letzte war. Ein Reinigungsfahrzeug, das drei Mal am Tag den Parkplatz abfuhr, und einen Hausmeister in grauem Kittel, der auf einer Bank Brote aß. Nach zwei Wochen funkten sie nach Haus, dass sie noch nichts herausgefunden hatten, aber sie hätten einen Borkenkäfer gefangen, den sie sich im Graben als Haustier hielten. Nach einem Wutausbruch im fernen China vibrierte die Antenne und der Borkenkäfer wurde freigelassen, gründete sofort eine Familie und bezog eine Dreißiggängewohnung in einer hundert Jahre alten Buche direkt neben dem Grabenquartier. Tage später schlug einer der Späher Alarm. Die Bilder einer Baumkamera zeigten einen Mann, der abends beim Verlassen des Gebäudes einen Kanister bei sich hatte. Sie zoomten das Bild heran. Die Aufschrift lautete „Nummer drei". Sie scannten sein Gesicht, speicherten die Daten, um ihn jederzeit wiederzuerkennen. Eine Woche mussten sie warten, bis sie ihn wiedersahen. Kamera vier meldete „Verdächtige Person". Da war er und hatte wieder einen Kanister bei sich, „Nummer vier". Das Autokennzeichen wurde fotografiert und nach China geschickt. Zwei Minuten, dann kam die Information: Fabian Dengler, wohnhaft in Oberklemmbach, Eichhörnchenweg 5. Seit Jahren versuchte die Shanghai Drink or Die Ltd. erfolglos, an die Rezepte des Unternehmens zu kommen. Alle Bemühungen, sich in das Computersystem der Peter GmbH & Co. KG zu hacken, scheiterten an der ausgefuchsten Firewall. Mal sahen sie einen Stinkefinger, dann wieder die Speisekarte eines Chinarestaurants. Aber nun hatten sie vielleicht eine Spur. Es dauerte nur einen Tag, bis vor Denglers Haus an der Straßenlaterne eine kleine Kamera hing. Ebenso im Kirschbaum des Gartens hinter dem Haus. Im Buchsbaum neben der Vorgartentür steckte ein Richtmikrofon mit einer Reichweite von hundert Metern. Dann überschlugen sich die Ereignisse. Sie beobachten den Sohn, Finn Dengler, wie er in seinem Zimmer viele kleine Flaschen mit der Flüssigkeit aus den Kanistern befüllte, die sein Vater mit nach Haus brachte. Sie sahen, wie er jeden Morgen mit einem schweren Rucksack das Haus verließ und mittags torkelnd zurückkam. Sie verfolgten ihn mit einer lautlosen Drohne und sahen ihn in die Schule gehen, auf dem Schulhof einen blühenden Handel betreiben und zu Hause Pakete packen, die von einem Logistikunternehmen abgeholt wurden. Sie sahen einen Polizisten und eine Frau in Zivil an der Tür der Denglers klingeln. Das folgende Gespräch zeichneten sie auf und schickten alles nach China. Eine Stunde später kam der Befehl: „Zugriff!“ Am nächsten Tag bekam Fabian Dengler eine SMS auf seinem Smartphone, die ihn erstarren ließ: „Sie sind ein Dieb und ihr Sohn ein minderjähriger krimineller Alkoholiker. Wenn wir helfen sollen, rufen Sie noch heute an. Sonst steht morgen alles in der Zeitung. Und dann sind Sie fertig.“ Die Meldung vernichtete sich selbst, nachdem Dengler sie gelesen hatte. Nur die Nummer war noch zu sehen. Wer war das, was wussten die und was wollten sie? Hatte er eine Wahl? Mit zitternden Knien rief er an.

Das Treffen fand noch am selben Tag in einem Park der Nachbarstadt Porz statt. Die fünf Chinesen waren als japanische Touristen getarnt. Sie wollten von ihm wissen, was in den Kanistern sei und ob das der neue Superdrink sei. Sie brauchten die Rezeptur, um selbst als Erste den neuen Superdrink auf den Markt zu bringen. Es lockten Umsätze in Millionenhöhe und große Marktanteile. Die Peter GmbH & Co. KG käme zu spät, stünde mit dem eigenen Drink als Plagiator da und wäre fertig. Schachmatt! Er würde ihnen dabei helfen. Aber dann zickte der Dengler rum und sagte, die Zutaten und die Mischung würde er nicht kennen, sondern nur die verschiedenen Varianten probieren, um ein Urteil abzugeben. Er wirkte ehrlich verzweifelt und hilflos. Sie glaubten ihm. Dann müsste er die Dokumente eben stehlen, darin hätte er doch Übung. Und damit es sich für ihn lohnen würde, boten sie ihm Geld, viel Geld, für sein Leben, falls er seinen Job verlieren würde. Sie gaben ihm eine Frist von einer Woche. Panik machte sich in ihm breit.

Fabian Dengler sank vor Jonas Mischke in seinem Stuhl zusammen, als er all das erzählte, fertig mit den Nerven und der Welt. Als stellvertretender Entwicklungsleiter hatte er aus reinem Verantwortungsbewusstsein für den Fall einer Coronaerkrankung vorsorgen und zu Hause arbeiten wollen. Daher hatte er öfter einen Testkanister mitgenommen, um jederzeit kontrollieren zu können, ob sich der Geschmack oder die Konsistenz veränderten. Er hatte auf keinen Fall die Schlussphase der Entwicklung verpassen wollen. Schließlich hatte er die Variante fünf entwickelt, den wahrscheinlich neuen Quittenbrand des Unternehmens. Mischke erkannte das Dilemma, in dem sie nun beide steckten. Die Sache war einfach völlig schief und dann auch noch aus dem Ruder gelaufen. Er konnte seinen besten Mann und Vater des zukünftigen Erfolges nicht verlieren und musste schnell handeln. Und er musste Fabian Dengler retten. Nur wie?

Eskorte (Dienstag, 16.8.22)

Von all dem bekam Bert Grabowski nichts mit. Er war vielleicht einer der glücklichsten Menschen im Unternehmen, denn er hatte Ruhe vor allen Querelen, hörte selten Klatsch und Tratsch, war immer an der frischen Luft und freute sich an den Pflanzen, für die er und sein Kollege sorgten. Streng genommen ging ohne die beiden Gärtner nicht viel. Eine einzige schlechte Ernte würde reichen, um das Unternehmen zu ruinieren. Alle Kräuter für den Sausepeter wurden auf dem Firmengelände angebaut, es gab keine Zukäufe. Seit Jahrzehnten war das Hans Karl Peters Strategie. Die Qualität der Pflanzen war neben der streng geheimen Rezeptur entscheidend für den Erfolg. Täglich kontrollierten sie die zehn Gewächshäuser, in denen die Kräuter für die Entwicklungsabteilung angebaut wurden. Aber das war nur ein kleiner Teil ihrer Aufgaben. Auf dem Nebengrundstück befanden sich die großen Felder für den Massenanbau. Zwanzig Fußballfelder groß. Hier wuchsen alle erdenklichen Kräuter und Gewürzpflanzen. Der Zaun um das ganze Areal herum war blickdicht, vier Meter hoch, oben mit Stacheldraht versehen und komplett unter Starkstrom. Eine leichte Berührung kostete mindestens die Hand. Wenn man schnell war. Dutzende Überwachungskameras sahen jede

Bewegung, und Stolperdrähte waren mit einer Alarmanlage verbunden. Hier kam niemand rein.

Bert Grabowski hatte eine Vergangenheit, von der nur wenige etwas wussten, eine Zeit, in der Grün noch nicht seine Bestimmung war. Wenn er mit sich allein durch Felder und Beete schlenderte, versonnen die Pflanzen ansah, die für ihn wie Kinder waren, ließ er seinen Gedanken freien Lauf. Oft führten sie ihn zurück in die Zeit, als er noch ganz andere Pläne für sein Berufsleben hatte, bevor er sich für den Gartenbau entschied, was er niemals bedauerte. Dennoch sah er sich lange in einer ganz anderen Welt, auf Bühnen, im Scheinwerferlicht, besessen von der Idee, Musiker zu werden. Er war ein brillanter Cellist, spielte erst im Schulorchester, später in einem Kammermusikquartett und einem großen Orchester, gewann sogar mehrere Preise für Nachwuchsmusiker. Beethoven, Chopin und andere – er beherrschte sie alle. Sein Paradestück war die Cellosonate von Dmitrij Schostakowitsch, eine tiefgründige Komposition, die ihm alles abverlangte – und er ihr. Dieses Werk und Bert Grabowski gingen nahezu eine Symbiose ein, wenn er das Stück nicht wenigstens einmal am Tag spielte, wurde er depressiv und die Sonate wurde schweigsam. Der junge Musiker übte bis zu sechs Stunden täglich und entwickelte an den Fingern seiner Greifhand eine dicke Hornhaut, mit der er zu Hause einen Handwerker ersetzen konnte, weil er mit bloßen Händen Nägel in die Wand drückten konnte. Dieses große musikalische Talent führte zwangsläufig zu dem Entschluss, sich für ein Musikstudium zu bewerben. Seine stolzen Eltern ermutigten ihn, seine Freunde, die lieber Gitarre spielten und Rockbands gründeten, dachten sich nichts dabei, denn für sie war das Bertilein, wie sie ihn nannten, ohnehin ein

Außenseiter, der außer seinem Cello nichts anderes brauchte. Er bereitete sich monatelang auf seinem Instrument für die harte Aufnahmeprüfung an der Universität vor, nahm Unterricht beim besten Cellisten des Landes und vergaß mitunter, dass er auch irgendwann mal essen musste. Seine Fortschritte waren beachtlich und seine Zuversicht wuchs mit jedem Tag. Das Lampenfieber, das er nie richtig in den Griff bekam, allerdings auch. Als der Tag kam, fühlte er sich mehr als bereit und konnte die von der Prüfungskommission geforderten Stücke im Schlaf, ohnmächtig, im Liegen oder auf dem Kopf stehend spielen. Als er an der Reihe war, betrat er die Bühne und ging zu dem bereitgestellten Stuhl, blickte in die Scheinwerfer, sah die Juroren mit ihren eisigen Blicken im Saal, setzte sich, stellte sein Cello vor sich, hob den Bogen – und vergeigte es völlig. Niemand hatte ihn darauf vorbereitet, dass Aufregung sich wie eine Wand zwischen einen Musiker und sein Instrument stellen kann, und dann geht nichts mehr. Finger werden steif, Synapsen entleeren sich spontan, kalter Schweiß ist überall dort, wo er nicht sein sollte, und Noten verwandeln sich zu tanzenden Kaulquappen, die sich über jeden lustig machen, der sie bändigen muss. Auch die Wiederholungsprüfung setzte Bert Grabowski sang- und klanglos in den Sand. Wenn der Wurm einmal im Gebälk sitzt, kommt er freiwillig nicht mehr heraus.

Aus der Traum, der Schock saß tief und war lähmend. Für einige Tage war Bert Grabowski nicht in der Lage, mit anderen Menschen zu sprechen, auch seine Eltern erreichten ihn nicht. Damit er nicht komplett in die innerliche Emigration trieb, nahm ihn seine Tante unter ihre Fittiche und bat um seine Hilfe in ihrer Gärtnerei. Dort musste er nicht sprechen, weil Pflanzen das nicht brauchen, wie die meisten glauben. Er willigte ein, hatte ja auch sonst nichts vor, und kümmerte sich um Büsche und Stauden in der Abteilung für Gartenbesitzer. Seine Tante ließ ihn in Ruhe, gab ihm keine Anweisungen. Vom ersten Moment an wusste sie, dass ihr Neffe eine ganz eigene Art hatte, mit Pflanzen respektvoll umzugehen, und sah, wie er vorsichtig eine neue Leidenschaft entdeckte. Sein Daumen wurde mit jedem Tag immer grüner, er übernahm bald schon die Planung kompletter Gärten für Hausbesitzer, die sehr glücklich über sein Ideen waren. So begann Bert Grabowski eine Lehre als Gärtner, die er mit Bestnoten abschloss, die anschließende Meisterausbildung ebenso. Sein Cello nahm er weiterhin täglich in die Hand und spielte, wonach ihm war. So gefühlvoll spielen viele nicht, die auf großen Bühnen zu Haus sind. Wenn er von diesen Ausflügen in die Vergangenheit wieder in die Gegenwart zurückkehrte, betrachtete er voller Zuneigung und Leidenschaft all das grüne Leben um ihn herum, für das er verantwortlich war. Und siehe, es war gut.

Auf seinen täglichen Kontrollgängen hatte Bert Grabowski seit einiger Zeit eine Begleiterin. Buschido war fast immer dabei, besonders gern mochte sie die Abendrunden. Sie schnüffelte an den Pflanzen und fand die ein oder andere ganz lecker. Wenn der Gärtner nicht hinsah, rupfte sie gern mal ein wenig Thymian oder Salbei ab. Das bekam ihr gut. Im Gegensatz zu anderen Hunden hatte sie einen erstaunlich guten Atem, der besonders bei den Frauen in den Büros gut ankam. Hin und wieder verschwand der Hund in den Beeten, wo er sich allein beschäftigte. Besonders oft in Haus zehn, wo das Mongolenkraut wuchs. Jonas Mischke hatte Grabowski mitgeteilt, dass es besonders auf die Qualität dieses einzigartigen Gewächses ankäme und er sich darum besonders gut kümmern solle. Die Pflanzen waren mittlerweile mehr als einen Meter hoch, hatten in den letzten zwei Wochen einen Wachstumsschub hingelegt und ihre Farbe leicht verändert. Das dunkle Grün der Mongolei war nun deutlich heller. Grabowski musste immer öfter laut werden, um Buschido wieder aus dem Haus zu bekommen.

Kleine Teile (am selben Tag)

Drei Kinder und ein großes Haus, das noch viele Jahre der Bank gehören würde, waren eine große finanzielle Belastung für Fabian Dengler als Alleinverdiener der Familie, weil seine Frau für die Söhne da sein und ihren Job erst in wieder aufnehmen wollte, wenn der Jüngste aus dem Gröbsten heraus wäre. Sein Gehalt war eher durchschnittlich, und die letzte Bitte um eine Erhöhung hatte sein Chef Jonas Mische abgelehnt. Die lockende Belohnung für das Aufdecken des Verrats eines Betriebsgeheimnisses hatte daher auch ihn zu einem Detektiv gemacht. Um das Wettrennen zu gewinnen, stürzten sich die Menschen auf alles, was Spuren und Hinweise auf den Täter versprach. Mülleimer und Papierkörbe als Fundorte aber würden die wenigsten in Betracht ziehen, überlegte Dengler und spezialisierte sich auf Abfallrecherche. Drei Helfer hatte er auch.

Welche Steigerung kann es nach einem Riesenpuzzle mit fünfzigtausend einfarbigen Teilen noch geben? Richtig, ein Puzzle, das keines ist. Als Jan Fledder am Abend mit zehn großen Papiersäcken nach Hause kam und im Treppenhaus „Das glaubt ihr nicht!" rief, stürzten die Jungen in freudiger Erwartung die Treppe hinunter. Als sie aber die Säcke sahen, wollten sie wieder umdrehen und zu ihren Legos zurück.

„Moment mal, Männer. Das hier ist das größte Puzzle, das ihr je gesehen habt. Wenn ihr das schafft, spendiere ich eine Kiste mit Legosteinen aus Herr der Dinge. Das reichte.

Die drei folgten ihm ins riesige Spielzimmer, wo gerade die Filmkulisse für *Wer drei Mal stirbt, lebt auch nicht länger* aus Legos aufgebaut war. Nacheinander kippte er den Inhalt aller zehn Säcke auf den Boden.

„Yo, was 'n das?", fragte Jörn.

„Das ist eure neue Aufgabe. Bekommt ihr das geregelt? Es sind hunderte von nutzlosen und zerrissenen Dokumenten, die wieder zusammengesetzt werden müssen."

Mehr mussten sie nicht wissen. Seine Söhne sahen in an.

„Ok, drei Legokisten, für jeden eine. Und Pizza satt!", sagte Jupp.

Der Deal stand. Zeitungen, Prospekte und Werbung sollten sie aussortieren. „Wie viel Zeit haben wir?", fragte Jockel.

„Zwei Tage!"

Die zehntausend Euro Belohnung erwähnte ihr Vater nicht.

Die Jungen tauchten in den Papierberg ab, der mit Sicherheit einer der größten der Stadt war. Sie berieten sich. Einfach drauflospuzzeln schien wenig sinnvoll. Ihr Plan war simpel, man sollte öfter auf Kinder hören. Erstmal packten sie alle Kaufhausprospekte und Bekleidungskataloge zurück in die Säcke. Mehr als die Hälfte war schon mal weg. Sie erkannten schnell, dass viele der Schnipsel auf dem Boden eindeutig zusammengehörten. Entweder wegen der Farbe des Papiers und der Buchstaben, der Handschrift oder der Schriftgröße.

Sie bildeten kleine und große Stapel, teilten sich auf und legten los. Jupp nahm sich die handschriftlichen Fetzen vor, Jockel die farbigen und Jörn die schwarz-weißen Computerausdrucke. Hin und wieder schaute Jan Fledder seinen Söhnen über die Schulter und staunte nicht schlecht über das Tempo, das sie vorlegten. Sie waren fast ein wenig enttäuscht, weil die Aufgabe leichter war als gedacht. Eine echte Herausforderung war das nicht. Menschen zerreißen Papiere meist nur grob, bevor sie diese entsorgen. Die Mühe könnten sie sich eigentlich sparen. Nur mit kompromittierenden Dingen geben sie sich mehr Mühe und zerfetzen sie sehr sorgfältig und kleinteilig. Das gehört erforscht. Je wertvoller ein Gedanke ist, desto gründlicher muss er zerstört werden. Erleichternd kam hinzu, dass es sich nicht um ein einzelnes großes Motiv handelte, das sie zusammensetzen konnten, sondern um viele kleine, die schnell fertig waren, wenn erstmal alle Teile identifiziert waren. Nur die vorn und hinten bedruckten Seiten waren etwas schwieriger. Auf großen Pappen, von denen sie hunderte im Keller hatten, klebten sie die komplettierten Dokumente fest, eins nach dem anderen. Sie wollten ihrem Vater die Ergebnisse mit Pauken und Trompeten präsentieren. Doris Fledder musste zum örtlichen Bastelladen fahren und Klebestifte kaufen, viele Klebestifte. Das ganze Haus roch stark nach Klebstoff. Jeder Schnüffler auf Entzug wäre hier auf der Stelle rückfällig geworden. Es war durchaus von Vorteil, dass die drei sich nur auf Form, weniger bis gar nicht auf Inhalt konzentrierten. Nicht alles, was sie zusammenfügten, war für Kinderaugen bestimmt, im Grunde gar nichts. Die Zweitagefrist, die ihr Vater ihnen gesetzt hatte, war ein Witz. Wollte er sie ärgern? Schon am Abend des folgenden Tages sah Jan Fledder an der Wohnzimmertür ein großes Plakat. „Fledders Fetzenparade

– heute um neunzehn Uhr." Er war baff. Und er sollte noch baffer sein – wenn es diesen Komparativ gibt. Womit konnte er seine Söhne noch fordern?

Im Hintergrund lief die Filmmusik aus der Ratflix-Serie *Miami Weiss*. Jörn, Jupp und Jockel standen in einer Reihe und hielten abwechselnd Pappen mit zusammengefügten Dokumenten hoch. Protokolle von internen Sitzungen zu Themen wie Parkplatzbedarf, Dienstfahrräder ja oder nein, Umstellung des Kantinenesssens auf vegan, Excel-Tabellen für die Personalplanung bis 2025 oder Einsparung von Trinkwasser im Unternehmen. Von dieser Art Schriftstück gab es Dutzende, manche fand Jan Fledder durchaus interessant, vergaß sie aber lieber schnell wieder. Das gelang ihm bei den handschriftlichen, teils sehr persönlichen Papieren, leider nicht so gut, die teilweise in fingernagelkleine Teilchen zerlegt waren. Telefonprotokolle, Mitschriften aller Art, Ideensammlungen für Konzepte. Einkaufslisten, Geschenkideen für Ehepartner, Pläne und Preise für Urlaubsreisen, Telefonlisten und Spielpläne von Sportvereinen, Leselisten für Lesezirkel. Ein paar interessante Kochrezepte waren auch dabei, Wirsing im Schlafrock mit Erdbeeren in Balsamico, oder Pizza Panica mit Tabascosud anstatt Tomatensugo. Was Menschen während der Arbeitszeit so taten – wundern durfte er sich schon. Dennoch war alles unverdächtig und nichts roch nach Geheimnisverrat. Nach drei Stunden war die Präsentation beendet. Jan Fledder lobte seine Söhne überschwänglich für diese Meisterleistung. Sie hatten sich selbst übertroffen. Gleich morgen würde er die versprochenen Legokisten kaufen. Als die erschöpften Jungen im Bett waren, schlurfte er kurz vor dem Schlafengehen im Pyjama durch das Spielzimmer und sah sich die siebzehn

Stapel an, in denen seine Söhne die fertigen Pappen geordnet hatten. Ihr System hatten sie ihm gar nicht richtig erklärt. Er war stolz auf seine schlauen Kinder. Dass sie anders waren als andere, machte sie noch liebenswerter. Eigentlich war er froh, dass die Puzzelei keine Anzeichen von Geheimnisverrat ergeben hatte. Für die Prämie hätte er schließlich jemanden anschwärzen müssen. Hätte er das wirklich über sich gebracht? Harmonie war ihm doch so wichtig. So war es nur eine witzige Aktion und ein großer Spaß. Während er sinnierte, fiel sein Blick auf eine Pappe mit zwei handschriftlichen Texten, einer auf rosafarbenem Papier. „Liebe Lydia, nach unserer letzten Begegnung konnte ich nächtelang nicht schlafen und habe meiner Frau alles gestanden. Wegen der Scheidung ..." Jan Fledder schlug die Hände vors Gesicht. Er wollte das nicht wissen. Er schaute auf das andere Blatt. „Lieber Michael, was neulich in der Teeküche passiert ist, darf nicht wieder vorkommen. Ich habe lange überlegt, aber ich kann diese heimliche Beziehung mit dir nicht länger ..." Er hörte auf zu lesen. Zu viel Wissen könnte schädlich sein. Er musste das ganz schnell vergessen, was aber gar nicht so leicht war. Es gab im Unternehmen vier Michaels und zwei Lydias. Er kannte sie alle und fragte sich, wie er ihnen nun begegnen sollte. Nur gut, dass er nicht wusste, um wen es hier genau ging. Hatten seine Söhne das etwa gelesen? Was sollten sie über die Arbeitswelt der Erwachsenen denken? Mit Geständnissen dieser Art hatte er nicht gerechnet. Das musste alles sorgfältig entsorgt werden, am besten in der Feuerschale im Garten. Er wollte die Schreiben zurück auf den Stapel legen, als er einen kleinen Notizzettel sah, der nun ganz oben lag, allein auf einer großen grünen Pappe. Er war mit Tinte beschrieben, nicht größer als eine Postkarte und aus schätzungsweise zwanzig Schnipseln zusammengesetzt. Die Handschrift war akkurat. Drei Zeilen nur. „Coaching Phase eins und zwei.“ Dahinter verschiedene Termine. „Fünf Filme.“ Wieder Termine. „Bericht an H. K. P. und finale Empfehlung: 30.9.2022.“ Die Überschrift lautete „Das Ende von J. P.“ Ganz unten stand ganz klein „Schottland“, und daneben ein Smiley. Seine Frau deckte in der Küche schon den Tisch für das Frühstück. „Doris, kannst du dir bitte mal etwas ansehen?“, rief er.

Täter oder Opfer? (Mittwoch, 17.8.22)

Jonas Mischke wollte den Schock über Fabian Denglers Geständnis am Dienstag erst verdauen, bevor er sich über eine Lösung des Problems Gedanken machen konnte. Er musste mit Hans Karl Peter reden, das war klar. Aber was sollte er ihm sagen? Gab es überhaupt einen Weg, den Rausschmiss seines Mitarbeiters und vielleicht auch seinen eigenen zu verhindern? Als Vorgesetzter trug er letztlich die Verantwortung für Erfolg und Misserfolg. Auch für Fehltritte seiner Leute. Nach einer Nacht ohne Schlaf fiel ihm ein Seminar ein, das er vor vielen Jahren als Bildungsurlaub besucht hatte. „How to manage your boss“, von der Firma Absurdes Denken GmbH. Das war durchaus nicht uninteressant, aber weit weg von der Realität. Dachte er damals und verfrachtete den Ordner gleich in den Keller. Sein Chef hielt Bildungsurlaub ohnehin für Unsinn. Mischke erinnerte sich an ein Rollenspiel, in dem ein erzkonservativer Chef dazu gebracht werden sollte, seinen Firmenwagen, einen Porsche, gegen ein Klapprad einzutauschen. Kurioserweise hatte das funktioniert, im Spiel. Nach längerer Suche fand er den vergilbten Ordner in einem Karton. Der Weg zu einem Termin bei Hans Karl Peter führte immer über Nadine Grosfuß, die ihm für Mittwoch eine Stunde genehmigte. Ungestört und dringend.

„Sie machen es ja spannend, Herr Mischke", eröffnete Hans Karl Peter das Gespräch. „Was kann ich für Sie tun?"

Kein schlechter Anfang. Der Chefentwickler holte weit aus und erzählte, wie aufwendig es war, die neue Rezeptur mit den passenden Kräutern zu finden, um eine wirkliche Geschmackssensation zu erschaffen. Dazu mussten sie tief in die Trickkiste greifen und Überstunden machen, die ihnen niemand bezahlt hätte. Als sie die richtige Mischung gefunden hatten, war die nächste Herausforderung, alle Kräuter in Massen herstellen zu können. Es waren unendlich viele Meetings und Gespräche mit Kollegen, Wissenschaftlern, Pflanzenkundlern und anderen Experten nötig, bis sie sicher waren, dass Nummer fünf in Serie gehen könnte. „Danke, dass Sie mir das alles erzählen, Herr Mischke, aber wo ist jetzt das Problem?" Der Alte wurde ungeduldig. Mischke erzählte ihm von seinem besten Mann, der während der Coronapandemie Nummer fünf zu Ende entwickelt hatte. Er hatte, leider verbotenerweise, aus purem Verantwortungsgefühl einige Testkanister mit nach Hause genommen, um im Falle seiner Erkrankung weiter an der Perfektionierung arbeiten zu können. Und das war dann schließlich der Schlüssel zum Erfolg gewesen, denn zu Hause hatte er festgestellt, dass der neue Quittenbrand nach dem Öffnen nicht lange im Licht stehen konnte, ohne sich zu verfärben.

„Das hätten wir sonst nicht rechtzeitig gemerkt und konnten so die Formulierung anpassen", schloss Mischke seine Ausführungen.

„Der Mann ist ein Held!“, sagte Hans Karl Peter ergriffen. „Wer ist es? Das verdient Anerkennung. Was halten Sie von einer Prämie?“

Das lief nicht schlecht. Nun kam die Klippe.

„Der Mann ist sehr bescheiden und wäre schon glücklich, weiter bei uns arbeiten zu können“, antwortete Mischke.

„Wie meinen Sie das? Wollen Sie ihn wegen der paar Kanister feuern?“, fragte Hans Karl Peterverdutzt.

„Ich nicht“, sagte Mischke.

Er erzählte die ganze Geschichte des unglücklichen Fabian Dengler, der einfach nur das Pech hatte, in die Fänge dieser skrupellosen Chinesen geraten zu sein. Natürlich durfte er keine Testkanister mit nach Hause nehmen, das war gegen alle Vorschriften. Aber nun müsste man ihm gegen die Erpresser helfen. Das wäre auch für das Unternehmen wichtig. Ein Artikel über den alkoholsüchtigen Sohn eines Mitarbeiters, zu allem Überfluss wegen des neuen Kassenschlagers, wäre mehr als eine Katastrophe und würde ein ganz schlechtes Licht auf die Peter GmbH & Co. KG werfen. Er würde lieber seinen eigenen Job opfern, als diesen gewissenhaften Mitarbeiter zu verlieren und seine Familie ins Verderben zu stürzen. Hans Karl Peter war beeindruckt. So eine überzeugende Führungskraft, die sich vor einen Mitarbeiter warf und alle Schuld auf sich nahm, brachte in ihm eine neue Saite zum Klingen.

„Da haben Sie völlig recht, Herr Mischke. Haben Sie schon eine Idee?“

Die hatte er in der Tat, es schien ihm die einzig mögliche, um Schaden vom Unternehmen und Fabian Dengler abzuwenden.

„Ganz einfach, wir geben den Chinesen das Rezept für den Quittenbrand.“

„Wie bitte?“ Hans Karl Peters Puls schoss nach oben.

Bevor er die Fassung verlor, erklärte Mischke, dass er natürlich ein gefaktes Dokument meinte. Eines hätten sie ja schon erfolgreich nach China vermittelt, das könnten sie doch einfach noch einmal weitergeben. Der Puls seines Chefs normalisierte sich und er musste laut lachen, als er an das kleine Theaterstück zurückdachte, das die chinesische Delegation während seiner Führung durch das Unternehmen für ihn aufgeführt hatte. Zu gern hätte er gesehen, was sich danach in China abspielte.

„So machen wir das, Herr Mischke. Mit dem, was dabei herauskommt, möchte ich aber bitte nicht in Verbindung gebracht werden.“

Natürlich konnte Fabian Dengler das Schwarzgeld, das die Chinesen ihm zahlen würden, nicht behalten. Auch dafür hatte Jonas Mischke eine Idee.

Einer zu viel (Donnerstag, 18.8.22)

Drei Tage nach ihrem grandiosen Schachzug gönnte Helen Spieker sich einen Abend in ihrer Lieblingsbar, wo sie mit Britta Laskow verabredet war, um ein wenig zu feiern. Sie mussten mindestens fünf Mal anstoßen. Erstens war der Dilettant Dittmann weg. Zweitens hatte Laskow ihren Job zurück. Drittens war die Pressesprecherin auf dem Weg nach oben einen Schritt weiter. Und viertens hatten die beiden einen unglaublich schlauen Plan ausgeheckt. Bislang war ihnen keiner auf die Schliche gekommen. Zum Wohl! Nach dem vierten Cocktail – sie hatten noch einen fünften Grund gefunden – war ihre Stimmung mehr als ausgelassen. In Zukunft würde es eine wunderbare Zusammenarbeit zwischen der Klemme und der Presseabteilung der Peter GmbH & Co. KG geben. Sie fühlten sich gut und unbesiegbar, lästerten laut über zwei Männer, die sich offenbar überlegten, wie sie die beiden Frauen anbaggern könnten. Helen Spieker hatte wieder einen unverhältnismäßig kurzen Rock an, hätte Nadine Grosfuß sicher gesagt. Den von Britta Laskow hätte sie noch drastischer kommentiert. Um die Kerle loszuwerden, umarmten sich die beiden Frauen, rieben die Nasen aneinander und machten sich gut hörbar sehr intime Komplimente. Das wirkte wie Antiwespenspray auf die Männer. Noch ein Dritter war enttäuscht über das, was er da sah. Helen Spieker stand auf seiner Opferliste ganz oben. Bis eben.

„Das ist ja ein schönes Bild."

Johannes Friemel war auf einen Feierabenddrink in die Bar gekommen und setzte sich unaufgefordert zu den beiden Frauen.

„Dissis der Dschonny", versuchte Helen Spieker ihn vorzustellen. „Un dissis Bridda."

Sie nahm einen Schluck aus ihrem Glas, das nicht mehr viel hergab.

„Um Gottes Willen, ihr vertrocknet ja", sagte Friemel und bestellte beim Barkeeper nochmal dasselbe, für sich einen Mojito. Britta Laskow wankte in Richtung der Toiletten und stieß mit einigen Gästen zusammen, die ebenfalls nicht mehr Kurs halten konnten.

„Was gibt es denn zu feiern, Helen?", wollte Friemel wissen. Mit der Antwort konnte er nicht viel anfangen, irgendwas mit Frauenpower und Masterplan. Als die andere Frau wiederkam, hatte ihre Gesichtsfarbe ins Kalkweiße gewechselt. Ihren sechsten Cocktail erlebte sie nicht mehr. Mit dem Rest ihres Sprechvermögens lallte sie etwas von Taxi, ließ die anderen beiden sitzen und torkelte zum Ausgang. Johannes Friemel runzelte die Stirn. Die beiden hatten wohl schon einiges hinter sich.

„Dann machen wir beide es uns eben nett, oder?", hauchte er und legte den Arm um Helen Spiekers Hüfte, die einen spitzen Schrei ausstieß und laut auflachte. „Nich ktzln, Mann!"

Sie war schon als Baby so empfindlich gewesen, dass ihre Eltern sie nicht wickeln konnten, ohne dass sie einen Lachanfall bekam. Eine Zeit lang fanden sie das lustig, bis der Kinderarzt ihnen erklärte, dass derart unkontrollierte Lachanfälle zu Krämpfen mit ernsten Folgen führen könnten. Um Friemels Hand auszuweichen, zuckte sie ruckartig weg von ihm und rutschte von ihrem Barhocker. Als sie fiel, wollte er sie noch festhalten, was sie nur noch lauter schreien und lachen ließ. Der Aufprall beruhigte sie kurz. Bis sie das Blut spürte, das aus ihrer Nase lief. Sie wurde panisch. Blut konnte sie noch nie gut sehen, ihr eigenes schon gar nicht. Dieser Vorfall rief die beiden Herren auf den Plan, die sich bereits damit abgefunden hatten, weder bei Britta Laskow noch Helen Spieker punkten zu können. Einer half ihr auf die Beine, beruhigte sie und bot ihr sein Taschentuch an. Dann rief er ihr ein Taxi. Er war doch mehr Gentleman, als zu befürchten war. Der andere packte Johannes Friemel am Kragen und zog ihn unter dem Beifall der anderen Gäste in Richtung Hinterausgang. Er würde ihm jetzt mal erklären, wie man mit Frauen umgeht, und zwar so, dass er sich das gut merken würde.

Als Helen Spieker am nächsten Morgen in den Spiegel sah, erkannte sie die Person mit der geschwollenen Nase erst nicht und wusste auch nicht, wie sie nach Hause gekommen war. Johannes Friemel ging es fast genauso. Nur konnte er sich gut daran erinnern, wie er nach der Tracht Prügel durch dunkle Gassen nach Hause zu seinem Penthouse geschlichen war. Sehen durfte ihn so niemand. Nicht auszudenken, wie Hans Karl Peter reagieren würde, wenn er seinen Mitgeschäftsführer so zu Gesicht bekäme. Mit einer Krankschreibung für drei Tage endeten die Gemeinsamkeiten von Spieker und Friemel dann aber auch. Danach nahmen beide noch zwei Tage Urlaub. Die verbrachten sie an verschiedenen Orten.

Als Friemel in der folgenden Woche durch die Hintertür zur Arbeit kam, folgte ihm ein Hund und schnüffelte an seinen Beinen. Er trat nach ihm und ätzte: „Mistvieh, mach das du wegkommst!“ Buschido quiekte vor Schreck und Schmerz. Bert Grabowski legte die Harke zur Seite, rief den Hund zu sich und beruhigte ihn.

„Wenn das Ihr Köter ist, sollten Sie ihn gefälligst zu Hause lassen!“, wetterte Friemel. Der Hund knurrte und merkte sich den Geruch. Es ist nicht einfach, die Sympathie eines Hundes zu gewinnen, aber leicht, sie zu verspielen.

Startschuss (Freitag, 19.8.22)

Es wurde nun höchste Zeit für das Team Fünfzig, die Jubiläumsfeier zu planen. Der Chef hatte ihnen dafür in jeder Hinsicht freie Hand gegeben. Sie sollten sich voll auf dieses große Projekt konzentrieren und sich jede Unterstützung holen, die sie brauchten. Da sie nun alle von Hans Karl Peter als ein großes Team auf die gemeinsame Aufgabe eingeschworen waren, brauchten sie keine Projektleitung mehr. So war Nadine Grosfuß jetzt einfach nur Mitglied des Teams. Diese Rolle gefiel ihr viel besser, weil sie sich nicht mehr als verlängerter Arm des Chefs unbeliebt machen musste. Helen Spieker war krankgeschrieben, daher hatte Personalleiter Jobst Anstand als Vertretung seine Mitarbeiterin Lydia Bremer vorgeschlagen. Sie hatte mit ihrem Swing so viel Bewegung in die Firma gebracht, dass sie sicher eine Bereicherung für die Gruppe wäre. Die anderen stimmten begeistert zu. Die Neue schlug auch gleich vor, dass auf der Feier unbedingt getanzt werden müsse, ein Tanzwettbewerb vielleicht. Bewegung sei immer gut, und die Leute kämen besser in Kontakt. Einhellige Zustimmung. Matthias Albrecht saß ebenfalls am Tisch. Weniger Begeisterung. Als Erstes wollten nun alle endlich wissen, wer von ihnen für welchen der drei Vorschläge verantwortlich war. Das war schnell getan. Die Überraschung über den großartigen Plan der beiden Azubis schlug schnell in ehrliche Anerkennung um. Wieder mehr Begeisterung. Lorbeerteiler Björn Paulsen redete seine aktive Mitverantwortung klein und wollte nichts von dem Lob für den Vorschlag seines Teams haben. So eine kreative Spitzenleistung hatten die anderen dem schüchternen Lukas Neubert nicht zugetraut, dem anderen Sonderling erst recht nicht. Es sprach für das Team Fünfzig, dass die Mondfahrer und Zirkusfans angemessen getröstet wurden. Solidarität bei der Arbeit wird oft unterschätzt und ist vielleicht nicht gründlich genug erforscht. Vielleicht kommt sie zu selten vor. Sie gingen den Vorschlag für die unterirdische Feier noch einmal in allen Einzelheiten durch. Gisbert Guth ahmte dabei den Schauspieler Hans Karl Peter nach, mit Richard-Burton-Blick und tiefer Stimme. Die anderen krümmten sich vor Lachen. Hatten sie jemals eine so schlechte Imitation gesehen? Für gute Stimmung war gesorgt.

„Ich muss doch sehr bitten", warf Nadine Grosfuß ein. „Etwas mehr Respekt vor unserem Chef wäre wohl angemessen."

„Och, komm schon, Big Foot, mach dich mal locker", rief Björn Paulsen mit seinem dänischen Akzent. Alle nannten sie so, nur hatte sie noch niemand direkt so angesprochen.

„Meinen Sie mich, Herr Paulsen?"

Nun war kein Halten mehr, keiner versuchte, das Lachen zu unterdrücken. Dazu der völlig entgeisterte Blick von Nadine Grosfuß, die aussah, als liefe ihr eine Kakerlake den Rücken herunter. Das war einfach zu viel. Wusste sie tatsächlich nicht, wie die ganze Belegschaft sie seit Jahren nannte?

„Seit wann duzen Sie mich? Ist mir etwas entgangen? Und Bick Futt?", wollte sie entrüstet wissen.

Paulsen erklärte ihr, dass sich alle im Team Fünfzig duzen, und in Dänemark überhaupt alle. Außerdem klänge Big Foot ja wohl besser als „Stor Fod" auf Dänisch. Lydia Bremer prustete wie ein erkältetes Walross, fiel fast vom Stuhl und hielt sich an ihrem Chef fest. Das war besser als jeder Charlie-Chaplin-Film.

„Ich bin Björn."

Alle sagten nun der Reihe nach ihren Vornamen und blickten Big Foot freundlich und erwartend an. Die wollte erst die krasse Abneigung von Hans Karl Peter gegen die Duzerei anführen, sah sich aber auf verlorenem Posten.

„Ja, also dann, ich bin Nadine."

Lauter Jubel und Beifall. Selbst Betriebsratschef Gundolf Krachnitz freute sich über so viel Annäherung mit der Chefetage. Sein Job war eigentlich, sich nicht zu freuen. Nadine

Grosfuß wusste nicht, wie ihr geschah. Aber es fühlte sich gut an, irgendwie. Ihr wurde warm ums Herz und sie versuchte sich zu erinnern, wann das zuletzt der Fall gewesen war. Wenn ihre Mutter ihr vor dem Schlafen heiße Milch mit Honig machte. Und jetzt. Dazwischen lag viel Zeit. Sie spürte, wie sich in ihr etwas verschob.

Dann stellten sie eine lange Liste mit allen Dingen auf, die für die Firmenfeier erledigt werden mussten. Termine, Zuständigkeiten, Einladungen, Material und Kooperationspartner. Das allein dauerte Stunden. Für den Umbau des Firmengeländes brauchten sie ein Tiefbauunternehmen, das die Kanalschächte ausheben und abstützen, die Rohre verlegen und die Ein- und Ausgänge bauen sollte. Das Ganze musste absolut einsturzsicher sein, damit sich auf dem Gelände der Peter GmbH & Co. KG nicht das einzige Grubenunglück der Geschichte von Oberklemmbach ereignen würde. Dafür brauchten sie einen Statiker. Das Abwasser des ganzen Industriegebietes musste für die Dauer der Feier in dieses neue System umgeleitet werden. Mit dem Zoo mussten sie über die Ratten sprechen, sie brauchten sicher mehr als hundert, die artgerecht behandelt werden mussten. Und immer weiter. Der Schlachter für das Rattenfutter, der Caterer für das Büfett, Bühnenbau, Ton- und Lichttechnik, eine Geisterbahn, die Band Kantstein und unendlich viele Kleinigkeiten.

„Brauchen wir nicht einen Architekten?", fragte Jobst Anstand. „Wie soll das Tiefbauunternehmen denn wissen, was sie genau bauen sollen?"

Das sei schon geregelt, sagte Lukas Neubert zur Überraschung aller. Seine Schulzeit auf dem örtlichen Gymnasium lag noch nicht sehr lange zurück. Dort hatte eine Ausstellung mit riesigen Modellen für Aufsehen gesorgt. Filmkulissen, Nachbauten von Burgen und Schlössern. Alles aus Lego. Die ganze Aula war für einen Monat damit belegt, Besucher kamen von überall her. Viele Zeitungen berichteten, sogar das Fernsehen brachte einen langen Beitrag über die drei Jungen, die das alles auf die Beine gestellt hatten. Sie waren der ganze Stolz der Schule und hießen Jörn, Jupp und Jockel Fledder, und hatten sofort begeistert zugestimmt, als Neubert ihnen vorschlug, das Modell für die unterirdische Gruselkulisse zu bauen. Als sie die grobe Skizze des umgebauten Geländes sahen, waren sie sofort Feuer und Flamme. Gezeichnet hatte sie Matthias Albrecht, der ein echtes Talent für Graffitis hatte. Das war mal was! Geld verdienen durften die Jungen in ihrem Alter noch nicht, nur fünfhundert Kilogramm Legosteine bräuchten sie für den Job. Für den Anfang. Dass sie die danach gern behalten dürften, war die zweitbeste Nachricht des Tages. Die anderen Teammitglieder staunten nicht schlecht und fanden den Vorschlag großartig. So langsam wurde die Sache interessant. Diese Feier könnte in die Geschichte eingehen. Mehr als in die Hose gehen, konnte sie ja nicht.

„Und die Baugenehmigung?“, fragte Jobst Anstand. „Ohne die geht es doch sicher nicht.“

„Das ist auch schon erledigt“, sagte Matthias Albrecht.

Dafür hatte Hans Karl Peter persönlich gesorgt. Es kostete ihn nur einen kurzen Anruf beim Bürgermeister, der erst auf den behördlichen Dienstweg verwies, es sich aber ganz schnell anders überlegte.

„Was haben diese Chinesen Ihnen eigentlich dafür gezahlt, dass Sie sich so stark für einen Besuch bei uns eingesetzt haben, Sie Gartenzwerg?“, fragte Peter nur scheinbar ironisch. Das war es auch schon. Auch dieses Mal brauchte Vogel, der

Meister aller Polonaisen, nicht lange für seine Entscheidung. Die Checkliste war am Ende dreißig Seiten lang, alle Aufgaben waren verteilt. Ab jetzt traf sich Team Fünfzig jeden Tag. Als das Meeting zu Ende war, zeigte die Uhr zweiundzwanzig Uhr. So gern hatte noch keiner von ihnen jemals so viele Überstunden gemacht. Das Wochenende konnte kommen.

Zweierlei Grün (am selben Tag)

Eine Liste mit Aufgaben war am Freitag auch Jonas Mischkes Thema. Die Massenproduktion des neuen Quittenbrandes sollte nun in die Wege geleitet werden. Dazu musste er sich eng mit dem schwedischen Qualitätschef Lasse Gudsen und dem Leiter der Abfüllung Klaus Wunder abstimmen. Sie waren schon recht weit gekommen. Die quittenförmigen Flaschen machten auf der Linie keine Probleme mehr. Nach verschiedenen Testläufen, bei denen mehr als zweihundert Flaschen zu Bruch gegangen waren, hatten sie alle Probleme beseitigt. Jemand hatte in der Computersteuerung einen falschen Haken gesetzt, auf eckig anstatt auf rund, sodass die Abfüllanlage alle Flaschen als fehlerhaft in den Behälter für Ausschuss sortiert hatte, wo sie sofort zerkleinert worden waren. Das Runde und das Eckige waren noch nie dasselbe. Die Kräuter waren auch verfügbar, einige waren sogar schon geerntet. Nur eines quälte Jonas Mischke noch immer: Er hatte bislang nicht herausgefunden, warum die Variante fünf plötzlich so viel besser schmeckte als vorher. Sie hatten doch nichts an der Rezeptur verändert. Hatte Fabian Dengler Zauberhände? Auch der hatte keine Erklärung, die musste aber nun her, und zwar dringend. Er bat den Kollegen Gudsen um eine noch tiefergehende Analyse der Mischung vor und nach der großen Geschmacksveränderung. Was war anders und warum? Sie mussten vorschriftsmäßig von allen Zutaten eine kleine Menge für eventuelle Nachprüfungen aufbewahren, Rückstellmuster. Die kamen nun unter die Lupe. Nachdem auch diese Bemühungen ergebnislos blieben, schaltete Gudsen ein kleines Speziallabor für Lebens- und Futtermittelanalytik in der Schweiz ein. Dorthin wurden je ein ganzer Kanister mit Nummer fünf vor und nach der Veränderung und Muster aller Kräuter geschickt. Die drei Mitarbeiter des Labors nahmen zunächst eine bescheidene, dann weitere ausufernde Geschmacksproben. Das Zeug war einfach betörend lecker. Als ihr Chef sie an den eigentlichen Auftrag erinnerte, waren die beiden Kanister nur noch halb voll. Dafür ging die Arbeit leicht von der Hand. Zwei Tage später rief Laborleiter Urs Rütli seinen Kollegen Gudsen besorgt an. Sie seien da auf etwas gestoßen, das er nicht schriftlich verfassen wolle, weil es etwas seltsam sei. Es gäbe nur einen einzigen Unterschied zwischen den beiden Varianten von Nummer fünf, die den großen Geschmacksunterschied erklären könnte. Ihnen sei aufgefallen, dass dieses namenlose Kraut, das in keiner offiziellen Kräuterenzyklopädie aufgeführt wird und offenbar nicht aus Europa stammte, in zwei Qualitäten vorläge. Die mitgeschickten Muster des Krautes hatten sie sich daraufhin genauer angesehen. Die Farbe war einmal dunkelgrün, das andere Mal gelbgrün. Wurde unterschiedlich gedüngt? Nein. Wurde Wasser in verschiedenen Qualitäten benutzt? Nein. Nebenbei wollte er wissen, ob diese Pflanze möglicherweise von Insekten heimgesucht worden sei. Gudsen stellte sich dumm. War der Boden eventuell anders? Nein. Könnte es sein, dass die gelbgrünen Pflanzen nicht nur mit Wasser gegossen worden seien? Das waren die aus dem Gewächshaus. NEIN! Sicher?

„Was meinen Sie genau?", fragte Gudsen.

Rütli erklärte, dass sie Spuren von Harnstoff gefunden hätten. Das würde die Pflanze zwar nicht umbringen, neben ihrer Farbe aber auch möglicherweise den Geschmack verändern.

„Wollen Sie etwa behaupten, dass wir auf unsere Kräuter pinkeln?", brüllte der fassungslose Schwede ins Telefon.

Das wollte er keinesfalls, beruhigte ihn Rütli. Aber in das Analyseprotokoll wolle er dieses Ergebnis nicht schreiben, weil die Gesundheitsbehörde immer eine Kopie davon bekomme.

„Bloß nicht!", entfuhr es Gudsen.

Die Peter GmbH & Co. KG würde sofort aus Hygienegründen gesperrt werden und wäre am Ende.

„Wir prüfen das." Er bedankte sich für den Anruf und bat Rütli, keinen Bericht zu schreiben, eine Rechnung dagegen schon.

Gudsen war maximal irritiert und musste dringend mit Mischke und Grabowski sprechen. Konnte man tatsächlich erkennen, dass das Mongolenkraut Fliegen fraß? Und die Sache mit dem Harnstoff? Nun stand er genauso auf dem Schlauch wie Jonas Mischke. In solchen Fällen hilft es, einfach den Fuß vom Schlauch zu nehmen und es fließen zu lassen. Die drei trafen sich im Garten vor Haus Nummer zehn und rekonstruierten ihre letzten freitäglichen Kontrollgänge durch die zehn Gewächshäuser und über die Kräuterfelder. War ihnen da etwas aufgefallen? Alle Pflanzen sahen kerngesund aus. Mit Bert Grabowski hatten sie den besten Kräuterexperten weit und breit in ihren Reihen. Dem entging nichts, und er wusste auf alles eine Antwort. Allerdings nur in Grünfragen. Seine beiden gescheiterten Ehen hatte er wohl nicht hinreichend gedüngt, vielleicht war auch der Boden zu sauer. Als Gärtner hätte er wissen sollen, dass man so ein zartes Gewächs nicht in den Sand setzt. Jedenfalls hatte er dazu nur Fragen, keine Antworten.

Sie gingen durch alle Glashäuser und stellten nichts Außergewöhnliches fest. Bis auf die Farbe des Mongolenkrautes, die etwas heller war als die ihrer Schwesterpflanzen auf dem Feld und für einen besseren Geschmack sorgten. Fast erotisierend. Woher kam das? Mischke vermutete, dass die Gewächshauskräuter mehr Insekten zur Auswahl hätten, weil das Klima geeigneter wäre.

„Unsinn, auf dem Feld sind ganze Schwärme in den Mongolenbeeten", sagte Grabowski. „Die ziehen die Viecher magisch an."

Sie rätselten weiter, vermuteten verunreinigtes Wasser und nahmen sich vor, das Wasserwerk anzurufen. Um eine Manipulation der Sprinkleranlage auszuschließen, sollte Grabowski die Schläuche untersuchen. Mittlerweile war es Abend geworden und die Leute verließen ihre Büros. Feierabend. Ein paar Raucher gingen durch die Hintertür, um noch schnell eine durchzuziehen. Buschido kam mit ihnen heraus und zottelte gemächlich in Richtung seines Schlafplatzes, wo auch sein Futter stand. Als er seinen Retter Bert Grabowski in der halboffenen Tür von Gewächshaus Nummer zehn lehnen sah, lief er freudig auf ihn zu. Er stupste ihn an und wollte sich an ihm vorbeiquetschen.

„Nein, heute nicht", sagte der Gärtner freundlich und streichelte den Hund.

Drei Richtige (Samstag, 20.8.22)

Wenn die Fünfzigjahrfeier der Peter GmbH & Co. KG gar nicht erst stattgefunden hätte, wäre es auch nicht schlimm gewesen. Die Einladung allein, nein, die Einladung zur Anmeldung erzeugte ein nie dagewesenes Echo. So etwas Unerhörtes hatte noch niemand erlebt. Die Reaktionen, verbunden mit den Gesichtsausdrücken, hätten eine Bibliothek von Fotoalben gefüllt. Es waren mit Sicherheit einige Fotos des Jahres dabei, hätte sie jemand eingereicht. Von A bis Z war alles vertreten. Angst und Abneigung, Beifall und Bestürzung, Glück und Galle, Mut und Mimimi, Zorn und Zauderei. Das Team Fünfzig hatte alle Register moderner Medienarbeit gezogen, es fehlte nichts. Dafür hatte Helen Spieker gesorgt, die aus dem Homeoffice mit blauer Nase die Fäden zog. Es geschah zeitgleich überall. In allen Zeitungen des Landkreises, allen Fachzeitschriften der Getränkebranche, auf der Website des Unternehmens und allen Social-Media-Kanälen, die man sich denken kann. Auf einer eigenen Internetseite für die Feier, www.e-s.de. Als Werbespot im Kino, in den großen Fernsehsendern und im Radio. Plakate hingen an Wänden, Litfaßsäulen, Bussen, und Brücken. Graffitis prangten an Stromkästen. Fahnen wehten im Wind. Auf Bahn- und Busfahrkarten, einer Briefmarkensonderedition. Und überall nur eine Botschaft: „50 Jahre Peter – nichts für Weicheier!“ Und dazu ein QR-Code. Sonst nichts. Man sah drängelnde Menschenmengen vor Plakaten und Bannern, die mit ihren Smartphones den Code fotografierten und an alle Freunde und Gruppen schickten, die sie auf der Welt kannten. Massen zwängten sich in die Kinos, viele verließen noch vor dem Hauptfilm wieder, direkt nach dem Spot zur Jubiläumsfeier. Die Schlangen an den Schaltern der Post reichten bis auf die Straße. Briefmarkensammler lösten die Sondermarken mit Wasserdampf von Umschlägen, die sie aus Mülleimern klaubten, und klebten sie getrocknet in Alben. Die Zeitungsständer an den Kiosken wurden geplündert, einzelne Seiten wurden herausgerissen und an Pinnwände gehängt. Telefone liefen heiß. Journalisten wollten wissen, was da los war. In der Notrufstelle der Polizei gingen Anrufe ein, die vor einer rechtsradikalen Gewaltorgie warnten. Mitarbeiter der Peter GmbH & Co. KG erhielten Glückwünsche zu ihrem Job in diesem „geilen" Unternehmen. Einige Hotels riefen Nadine Grosfuß an und wollten wissen, mit wie vielen Gästen sie in der nächsten Zeit rechnen könnten. Taxiunternehmen bereiteten sich auf Sonderfahrten vor und stellten neue Fahrer ein. Die Fremdenverkehrszentrale in Oberklemmbach nahm eine neue Sehenswürdigkeit in die Routen für ihre Führungen auf – das Firmengelände der legendären Schnapsfirma. Kunden des Unternehmens riefen den Chef persönlich an und fragten, ob er vergessen hätte, sie einzuladen, ebenso viele Politiker, lokale und nationale Größen und selbsternannte Wichtigkeiten. Ob es denn keine Gästeliste gäbe. Die gab es nicht, und auch keine einzige persönliche Einladung. Sehr zur Freude des Chefs. Was es aber gab, waren erwünschte und jede Menge unerwünschte Personen. Dass es diese Unterscheidung gab, würden die Menschen selbst herausfinden. Die IT-Abteilung um Leiter Ansgar Buchs hatte eine Woche lang durchgearbeitet, um die nötigen Programmierarbeiten rechtzeitig zu schaffen. Zweitausend erwünschte Personen und mehr als dreitausend, die niemand dabeihaben wollte, mussten berücksichtigt werden. Gesetzt waren alle Mitarbeiter mit Familien, einige wichtige Geschäftspartner, Lieferanten, Politiker, Vertreter von Verbänden und Vereinen, der Landrat, der Ministerpräsident des Bundeslandes und Redakteure einiger Medien. Aber alle mussten sie dieselben Hürden nehmen, um an der Feier teilnehmen zu können. Jeder konnte scheitern. Bürgermeister Lothar Vogel frühstückte wie immer am Samstag im Goldenen Truthahn und las die Klemme. Die ganzseitige Anzeige auf der Titelseite war mehr als ungewöhnlich. Von der Feier hatte er gehört, kannte aber den Termin noch nicht. Den wollte er gleich in seinen Kalender eintragen. Er scannte den QR-Code und landete auf der Website www.e-s.de. Dort stand nur „Möchten Sie sich registrieren?" Er schrieb seinen Namen in das entsprechende Feld und klickte auf „Ja, ich will" und las: „Aber wir nicht." Schlecht programmiert, dachte er sich, und klickte nochmal. „Ehrlich nicht", poppte auf. Er versuchte es ein drittes Mal und las nur „Sie sind raus". Daneben ein fieses Clownsgesicht mit herausgestreckter Zunge. Irritiert schaute er sich um und sah einige Gäste, die offenbar ebenfalls die Anzeige entdeckt hatten und mit ihren Smartphones hantierten. Helga Binz, die Besitzerin des Blumenladens Blümeranto winkte ihm fröhlich zu und rief durch das Restaurant:

„Juhuu, Herr Vogel, reservieren Sie mir einen Tanz auf der Firmenfeier der Peters?"

Wohin mit dieser Wut? Im Laufe seiner zwölf Amtsjahre hatte er gelernt, nach außen die Form zu wahren. Er winkte mit versteinertem Lächeln zurück und dampfte nach innen wie ein Osterfeuer aus nassem Holz. Am Montag würde er Hans Karl Peter anrufen, denn seine Internetexperten hatten offenbar richtig was verbockt. Hatten sie nicht.

Dieser Vorgang wiederholte sich ungefähr dreitausend Mal so ähnlich oder anders. Einige der Unerwünschten versuchten, sich unter verschiedenen Namen zu registrieren. Es musste doch irgendwie gehen. Jedes Mal endete es mit dem Rausschmiss aus dem System. Schock und sprachlose Wut. Hans Karl Peter wäre gern Zeuge gewesen, so aber blieb ihm nur seine Vorstellungskraft, die ihm einen vergnüglichen Samstagvormittag verschaffte. Sein Telefon hatte er stumm geschaltet, es blinkte von morgens bis abends. Zweihundertfünfunddreißig Anrufe, ungefähr genauso viele Nachrichten. Er löschte am Abend alles und war bestens gelaunt. So viel Spaß am Chefsein hatte er lange nicht.

Harald Schuhmacher, Mitarbeiter der firmeneigenen Werkstatt, war auch Zeitungsleser. Natürlich kannte er den Termin für die Feier, musste sich und seine Familie aber offensichtlich dennoch anmelden. Code scannen, registrieren, „Ja" anklicken, kinderleicht. Aber dann: „Hallo, Herr Schuhmacher, schön, dass Sie am 30.9.2022 mit uns feiern möchten. Es gibt vier Plätze für Sie und Ihre Familie. Aber, möchten Sie das wirklich?" Wie war das denn gemeint? Er konnte wählen zwischen „Ja, klar" und „Lieber nicht". Er klickte „Ja, klar" und es erschien ein Link zu einem kleinen Video. Klick! Er sah eine Kamerafahrt durch einen dreckigen Abwasserkanal, in dem Ratten zwischen Menschen in Gummistiefeln mit Grubenlampen auf dem Kopf schwammen. Unten griffen knochige Hände nach den Beinen der Leute, und von oben wurde eine ekelige Pampe über sie gegossen. Gruselige Musik tönte dazu. Überall hässliche Clownsgesichter, die dreckig lachten und sangen „Wir kriegen euch alle!". Marketingleiter Björn Paulsen hatte ganze Arbeit geleistet. Unter dem Video liefen ein paar Informationen durch das Bild. Für zarte Gemüter wäre diese Tour der Schrecken nicht geeignet. Wer es in rund drei Stunden durch dieses fürchterliche Labyrinth bis zum Ausgang schaffen würde, könne an der Feier mit verschiedenen Highlights, die nicht verraten wurden, teilnehmen. Für Menschen mit Beeinträchtigungen gab es eine barrierefreie Route. Mitzubringen seien Gummistiefel, ein Sicherheitshelm, wasserdichte Kleidung, Verbandszeug, Essen und Getränke für drei Stunden, eine Grubenlampe mit Ersatzbatterien. Eltern haften für ihre Kinder. „Wollen Sie immer noch?", wurde er gefragt. Er zögerte. War das für seine zwölfjährigen Zwillinge Lina und Lisa nicht zu harter Tobak?

„Das wird super!", rief eine Stimme dicht hinter ihm. Die laute Musik des Videos hatte seine Töchter angelockt, die ihm über die Schulter sahen.

„Wir wollen dahin, Papa." Na dann. Er klickte auf „Ja".

Er wurde nun gebeten, drei Aufgaben zu lösen, wofür er eine Woche Zeit hätte, dann wäre die Anmeldefrist vorbei. Alle drei müssten erfüllt werden. Eine Woche für drei Aufgaben? Also los.

„Nummer eins: Wann war der Verkaufsstart für den Sausepeter?"

Das wusste er, weil es in den Broschüren der Firma gedruckt stand. 30.9.1980. Klick. „Korrekt, super!" „Nummer zwei: Nach wie viel Gläsern Sausepeter haben Sie die erlaubten 0,5 Promille überschritten?" Woher sollte er das denn wissen? Diese Frage hatten die Macher der Internetseite offenbar vorausgeahnt. Nach einer halben Minute erschien folgendes Angebot: „In unserem Internet-Shop können sie eine Box mit einer Flasche Sausepeter, einem Glas und einem TÜV-geprüften Alkoholtestgerät für dreißig Euro erwerben. Damit können

Sie den Test selbst durchführen. Bitte filmen Sie sich dabei, Schnitte sind nicht erlaubt. Das Video laden Sie dann hoch." Wer nicht trinken durfte oder wollte, musste sich jemanden suchen, der das stellvertretend tat und dabei gefilmt wurde. Kinder und Jugendliche sollten reinen Quittensaft trinken und dabei ein fröhliches Gesicht machen. Auch den konnte man im Shop für zwei Euro mehr kaufen. „Nummer drei: Mit welchem zweizeiligen Gedicht würden Sie eine Werbeanzeige für die Peter GmbH & Co. KG zum fünfzigsten Jubiläum gestalten?" Es musste sich reimen und hochgeladen werden. Nach der Auswertung würde er informiert werden und wäre mit etwas Glück am 30.9.2022 dabei. Das letzte Bild war ein abgrundtief hässliches Clownsgesicht mit irrem Blick.

Weil sie es geschmacklos oder furchteinflößend fanden, registrierten sich einige erst gar nicht. Andere lösten die Aufgaben zusammen mit der Familie und hatten dabei einen Mordsspaß. Oft waren es die Kinder, die ihre Eltern schreiend und schmollend überreden mussten, weil die mehr Angst um ihren Nachwuchs hatten als dieser selbst. Die besten Zweizeiler entstanden, nachdem die 0,5-Promillegrenze überschritten war. Nachdem die Menschen nun wussten, was sie erwartete, gab es in der Gegend kein anderes Thema mehr. In den Geschäften unterhielt man sich darüber, die Zeitung schrieb reißerische Artikel. Diverse Tiefbauunternehmen schickten Briefe, und die Abwasserbetriebe hatten dringenden Gesprächsbedarf. Die örtlichen Buchhandlungen dekorierten ihre Schaufenster mit Büchern von Stephen König und DVDs von John Zimmermann. In Spielwarenläden gab es Clownsmasken, und die Outdoorausrüster boten Rucksäcke, Gummistiefel und Regenkleidung zum Sonderpreis an. Baumärkte verkauften massenhaft Sicherheitsbrillen, Grubenlampen und Schutzhelme in allen Größen und Sonderfarben. Erste-Hilfe-Kästen waren bald überall ausverkauft, genauso wie Thermoskannen und Müsliriegel. Kosmetiksalons boten Kurse für Gruselschminken an. Kinder und Jugendliche konnten endlich mal ein Computerspiel live erleben und sich richtig im Dreck suhlen. Dieser Wonnegraus ging wie ein Virus durch Schulen und Kindergärten. Es wurden Verkleidungen genäht, Masken gebastelt und Kampfschreie eingeübt. Gute Vorbereitung war alles. Diese Kanaltour war der beste Ausflug ever, und Aufgeben war keine Option.

Trigger (am selben Tag)

„Du musst Jeremias anrufen."

Doris Fledder hielt die Pappe mit dem Notizzettelpuzzle in der Hand, das ihr Mann ihr gezeigt hatte, und dachte nach. „Das ist doch komisch." Sieh sah ihn an. Mit H. K. P. und J. P. waren doch offensichtlich Vater und Sohn Peter gemeint, oder irrten sie sich? Sie wussten, dass Jeremias durch Coaching auf die Übernahme der Geschäftsführung vorbereitet wurde. Das könnte also passen. Aber was war mit Filmen gemeint? Und „Exit J. P.", „Schottland"? Was hielten sie da in der Hand? Jan Fledder wählte die Nummer der Peters und hatte Fiona am Hörer. Ihr Mann sei den ganzen Tag im Tierheim und erst spät erreichbar. Als er ihr schilderte, was er gefunden hatte, konnte sie sich keinen Reim darauf machen, wollte es sich aber ansehen und lud kurzerhand die ganze Familie Fledder zum Kaffee ein. Als sie eintrafen, war auch Gisela Peter da. Die drei Puzzleprofis und die kleine Fee tummelten sich auf dem Teppich, spielten Pferd und Reiter und kugelten sich vor Lachen. Die Erwachsenen setzten sich an den gedeckten Tisch. Jan Fledder zeigte den beiden Frauen die Pappe mit dem Fetzenbild. Auf die Frage, woher er das hätte, redete er sich damit heraus, dass er öfter Papierabfälle für seine Söhne mitbrächte, Realpuzzle, sozusagen. Fiona und Gisela Peter fragten nicht weiter nach. Die Fledders waren eben anders, alle. Die Handschrift auf der Notiz kam ihnen bekannt vor, der Schwung und die eigenwilligen Großbuchstaben waren markant und unverwechselbar. Im Unterschied zu den meisten Menschen, deren Schrift nach rechts oder links kippte, war diese kerzengerade, das große S war einem Schwanenhals ähnlich. Fiona Peter fiel eine Weihnachtskarte mit der gleichen Schrift ein, die sie im letzten Jahr bekommen hatten. Von Johannes Friemel. Und im Gegensatz zu den Fledders wusste sie mit der Bemerkung über die fünf Filme etwas anzufangen. Was aber hatte das kleine „Schottland" zu bedeuten?

Als die Fledders gegangen waren, rief Fiona Peter den Psychotherapeuten Ralf Klarmann an, der ihren Mann früher betreut hatte. Er hatte Zeit und war nach einer Stunde da. Gemeinsam mit ihm wollten sich Gisela Peter und sie noch einmal die fünf Videos ansehen, in denen Jeremias Peter den Chef spielte. Sie verschwiegen ihm allerdings ihren Verdacht und die fragwürdige Notiz, denn er sollte unbefangen beobachten und seine Meinung sagen. Vielleicht fiel ihm etwas auf, was die beiden Frauen übersahen. Erst sah er nichts Außergewöhnliches, nur ein Rollenspiel mit zwei Darstellern. Er amüsierte sich über das jeweilige Ende und fand Jeremias Peter in seiner

Rolle als Neugeschäftsführer ganz passabel, talentiert und gut genug für einen Nebenrolle in einem richtigen Film. Als er das sagte, verdrehte Fiona Peter die Augen. „Herr Professor Klarmann, wir haben Sie als Fachmann zu uns gebeten, nicht als Zuschauer."

Erschrocken schaltete er sein Professorengesicht ein und setzte sich aufrecht hin. So konnte er sich wirklich nicht gehen lassen. Einige Szenen sah er sich mehrmals an, machte Notizen und war nun ganz in seinem Element. Nach dem dritten Film meinte er, ein Muster zu erkennen. Klarmann sah sich die Schlussszenen der ersten drei noch einmal an, dann die letzten Einstellungen der anderen beiden. Nun war er sich sicher. Jeremias Peter spielte seinen Part gut und souverän, bis es dann in jedem der fünf Filme zum dramatischen Höhepunkt kam, die Stimmung kippte, und die Hauptfigur verlor die Fassung, wie auf Befehl. „Das ist doch offensichtlich, mein Mann rastet jedes Mal aus", sagte Fiona Peter leicht ungeduldig.

„Ja, genau. Und das spielt er ganz wunderbar."

Klarmann meinte, diese kleinen Episoden wären sehr unterhaltsam.

„Dass die Krise am Schluss immer durch dasselbe Wort ausgelöst wird, ist genial und witzig. Wie ein Kommando für einen Hund." „Schottland!", entfuhr es den beiden Frauen simultan. Der Professor meinte noch, dass der Regisseur offenbar zufrieden mit den Szenen war, weil er in der Schlusseinstellung froh wirkte. Er kannte Johannes Friemel nicht, hatte ihn nie gesehen. Gisela und Fiona Peter hatten genug gehört. Fiona Peter bedankte sich für seine aufschlussreiche Analyse und verabschiedete Professor Klarmann, freundlich, aber schnell. Ein Wort genügte offenbar, um Jeremias Peter in seiner Entwicklung so sehr zurückzuwerfen, dass er immer wieder von vorn anfangen musste. Alpträume, Sprachverwirrung und Verzweiflung. So würde er niemals das Erbe seines Vaters antreten können. Welche Rolle spielte Geschäftsführer Johannes Friemel? Fiona Peter nahm sich vor, am Sonntag mit ihrem Mann zu sprechen.

Kampftag (Sonntag, 21.8.22)

Sonntag war immer Großkampftag im Tierheim von Oberklemmbach. Die Leute hatten Zeit und wollten sich Tiere ansehen, aus Neugier oder um sie vielleicht zu adoptieren. Manche hatten auch Langeweile. Nebenbei mussten alle Tiere versorgt, Käfige und Ställe gereinigt werden. Immerhin war Nancy wieder gesund, sodass Jeremias „Jerry" Peter nicht mehr alles ganz allein stemmen musste. Er war früh aufgebrochen und hinterließ einen Zettel auf den Küchentisch. Vor Mitternacht wäre nicht mit ihm zu rechnen. Sie musste mit Jeremias reden. Bei seiner Ankunft im Tierheim fand er vor der Tür eine Tasche mit Hundefutter, mehreren Hundeleinen und einer Decke. In dem beigefügten Brief las er, dass Frau Bödeckers Hund gestorben war und sie diese Gegenstände gern spenden würde. Wie traurig. Er nahm alles mit ins Lager und stellte es zu den anderen Spenden. Im Büro blinkte der Anrufbeantworter und zeigte fünfzehn Anrufe seit gestern. Die musste er sofort abhören, damit er im Notfall reagieren könnte. Katzen wurden vermisst, nur drei heute. Jemand wollte seine Katze abgeben, weil sie zu viele tote Mäuse im Haus versteckte, die irgendwann stanken wie Gammelfisch. Warum ließen die

Leute ihre Katzen eigentlich frei herumlaufen? Wenn sie dann weg sind, ist das Gejammer groß und alle verfügbaren Kräfte sollen danach suchen. Polizei, Feuerwehr, das Tierheim, die Zeitung, die Nachbarschaft. Einfach die Haustür zu lassen, fertig. Dann haben alle weniger Arbeit, und die Katzen ein schönes Leben. Und die Belohnung könnten sich die Besitzer auch sparen. Aber nein, die Tiere müssen ihre Persönlichkeit ausleben, bis sie dann irgendwo festsitzen, auf Dächern, in Bäumen, in Luft- oder Gullischächten. Die Zeitungsartikel über die geretteten Lieblinge finden alle ja so herzerwärmend. Nancy und Jerry teilten sich die Versorgung der Tiere und waren gerade rechtzeitig fertig, als der Ansturm begann. Sie konnten die Besucher nur in Dreiergruppen hineinlassen, um nicht die Übersicht zu verlieren. Länger als fünfzehn Minuten konnte niemand bleiben, weil der Andrang zu groß war. Die fünfjährige Elli sollte von ihren Eltern zum Geburtstag ein Meerschweinchen bekommen. Jerry führte die Familie in das Kleintierhaus, wo aktuell sieben quiekende Tiere zu sehen waren. Die drei mit den Rosetten kamen nicht in Frage, die mit dem glatten Fell waren entweder zu klein, zu groß, zu alt oder zu jung. Als das Mädchen sie streicheln wollte, liefen alle weg.

„Mehr haben Sie nicht?", meckerte der Vater. „Und dafür sind wir zehn Kilometer gefahren?" Die Familie brach entrüstet ihren Besuch ab. Harald Lemke war mit seinem Pitbull Terrier Tyson da und wollte ihn abgeben. Seine neue Freundin hätte eine Katze und Angst vor Problemen zwischen den Tieren. Der Hund ahnte nichts Gutes, legte die Ohren an und klemmte seinen Schwanz ein. Nancy ließ die beiden gar nicht erst rein, weil sie sonntags keine neuen Tiere aufnehmen könnten. Dafür waren mehr Zeit, Ruhe und viele Informationen nötig. Der Tierarzt müsse auch da sein. Was sie nicht sagte: Es kam nicht selten vor, dass man ihnen Tiere übergeben wollte und die wirklichen Gründe verschwieg. Krankheiten, Verhaltensauffälligkeiten oder Misshandlungen. Lemke sollte einen Termin vereinbaren. Dessen Gemütszustand schlug ohne Vorlauf in Wut um.

„Und wie stellen Sie sich das vor? Wie soll das denn weitergehen?"

Das sei nicht ihr Problem, aber ein Hund sei kein Sperrmüll. Nancy war jetzt schon bedient, und die Besuchszeit hatte gerade erst begonnen.

„Ist das hier ein Tierheim oder eine Behörde? Was soll ich jetzt meiner Freundin sagen?", motzte der Mann.

Nancy schlug vor, dass er sich eine andere suchen solle, das sei auch besser für den Hund. Die anderen Gäste in der Warteschlange wurden unruhig. Tyson wedelte mit dem Schwanz. Andrea Fellinger interessierte sich für eine Katze, gern auch zwei oder drei. Davon hatten sie mehr als genug, weil es einfach zu viele fruchtbare gab, die Nachwuchsproduktion riss nicht ab. Achtundzwanzig konnte Nancy ihr zeigen. Die Entscheidung fiel der Frau nicht leicht, sie suchte sich zwei unkastrierte Katzendamen aus. Sie kam Nancy vage bekannt vor. Beim Ausfüllen des Übernahmevertrages fiel ihr Blick auf die Pinnwand im Büro, an der viele Fotos von Tieren und ihren neuen Besitzern hingen. Auch ein Zeitungsbericht aus dem letzten Monat: „Katzenmessi muss alle dreiundzwanzig Tiere abgeben. Dreck und Verwahrlosung in der ganzen Wohnung." Das war es.

„Wollen Sie sich jetzt alle Katzen wieder abholen, die Sie abgeben mussten? Ich glaube, die sind hier besser aufgehoben."

Mit der Bemerkung, es gebe auch andere Tierheime, verließ Frau Fellinger dampfend das Büro. Interessenten für Hunde gab es wie immer auch. Ein offenbar frisch verliebtes Paar suchte einen mittelgroßen Anfängerhund, der schon stubenrein sein sollte, nicht haarte, aufs Wort hörte und niemals weglaufen würde. Jerry sagte trocken, das wäre schwierig, weil sie keine Zuchtstation für Hunde auf Bestellung mit Eigenschaften nach Katalog seien. Seine Neigung zu beißender Ironie hatte er hier entwickelt, das gefiel ihm. Den anderen oft nicht, aber auch das fand er gut. Er zeigte ihnen drei von den fünfzehn aktuellen Bewohnern des Hundehauses. Der einjährige Labrador, den die Frau auf Anhieb toll fand, schnappte nach ihrem Finger, den sie unbedarft durch das Gitter in sein Revier steckte.

„Aua, du Mistvieh!", schrie sie erschrocken. „Sind die hier alle so aggressiv? Was machen Sie denn mit denen?"

Kandidat zwei war zu groß und zottelig.

„Mein Gott, wie ungepflegt!"

Blieb noch eine schwarze, schüchterne Mischlingshündin, die sich in der letzten Ecke des Käfigs versteckte.

„Komm doch mal her, du!" Die Frau schnalzte mit der Zunge und säuselte das Tier an, das sich nicht bewegte.

„Wie heißt der Hund denn?", wollte sie wissen. Jerry schaute auf einem Notizzettel nach: „Adele.".

„Sie wissen noch nicht Mal, wie die Hunde heißen?"

Die Frau war ein echter Hauptgewinn, dachte Jerry.

„Och, wie süß. Adele, was für ein schöner Name. Komm mal zu mir!"

Keine Regung.

„Du bist aber gar nicht lieb." Die Frau wurde lauter. Adele sah die Wand an. Jerry musste sie bitten, den Hund nicht anzuschreien.

„Der gehorcht ja gar nicht. Was ist das hier nur für ein Laden. Sie haben nur aggressive und ungehorsame Hunde!"

Als Jerry ihr empfahl, sich vielleicht ein Plüschtier zu kaufen, das garantiert stubenrein und gefügig war, entglitten ihr alle Gesichtszüge.

„Ich werde Sie beim Tierschutz anzeigen", ätzte sie ihn an.

„Wunderbar, das Formular kann ich Ihnen mitgeben", frotzelte er.

Die beiden verließen entrüstet das Haus. Ohne Formular. Zwei Punker waren auf der Suche nach einer Ratte für die Bühnenshow ihrer Band Rotzbrocken. Alternativ würden sie auch eine große Giftschlange nehmen. Beides war leider nicht im Sortiment. Nancy sagte, die Kobra, die sie letzte Woche in neue Hände gegeben hätten, käme sicher bald wieder. Das täte sie immer, wenn ihr neuer Besitzer tot war. Den Weg fände sie mittlerweile allein. Als letzter in der Schlange überreichte Rolf Becker ihnen ein Glas mit fünf Goldfischen. Die müsste er leider abgeben, weil seine Frau Wanda eine Fischallergie bekommen hätte. Nach dem Streicheln der Tiere, die alle nach Fußballern benannt waren, hätte sie immer schrumpelige Finger. Nancy musste die Annahme verweigern, weil das Wasser im Tierheim leider zu hart wäre. Frau Becker sollte es mal mit Neoprenhandschuhen versuchen. Dankbar für den wertvollen Tipp schob der Aquarist ab.

Jerry und Nancy feierten das Ende der Besuchszeit mit ausgiebigem Toben im Freilaufgehege der Hunde, die ausgelassen um sie herumsprangen. Sie waren sich einig, dass Tiere sehr dankbare Geschöpfe waren und nichts für ihre Menschen konnten. Ein interessantes Thema für eine Studie wäre die Frage, wen würden sich Hunde, Katzen und Co. aussuchen, wenn sie könnten. Ohne Enttäuschungen auf menschlicher Seite ginge das sicher nicht. Nachdem Jerry sich zu Hause unter der Dusche wieder in Jeremias verwandelt hatte, fand er auf dem Küchentisch einen Zettel: „Wir müssen reden."

Taufe (Montag, 22.8.22)

Ein neuer Superdrink ohne Namen lässt sich schwer verkaufen. „Nummer fünf" war wohl kaum eine Option. Oder doch? Der Name musste angemeldet und geschützt werden, Etiketten, Broschüren, Fotos und alles andere, was man für den Verkauf brauchte, musste auf den Weg gebracht werden. Für diese wichtige Entscheidung hatte Hans Karl Peter schon vor längerer Zeit eine große Runde von zwanzig Mitarbeitern einberufen. Vertrieb, Marketing, Entwicklung, Betriebliches Vorschlagswesen und Öffentlichkeitsarbeit sollten sich Gedanken machen. Außerdem wurde im Unternehmen ein großer Wettbewerb ausgeschrieben, jeder durfte kreative Vorschläge machen und hatte damit Aussicht auf eine schöne Prämie: lebenslange Versorgung mit dem neuen Quittenbrand. Jetzt kam die Runde zusammen, um die Ergebnisse zu besprechen und eine Entscheidung zu fällen.

„Wir sehen uns nur die Vorschläge an, die Namen der Einsender sind zunächst egal", eröffnete der Chef das Meeting. Überall im Raum standen leere Pinnwände, in der Mitte des Besprechungstisches lagen haufenweise bunte Karten mit Vorschlägen. Sie gingen nach der uralten Methode der Brüder Grimm vor, die Guten ins Töpfchen, die Schlechten ins Kröpfchen, am Ende sollte etwas Märchenhaftes herauskommen. Das Töpfchen waren die Stellwände auf der linken Seite des Raumes. Lukas Neubert durfte vorlesen, aber ohne zu lachen. Die anderen entschieden, ob die Karte rechts oder links angepinnt wurde. Unter den besten Vorschlägen sollte dann abgestimmt werden. Die Gruppe durfte erst den Raum verlassen, wenn eine Entscheidung gefällt war. Es waren mehrere hundert Ideen, über die abgestimmt werden musste. Über Geschmack zu streiten, war schon immer sinnlos. Jemandem, der mit Gelsenkirchener Barock groß geworden ist, die Vorzüge des Bauhausdesigns vermitteln zu wollen, kann nur in Enttäuschung auf beiden Seiten enden. Daher ging es nur um einfache Mehrheiten, links oder rechts, Töpfchen oder Kröpfchen. Keine Diskussionen. Manche Fälle gingen einstimmig durch.

Peter der Große, Zar Peter, Big Piet, Klemmbachbrand, Zauberpeter, Teufelszeug, Zaubertrank oder Flaschengeist gingen schlank nach rechts. Nicht so eindeutig war es bei Flächenbrand, Brandursache, Quittenpitt, Brandmann, EX! oder Brandstifter. Dennoch rechts. In manchen Fällen entstand ein Patt, dann wurde gewürfelt. Sausepeter 2.0, Cooler Shit, Das Ding oder Gelber Blitz. Etwas mysteriöser war HKP. Alle leider rechts. Für Erheiterung sorgten die kreativeren Ausflüge. Hans im Glück, Kater Karl-O!, Sauf & Brauf, Jahrhundertwasser, Willy der Brand, Brandmauer, Brandy Dandy oder Here comes the fun. Flächenbrand war heikel. Brandolino zu kindlich. Kein Auge trocken blieb bei Karl der Kurze, Karl Kehle und Halsbrecher. Lukas Neubert brauchte drei Anläufe, um sie rauszubringen, ohne sich an seinem eigenen Lachen zu verschlucken. Nachdem sie über Karls Kraut und Karlschlag abgestimmt hatten, brauchten sie eine Pause. Selbst Hans Karl Peter lachte schallend, bis er keine Luft mehr bekam. Er hätte nie gedacht, dass seine Mitarbeiter auf solche Ideen kommen. Stichwahlen mussten auch abgehalten werden, Das Kraut, Durchgebrannt und Nachbrenner spalteten die Gemüter. Natürlich gab es auch Spaßvögel, die einfach mal auf die Unfugtaste gedrückt hatten. Hänschen Klein, Hans ohne Gretel, Rotz-Blitz, Räumkommando, Kehrbesen, Nesselbrand, Hohlkehle, Trunkenbold oder Weihwasser. Für diese Vorschläge gab es keinen Ort. Außer dem Papierkorb. So arbeiteten sie sich durch die Stapel, stimmten ab, lachten erheitert oder ungläubig. Nach geschlagenen fünf Stunden hingen an der linken Pinnwand nicht mehr als vier Wörter: Brenner, Brandmeister, Hammerhans und Brandheiß. Aus diesen Vorschlägen galt es nun, den einen auszuwählen, mit dem das Unternehmen in die Zukunft gehen sollte. Jeder hatte eine Stimme, nicht mehr. Spannung machte sich breit. Hans Karl Peter erhob sich und bemühte Marlon Brando: „Meine Damen und Herren, ich hoffe, Sie sind sich der Bedeutung dieses historischen Moments bewusst. In Ihren Händen liegt jetzt die Zukunft der Peter GmbH & Co. KG. Wenn Sie bereit sind, bitte ich jetzt um die Abstimmung. Frau Grosfuß, Sie schreiben bitte mit." Lukas Neubert las einen Namensvorschlag nach dem anderen vor, Hände gingen nach oben, Big Foot zählte und notierte. Klare Mehrheiten können langweilig und vorhersehbar sein. Hier war gar nichts klar. Alle vier Karten bekamen Stimmen, am Ende lagen zwei gleich auf. Hammerhans und Brenner mussten das Rennen unter sich ausmachen. Also ein finales Stechen. Es war mittlerweile einundzwanzig Uhr, und Lukas Neubert, der einzige Auszubildende im Raum, wies bescheiden darauf hin, dass er gar nicht so lange arbeiten dürfe. Der Personalchef hätte erst vor Kurzem gemeckert, als er mit dem Team Fünfzig bis spätabends zusammensaß. Ihm wäre das ja egal, aber er wollte keinen Ärger.

„Ach was!"

Hans Karl Peter wollte sich durch so eine Lappalie nicht in dieser wichtigen Phase aufhalten lassen. Das war jetzt wichtig.

„Machen Sie einfach morgen frei, dann sind wir quitt. Und jetzt machen wir ..."

Ein lauter Knall ließ ihn und die anderen zusammenzucken. Björn Paulsen hatte mit beiden Händen flach auf den Tisch geschlagen. Er erhob sich so langsam, wie man sich nur erheben kann, wenn die Beinmuskulatur gut trainiert ist. Wenn Dänen sich erheben, was sie selten tun, kündigt sich ein bedeutungsvoller Moment an. „Sag das nochmal!"

Oh je, das konnte nicht gut enden.

„Wen und was meinen Sie, Herr Paulsen?", fragte der Alte.

„Dich, also Sie. Ist doch egal. Nochmal den letzten Satz!"

Nadine Grosfuß hatte schon jetzt Mitleid mit dem Marketingleiter, alle Anwesenden machten sich in böser Vorahnung klein und legten eine Schutzhülle über ihre Trommelfelle. Hans Karl Peter war perplex.

„Ich sagte, dann sind wir ..."

Der Chef sprach den Satz nicht zu Ende.

„Aufschreiben, das letzte Wort, Nadine, aufschreiben und an die Wand damit!", schrie Paulsen völlig außer sich. Alle sahen ihn an, dann ungläubig um sich herum.

„Welches denn?", fragte Big Foot. Aber Björn Paulsen hatte keine Geduld und beschriftete selbst eine Karte. Das Wort hing jetzt neben den anderen Vorschlägen. Nein, das war es noch nicht. Mit seinem untrüglichen Instinkt für große Worte, die er aber nur selten benutzte, bat er Big Foot, es noch einmal in Großbuchstaben zu schreiben. Und dann prangte es da: „QUITT“

Wie der Blitz eines antiken Gottes, Zeus vielleicht, schlug es auf direktem Weg ein. Schweigen. Langes Schweigen und unsichere Blicke. Kann ein einziges Wort so viele Menschen zugleich sprachlos machen? Es kann, wenn man es wirken lässt. Paulsen brach die Stille, sprach bestimmt und ruhig, nun wieder mit skandinavischer Selbstbeherrschung, deren Wirkung ihm bewusst war.

„Was wir hier sehen, ist ein einsilbiger Monolith aus fünf Buchstaben. Am Anfang und am Ende zwei Konsonanten, die im Alphabet für Klarheit und Kraft stehen. In der Mitte die schnellste Kombination von Vokalen, die es in der deutschen Sprache gibt. Sprachliche Geschwindigkeitsüberschreitung. Tempo und Dynamik eingerahmt von Konsequenz und Endgültigkeit.“

Offene Münder ringsherum. Sein linguistischer Vortrag eröffnete den anderen eine Perspektive auf Sprache, auf nur ein Wort, von der sie vorher keine Ahnung hatten. Wie nachlässig sie doch jeden Tag irgendwelche Silben aneinanderfügten und meinten, sie seien eloquent oder sprachgewandt. Mehr als Informationsaustausch war das beim besten Willen nicht. Vielleicht wäre die Lektüre von Goethe, Luther und Shakespeare doch ertragreicher, als die immer nächste Folge irgendeiner Dumpfnummernserie auf Ratflix. Und wer stolpernde Ironie einsetzte, hielt sich für ein unentdecktes Comedytalent. Versteht heute überhaupt noch jemand Ironie? QUITT! Inzwischen mit Ausrufezeichen. An diesem Einsilber fehlte nichts, es war alles drin. Gäbe es dieses Wort nicht schon, müsste man es unbedingt erfinden. Das staunende Publikum wurde Zeuge einer Abhandlung über dänische Marketingstrategie. Mit QUITT! wäre alles über die Nummer fünf gesagt, und jeder würde es sofort verstehen. Ein Wort wie Donnerhall, das man gern in den Mund nahm. Es stand für unerschütterliches Selbstbewusstsein und ein überzeugend leckeres Getränk, das schlicht und ergreifend fertig war, zu Ende entwickelt. Über jeden Zweifel erhaben. Der neue Standard unter den Bränden. QUITT! mit dem starken Ausrufezeichen bedeutete auch, dass niemand daran vorbeikonnte. QUITT! Bis hierhin und nicht weiter. Wie in dem Film *Herr der Dinge*, als der graue Zauberer dem Dämon auf einer schmalen Hängebrücke Einhalt gebietet. Gegen dieses mächtige Wort war kein Kraut gewachsen, und ganz nebenbei wäre die geschmackgebende Frucht gleich mit enthalten. Paulsen schloss mit der Überzeugung, dass sich mit diesem Kraftprotz von Sprachgetüm und dem unfassbar guten Geschmack von Nummer fünf der Erfolg nicht verhindern lasse. Er sah die Filme, Plakate und Etiketten schon vor sich. Die Menschen würden Schlange stehen.

Klopfen auf Tischen, Pfiffe und Gejohle. So ein unerwartet lebhaftes Meeting hatte Hans Karl Peter noch nie erlebt. Er war stolz auf seine Leute und grinste über das ganze Gesicht. Das entging niemandem und löste die ein oder andere Verspannung in der Runde. Dass er mit einer unwichtigen Bemerkung zufällig einen Volltreffer gelandet hatte, war ihm unangenehm. Die Sprache der Werbung war sonst nicht seine Sache. Als Erster reagierte Jonas Mischke. Es schmeichelte ihm und seinem Team, dass Paulsen so sehr von dem Ergebnis ihrer Arbeit überzeugt war.

„Sehr beeindruckend, Björn."

Der aber wollte einmal mehr keine Lorbeeren und zeigte

mit einem Arm auf Hans Karl Peter, mit dem anderen auf Mischke.

„Ein Powerdrink und ein magisches Superwort. Kompliment!"

Lukas Neubert, der in den letzten Tagen deutlich an Selbstbewusstsein gewonnen hatte, brachte es auf den Punkt:

„Geil, Herr Peter!"

Ulf Sondermann sorgte sich um das korrekte Verfahren zur Wahl des Getränkenamens.

„Wir müssen aber wenigstens noch abstimmen, bevor sich alle auf dieses Wort einschießen. Da stehen noch drei andere, von denen zwei schriftlich eingereicht wurden. Es geht schließlich auch um Geld."

Er hatte zwar Recht, aber die folgende Abstimmung konnte nur ein Ergebnis haben. Und so war es. Alle waren für QUITT!, ohne Ausnahme. Nur Hans Karl Peter enthielt sich der Stimme, denn er wusste, was sich gehört. Selbstverständlich würde er sich auch keine Prämie auszahlen, welch abwegiger Gedanke. Die würde er gern einem gemeinnützigen Verein spenden, vielleicht einem Jugendtreff. Als er das sagte, gewann er in derselben Sekunde mehr Sympathiepunkte als nach der letzten Gehaltserhöhung. Deutlich mehr. Manchmal macht das Glück anderer glücklicher als Geld. Glücklicherweise.

Nach der Taufe des neuen Quittenbrandes konnten nun alle weiteren Schritte eingeleitet werden. Bis zur Firmenfeier waren es noch vierzig Tage, und dann sollten wenigstens einige Flaschen präsentiert werden können. Der Verkauf sollte etwas später starten. Hans Karl Peter bat Vertriebsleiter Gisbert Guth und Björn Paulsen, alles Nötige in die Wege zu leiten. Dann beendete er gut gelaunt die Sitzung.

Herber Abgang (Dienstag, 23.8.22)

Qualitätsleiter Lasse Gudsen trug noch immer schwer an dem Ergebnis der Analyse des Schweizer Labors. Er musste der Sache auf den Grund gehen, schließlich war er rein rechtlich verantwortlich für die Qualität aller Produkte des Unternehmens. Käme jemand zu Schaden, müsste er sogar mit Strafen rechnen. Konnte es wirklich wahr sein, dass ein simpler Zufall die Ursache war für die frappierende Geschmacksveränderung von Nummer fünf, nun QUITT!? Das wollte er nicht glauben. Zehn hochkarätige Entwickler brüteten jahrelang über Büchern, Kräutern und Mischungen. Sie stellten fünf gute Alternativen vor, aus denen keine hervorstach. Doch urplötzlich veränderte eine derart stark ihren Geschmack, dass niemand Zweifel am Erfolg hatte. Der „herbe Abgang" wurde als episch gefeiert. Das Problem an der Sache war, dass Jonas Mischke keine Ahnung hatte, warum das so war. Schon beunruhigend, dass der Hauptverantwortliche für die Entwicklung nur mit den Schultern zucken konnte. Der neue Topseller der Peter GmbH & Co. KG eine Laune des Schicksals? Wem sollten sie das erzählen? Beim Würfeln mit Kräutern hatte die Peter GmbH & Co. KG einen Volltreffer gelandet. Die ganze Branche würde sich scheckiglachen. Bisher hatte er es für sich behalten, was Urs Rütli genau herausgefunden hatte. Nun aber musste er Jonas Mischke einweihen. Der stürzte von der flauschigen Wolke sieben, auf der er es sich gerade gemütlich gemacht hatte, schlug hart auf und wurde leichenblass. Was ging in den Gewächshäusern vor? Pflanzen verändern sich doch nicht einfach so, weil sie Lust auf eine neue Farbe haben. Das Treffen mit Bert Grabowski hatte auch keine neuen Erkenntnisse gebracht. Ein Rätsel ohne Lösung. Sie beschlossen, von der Sicherheitsfirma Alles im Griff in Gewächshaus zehn einige Kameras montieren zu lassen. Sie mussten sich von deren Chefin Jessica Unger die Frage gefallen lassen, ob dort neuerdings Drogen angebaut würden, wie es in der Zeitung stand. Das konnten sie überzeugend verneinen. Bert Grabowski sollte davon nichts wissen, also musste es nachts geschehen. Niemand durfte von der Geheimaktion erfahren, nur die beiden hatten per App Zugriff auf die Bilder der Kameras. Gesagt, getan.

Sie trafen sich am Tag nach der Installation frühmorgens in Gudsens Büro und sahen sich die Aufnahmen der ersten Nacht an und sahen nichts, was ihnen verdächtig vorkam. Bert Grabowski auf seiner Abendrunde, danach ein leeres Haus und ruhende Pflanzen. Es war rührend zu sehen, dass Grünzeug eben doch Gefühle hat. Hier und da neigten sich Pflanzen ihren Beetnachbarn zu und suchten ihre Nähe. Stundenlang verharrten sie dann in gegenseitiger Sympathie. Worüber sie wohl sprachen? Mit den ersten Sonnenstrahlen richteten sie sich wieder gen Himmel aus, als wäre nichts gewesen. Haltung annehmen. Am zweiten Tag ihrer Spionageaktivitäten änderte sich die Lage. Sie sahen den Gärtner durch die Beetreihen gehen. Manchmal stoppte er, befühlte eine Pflanze, strich ihr vorsichtig über Blätter und Blüten. Mischke und Gudsen wunderten sich nicht. Schräger Vogel eben. Dann ging er wieder aus dem Bild und kam wenig später zurück, stellte einen schwarzen Kasten auf den Boden. Wieder ging er weg und kam mit einem kleinen Stehpult wieder. In der rechten Hand hielt er ein Stäbchen. Wollte er Chinesisch essen? Hätte das irgendjemanden überrascht? Es kam anders. Er drückte auf einen Knopf an dem Kasten, stellte sich hinter das Pult und begann zu dirigieren. Mischke und Gudsen bekamen gleichzeitig einen Lachanfall. Ein Gärtner, der seinen Pflanzen Musik vorspielte und den Takt vorgab. Hin und wieder zeigte er mit dem Taktstock auf eine der Pflanzen, die sich offenbar verspielt hatte. Er machte ein ernstes Gesicht und sagte etwas zu ihr. Als wäre das nicht schon an Komik zu überbieten, fing Grabowski dann auch noch zu singen an, vermutlich *Blau blüht der Enzian* von Weino. Zu schade, dass es keinen Ton gab. Keine Erkenntnisse, aber beste Unterhaltung.

Dann kam der dritte Tag. Sie sahen wieder den Gärtner, wie er durch die Beete schlenderte. Offenbar war er mit irgendetwas nicht zufrieden und schien laut zu schimpfen. Er zeigte auf einen Thymianbusch, gestikulierte wild und schien ihn anzubrüllen. Die Pflanze legte die Zweige eng an und schien beleidigt zu sein. Das wiederum tat Bert Grabowski leid. Die beiden vertrugen sich wieder, und das Büschlein schien gleich größer als vorher. Dann schaute Grabowski sich in alle Richtungen um und rief irgendetwas sehr laut. Wem galt das? Dort war niemand außer ihm. Oder doch? Weiter hinten im Gewächshaus, ungefähr zehn Meter von ihm entfernt, bewegten sich einige Mongolensträucher, als würde jemand an ihnen rütteln. Grabowski ging in die Hocke und sagte irgendwas. Wieder wackelnde Mongolenpflanzen. Der Gärtner steckte nun zwei Finger in den Mund, als wollte er pfeifen. Das tat er wohl auch, denn im nächsten Moment trabte ein Hund auf ihn zu. Er kam direkt aus dem Beet mit den Wunderpflanzen. Grabowski bewegte den Zeigefinger seiner rechten Hand hin und her, und der Hund hörte auf, mit dem Schwanz zu wedeln. Mischke und Gudsen sahen stumm auf den Bildschirm und konnten nicht glauben, was sie da sahen. Sie hatten nicht gewusst, womit sie rechnen sollten, aber damit gewiss nicht. Nun war klar, womit sie es zu tun hatten. Nach der jahrelangen Entwicklung, den zahllosen Qualitätsanalysen, der Verkostung und der furiosen Taufe des neuen Produktes war es ein Hund, der den Unterschied machte? Wem sollten sie das erzählen? Mit professioneller Arbeit hat das so viel zu tun wie ein Truthahn mit Miss Universum. Sie mussten sich sortieren. Zunächst wollten sie sichergehen, dass tatsächlich dieser Hund verantwortlich für die Veränderung des Mongolenkrautes war. Sie riefen Bert Grabowski zu sich und zeigten ihm die Kamerabilder.

„Möchten Sie etwas dazu sagen, Sie Kräutergott?", fragte Jonas Mischke.

Grabowski erzählte von seiner Musikleidenschaft und seiner berufsbegleitenden Ausbildung zum Orchesterleiter. Irgendwo müsse er ja üben. Und falls sie wissen wollten, welche Musik er da gespielt hätte, es sei eine CD von Louis ... „Hören Sie auf, Sie Pflanzendompteur!", entfuhr es Mischke, dem der Geduldsfaden riss. Aber so was von.

„Ob Sie den Büschen etwas auf dem Kazoo vordudeln oder Miles Davis wieder ausbuddeln, ist mir so was von egal. Stellen Sie sich nicht blöder, als Sie sind."

Es war zumindest einen Versuch wert, dachte Bert Grabowski.

„Wie, in Gottes Namen, kommen Sie dazu, Ihren Hund mit zur Arbeit zu bringen?"

Der Gärtner legte sofort sein Veto ein, denn es sei überhaupt nicht sein Hund. Der lag eines Tages im Busch in der Nähe des Hintereingangs und brauchte Hilfe. Seitdem hatte er seinen inoffiziellen Wohnsitz im Werkzeugschuppen und gehörte irgendwie allen im Unternehmen.

„Ach, dann war das auch der Drogenhund auf dem großen Foto in der Zeitung?", fragte Gudsen, der selbst Hundebesitzer war.

Der Schwede hatte eine Dänische Dogge. Hätte er die in das Gewächshaus gelassen, wären die Kräuter vermutlich an Überdüngung jämmerlich eingegangen. Er verwarf den Gedanken. Seine spontanen Assoziationen nervten ihn manchmal.

„Warum ist das Tier überhaupt noch hier und nicht im Tierheim, bei der Polizei oder sonst wo?", brüllte Jonas Mischke.

„Weil Jeremias Peter das so entschieden hat", bekam er als Antwort.

„Das wird ja immer besser, der Gärtner und der Junior machen gemeinsame Sache!"

Mehr fiel ihm dazu nicht ein. Jeremias Peter hatte Buschido gleich bei der ersten Begegnung ins Herz geschlossen und brachte öfter etwas Futter mit. Als Bert Grabowski vorschlug, den Hund ins Tierheim zu bringen, meinte er, ein Hund, der allen im Unternehmen gehöre, sei doch eine tolle Sache. Für Hund und Menschen. Besser könne er es doch nicht haben. So war es dann. Auf die Frage, warum er den Hund überhaupt mit in die Gewächshäuser genommen hätte, sagte Grabowski, er sei ihm einige Male unbemerkt gefolgt. Natürlich habe er ihn sofort wieder nach draußen gebracht. Aber als er von der plötzlichen Verbesserung des Geschmacks der Musterdrinks hörte, hätte er eins und eins zusammengezählt. Von da an nahm er das Tier regelmäßig mit auf seine Runden. Das reichte.

„Sie sind hier der Gärtner und nicht Herrscher aller Reusen, Sie Wahnsinniger!", brüllte Mischke. „Wie kommen Sie dazu, so etwas Irres zu tun? Haben Sie zufällig, nur mal so gefragt, darüber nachgedacht, was das für unser Unternehmen heißt, wenn auffliegt, dass in unserem Produkt, DAS MENSCHEN TRINKEN, Hundeurin ist?", zischte Mischke ihn an.

„Ja, habe ich. Nichts", war die kurze Antwort.

„Wie, nichts? Sind Sie völlig verrückt geworden?" Mischke verlor die Fassung.

Grabowski hatte sich, verantwortungsvoll wie er war, informiert. Durch die tierische Zutat veränderte das Mongolenkraut zwar Farbe und Geschmack, aber durch mehrfache Destillation und das komplexe Herstellungsverfahren des Quittenbrandes wurden sämtliche Spuren des Urins beseitigt. Mischke hörte zu atmen auf. Das konnte alles nicht wahr sein, der Mann war gemeingefährlich.

Ekel beginnt im Kopf, dort kann man ihn auch bekämpfen. Astronauten sind monatelang im All und haben in der Regel keinen Anschluss an ein galaktisches Frischwassersystem. Das liegt unter anderem daran, dass bislang niemand die nötigen Rohrleitungen von Planet zu Planet gelegt hat, das Handwerk ist heutzutage ausgelastet. Außerdem müssen die Raumfahrer auch hin und wieder auf die Toilette. Aus dem, was sie dort lassen, gewinnen sie Trinkwasser. Bert Grabowski zog eine Zeitschrift aus seiner Umhängetasche: Überleben im All. Er schlug die mit einem Klebezettel markierte Seite auf und las vor: „Das Kosmo-Klosett kann Urin zu Trinkwasser aufbereiten. Zunächst wird das Wasser im Urin von den mineralischen Feststoffen mittels Verdampfung getrennt. Anschließend wird das Wasser mit Sieben, ultraviolettem Licht und chemischen Katalysatoren gereinigt – übrig bleibt trinkbares Wasser." Lasse Gudsen, der mehr Übung in nordischer Gelassenheit hatte als Jonas Mischke, sagte trocken, Grabowski habe Recht. Nach der Herstellung des Quittenbrandes seien keinerlei Spuren von Hundehinterlassenschaften nachweisbar. Das hatte er selbst geprüft, nachdem das Schweizer Labor Rückstände im Mongolenkraut gefunden hatte. Wenigstens eine gute Nachricht in diesem Drama.

„Warum haben Sie denn nichts gesagt, Herr Grabowski?"

Der Entwicklungschef konnte wieder atmen.

„Sie haben ja nicht gefragt." Das stimmte. „Außerdem waren Sie doch froh über den tollen Geschmack ihres Superdrinks, oder?", schob Grabowski hinterher. Auch das stimmte. Er hatte im vollen Bewusstsein der Tragweite seines Handelns diese Information für sich behalten und damit möglichen Druck von Mischke und Gudsen ferngehalten. Die hätten sonst Hans Karl Peter informieren müssen, und die Entwicklung von Nummer fünf wäre sofort gestoppt worden. Kein Nachfolger für den Sausepeter, keine Zukunft für das Unternehmen, keine sicheren Arbeitsplätze, und im Übrigen auch keine Prämie für sie, die sie hier standen. Er wollte keine Medaille, aber er hatte es auf sich genommen, diese einsame Entscheidung zum Wohle aller zu fällen. Im Gegensatz zu den anderen beiden Männern war er nur für die Qualität der Kräuter zuständig, und die war ja wohl über jeden Zweifel erhaben. Womit er seine Pflanzen düngt, oder düngen lässt, war schon immer ganz allein seine Verantwortung. Das musste er niemandem erklären. Auch das stimmte.

Wie sollte es nun weitergehen? Selbst wenn es mit den Pflanzen keine Schwierigkeiten gab, hatten sie dennoch ein neues Problem. Und das war viel größer. QUITT! war zwar für sehr gut befunden worden und überzeugte alle. Darin waren allerdings nur die Mongolenkräuter aus Haus Nummer zehn verwendet worden. Für die Massenproduktion mussten aber die Felder geerntet werden, und die dort wachsenden mongolischen Kampfkräuter hatten zwar die richtige Farbe, aber nur den zweitbesten Geschmack.

Viel Kakao (Mittwoch, 24.8.22)

Die Uhr tickte für das Team Fünfzig, alle erledigten ihre Aufgaben mit Hochdruck. Heute waren Vertreter dreier verschiedener Tiefbaufirmen zu Besuch, um sich das Modell für die Untergrundwelt anzusehen. Auf die spannende Ausschreibung hatten sich insgesamt dreißig Unternehmen aus ganz Europa beworben, drei wurden eingeladen. Innerhalb einer Woche sollten sie ein Angebot unterbreiten. Zuerst führte Nadine Grosfuß zwei Ingenieure der Firma Grundmann aus Grummbeck in den Besucherraum. Das Unternehmen hatte unter einer bestehenden Wohnsiedlung die komplette Kanalisation neu aufgebaut, was in der Branche als Meisterleistung galt. Die beiden Herren sollten sich schon mal setzen, ihre Gastgeber wären gleich da. Getränke standen auf dem Tisch, Kaffee, Tee und viel Kakao. Wenig später betraten Lukas Neubert, Matthias Albrecht und die drei Fleddersöhne den Raum und begrüßten die Herren fröhlich. Die nickten irritiert. Der Chef würde sicher gleich hinzukommen. Sie setzten sich und warteten. Damit hatten jungen Leute gerechnet und genossen es, dass ihr kleines Spiel funktionierte.

„Ist der lecker!“ Jupp Fledder hatte sich Kakao in einen

Becher gefüllt und saß da mit Schokoladenschnute. Jörn und Jupp holten schnell auf. War das hier eine Kinderparty? Die beiden Grundmänner waren verunsichert und schwiegen weiter.

„Schön, dass Sie da sind, meine Herren. Danke für Ihr Interesse an einer Zusammenarbeit", eröffnete Lukas Neubert das Gespräch. „Nehmen Sie sich gern Kaffee oder Tee, wenn Sie mögen. Dann legen wir auch gleich los."

„Warten wir nicht auf Herrn Peter?", fragte einer der beiden vorsichtig.

Wurden sie hier verschaukelt? Der Azubi ignorierte die Frage und stellte die vier anderen und sich als Verantwortliche für das Tiefbauvorhaben vor. Herr Peter würde sich später gern das Angebot der Firma Grundmann ansehen. Die Gäste lächelten verkrampft. Sie sollten sich von Kindern und Jungspunden sagen lassen, was sie zu tun hatten? Zeit für eine neue Erfahrung.

Zuerst wurde das Video gezeigt, dass auf der Internetseite www.e-s.de alle diejenigen sehen konnten, die sich registrieren durften. Ein Vorgeschmack. So etwas hatten die Tiefbauer noch nie gesehen. Es wurde immer merkwürdiger. Danach legte Matthias Albrecht ihnen seine Zeichnung vor, auf der sie etwas genauer erkennen konnten, wie die Untergrundwelt später aussehen sollte.

„Das ist alles sehr interessant, aber für ein Angebot brauchen wir ein maßstabsgetreues Modell", sagte der ältere der beiden Gäste.

„Oder sollen wir irgendwas bauen, das so ähnlich aussieht wie eure, ähm, Ihre Zeichnung?"

Das war das Signal für die drei Fledderboys.

„Moment mal!", rief Jockel.

Sie sprangen auf und liefen in den Nebenraum, kamen wieder mit einem großen Tisch auf Rollen, den sie vor sich herschoben.

„Dann zeigen wir Ihnen mal unser Modell", sagte Jockel.

Das hörte sich schon besser an.

„Eins, zwei, drei!" Gemeinsam lüfteten die drei Buben das Tuch.

„Tatatataaaa!"

Voller Freude sprangen sie hin und her und sahen die beiden Ingenieure erwartungsvoll an.

Das war absurd. Erst mussten sie mit kakaoschlürfenden Kindern und Grünschnäbeln reden, eine Comiczeichnung ansehen und bekamen nun auch noch ein Gebilde aus hunderten von Legosteinen vorgestellt. Es reichte.

„Wenn Herr Peter an einer ernsthaften Zusammenarbeit mit der Firma Grundmann interessiert ist, kann er sich gern melden", sagte einer der beiden.

Sie verließen grußlos den Raum, hatten sich das Modell noch nicht einmal angesehen. So viel Ignoranz war neu für die erfolgsverwöhnten Jungen. Erwachsene eben. Nadine Grosfuß schaute besorgt durch die Tür. Sie fühlte sich verantwortlich für die Truppe. Ein fast mütterlicher Zug, der sie selbst sehr überraschte. Sie schmunzelte, als sie die niedlichen Kakaomünder sah.

„Ist alles in Ordnung?"

„Ist klar", sagte Matthias Albrecht, „die sind noch nicht so weit." Zum zweiten Gespräch erschien Graziano Parpadello aus Mailand. Sein Unternehmen Ingegneria Milano hatte schon interessante Projekte umgesetzt und schien sehr geeignet für das Grusellabyrinth. Filmkulissen und diverse internationale Preise sprachen für die Italiener. Zur Sicherheit hatte der

Firmenchef einen Übersetzer dabei. Als er die junge Bande sah, rief er erfreut:

„Ciao Ragazzi, guten-eh Tag-eh!"

Er gab jedem die Hand und stellte sich vor. Er käme aus Pizzaland, hätte aber leider keine dabei, weil er sie auf der Reise selbst gegessen hätte. Einfach zu lecker. Er lachte schallend und ansteckend. Das Team stellte sich vor und legte los. Italiener mögen Kinder. Parpadello hörte aufmerksam zu und schnitt bedeutungsvolle Grimassen. Als er das Legomodell sah, staunte er.

„Mamma mia! Molto bene!"

Er bedankte sich für die gute Unterhaltung und fragte, wann Padrone Peter für das nötige Gespräch unter Erwachsenen käme. Sein folgender Wutausbruch wurde nicht übersetzt. Zu laut, zu schnell, zu viele Worte. Laut fluchend stürmte er aus dem Raum.

„Stupido! Incredibile!"

Die jungen Leute fühlten sich nicht beunruhigt. Aber es war für sie neu, dass erwachsene Menschen so ängstlich sein können. Daran wollten sie sich noch nicht gewöhnen. Nadine Grosfuß kündigte den letzten Besucher an. Herein kam Elias Grubner, der Juniorgeschäftsführer des Oberklemmbacher Unternehmens Team Tief, das sich unter seiner Regie von einer langweiligen Buddelbude zu einem modern denkenden Tiefbauunternehmen für Spezialaufgaben entwickelt hatte. Einer der größten Vergnügungsparks des Landes fußte auf Grubner-Fundamenten. Das Kanalsystem des Oberklemmbacher Zoos ging auch auf sein Konto. „Wo andere aufgeben, fangen wir erst an", hieß es auf der Website, die aussah wie die von einer Rockband. Junge, kräftige Mitarbeiter mit leuchtenden Augen und voller Tattoos. Es lief anders. Elias Grubner kam herein, sah das Legomodell und sonst erstmal nichts.

„Das ist ja der Hammer! Voll mein Ding!“

Er war als Grundschüler schon legoverrückt. Seine Eltern meinten, das läge daran, dass sie ihn im Alter von sieben Jahren nach einem Ausflug ins dänische Legoland dort vergessen hatten. Erst nach zwei Stunden auf der Rückfahrt fiel ihnen auf, dass sein Bruder Aron hinten im Auto allein saß. Als sie nach weiteren zwei Stunden wieder im Land der Steine ankamen, hatte der Park schon geschlossen. Es brauchte noch eine Stunde, bis die Sicherheitsfirma sie ausnahmsweise hineinließ. Alle suchten fieberhaft nach dem Jungen, der unauffindbar war. Als kaum noch Hoffnung bestand, bemerkte einer der Sicherheitsmänner in der Nähe des Ausgangs eine drei Meter hohe Burg, die er vorher noch nie gesehen hatte. Sie stand auf einem dicken Fundament aus grauen und braunen Legosteinen, darunter war ein offenes Abwassersystem zu sehen, durch das gerade eine gelbliche Flüssigkeit floss. Fenster und Türen der Burg waren geschlossen. Nun gut, ein Gebäude mehr, dachte sich der Mann und zuckte mit den Schultern, als er und alle anderen jemanden pfeifen hörten. Es war kaum zu hören und kam offenbar aus der Burg. Das Lied kannten die Grubners doch, *Something's in the water*. Besonders den gepfiffenen Mittelteil mochte Elias sehr. Allerdings pfiff er den nur, wenn er auf der Toilette saß. Nun riefen alle gleichzeitig seinen Namen und klopften an die Burg. Erst passierte nichts, das Pfeifen hatte aufgehört. Sie riefen weiter. Dann öffnete sich eines der Fenster, und Elias Grubner schaute strahlend heraus.

„Ich war eben noch auf dem Klo und musste mir die Hände waschen. Müssen wir schon wieder nach Hause fahren?“

Der Junge hatte in fünf Stunden ein riesiges Gebäude errichtet und sich in seinem Eifer darin eingemauert. Sie mussten ein paar Steine entfernen, damit er, widerstrebend, aus dem

Fenster klettern konnte. Sie machten noch schnell Fotos von dem Bauwerk und traten den Heimweg an.

„Wer hat das gebaut?“, rief der begeisterte Elias Grubner in den Raum und sah erst jetzt die anderen.

„Na, wir“, kam von Jockel Fledder, wobei er auf seine Brüder und sich zeigte.

„Und was ist das?“, wollte Grubner wissen. Das würden sie ihm alles jetzt erklären, sagte Lukas Neubert. Dann war Stille. Elias Grubner blickte in die Runde und grinste wie ein Breitmaulfrosch.

„Ihr meint das ernst, oder?“

Fünf Köpfe nickten.

„Bombe, ich fasse es nicht. Müssen wir das alles aus Lego bauen?“

Alle lachten lauthals. Der Mann hatte Humor und nahm die Sache dennoch ernst. Er fragte nicht nach dem Chef und er lief auch nicht weg. Sie zeigten ihm den Parkplatz, unter dem das Kanallabyrinth entstehen sollte. Grubner fragte nach der Statik, die doch sicher sehr komplex wäre. Im Gegenteil, die wäre kein Problem, sagte Matthias Albrecht. Sie führten ihn durch eine Stahltür in ein ungenutztes Schutzbunkersystem unter dem Parkplatz, das schon seit Jahrzehnten existierte. Räume, Türen, Luftschächte, dicke Wände, sogar Toiletten waren zu sehen.

„Das macht es einfach und spart eine Menge Zeit“, staunte Grubner. Seine Leute könnten die Schächte bauen, Rohre verlegen, Durchbrüche machen, wo nötig. Er verabschiedete sich und versprach ein Angebot bis Ende der Woche. Das Legomodell hatte er fotografiert.

Alle Neune (Donnerstag, 25.8.22)

Am Monatsende war in der Abteilung Betriebliches Vorschlagswesen immer am meisten zu tun. Die Verbesserungsvorschläge der Mitarbeiter mussten ausgewertet und in einem Bericht zusammengefasst werden. Die Geschäftsführung erwartete Empfehlungen, über die sie dann entscheiden konnte. Die Mitarbeiter waren zur Verschwiegenheit verpflichtet. „Hört mal, hier schlägt einer Sitzheizungen in allen Schreibtischstühlen vor, weil das Energie spart", trötete Jochen Diepmann. Das löste sofort groteske Bilder in allen Köpfen aus.

„Ha ha, heiße Hintern für alle. In den Abstufungen raw, medium und well done!", kommentierte ein Kollege. Alles grölte. Verschwiegen eben. Ein anderer Vorschlag betraf die Gerüche in den Großraumbüros, in denen bis zu acht Mitarbeiter saßen. Die Luft sollte aromatisiert werden, damit die Ausdünstungen erträglicher würden. Montags Melisse, dienstags Minze und so weiter.

„Dann können wir Dauerkarten für die Wellnessoase Peter verkaufen", frotzelte einer.

Buschido lag faul unter Jan Fledders Schreibtisch, wo sie sich nach einer Runde durch den Regen zum Trocknen hingelegt hatte. Sie wollte heute keine Leckerli und bewegte sich schon seit Tagen schwerfällig und unlustig. Musste man sich Sorgen machen? Bert Grabowski sah sie häufiger in ihrer Deckenlandschaft im Schuppen wühlen, wo sie dann stundenlang einfach nur lag und schlief. Die Tür sprang auf, und Johannes Friemel fegte herein.

„Sind die Vorschläge endlich fertig?"

Der Hund knurrte leise. Jan Fledder legte ihm eine Hand auf den Kopf, um ihn zu beruhigen.

„Wonach riecht das denn hier? Sie sollten wenigstens einmal im Monat lüften, meine Herren. Das stinkt ja wie im Pumakäfig."

Über seine Witze konnte wie immer niemand lachen. Friemel rümpfte die Nase. Bevor er ging, wollte er noch wissen, ob jemand Jeremias Peter gesehen habe. Nur Fledder wusste, dass der fast nur noch im Tierheim war. Er sagte kein Wort. Friemel hatte die Tür offen gelassen. Eine Marotte, die er sich von Hans Karl Peter abgeschaut hatte, der das aber weitaus souveräner gestaltete, beinahe majestätisch. Wenn er raus war, wagte es keiner, die Tür zu schließen. Friemel hörte auf dem Gang hinter sich: „Auch Geschäftsführer können Türen zumachen!" Buschido quälte sich auf die Beine und trottete in die andere Richtung aus dem Büro.

„Vielleicht sollten wir einen Tierarzt anrufen", sagte der besorgte Martin Eggers. Für die Rechnung würden sicher alle zusammenlegen. Die anderen stimmten zu und starteten eine Telefonkette und alle Kollegen, die sich als Teilpaten der Hündin verstanden, waren dabei. Personal, Buchhaltung, Kantine, Vertrieb, Entwicklung, Controlling, die Gärtner und selbst der immer schlechtgelaunte Hausmeister. Tierarzt Doktor Axel Steinmann würde am späten Nachmittag vorbeikommen, wenn die Sprechstunde beendet sei. Bert Grabowski übernahm die Aufgabe, den Hund bis dahin im Auge zu behalten, und versprach, die anderen zu informieren.

Um sechzehn Uhr sah Hausmeister Krause aus seinem Bürofenster das Auto des Tierarztes auf dem Parkplatz eintreffen.

Eilig fing er ihn ab und führte ihn hinter das Hauptgebäude in den Garten.

„Warum so geheimnisvoll?", fragte Steinmann.

„Ach, das ist eine lange Geschichte."

Krause wollte das lieber für sich behalten. Steinmann war beeindruckt von der gepflegten Anlage und bestaunte die exotischen Pflanzen.

„Wem gehört denn der Hund?", wollte er wissen.

Das sei eine noch längere Geschichte. Sie trafen auf Bert Grabowski, der den Arzt begrüßte und sich freute, dass er da war.

„Gehört Ihnen der Hund?", machte der noch einen letzten Versuch. Ein letztes Mal keine Antwort. Der Gärtner erklärte kurz, was ihnen an dem Tier in den letzten Tagen aufgefallen wäre und dass sie das gern medizinisch abklären lassen wollten. Nun schwieg der Doktor und nickte beleidigt. So eine Geheimniskrämerei. Hundebesitzer waren sonst viel mitteilsamer. Er könnte Bücher füllen mit den vielen Geschichten, die er sich täglich in seiner Praxis anhören musste. Bert Grabowski hatte die Tür des Schuppens vorsichtshalber geschlossen, damit Buschido nicht auf Tour gehen konnte. Er ahnte nicht, dass sie das gar nicht vorhatte. Steinmann, Krause und Grabowski betraten den Schuppen und rissen gleichzeitig ihre Augen auf. Sie sahen die Hündin regungslos auf der Seite liegen, mit dem Rücken zu ihnen.

„Oh, nein!", rief Grabowski und schlug die Hände vors Gesicht. Krause stockte der Atem. Keiner der beiden bewegte sich.

„Warten Sie, meine Herren." Axel Steinmann ging vorsichtig auf die Hündin zu, beugte sich zur ihr und legte dann eine Hand auf ihren Kopf.

„Das hast du sehr gut gemacht."

Dann winkte er die beiden anderen zu sich und hielt dabei einen Zeigefinger vor seinen Mund. Langsam traten sie näher. Der Gärtner schlug schon wieder seine Hände vors Gesicht, er hätte sie gleich dort lassen können. Der Hausmeister hatte gar nicht erst ausgeatmet und lief allmählich blau an. Neun winzige Welpen lagen an Buschidos Bauch und nahmen ihre erste Mahlzeit ein. Alle noch blind, und einer süßer als der andere.

„Ach du meine Güte!"

Grabowski kniete sich neben die Mama und streichelte sie fürsorglich. Sie hatte die Geburt ohne fremde Hilfe hinter sich gebracht und war nun völlig erledigt. Der Tierarzt untersuchte sie und die Kleinen, es war alles in bester Ordnung. Vier Rüden und fünf Hündinnen in allen denkbaren Farben. Er schrieb ein paar Ernährungstipps für Mutter auf, dazu Termine für Routineuntersuchungen, Impfungen und Entwurmung.

„Auf welchen Namen darf ich die Rechnung ausstellen?"

Die brauchten sie nicht, Grabowski bezahlte bar.

Die gute Nachricht sprach sich in Überschallgeschwindigkeit im Unternehmen herum, auch bis zu Jeremias Peter. In den Büros wurde gejubelt, hier und da flossen Tränen, auf den Gängen fielen sich Menschen in die Arme. Hätte die Frau des Chefs Neunlinge geboren, hätte niemand mit der Wimper gezuckt. Dieser krasse emotionale Unterschied müsste erforscht werden. Alle wollten die Welpen sehen und am Glück der Hündin teilhaben und fühlten sich verantwortlich. Hatte je ein Hund so viele Besitzer?

Tops und Flops (Freitag, 26.8.22)

Das Team Fünfzig hatte eine lange Sitzung vor sich. Wie immer gingen sie die Checkliste durch, hakten erledigte Dinge ab und besprachen die nächsten Schritte. Heute stand die Auswertung der Anmeldungen für die Jubiläumsfeier auf der Tagesordnung. Ansgar Buchs und sein IT-Team hatten arbeitsreiche Tage hinter sich. Er zeigte zunächst eine Statistik. Von den dreitausend unerwünschten Personen hatten sich alle, er wiederholte, ALLE versucht zu registrieren, viele sogar mehrfach, mit erfundenen Namen oder anderen E-Mail-Adressen. Mehr als fünfhundert hatten angerufen, erst freundlich auf technische Probleme in der Anmeldungsmaske hinweisend. Da wäre alles in Ordnung, bekamen sie alle als Antwort. Darauf waren sie unwirsch und ungeduldig geworden, hatten wegen des offenbar vorliegenden Missverständnisses verhandeln wollen. Nicht möglich? Dann waren sie pampig und ausfallend geworden. Alle fünfhundert. Das würde Konsequenzen haben. Sie würden sich bei Herrn Peter beschweren. Die IT-Abteilung hätte ihre Qualifikation offenbar im Spielzeugladen gekauft. Ein rechtskonservativer Politiker, der stets nur zum Büfett erschien, sagte, eine Feier ohne ihn wäre ungültig. Seine ultralinke Stadtratskollegin wollte die Gleichstellungsbeauftragte des Landes einschalten. Andere schimpften, die Peter-Pampe würde ihnen sowieso nicht schmecken. Der örtliche Großunternehmer Mehmet Faad drohte mit einer Klage wegen Diskriminierung. Diesen unglaublichen Vorgang würde er in die Presse bringen, zeterte Gewerkschaftsboss Andreas Krater. Die Liste der Ausraster und Beschimpfungen war mehr als zweihundert Seiten lang. Das Buchsteam hatte auf Wunsch von Hans Karl Peter alles erfasst. Damit wollte er sich später eingehend beschäftigen. Die angekündigte Feier hatte einen derartigen Hype ausgelöst, dass es einer gesellschaftlichen Ächtung gleichkam, nicht dabei sein zu dürfen. Es braucht nicht viel, um das schmale Selbstbewusstsein von Menschen zu erschüttern, die sich bedeutungsvoll geben, ohne es zu sein.

Erwartungsgemäß hatte sich nicht jeder angemeldet, der gedurft hätte. Lukas Neubert, Björn Paulsen und Matthias Albrecht lagen ganz richtig mit ihrer Einschätzung. Etwas mehr als tausendfünfhundert waren es, davon fast vierhundert Mitarbeiter mit Angehörigen. Abschreckung, Geschmacklosigkeiten und Warnungen hatten gut gewirkt. Nichts für Weicheier eben. In den Familien gab es heftige Diskussionen, Uneinigkeiten, Fassungslosigkeit über dieses schreckliche Unternehmen und Begeisterung über diesen irren Laden. Weil ein Ehemann unbedingt zu dieser „Gruselorgie" wollte, knallte seine Frau ihm den Scheidungsantrag vor die Füße. Eine Mitarbeiterin reichte ihre Kündigung ein, weil sie sich für die Firma schämte. Es gab allerdings auch zahlreiche Bewerbungen von Menschen, die unbedingt in der Peter GmbH & Co. KG arbeiten wollten. Einer gab als Qualifikation an, er sei lupenreiner Alkoholiker und tränke täglich zwei Flaschen Sausepeter. Die größten Dramen spielten sich zwischen Kindern und Eltern ab, weil sie sich um ihren Nachwuchs sorgten und diese Attacke auf dessen Seelenheil nicht verantworten wollten. Mancher Sprössling wollte sich neue Eltern suchen oder zu den Großeltern ziehen, andere gingen in den Hungerstreik oder freiwillig in Stubenarrest. Einige gingen aus Protest im Schlafanzug oder gar nicht mehr in die Schule, was für die

Eltern unangenehme Folgen hatte, auch weil es ganz groß in der Zeitung stand. Im Jugendamt des Landkreises glühten die Leitungen. Erzürnte Kinder und Jugendliche beklagten sich über Bevormundung, Freiheitsberaubung und psychische Gewalt im Elternhaus, ratlose Eltern baten um Beratungstermine wegen nie dagewesener Erziehungsprobleme. Ein Junge warf seinen Eltern vor, er wäre schon immer unerwünscht gewesen, er hätte nun den Beweis, und sie sollten ihn zur Adoption freigeben. Die junge Generation spielte ihr ganzes erpresserisches Potenzial aus, oft mit Erfolg. Wer es noch nicht drauf hatte, lernte es schnell. Training on the Job. Die Stadt war in Aufruhr.

Das Team kam nun zur Auswertung der Anmeldungen. Die Antwort auf die Frage nach dem Verkaufsstart des Sausepeter hatte das System automatisch erledigt, denn es gab nur falsch oder richtig. Anders war es mit den eingereichten Videos und Zweizeilern, die einzeln bewertet werden mussten. Jeweils vierhundert. Was sich nicht reimte, flog raus. Ungültige Filme führten auch zum Ausschluss. Damit es schneller ging, teilten sie sich in zwei Gruppen auf, eine für Videos, eine für Gedichte. Hans Karl Peter kam dazu, denn das wollte er sich nicht entgehen lassen. Die Videojury zog um in den Medienraum, der Chef blieb bei der Poesie. Alle Videos begannen gleich und zeigten Menschen, die in das Alkoholkontrollgerät bliesen, um zu zeigen, dass sie nüchtern waren. Viele kippten dann wortlos ein Glas Sausepeter nach dem anderen und pusteten wieder, wenn ihnen warm wurde oder ihre Laune sich besser anfühlte. Wenn null Komma fünf Promille erreicht oder überschritten waren, endeten die Clips meistens kommentarlos. Es gab aber auch nach oben zeigende Daumen und herausgestreckte

Zungen. Ein Bewerber hatte zu schnell getrunken, lief rot an und bekam einen heftigen Schluckauf, der ihn von den Beinen holte. Zwei Mitarbeiter des Betriebshofes gingen euphorisch zur Sache, vergaßen aber leider beim Trinken das Messen des Alkoholpegels. Nach acht Gläsern Quittenbrand fielen sie vornüber. Als sich einer von ihnen hochrappelte, war ein Glas seiner Brille zerbrochen. Das war ein Sonderfall für die Jury, denn er hatte es ernsthaft versucht. Also erklärten sie das Video für gültig. Hätten sie gewusst, dass der Mann noch nie zuvor Alkohol getrunken hatte, hätten sie Mitleid gehabt. Beim Trinken nicht erkannt werden wollte eine Mitarbeiterin, die sich eine Sturmhaube aufgesetzt hatte. Es galt trotzdem. Das Entwicklungsteam hatte sich zusammengesetzt und trank sich gemeinsam der Schallgrenze entgegen. Als sie diese erreicht hatten, riefen alle zugleich: „Och, schade!“ Zehnmal dasselbe Video, aber gültig. Auf Gemeinsamkeit setzten auch die drei Vorstandsmitglieder des Oberklemmbacher Tigers Clubs und hatten eine Wette organisiert, an der jeder teilnehmen und auf einen von ihnen setzen konnte. Sieger war derjenige, der als erster fahruntüchtig wurde. Die Wetteinsätze wollten sie einem Kinderheim spenden. Das Vergleichspicheln fand unter Aufsicht des ehemaligen Fußballbundesligaschiedsrichters Herbert Weiß statt. Nach jedem Glas wurde kontrolliert. Es kamen mehr als vierhundert Euro zusammen, es gab nur Gewinner. Postbote Hubert Blumke trank aus Prinzip keinen Alkohol. Auf seinem Video sah man an dessen Stelle seinen Bruder Gero, von dem man das nicht sagen konnte. Als er das Limit erreichte, nahm ihm Hubert das Glas weg.

„Schluss jetzt, du Schnapsnase!“

Gero setzte darauf die Flasche an den Hals. Schlimm, aber gültig. Karin Tuppke, Geschäftsführerin des Großhandelsunternehmens Schnaps & Drossel, hatte sich etwas Besonderes ausgedacht, ein kleines Rollenspiel auf dem Firmenparkplatz. Sie saß am Steuer ihres Autos und trank ein Glas Sausepeter nach dem anderen. Ihr Mann war als Polizist verkleidet und kontrollierte Papiere und Promille.

„Haben Sie Alkohol getrunken?“, fragte er.

„Nein, nur Sausepeter.“

Der Polizist wollte auch ein Glas. Es wurden mehrere. Im Hintergrund sah man Menschen aus Bürofenstern hängen und hörte sie *Einer geht noch rein* singen. Dann fuhr sie los. Und rammte die zwei vor ihr stehenden Fahrzeuge. Beifall aus den Fenstern. Die Jury sah viele Kinder, die mutig reinen Quittensaft herunterspülten. Das obligatorische fröhliche Gesicht fiel ausnahmslos allen schwer. Doch sie wussten, was sie wollten. Also runter damit. Alle gültig. Nicht im Film zu sehen waren die Jungen und Mädchen, die danach sofort zum Klo hasteten, einen Würgereiz bekamen oder sich in einen Eimer erbrachen. Einige spülten sofort nach Ende der Aufnahme literweise Wasser und Milch herunter. Hinter der Kamera waren Väter oder Mütter, die sich ein hämisches Lachen nicht verkneifen konnten. Besonders kreative Familien luden Videos hoch, auf denen Eltern und Kinder gemeinsam beim Trinken zu sehen waren. Die Erwachsenen zeigten die Messskala des Pusters, die Kinder ihre gelbe Zunge. Gültig. Aber es gab auch ungültige Aufnahmen. Einige hatten den Inhalt der Schnapsflasche offensichtlich gegen ein anderes Getränk mit ähnlicher Farbe wie Quittenbrand ausgetauscht. Ein ganz Schlauer hielt nur das Messgerät vor die Kamera und rief: „Fertig!“ Ungültig.

Die Lyrikkommission begutachtete derweil die Ergüsse der Privatpoeten. Reihum las einer ein paar Zweizeiler vor, dann der nächste und so weiter. Das war leichter gesagt als getan, denn manches las sich schwer und holperig, war unglaublich blöd oder komisch. Was sich auch beim besten Willen nicht reimen wollte, flog raus. Alles andere wurde durchgewinkt. Manches konnte man sich ja schönbiegen. Nach den ersten zwanzig Werken bestellte Hans Karl Peter Sausepeter für alle, damit die Jury die sprachlichen Zumutungen ertrug, besonders er selbst.

„Erst trink' ich Sausepeter, die Brause kommt dann später."

„Herr Peter macht ganz tollen Brand, der in der Welt ist sehr bekannt." Es ging schlechter:

„Woll'n se ma was Gutes saufen, müss'n se was vom Peter kaufen."

„Den Peter gibt es fünfzig Jahr, es ist, als war er immer da."

„Ohne Schnaps von Peter, geh' ich keinen Meter."

„O Peter, o Peter, wie schön ist dein Schnaps, so voller Prozente und gelb wie der Raps."

Das war von Bruno Kugler, der im Auftrag Gedichte für Hochzeiten und Geburtstage schrieb. Die Auftragslage war etwas dünn.

„O Gott, gib' Peter Kraft, dann hat er reichlich Quittensaft."

„Manch einer wird mit Fritten groß, dem Peter reichen Quitten bloß."

Die Schlusslichter der inoffiziellen Skala von gut bis mies:

„Es tut dem Peter sehr gefallen, wenn alle voll von Quitte lallen."

Und: „O Peter, o Peter, du bist unser Held, mit Schnaps verdienst du seit Jahrzehnten Geld."

Aber es wurden auch ein paar brauchbare Zeilen vorgetragen.

„Der Peter ist stark, die Quitte ist sauer, nach fünfzig Jahrzehnten weiß man's genauer."

„Nach fünfzig Jahren kommt es heraus, Peter ist immer 'ne Quitte voraus."

Dann reichte es aber auch. Es war fast Mitternacht. Lukas Neubert sah Hans Karl Peter an und grinste.

Das ganze Team Fünfzig setzte sich wieder zusammen und trug die Namen derer zusammen, die das Hindernis Film oder Gedicht gerissen hatten. Sie wollten nicht zu streng sein, aber es waren doch mehr als fünfzig. Es blieben eintausendvierhundertundfünfzig Menschen, die zur Feier zugelassen werden konnten und in den nächsten Tagen per E-Mail informiert werden sollten.

Kaffee und Kuchen (Samstag, 27.8.22)

Am Samstag musste Jeremias Peter nicht ins Tierheim. Alle anderen Mitarbeiter hatten Corona überstanden und waren, bis auf Nancy, wieder im Einsatz. Seiner engsten Vertrauten, Nancy, hatte er von Buschido erzählt und sie um Rat gefragt. Sie war sehr gerührt von der großen Anteilnahme der Mitarbeiter des Unternehmens und fand, so eine tolle Geschichte müsse verfilmt werden, mindestens aber in die Zeitung. Die beiden besuchten die Hündin in ihrem Schuppen, wo sie auch Bert Grabowski trafen. Die Welpen waren putzmunter, quiekten und krochen übereinander. Mama Buschido hatte sie alle im Blick, während sie begutachtet und auf den Arm genommen wurden. Auf einem kleinen Tisch lagen dreißig Listen mit Namensvorschlägen in alphabetischer Reihenfolge, getrennt nach Rüden und Hündinnen. Ada, Burz, Cäsar, Dori, Ernie, Fummel, Gundel, Hasso, Isi, Jeppi, Koko, Lina, Momo, Nana, Otto, Paul, Quicky, Rabauke, Tomtom, Ucki, Vasco, Wastl, Xoxy, Yps und Zorny. Daneben weitere Listen mit Terminen für Tierarztbesuche, in die sich viele Mitarbeiter eingetragen hatten, um die Kleinen dort hinzubringen. Andere wollten in der Zeit auf Buschido aufpassen. Hausmeister Krause hatte bunte Halsbänder in neun verschiedenen Farben gebastelt, damit man die Babys auseinanderhalten konnte. Niemand hatte ihm so viel Fürsorge zugetraut. Der Krause! Seit der Geburt vor drei Tagen riss der Besucherstrom nicht ab, sodass Bert Grabowski Ruhezeiten für die Hunde eingeführt hatte. Im Unternehmen hatte sich etwas verändert, viele Kollegen spürten eine gemeinsame Verantwortung. Es gab kaum ein anderes Thema als die Hundefamilie und was nun aus ihr werden sollte, außer der Frage, wie lange sie das vor Hans Karl Peter geheim halten könnten. Es käme einer Katastrophe gleich, wenn er in seinem zu erwartenden Jähzorn sofort alles unterbinden würde. Insgeheim wurde schon eine Petition vorbereitet, mit der sie Hans Karl Peter unter Druck setzen wollten. „Entweder die Hunde bleiben, oder wir gehen!" Die Optimisten erinnerten an die Tanzgruppe, die weiterhin in der Kantine ihre Auftritte hatte und für Stimmung sorgte. Aber richtig sicher war sich niemand.

Nancy, Jeremias Peter und Bert Grabowski setzten sich auf den Boden neben die Hundefamilie, tranken Kaffee aus einer Thermoskanne.

„Wer möchte Kuchen?"

Keiner war überrascht, als Jonas Mischke und Lasse Gudsen den Schuppen betraten, einen großen Karton mit Kuchen in den Armen. Für Buschido hatten sie leckere Fleischsnacks dabei. Und dann redeten sie.

Johannes Friemel wartete derweil vergeblich auf Jeremias Peter, der den gemeinsamen Termin wohl vergessen hatte.

Familiensache (Sonntag, 28.8.22)

Ohne ihren Mann zu informieren, hatte Gisela Peter zu einem Familientreffen eingeladen. Es war Zeit für klare Worte, darin waren Fiona und sie sich einig. Zur Not wollten sie ihre Ehemänner zu deren Glück zwingen. Als sein Sohn samt Familie vor der Tür stand, staunte Hans Karl Peter nicht schlecht. Wann hatten sie sich zuletzt zu viert getroffen? Er konnte sich nicht erinnern. Die kleine Fee wollte sofort auf Opas Arm. „Daba!" Als alle am Tisch Platz genommen hatten, eröffnete Gisela Peter die Tafel, die sie üppig mit Leckereien aus der örtlichen Markthalle gedeckt hatte. Oberklemmbach war eine der letzten Städte, die sich gegen ein großes Einkaufszentrum in der Mitte der Innenstadt entschieden hatte. Man konnte über die lokalen Politiker denken, was man wollte, aber dafür musste man Bürgermeister Vogel und dem Stadtrat dankbar sein. Der Einzelhandel dankte es mit einem reichhaltigen Angebot, für das die Menschen von weit herkamen. „Sehen, Fühlen, Riechen – Einkaufen mit allen Sinnen!", stand auf Plakaten überall in der Stadt. Das Gegenteil von Click &

Buy. Die Menschen tummelten sich in Scharen, trafen sich, kannten sich. Auch Gisela Peter war den Geschäften treu und kaufte meistens mehr, als sie brauchte. Das Frühstück dauerte lange, und alle aßen zu viel, einfach zu lecker. Fee hatte keine Lust auf den teuren Kinderstuhl und saß auf dem Schoß ihres Großvaters, dessen Hose auch schnell danach aussah. Alle wirkten zufrieden und entspannt. Ein guter Moment. Gisela Peter übernahm es, das Gespräch zu beginnen.

„Fiona und ich möchten gern mit euch über eine Familienangelegenheit sprechen. Es ist wichtig."

Beide Männer waren gleichermaßen überrascht und hatten keine Ahnung, worum es gehen könnte. Bislang hatte immer Hans Karl Peter alle Entscheidungen für die Familie gefällt und Fakten geschaffen. Gemeinsam über große Themen geredet hatten sie nie. Er räusperte sich und holte Luft. Dabei blieb es, denn seine Frau sah ihn streng und bestimmt an.

„Jetzt nicht, Hans!"

Auch das war neu. Fee wollte Kakao. „Daba!" In seiner Dreifachrolle als Ehemann, Vater und Großvater konnte er jetzt nicht aus der Haut fahren, ohne an Glaubwürdigkeit zu verlieren. Diesen Part konnte er von Montag bis Freitag spielen. Nachdem das geklärt war, erzählte Gisela Peter von den Sorgen, die Fiona und sie sich seit geraumer Zeit um Jeremias machten. Dessen psychischer Zustand schien alles andere als stabil und sich weiter zu verschlechtern. Das müsste doch einen Grund haben. Immer öfter müsste der Sprachprofessor helfen, die schlimmsten Nachwirkungen zu verhindern.

„Welche Nachwirkungen?", fragten Vater und Sohn unisono.

Fiona Peter sah ihren Mann traurig an. Ob er denn selbst gar nicht bemerkt hätte, dass er immer nach den Treffen mit diesem Friemel seine Krisen hätte, nach den unseligen Filmaufnahmen sogar schwere. Sie läge schließlich neben ihm, wenn er seine Alpträume hätte und in diesem Kauderwelsch laut herumschrie, bis ihre Tochter wach würde. Jeremias zuckte zusammen. Wollte er das hören? Sein Vater sah in die Runde, war vorher ahnungslos und jetzt konsterniert. Seine Frau übernahm wieder. Sie habe sich dann mit ihrer Schwiegertochter diese fünf merkwürdigen Filme angesehen, die sie in dem Medienraum ihres Mannes gefunden hatte. Hans Karl Peter wusste, er sollte jetzt lieber nichts sagen. Ihnen wäre aufgefallen, dass darin etwas merkwürdig war.

„Was soll das alles? Ich kann mich gut um mich selbst …", setzte Jeremias an. „Nein, kannst du eben nicht!", sagte seine Frau leise, aber bestimmt.

„Du fliehst doch immer nur ins Tierheim, nur da geht es dir gut!"

Tierheim? Hans Karl Peter hatte offenbar eine Menge verpasst.

„Kann mir bitte jemand erzählen, worum es hier geht?"

„Kann ich", erwiderte Fiona. „Wenn der von dir so hochgeschätzte Geschäftsführer für Sonderaufgaben meinen Mann auf seine Rolle als Geschäftsführer vorbereiten soll, ist er vielleicht nicht der Richtige. Vor diesen Coaching-Workshops ging es Jeremias auch nicht schlechter. Und diese fürchterlichen Filme sind eine Katastrophe. Hast du sie dir überhaupt mal angesehen?"

Das saß. Er hatte sie angesehen und festgestellt, dass sein Sohn meilenweit entfernt war von der nötigen Reife und Souveränität. Mit seiner Nachfolge war er offenbar überfordert. Aber Johannes Friemel würde ihm bald einen abschließenden Bericht mit Empfehlungen geben.

Gisela Peter ging in den Medienraum und holte den Rollwagen mit dem DVD-Player.

„So, jetzt sehen wir alle zusammen einfach mal genau hin!"

Keine Widerworte, nur große Augen. Sie sahen sich alle fünf Filme an, in denen Jeremias meistens eine gute Figur machte, bis kurz vor Schluss. Im entscheidenden Moment stoppte Gisela Peter die Wiedergabe. Nummer eins, freeze. Nummer zwei, freeze.

„Fällt euch etwas auf? Das Muster ist jedes Mal gleich."

Drei, vier, fünf. Hans Karl Peter sah es als erster und wollte etwas sagen.

„Vielleicht sollte Jeremias mal etwas dazu sagen", stoppte Fiona seine Ambitionen.

„Was macht der Kerl da mit dir?"

Bisher hatte ihr Mann es vermieden, sich mit diesem Desaster auseinanderzusetzen. Aber ins Tierheim konnte er jetzt nicht, und Tarzan war auch nicht greifbar. Die Filme hatte er sich nie angesehen, war nur froh, wenn die Aufnahmen vorbei waren. Doch jetzt wurde ihm klar, warum er am Ende immer die Fassung verlor. Es war ihm nie aufgefallen, dass er jedes Mal auf dasselbe Wort reagierte und in einen Strudel schlimmster Erinnerungen rutschte. Schottland! Danach war er fertig mit der Welt. Nur tierische Zuwendung konnte dann noch helfen. Das war aber noch nicht alles. Gisela Peter zeigte noch einmal alle fünf Schlusssequenzen und fror das Bild immer in der letzten Einstellung ein.

„Warum grinst der Friemel da so?", fragte Hans Karl Peter. Mehr sich selbst als die anderen.

„Fällt dir das erst jetzt auf? Du hast dir das doch ständig angesehen. Das sollten wir herausfinden", antwortete seine Frau.

Fiona Peter legte eine große Pappe auf den Tisch, auf der eine kleine Notiz geklebt war, die aus vielen Einzelteilen bestand. Überschrift „Exit JP". Die beiden Männer wunderten sich. Wie war das in die Hände ihrer Ehefrauen gekommen? Das war schnell erzählt. Auch Hans Karl Peter erkannte die Handschrift von Johannes Friemel und las ungläubig die wenigen Zeilen.

„Ich fürchte, Herr Friemel hat einen persönlichen Plan, für den er nicht bezahlt wird", mutmaßte er. Und dann sagte er etwas, das alle aus den Socken haute:

„Gisela, Fiona, das habt ihr richtig gemacht. Ich danke euch herzlich. Vielleicht habe ich etwas nicht mitbekommen."

Jeremias schwieg betreten. Fee war auf dem Schoß ihres Großvaters eingeschlafen. Ihr Köpfchen lag an seiner Brust. Seine tiefe, ruhige Stimme hatte sie eingelullt. So nah hatte er sich seinem eigenen Sohn selten gefühlt und genoss dieses friedliche Vertrauen seiner Enkelin.

Als die anderen den Tisch abräumten, blieb er noch sitzen und legte in einem unbeobachteten Moment verstohlen eine Wange an Fees Köpfchen. Ehefrauen sehen oft mehr, als ihre Männer glauben. Diesen Moment genossen die beiden auf ihre Weise. Hans Karl Peter verabredete sich dann noch mit Jeremias zu einem privaten Vier-Augen-Gespräch Im Rausgehen fragte er: „Und was ist das mit dem Tierheim?"

Touch of Asia (zur selben Zeit in China)

Große Vorfreude bei der Drink or Die Ltd. in Shanghai. Der Plan des Managements, Fabian Dengler zu erpressen, hatte besser funktioniert als erwartet. Ihren Drohungen, die Presse über seinen offenbar alkoholabhängigen Sohn zu informieren, hatten ihre Wirkung nicht verfehlt. Er hatte dem Druck nicht lange standgehalten und ihrem Stoßtrupp tatsächlich die Rezeptur des neuen Quittenbrandes der Peter GmbH & Co. KG auf einem USB-Stick zugespielt. Sogar der geheime Name des neuen Drinks war darauf. Sie hatten alles, was sie brauchten. Die einhunderttausend Euro als Entschädigung für Denglers zu erwartenden Jobverlust waren für sie Peanuts. Das sagt man heutzutage auch in China, wenn der Ganz Große Bruder gerade nicht zuhört. Die Übergabe in einer Tiefgarage war reibungslos verlaufen. Nur diese pathetische Heulerei hätte sich der Deutsche sparen können. Mitleid konnte er nicht von ihnen erwarten. Den Umschlag mit dem Geld hatten sie ihm verächtlich vor die Füße geworfen.

Im Entwicklungslabor der Drink or Die Ltd. arbeiteten seitdem Heerscharen von Weißkitteln im Akkord, mörserten, wogen, mischten, rührten, destillierten. Gleichzeitig bereitete die Vertriebsabteilung alles vor, damit der Verkauf in Deutschland beginnen konnte, sobald die Massenherstellung in der brandneuen Fabrik lief. Niemand störte sich daran, dass sie nicht selbst die Väter ihres Erfolges waren. Andere erfolgreich zu bestehlen und ihnen das Geschäft zu zerstören, ist eine unterschätzte Kunstform. Im Kampf der Systeme muss man es als höchste Anerkennung werten, vom Klassenfeind betrogen zu werden. Es gibt auch Menschen, die können ihre Wertschätzung für die Leistung anderer nur auf diese Weise ausdrücken.

Aufregung auch in der Führungsetage der Peking Drink Ltd., wo zeitgleich Ähnliches vor sich ging. Wie einfach es doch gewesen war, diesen dämlichen Bürgermeister zu schmieren und während der Führung durch das Unternehmen an das streng gehütete Geheimnis der Peter GmbH & Co. KG zu kommen.

Noch dazu in Anwesenheit des Eigentümers selbst. Ein bisschen Theater, ausgefeilte Spionagetechnik. Bingo! Die wenigsten Europäer wissen, dass dieses Glücksspiel bei den Chinesen sehr beliebt ist. Wann sie das gestohlen haben, wird noch ermittelt. Die Entwickler in Shanghai und Peking gaben grünes Licht, der Quittenbrand war hier wie dort fertig. Genau nach Rezept und Herstellanweisung. Die Geschäftsführungen konnten das Getränk nun verkosten und für die Produktion freigeben. Erwartungsvoll saßen die Topmanager beider Unternehmen, die sich nicht kannten, in prunkvollen Besprechungsräumen und sahen der Verkostung ihres neuen Coups entgegen. In den Flaschen schimmerte das sonnige Gelb des Brandes frisch und verführerisch. Nach dem Einschenken in kleine Probiergläser stieg ein leicht fauliger Geruch in alle Nasen, der den ersten Schluck zu einer Herausforderung machte. Für deren Bewältigung hätte man sich die Geschmacksnerven betäuben lassen müssen. Chinesen können das. In Asien isst man schließlich auch fermentierten Fisch. Am Anfang schmeckt er salzig und wird später faulig im Mund, erinnert an Flüssigkleber. Für Europäer jedenfalls. Wer so etwas erträgt, bleibt kerngesund. Also Prost! Die Deutschen finden die merkwürdigsten Dinge lecker, dachte man in Shanghai und Peking.

Daumen hoch (Montag, 29.8.22)

Der große Speisesaal im Restaurant Lecker Land war festlich hergerichtet. Frische Blumen, strahlend weiße Tischdecken, weiße Altarkerzen, feinstes Geschirr und Besteck.

Auf mehreren Rollwagen standen unzählige Schnapsgläser und fünfzig Flaschen mit gelber Flüssigkeit. Keine Etiketten. Die Peter GmbH & Co. KG hatte ihre dreißig wichtigsten Getränkegroßhändler, Inhaber von Delikatessengeschäften, Leiter von Supermarktketten und einige Eigentümer von Sternerestaurants eingeladen. Zur Verkostung und Präsentation des lang erwarteten Nachfolgers des Sausepeter kamen nur die Topleute. Ihr Urteil war entscheidend für den Verkaufserfolg. Ohne ihre Empfehlung und Überzeugung würde es schwierig. Hans Karl Peter begrüßte die Gäste mit einer kurzen Rede, die für seine Verhältnisse sehr fröhlich und locker ausfiel. Er freute sich darüber, dass alle seiner Einladung gefolgt waren. Der neue Quittenbrand sei ein Meilenstein in der Geschichte des Unternehmens und hätte das Potenzial, dass alle am Tisch daran gut verdienen könnten. Die Verwunderung konnte kaum größer sein. Hatte irgendjemand den eingebildeten Schnapsschnösel je so reden hören? Eher nein. Er stellte Jonas Mischke, Gisbert Guth und Björn Paulsen vor, die den Gästen nach dem Essen die wichtigsten Informationen geben und Fragen beantworten würden. Dann wurde die Vorspeise serviert, karamellisierter Ziegenkäse, gefolgt von Ochsenbäckchen mit Trüffelkartoffeln, und als Nachspeise diverse Sorten Sorbet. Die ausgewählten Weine waren die Krone der deutschen Winzergilde. Alles eine wahre Gaumenfreude. Nach einer Stunde wurde abgeräumt, und Hans Karl Peter fragte, ob jemand einen Schnaps brauche. Lautes Gelächter. Sie alle waren bester Laune, leicht gerötet und neugierig. Jonas Mischke berichtete über die lange Zeit der Entwicklung, Fortschritte und Rückschläge, gab Einblicke in die Arbeit seines Teams. Welche Kräuter kamen in Frage, welche nicht und wie harmonierten sie miteinander? Manche sehr, andere gar nicht. Geschmack, Konsistenz, Haltbarkeit und vieles mehr. Was denn nun alles drin sei, wollte einer wissen. Das Basisrezept dürfe er preisgeben, sagte Mischke: Quitten, Zimt, Gewürznelken, Schnaps, Zitronen, Kardamom, Weinbrand, Vanilleschote, brauner Kandis, Ingwer und Orange. Und einiges mehr, aber das war geheim. Das Mongolenkraut und andere Besonderheiten erwähnte er nicht.

Hans Karl Peter und seine Mitarbeiter wollten die Gäste ein wenig an der Nase herumführen und würden sie alle fünf Varianten des neuen Brandes kosten lassen. Das verrieten sie aber noch nicht.

„Liebe Gäste, hier nun eine Kostprobe unseres neuen Quittenbrandes für Sie, wir sind gespannt auf ihre Reaktion."

Jonas Mischke ließ ausschenken, den letztplatzierten Drink. Schmatzen, Schnalzen, Schlucken, Diskussion, Fachsimpeln. Alle fanden ihren Schluck lecker und auf jeden Fall eine Verbesserung im Vergleich zum Sausepeter. Einige baten um einen Refill, weil sie noch einmal „nachschmecken" wollten. Und noch einen. Zur Bewertung hatten alle runde Pappdeckelchen mit den Zahlen eins bis fünf und sollten nun ihr Urteil fällen, wie beim Eiskunstlauf. Viele Fünfen, eine Vier und eine Drei. Hans Karl Peter sah seine Mitarbeiter schelmisch an.

„Sind wir damit zufrieden, meine Herren?" Kopfschütteln.

„Aha", „Oho" und Applaus, als eine zweite Variante kredenzt wurde. Begeistert schmeckten sich die Gäste in die Welt der Quitte und waren sich einig: eine deutliche Verbesserung gegenüber der ersten Variante. Viele Fünfen, drei Vieren, keine Drei. Nach dem dritten Ausschank, der einmal mehr alle überraschte, wurde als schlechteste Note nur noch eine Vier gezückt.

„Dann haben wir Sie ja fast alle überzeugt“, frohlockte Hans Karl Peter.

„Was fehlt Ihnen denn noch zur Fünf, Herr Kloss?“, fragte er den Eigentümer des Restaurants Feinheit.

„Der Abgang könne noch etwas würziger und herber sein“, war die Antwort.

„Ungefähr so?“, fragte Peter und ließ die vierte Variante einschenken.

Die hatte schon ein wenig von dem Mongolenkraut. Die Durchschnittsnote war jetzt eine glatte Fünf. Alle am Tisch waren restlos überzeugt, dass dieser „Wahnsinnstropfen“ nicht nur ein würdiger Nachfolger des Sausepeter werden konnte, sondern Geschichte schreiben würde. Es fielen Worte wie „epochal“ und „zukunftsweisend“. Einer sprach gar von der Neuerfindung des Brandes an sich. Karin Tuppke von Schnaps & Drossel frohlockte, die Wolke für dieses heiße Getränk müsste Petrus jetzt mal schleunigst zusammenbauschen, die Nummer sieben wäre dafür zu schlapp. Supermarktgeschäftsführer Marc Seese tönte, dass sie zusätzliche Regale aufstellen müssten. Die Kunden seiner Kette Einfach Alles würden sich sonst um die Bestände prügeln.

„Se ham uns ganz schn reingelegt, Herr Peter!“, rief Klaus Peter Rennemann, Eigentümer der Delikatessenkette Gaumenfreude.

„Aba eins musman Ihn lasn, Schnaps könnse.“

Das nahmen die anderen zum Anlass für einen donnernden Applaus. Die Schlacht war gewonnen. Hans Karl Peter bedankte sich im Namen seines Unternehmens für die sehr erfreuliche Beurteilung des neuen Quittenbrandes.

„Dann können wir ja loslegen.“

Große Zustimmung. Peter schlug vor, dass sie auf diese schöne Einigkeit und eine erfolgreiche Zusammenarbeit anstoßen sollten. Jeder bekam ein letztes Schnapsglas mit Quittenbrand. Alle erhoben sich und ihr Glas für diesen feierlichen Moment.

„Auf die Zukunft, möge sie brennen!", sagte Hans Karl Peter mit seiner Richard-Burton-Stimme. Jeder am Tisch trank sehr langsam und vorsichtig, wollte den letzten Tropfen des Abends genießen. Das Zeug machte süchtig. Nach dem ersten Nippen Schweigen. Tiefes Einatmen nach dem zweiten. Erst wussten sie nicht, was da gerade passierte, dann dämmerte es den Ersten. Nach dem dritten Schluck eine einzige Eruption.

„Nicht zu fassen!"

„Ist das möglich?"

„Was ist denn nun los?"

„Herrgott, das gibt es doch nicht!"

„Herr Peter, Sie Teufel!"

Die Gäste überschlugen sich geradezu, übertrafen sich mit Elogen und Lobeshymnen. Auf diese fünfte Variante war niemand gefasst, und die haute sie um. Für diese bislang unerlebte Begeisterung fand kaum jemand passende Worte, weil die noch nicht erfunden waren. Als einziger Weg blieb ihnen die Flucht in unerwachsene Floskeln.

„Geiler Scheiß"; „abgefahrener Mist"; „sensationelle Sauce"; „fucking Irre".

Geeignete Vorschläge für einen Werbeslogan waren nicht dabei, dachte Björn Paulsen. Aber als Vorgeschmack auf die Reaktion der Kunden war das sensationell. Geschäftspartner geben sich in der Regel eher bedeckt, um noch einen Trumpf im Ärmel zu behalten. Als Taktik für Preisverhandlungen ist

Meckern besser als Euphorie. Hier aber hatten alle jegliche Zurückhaltung aufgegeben.

„Zehn, Zehn! Scheiß was auf die Fünf!", rief Kurt Krone. „Wir brauchen neue Kärtchen!"

Andere stimmten ein und jubelten mit.

„Zehn, Zehn, Zehn, Scheiß was auf die Fünf!"

Immer lauter, rhythmisch, alle zusammen. Ein Mordskrach entfaltete sich. Sie schlugen auf die Tische, sprangen auf Stühle und feierten die Zehn. Einige warfen Gläser hinter sich an die Wand, die klirrend zerschellten. Jemand warf eine Flasche durch den Saal, wobei er laut *Finnegan's Wake* sang. Erschrockene Kellner kamen gelaufen und verließen schockiert sofort wieder den Raum. Lars Lütke von der Firma Nimm 3! riss sich erst die Krawatte ab und dann das Hemd vom Leib. Dabei imitierte er mit rollendem R eine bekannte Werbung aus der Urzeit des Fernsehens:

„Komm Briederchen, trink!"

„Zu Befehl!", rief der Mann neben ihm und setzte eine Flasche Brand an den Hals und versuchte einen russischen Kasatschok zu tanzen. Runter in die Hocke und die Beine abwechselnd nach vorn schmeißen. Aus kontrollierter Hocke wurde spontane Rückenlage, die Beine zeigten senkrecht nach oben. An Aufstehen war in seinem Zustand nicht zu denken. Bernd Kallweit wollte ein selbstgeschriebenes Gedicht aufsagen, und Katrin Brandt stimmte einen bekannten Schlager an. Die ganze Szene erinnerte an eine irische Totenwache.

Das Mobiliar war nicht für große Belastungen ausgelegt, der ein oder andere Stuhl knarzte bedenklich. Einer gab nach, zu Ungunsten des darauf stehenden Günter Matt von der

Firma Rein & Runter. Er prallte erst mit dem Kinn auf den Tisch und dann in Gänze auf den Parkettfußboden.

„Der Matt ist platt!“, johlte seine Nachbarin Gesine Perschau. Matt war ohnehin sauer, dass man ihn neben diese arrogante Ziege gesetzt hatte. Er rappelte sich mit letzter Kraft und trat ihr gegen den rechten Knöchel, worauf sie vor Schmerz das Bein anzog und ihr Knie unter die Tischkante donnerte. Gläser und Flaschen fielen um. Das Knie schwoll augenblicklich auf Handballgröße an. Von unten schallte es: „Nene, nene, neeeene!“

Kurt Krampke rief nach Eis zum Kühlen für die arme Frau Perschau.

„Vanille oder Waldmeister?“, rief ein Witzbold.

Die Frau neben ihm brüllte ihn in voller Solidarität mit der Tischramme an:

„Sie ungehobelter Blödmann!“

Dabei bohrte sie ihren linken Pfennigabsatz in seinen rechten Fuß. Seine handgefertigten Schuhe aus dicken Pferdeleder verhinderten das Schlimmste. Der eine war aber hin.

Das Schlimmste verhindern wollte nun auch Hans Karl Peter und schlug vor, dass alle sich beruhigten und wieder setzten.

„Wo ist denn Herr Matt?“

Der brauchte noch eine Minute, bis er sein Gesicht auf Tischkantenhöhe hochgeschraubt hatte. Das schäbige Lachen kam von Gesine Perschau, deren dickes Knie ihre Hose nur nicht sprengte, weil der Stretchanteil höher als zehn Prozent war.

„Ich schlage eine zehnminütige Pause und frische Luft vor“, schlug Hans Karl Peter vor.

Allgemeine Zustimmung.

Als danach alle wieder im Saal waren, hagelte es Fragen. Was die Kunden bezahlen müssten, wie hoch der Einkaufpreis für den Großhandel war, wieviel Milliliter in den Flaschen wären. Hoffentlich auch genug Alkohol. Wie die Flaschen, Etiketten und Prospekte aussehen würden. Ob der Sausepeter auch weiterhin verkauft werden sollte. Und vor allem wollten sie wissen, wie der neue Quittenbrand heißen sollte. Alle Fragen wurden von Gisbert Guth beantwortet bis auf die letzte. Björn Paulsen stellte ein paar Ideen für die Werbung vor, aber da war es bereits wieder so laut, dass er einfach aufhörte zu sprechen.

Das Schlusswort hatte der Gastgeber. Er wünscht allen, dass sie gut nach Hause kämen, und überreichte jedem eine kleine Flasche für den Privatgebrauch. Innerlich lagen sie ihm dafür zu Füßen. Der Verkaufsstart wäre für die Woche nach der Jubiläumsfeier geplant, erwähnte er noch. Das war das Stichwort für nicht wenige, sich in dieser VIP-Runde in Erinnerung zu bringen. Ihre Registrierung zur Feier hätte aus technischen Gründen offenbar leider nicht geklappt. Andere gaben an, sich vertippt zu haben. Herr Peter könnte sie doch sicher schnell noch auf die Liste setzen. Nein, das wäre leider nicht möglich. Es war nicht einzusehen, dass Menschen, die keine oder nur eine der drei Aufgaben gelöst hatten, in den Genuss des Gruselns kommen sollten. Andere hatten sich mehr Mühe gegeben.

Ausfallend wurde niemand. Wohin soll man auch noch ausfallen, wenn man die Cheftaste schon erfolglos gedrückt hat?

Plötzlich laut (Dienstag, 30.8.22)

Das Familienfrühstück ließ Hans Karl Peter keine Ruhe. Er saß in seinem Büro und grübelte. Ihm war offensichtlich eine Menge entgangen. Hatte er Johannes Friemel zu viel Freiheit gelassen, und der hatte sie missbraucht? Vielleicht hatte er die fünf Filme, die Friemel ihm zur Ansicht gegeben hatte, zu sehr aus der Brille des ungnädigen Übervaters betrachtet und darin nur gesehen, was er erwartet hatte – einen zu jeder Art von Führung unfähigen Junior, der keine Courage und keinen Biss hatte. Das jedenfalls warf ihm seine Ehefrau vor, die sich in letzter Zeit sehr viel deutlicher zu Wort meldete, als sie das je getan hatte. Nach mehr als vierzig Jahren Ehe.

„Ich habe viel zu lange den Mund gehalten und zugesehen, wie du unseren Sohn unglücklich machst", hatte sie zu seiner Bestürzung gesagt.

„Hast du ihn jemals gefragt, ob er das Unternehmen überhaupt leiten will? Dieses unselige Studium in Schottland war eine deiner schlechtesten Ideen, er leidet heute noch darunter. Gisela war sogar laut geworden, als sie ihm vorwarf, Jeremias durch seine Strenge und Intoleranz klein gehalten, sogar in seiner Entwicklung behindert zu haben. So könnte er vielleicht mit seinen Mitarbeitern umspringen, aber das wäre auch nicht mehr zeitgemäß. Vielleicht sollte er mal über seine Methoden nachdenken. Vor allem aber wäre es Zeit, sich daran zu erinnern, dass er eine Ehefrau und eine Enkelin hätte. Ob er eigentlich wüsste, wie Privatleben geht und wann er das letzte Mal gelacht hätte. Das wäre das mit den nach oben zeigenden Mundwinkeln. Wenn ihn jemand gefragt hätte, wäre seine

Antwort gewesen, dass ihn das alles sehr überraschte. Mehr noch, es imponierte ihm. Sogar seine eigene Frau kannte er weniger, als der dachte. Jeremias und das Tierheim? Das hatte er nicht verstanden. Hans Karl Peter grübelte das erste Mal über sich selbst und hatte das ungute Gefühl, dass ihm etwas entglitten war. Kontrolle war immer seine Maxime gewesen, ihr Verlust sein Alptraum. Lag er damit so falsch? Das Wort Selbstzweifel war sein ganzes Leben nicht Teil seines Wortschatzes. Dinge können sich ändern.

„Frau Grosfuß, bitte rufen Sie Frau Spieker an, ich muss mit ihr sprechen."

Als die Pressesprecherin hereinkam, traf sie auf einen sehr nachdenklichen Chef mit unglücklichem Gesicht. Ein ganz neuer Anblick. Sie war angespannt.

„Frau Spieker, ich möchte Sie in einer eher halb-dienstlichen Sache um Hilfe bitten."

Jetzt war sie neugierig. Er erzählte ihr noch einmal, wie sehr ihn ihre strategischen Fähigkeiten beeindruckt hatten, mit denen sie Schaden vom Unternehmen abgewendet hatte. Der Artikel über den Drogenanbau war eine Meisterleistung. Genau dieses Talent brauchte er jetzt von ihr. Nun wurde ihr warm ums Herz. Ein seit langer Zeit verschüttetes Gefühl.

Heiße Luft (Mittwoch, 31.8.22)

Nun war die Marketingabteilung dran. Für den Hoffnungsträger des Unternehmens musste es eine angemessene

Werbekampagne für den Verkaufsstart und die Zeit danach geben. Es musste krachen. Björn Paulsen und sein kleines Team arbeiteten seit Wochen mit drei Werbe- und Videoagenturen zusammen, die nun ihre Vorschläge präsentierten. Der beste sollte das Rennen machen. Weil er die beiden Azubis Matthias Albrecht und Lukas Neubert schätzte und sie frische Ideen hatten, lud er sie zu den drei Präsentationen ein. Ihre Meinung interessierte ihn.

Die erste Stunde gehörte Lars Dekora, dem Art-Director von Kühn Voran, der ein ungefähr hundert Seiten dickes Pamphlet auf den Tisch legte, in dem alle Gedanken und das Vorgehen zu dem neuen Superdrink standen. Lustlos blätterte Paulsen zwei Minuten lang darin herum und fand auf den ersten fünfzig Seiten nur die Wiederholung seiner eigenen Informationen, die er allen drei Unternehmen gegeben hatte. Papierverschwendung oder deutsche Gründlichkeit?

„Zeigen Sie uns bitte ihre Vorschläge für die Kampagne, das ist wichtiger als die Zusammenfassung meiner Worte", sagte er.

Dekora errötete. Andere Marketingleiter waren sonst immer angetan, ihre eigenen Gedanken schön gebunden vor sich zu sehen. Skandinavier waren ihm einfach zu nüchtern. Er zeigte einen kurzen Film, in dem eine menschengroße Quitte durch einen Getränkemarkt kullert und vor dem Schnapsregal liegen bleibt. Dort richtet sie sich auf und reibt sich die Augen.

„Was machen die alle da?", ruft sie und fegt alle Flaschen weg, die klirrend und berstend auf den Boden knallen.

„Das ist jetzt mein Platz!" Und sie singt: „Ihr könnt nach Hause, gehen, ihr könnt nach Hause gehen."

Dann blickt sie mit großen Augen in die Kamera und sagt: „Quitt ist alles."

Die Hintergrundmusik ist der Refrain von *Er gehört jetzt mir* von Marianne Tulpenberg. Auf den dazu passenden Werbeplakaten und Zeitungsanzeigen prangte dieselbe Kullerquitte und hielt beide Daumen ihrer vierfingrigen Hand nach oben. „Der Quitt ist da!" Warum die Hände von Comicfiguren nie den fünften Finger zugestanden bekommen, ist ein bislang ungelöstes Rätsel. Er zeigte noch eine sechsseitige Broschüre, dann war die Stunde um. Sie würden sich melden. Damit verabschiedete ihn Björn Paulsen.

„Das war nicht einmal gut genug für einen neuen Kindersaft", sprach er in die Runde.

Die anderen sahen das auch so. Als Entschuldigung könnte man anbringen, dass Kühn Voran aus Oberklemmbach kam und sonst nur kleinere Kunden bediente. Bertis Bastelshop, Socken-Sophie und Metzger Martin – wir erkennen unsere Schweine am Grunz. Als zweiter betrat Kreativchef Hein Grobius von der Agentur Kopfwerk den Raum. Ganz in Schwarz mit Rollkragenpullover und Leinensakko bei sommerlichen Graden. Die Uniform der Kreativindustrie. Er baute auf den ersten, coolen Eindruck. Alle anderen saßen lässig mit hochgekrempelten Ärmeln und Poloshirts am Tisch und sahen ihn mitleidig an, als er sich ein ums andere Mal den Schweiß mit einem schwarzen Taschentuch von der Stirn wischte. Seine Assistentin spielte die Leinwandpräsentation ab. Wieder eine langatmige Wiederholung all dessen, was sie von Björn Paulsen mit auf den Weg bekommen hatten. „Überspringen!", sagte der trocken. „Ich weiß, was ich gesagt habe."

Dann ein Film: Eine Frau und ein Mann sitzen an einem Tisch in einem Nobelrestaurant. Im Hintergrund eintönige Fahrstuhlmusik. Beide sind verlegen, spielen an ihren Fingern, es ist offensichtlich ihr erstes Date. Er sagt irgendetwas, sie schaut in die Luft. Sie popelt gelangweilt mit der Gabel in der Vorspeise herum, dann in der Hauptspeise. Es läuft nicht gut. Als die Nachspeise kommt, gähnt sie bereits. Hoffnungslos. Ein smarter Kellner nähert sich mit wissendem Blick und stellt zwei Gläser mit gelber Flüssigkeit vor die beiden. Mit dem genervten Blick einer unterforderten Diva nimmt sie ihr Glas in die Hand und nippt nur kurz daran. Im selben Augenblick sprühen Funken aus ihren Augen, die Tischdecke brennt. Höllenlaute Musik von Käyssi Diessi. Sie springt mit einem Satz über den Tisch und landet auf dem Schoss ihres Datepartners, den sie überfallartig küsst. Als sie von ihm ablässt, spucken beide Feuer. Die Szene friert ein, der Kellner kommt ins Bild, zeigt eine Flasche und sagt: „Soll sie brennen, brauchst du Quitt!“ Irgendwie nicht schlecht, dachte Paulsen. Doch dann der Abspann. „Quitt, die Krone der Birnenbrände.“ Agenturen hören manchmal nicht bis zum Ende zu. Die Poster blieben in der Mappe. Drei Wochen durchgearbeitet und dann doch die Aufgabe verfehlt. In solchen Fällen muss der Lehrer leider eine sechs geben. Blieb noch die dritte und letzte Vorstellung. Die Kommunikationsschmiede Jung & Gierig hatte Kunden, die sehr viel größer waren als die mittelständische Peter GmbH & Co. KG. Automobilkonzerne, Pharmariesen, Mineralölmultis. Paulsen wurde von deren Geschäftsführer gefragt, ob sein Unternehmen sich die Ideen seiner Hochkaräter überhaupt leisten könne. Entsprechend hoch waren die Erwartungen. Erfolg verändert manchmal die Selbstwahrnehmung. Die Gierigen hatten eine nicht mehr ganz so junge Vertreterin geschickt, Laura Lund, die gern mal wieder einen „kleinen Fisch“ angeln wollte, weil das gut fürs Ego war. Siegesgewiss stolzierte sie in einem figurbetonten blauen Seidenkleid durch den Raum. Die pechschwarzen Haare streng zurückgebunden.

Im Gegensatz zu ihren Vorgängern hielt sie sich und die anderen nicht mit ausuferndem Vorgeplänkel auf. Sie war erfahren genug, um zu wissen, dass ihre Zuhörer schon einige Stunden hinter sich hatten und nur noch begrenzt aufnahmefähig waren. Sie musste schnell auf den Punkt kommen, wenn sie den Deal einsacken wollte. In der Agentur lief eine Wette darüber, ob sie den Auftrag gewinnen würde oder nicht. Sie hatte nicht nur Fürsprecher. Den anderen wollte sie es mal wieder richtig zeigen. Sie selbst hatte auf Sieg gesetzt. Ihre Kollegen hatten ihr zwei verschiedene Werbekampagnen übergeben. Eine „bekloppte Idee" und einen „Matshwinner", jede auf einem blauen USB-Stick. Sie hatte wie immer keine Zeit, sich das vorher anzusehen.

„Ich sage nur drei Worte: mysteriös, cool, hip! Das ist der Quitt, und das bringen wir rüber, und Sie müssen eine neue Fabrik bauen."

Das sollte vermutlich witzig sein. Keiner lachte. Sie hielt einen blauen USB-Stick in die Luft.

„Hierdrauf ist Ihre Zukunft. Unsere besten Freaks haben wir auf Ihren Drink angesetzt."

Einige stülpten die Lippen nach vorn, nickten auffordernd. Dann sollte sie es doch mal rauslassen. Zuerst der Werbeclip. Knackige Gitarrentöne, die an die Actionfilme mit dem Kultagenten James Mond erinnerten. Ein schwarzer Sportwagen hält mit quietschenden Reifen vor einem in goldenes Licht getauchten Schloss. Aus dem Auto steigt ein sportlicher Mann im Smoking und zieht sich das Sakko glatt. Den Schlüssel wirft er lässig über seine rechte Schulter – ein No Look Pass. Ein Parkwächter fängt ihn auf, ebenfalls ohne hinzusehen. Die Szene kam einigen im Raum bekannt vor. Der Mann hat allerdings kein Gesicht, jedenfalls kein menschliches. Auf den Schultern des Anzuges sitzt eine gelbe Frucht mit verwegenen Schlitzaugen, die zur Nase hin, ein dreieckiges Loch, schräg nach unten zulaufen. Mit leichten Schritten tanzt der durchtrainierte Körper die lange Treppe zum Eingang hinauf. Schnitt. In der nächsten Einstellung sieht man ihn inmitten einer großen Festgesellschaft. Mehr als hundert Menschen mit Drinks in der Hand stehen lustlos herum. Der Fruchtschädel wird von einem Securitymann abgetastet.

„Haben Sie Waffen dabei, Sir?"

In der linken Innentasche der Smokingjacke wird er fündig, zieht eine kleine Flasche heraus und hält sie hoch.

„Ich muss Sie bitten, mitzukommen, Sir. Quitt ist hier nicht erlaubt."

Bei diesem Stichwort verwandelt sich die träge Menge in eine aufgestachelte Horde, die sich blutrünstig auf den untergehenden Sicherheitsmann mit der kleinen Flasche stürzt. Schnitt. Im Bild der Obstkopf:

„Quitt! Macht jeden zum Zombie. Nicht geschüttelt, nicht gerührt."

Und das war auch das Motiv für die Poster. Laura Lund war fertig und bereit, die zweifellos fälligen Ovationen entgegenzunehmen. So war sie das gewohnt.

„Danke, Frau Lund, sehr beeindruckend."

Das war alles, was sie von Björn Paulsen hörte, der in den letzten Minuten einige Textnachrichten mit Lukas Neubert ausgetauscht hatte.

„Einen Moment, bitte", rief Lukas Neubert und fummelte an seinem Smartphone herum. Das hätte man für unhöflich halten können, manchmal ist das Gedaddel aber hilfreich. Er fand schnell, wonach er suchte, und verband sein Gerät per Bluetooth mit dem Overhead Projektor. Er drückte auf „Play" und alle sahen einen schwarzen Sportwagen mit quietschenden Reifen vor einem in goldenes Licht getauchten Schloss halten. Smoking, No Look Pass mit dem Autoschlüssel, Treppe hochtanzen, Festgesellschaft, Untersuchung auf Waffen. Einziger Unterschied: Der Mann hatte ein Gesicht, das nicht aus einem Obstkorb gefallen war. Diese Szene aus dem Film *James Mond jagt die goldene 15* erkannten die meisten auf Anhieb.

„Möchten Sie ein paar Schlussworte sprechen, Frau Lund?"

Der Däne konnte so trocken sein, dass der siegessicheren Kleinfischerin der Puder aus den Poren ihres teuren Gesichtskunstwerkes fiel. Sie hatte die „bekloppte Idee" abgespielt. Eine zweite Chance bekam sie nicht, dafür eine letzte Frage.

„Was für ein Fruchtgesicht haben Sie sich da für den Smoking ausgesucht?", fragte Björn Paulsen scheinheilig. Die Antwort „Mirabelle" wunderte niemanden mehr. Ihr blaues Kleid war unter den Achseln dunkel geworden. Sie hatte sich verfischt und war dann auf Nimmerwiedersehen fort.

Es entbrannte eine hitzige Diskussion darüber, wofür Werbeagenturen eigentlich Geld bekämen. Die Stimmung schwankte zwischen Entrüstung und Enttäuschung, pendelte sich bei Ernüchterung ein. Björn Paulsen hatte schon öfter flachbrüstige Präsentationen aufgeblasener Konzepte erlebt. Der heutige Ritt durch die Niederungen schlechter und sich selbst überschätzender Agenturergüsse war allerdings auch für ihn neu.

„Wir müssen nochmal von vorn anfangen, und sehr schnell fertig werden", sagte er. „Oder hat jemand zufällig eine fertige Werbekampagne dabei?"

Gedämpftes Lachen, der Mann hatte Humor.

„Wieviel Zeit haben wir?"

Das war Matthias Albrecht.

„Gar keine“, war die ehrliche Antwort des Dänen.

„Die brauchen wir auch nicht“, kam es zurück.

Er lehnte sich zurück, machte ein fragendes Gesicht und breitete fragend seine Arme aus. Es war spät, daher vereinbarten sie einen neuen Termin für den nächsten Tag.

Entkorkt (Freitag, 2.9.22)

Lukas Neubert und Matthias Albrecht hatten schon eine Woche vorher die anderen achtzehn Azubis zusammengetrommelt. Außer Konkurrenz wollten sie ihre eigenen Ideen für Werbefilme und Plakate entwickeln und diese dann in der Berufsschule als gemeinsame Projektarbeit vorstellen. Das gäbe vielleicht eine gute Note, und es wäre mal etwas anderes. Wer Lust hätte, könnte gern mitmachen. Keiner hatte keine Lust. Sie trafen sich immer abends in einer Sportbar, warfen sich die verrücktesten Ideen an die Köpfe und setzten sie am nächsten Tag mit Kamera, Pinsel und Farbe, Computer und Smartphone um. Die Truppe war besoffen von ihrer eigenen Kreativität. Björn Paulsen staunte nicht schlecht, als er am Tag nach dem Agenturdebakel im großen Besprechungsraum auf alle zwanzig Auszubildenden der Peter GmbH & Co. KG traf.

„Ich fürchte, ich muss Kaffee nachbestellen.“

Das war seine Art, zu sagen, dass er sich freute, sie alle zu sehen. Er orderte mehr Thermoskannen und schwieg dann. Dänen können meisterhaft nichts sagen und warten. Lange. Matthias Albrecht wusste, dass diese Stille ihm galt.

„Du hast gestern gesagt, wir haben keine Zeit mehr für eine neue Werbekampagne." Paulsen breitete wieder seine Arme aus.

„Es ist immer schön, wenn andere mich zitieren. Und nun?"

Er sah sich um und blickte in zwanzig freudig angespannte Gesichter, Ballons kurz vor dem Platzen.

„Nun mal raus damit, ihr könnt es doch sowieso nicht für euch behalten", forderte er sie auf. Jetzt übernahm Helge Brand das Wort.

„Wir haben in der letzten Woche ein paar Ideen für ein Schulprojekt im Kunstunterricht gesammelt. Die würden wir dir gern zeigen."

Warum sie das ausgerechnet ihm zeigen wollten, fragte der Marketingchef.

„Weil wir eine gute Note dafür haben möchten. Du bist Experte und kannst uns doch sagen, was wir besser oder anders machen sollten."

„Danke für euer Vertrauen, aber ich habe wenig Zeit, wie ihr wisst." Er stand auf. „Es geht um den neuen Quittenbrand", schob Helge Brand nach.

Der Däne setzte sich wieder. Er war jetzt neugierig.

„Ihr habt dreißig Minuten. Ab jetzt!"

Im Gegensatz zu den Werbeprofis hörte er kein langweiliges Blabla, nichts über den „strategischen Überbau" oder langfristige Kommunikationsziele. Lukas Neubert schob einen USB-Stick in das auf dem Tisch stehende Notebook und warf den Beamer an.

„Björn, stell dir bitte vor, du wärst unser Kunstlehrer Hasso Pick. Der ist sehr streng. Wir zeigen dir jetzt drei Filme." Helge Brand klickte auf „Play". Auf der Leinwand erschien ein streitendes Paar. Es geht um eine Beule an einem

Auto und schlechte Fahrkünste. Streit, Geschrei. Ein weiteres Paar streitet über die nötige Kochdauer für weiche Eier. Der Zoff eskaliert. Wieder Streit. Am Ende liegen sich die beiden Paare in den Armen und flüstern sich Zärtlichkeiten ins Ohr. Auf dem letzten Bild dann nur eine Flasche mit gelber Flüssigkeit. Ein Sprecher sagt: „QUITT! Dann ist Ruhe." Björn Paulsen lachte herzlich. Nummer zwei: Eine Parlamentsdebatte im Bundestag. Es geht um nichts, aber der Streit ist unsachlich und heftig. Alle reden durcheinander. Im Hintergrund beginnen erste Handgreiflichkeiten. Eine Glocke läutet. Schnitt. Ein Parlamentsdiener hält eine Sprühflasche in die Menge und drückt ab. Feiner Staub verteilt sich in der Luft. Schnitt. Man sieht hunderte Abgeordnete Arm in Arm auf den Bänken, wie sie dem Kanzler entrückt zuhören, ihm an den Lippen kleben, als er sagt, dass sie alle das Wohl des Landes fördern müssten und nicht an sich selbst denken dürften. Begeisterte Zustimmung. „QUITT! Dann ist Ruhe." Paulsen freute sich über diese witzige Idee. „Noch fünf Minuten, dann muss ich los, Leute."

Der letzte Film war etwas länger. Im Bild die Mitglieder zweier rivalisierender Rockerclans, die auf offener Straße aneinandergeraten. Die Hells Bengels und die Candidos. Mittendrin die Polizei, die versucht, eine Massenschlägerei zu verhindern, was ihr nicht gelingt. Schnitt. Nahaufnahme eines Kampfduells. Schnitt. Einige Polizisten ziehen kleine Sprühfläschchen aus ihrem Holster und drücken ab, wedeln der sich ausbreitenden Wolke mit den Händen hinterher. Nach und nach beruhigt sich die Szene. Schnitt. Jeder Wüterich, der den sich verteilenden Duft einatmet, verändert augenblicklich seine hasserfüllte Kriegsfratze in einen lammartigen Gesichtsausdruck. Schnitt. Die Rüpel fallen sich um die Hälse, rufen Sätze wie „Schön, dass es dich gibt, Mann." oder „Yo, Digga, hast du Kekse dabei?" Schnitt. Ins Bild kommen einige Trucks, die auf dem Gelände einer Müllverbrennung tonnenweise Rauschgift abladen. Der Boss der Hells Bengels sagt zum Leiter der Anlage, das Zeug würde brennen wie alle Osterfeuer der letzten zehn Jahre zusammen. Sie hätten jetzt etwas viel Geileres. Schnitt. Kämpfer beider Gruppen knien in einer Werkstatt und bauen echte Pistolen in Wasserpistolen um. Die werden dann an Kinder verschenkt. Schnitt. Die beiden Clanbosse trinken Brüderschaft und reden sich respektvoll mit Sie an. Schnitt. Einige Bandenmitglieder machen einen Erste-Hilfe-Kurs und werden Rettungssanitäter, andere treten in die Kirche ein und organisieren Basare und Flohmärkte zugunsten Drogenabhängiger. Beide Gangstervereine werfen ihr gesamtes Schwarzgeld zusammen und bauen neue Kindergärten, Seniorenheime mit goldenen Wasserhähnen und Motorrädern, Schwimmbäder mit aromatisiertem Wasser in den Becken und beheizte Sportplätze. Schnitt. „QUITT! Dann ist Ruhe." Zum Schluss schnelle Bildfolgen. Polizisten holen sich aus der Waffenkammer kleine QUITT!-Flaschen und werfen das Pfefferspray weg. Fußballclubs verkaufen Quittenbrand an verfeindete Fangruppen, die im Stadion gemeinsam Liebeslieder singen. Rocker schieben Menschen in Rollstühlen und arbeiten als Schülerlotsen. In Altenheimen werden rauschende Partys mit krachender Rockmusik gefeiert und der Boss der Candidos wird Polizeipräsident.

Sie waren fertig. Alle Augen richteten sich auf den Marketingchef, vor dem sie großen Respekt hatten. Aus seiner Feder stammten die abgefahrensten Werbekampagnen. Er hatte einen Ruf wie Donnerhall. Aber er war auch ein Spieler und hatte den Schalk im Nacken.

„Danke, Leute. Es war nicht alles schlecht."

Das hatten sie befürchtet. Er holte nun zur großen Vernichtung ihrer unreifen Ideen aus. Enttäuschung machte sich auf den Gesichtern breit.

„Da war schon viel Gutes dabei", fuhr er schnell fort und sah sie zögerlich lächeln. „Aber in der Schule könnt ihr das nicht abgeben. Auf keinen Fall."

Also doch alles Grütze. Alles Lächeln verschwand. Heiko Klenke wagte sich aus der Deckung.

„Und warum nicht?"

„Warum denn wohl, was meint ihr?", fragte Björn Paulsen genüsslich. Sie diskutierten und fingen an, ihre eigenen Ideen zu zerlegen. Unglaubwürdige Handlungen, schlechte Bildqualität, alles viel zu lang oder zu kurz, blöde Ideen insgesamt und so weiter. Sein breites Grinsen irritierte sie. Schadenfreude hatten sie von dem sympathischen „Wikinger", wie sie ihn nannten, nicht erwartet. Bevor sie in ihrem Selbstzerstörungsstrudel von sich selbst nichts mehr übrigließen, ergriff er das Wort.

„Ich sage es euch. Weil es zu gut ist."

Aus zwanzig Lungen entwich unisono die Luft wie aus einem geplatzten Autorreifen, mit großem Druck und einer lauten Schallwelle. Vielleicht klang es auch eher wie ein an seinem fröhlichen Tröten gehinderter Elefant, dem man endlich den Korken aus dem Rüssel zog. Dieser Hund von Wikinger hatte sie richtig gefoppt. Paulsen nutzte die Schockstarre und schlug vor, dass er das Material noch etwas überarbeiten würde. Ein paar Überblendungen, Musik lauter oder leiser oder ganz anders, Szenen verkürzen. Dann hätten sie gute Filme für die Werbekampagne, kurze für Spots im Fernsehen und in den sozialen Medien und einen langen für die Kinos. Ob sie damit einverstanden wären? Ihr Kunstlehrer würde das dann sicher auch alles sehen. Die Azubis hatten mit allem gerechnet, aber bestimmt nicht damit. Sie brachen in lauten Jubel aus und tanzten auf den Tischen. Es war sinnlos, sie bremsen zu wollen. Das wusste Björn Paulsen und verließ den Raum. Sollten sie sich freuen, das hatten sie verdient. Er selbst hatte gerade viel über den Unterschied professioneller Kreativität und jugendlichem Ideenreichtum gelernt. Im Rausgehen bat er Matthias Albrecht, ihm am nächsten Tag das ganze Material zu bringen, auch die Entwürfe für die Poster, die sie in der Aufregung ganz vergessen hatten zu zeigen.

„Wenn ihr heute Abend feiern wollt, geht das auf mich", sagte er und verschwand.

Mission (am selben Tag)

Nach dem Gespräch mit Hans Karl Peter hatte sich Helen Spieker mit Britta Laskow getroffen und ein paar Dinge erklärt. Die war sofort Feuer und Flamme und bot Helen das Du an. Du und Du verabredeten sich für den Abend in einer Kneipe. Eingeladen war auch Johannes Friemel, der sich den ganzen Tag auf das Treffen mit den beiden „heißen Fegern" freute. Eine zweite Chance war immer gut. Bei wenigstens einer von ihnen sollte er doch wohl landen können. In seiner Jugend nannte man ihn „Heißer Hannes". Zu Recht, wie er fand. Das letzte Mal lief es nicht so gut. Zwei Wochen hatte er unter den Folgen maskuliner Selbstjustiz gelitten, die ihn völlig unvorbereitet getroffen hatte. Heute würde er anders vorgehen. Als er den Schmelztiegel betrat, waren die beiden Damen bereits dort. Er fand sie ganz hinten an einem runden Tisch, und sie waren bester Laune, vor sich Gläser mit Bitter Lemon. Mit einem Begrüßungsbussi hielt er sich zurück, obwohl es ihn schon juckte. Sie redeten munter über den neuesten Klatsch der Stadt, die anstehende Feier der Peter GmbH & Co. KG und Britta Laskows neuen Job. Ja, davon hätte er gehört, sagte Friemel, gratulierte herzlich und zwinkerte ihr zu. Gute Journalisten seien ja schwer zu finden. Ein tiefer Griff in den Schleimtopf. Zum Thema Journalismus hätte sie eine Idee, sagte Britta Laskow beiläufig. Sie wollte die Qualität der Berichte in der Klemme verbessern und über spannendere Dinge schreiben. Die Leser hätten mehr als nur die üblichen Provinzthemen verdient, oder? Wer wollte da widersprechen? Menschen und ihre Geschichten wären immer gut. Wenn ihre Informationen stimmten, sei Friemel doch der Mann, der im Unternehmen in Zukunft das Sagen hätte, wenn der Alte sich zurückzöge. Geschmeichelt nickte er. Ja, das sei richtig. Darauf nahm er einen Schluck Gin Tonic. Das fing gut an, er lockerte sich durch.

„Dann ist es doch Zeit, dass die Öffentlichkeit Sie kennenlernt, Herr Friemel", zirzte sie und setzte ihr verbindlichstes Lächeln auf.

„Was schwebt Ihnen denn vor?"

Friemel war schon am Haken und zappelte innerlich vor Aufregung. Sie würde gern ein Interview mit ihm führen und ihn nach seinem Werdegang fragen, nach seinen Interessen, Plänen für das Unternehmen, Lohnpolitik.

„Ich möchte aber auch Ihre Ecken und Kanten zeigen, politische Überzeugung, Ihre Einstellung zu unserer kleinen Stadt und Ihr Verhältnis zum Stadtrat."

Die Leser sollten ein rundes Bild von ihm bekommen und sein Gesicht in Zukunft mit dem Unternehmen identifizieren. Wie ihm das runterging! Helen Spieker regte an, dass der richtige Termin für diesen Beitrag nach der Firmenfeier sei, damit die Öffentlichkeit ihm die nötige Aufmerksamkeit schenken würde. Dem stimmte Johannes Friemel zu. Hatte sie ihm etwa die Tür zu dieser Gelegenheit geöffnet? Er war ihr etwas schuldig und sah sich mit ihr in einem gediegenen Restaurant bei Kerzenlicht. Und danach. Auch bei Kerzenlicht, aber ohne Essen. Wann er die Verantwortung für das Unternehmen übernehmen würde, wollte die Redakteurin wissen. Das sollte auf jeden Fall in dem Artikel erwähnt werden. Mittlerweile stand die vierte Runde Getränke auf dem Tisch. Die beiden Frauen waren bei Bitter Lemon geblieben, der Heiße Hannes bei Gin. Das würde nicht mehr lange dauern, Herr Peter Senior bräuchte dafür noch eine kleine Entscheidungshilfe, antwortete er mit vielsagendem Gesicht. Helen Spieker blickte auf. Sie verabredeten einen Termin für das Interview und wechselten das Thema. Britta Laskow erzählte ein paar Anekdoten aus dem Alltag einer Zeitungsfrau in der Großstadt, wo sie für weit größere Zeitungen gearbeitet hatte. Ihre respektlose Recherche und kompromisslose Schreibe hatten ihr eine beachtliche Reputation eingebracht, und die wollte Verleger von Gudenberg sich für die Klemme sichern. Die Pressesprecherin erzählte von ihren neuesten Fitnessübungen, die sich Friemel lebhaft vorstellte. Ihm wurde heiß. Er selbst versuchte erst gar nicht, mit eigenen Themen in die wenigen Pausen zu grätschen, in denen die beiden anderen Luft holten. Er spürte auch, dass er nicht mehr auf einer geraden Linie gehen könnte, ohne vom Kurs abzuweichen. Wenn er seinen Vorstoß machen wollte, dann jetzt. Britta Laskow kam ihm zuvor und fragte lapidar, wie er sich die künftige Zusammenarbeit mit seinem Geschäftsführungskollegen Jeremias Peter vorstellte. „Am liebsten gar nicht", brach es aus ihm heraus. Bevor er den Satz wieder einfangen konnte, hatte sie ihn schon eingesackt.

„Das wird ja ein knackiges Interview, Herr Friemel. Ich freue mich darauf."

Die in diesem Satz verpackte Süffisanz entging ihm. Dann verabschiedete sie sich, weil sie noch einen Artikel zu Ende bringen musste. Ein auffallend langes Vollkontaktbussi für Helen Spieker, ein kurzes Winken für den Womanizer, der kurze Zeit später allein am Tisch vor seinem fünften Drink saß. Helen Spieker wollte heute früh nach Haus, allein. Mit schnellen Schritten verließ sie Kneipe und touchierte dabei zwei Männer, die gerade hineinwollten. Einer von ihnen erkannte sie und rief ihr hinterher:

„Hoppla, sind wir wieder auf der Flucht?"

Drinnen sahen sie Johannes Friemel vor einer Menge leerer Gläser sitzen. Woher kannten sie ihn?

(Montag, 5.9.22)

Am folgenden Montag bat Helen Spieker um einen Termin bei Hans Karl Peter. Nadine Grosfuß arrangierte das schnell, weil sie spürte, dass es wichtig war. Seit kurzem stand immer frischer Kaffee auf dem Besprechungstisch in seinem Büro, wofür Helen Spieker an diesem Morgen dankbar war. Sie brauchte am Wochenanfang immer etwas koffeinhaltige Starthilfe. Da Smalltalk nicht die Sache ihres Chefs war, kam sie gleich zur Sache und berichtete von ihrem Treffen mit Britta Laskow und Johannes Friemel. Sie bemühte sich um Sachlichkeit, um nicht zu viel Interpretation in ihre Schilderungen zu legen, das wollte sie ihm überlassen. Als sie über das geplante Interview mit Friemel als künftigen Geschäftsführer sprach, schmunzelte Hans Karl Peter. Waren eigentlich alle Manager so eitel und in sich selbst verliebt?

„Was hat Herr Friemel dazu gesagt?", wollte er wissen.

„Das kann er am besten selbst erzählen", erwiderte Helen Spieker und legte ihr Smartphone auf den Tisch.

„Frau Spieker, wollen Sie mir sagen, dass sie das alles aufgenommen haben? Ist das denn vereinbar mit dem Datenschutz?"

„Vielleicht hören Sie sich das zunächst an und überlegen dann, was ihnen wichtiger ist, Datenschutz oder der durchaus interessante Inhalt. Vergessen können sie es dann immer noch."

Sie wusste, dass dieser Vorschlag unrealistisch war. Er nickte nur, und sie drückte auf „Play". Hans Karl Peter hörte die Unterhaltung des Abends bis zum Ende, als Britta Laskow Friemel die Frage stellte, wie er sich die Zusammenarbeit mit Jeremias Peter vorstelle. Dessen Antwort schockierte ihn. Er wollte den Teil noch einmal hören, um sicherzugehen, dass er sich nicht verhört hatte. Hatte er nicht.

„Frau Spieker, das muss unter uns bleiben, ich bin fassungslos."

Das sah sie ihm an und hatte Mitleid, denn sie konnte nur ahnen, was jetzt in ihm vorgehen musste. Sie wusste, dass er hoffte, seinen Sohn eines Tages doch noch als seinen Nachfolger einsetzen zu können, und dass Johannes Friemel im

Grunde nur für dessen Coaching eingestellt worden war. Das wussten alle, wenn es auch niemand aussprach. Als Geschäftsführer nahm ihn keiner ernst, und Sympathien genoss er fast keine. Hans Karl Peter bedankte sich bei seiner PR-Leiterin für diese aufschlussreichen Informationen und wollte erstmal darüber nachdenken, was nun zu tun sei, und sie solle auf keinen Fall mit irgendjemandem über diese Sache sprechen, das wäre zu brisant. Er würde sich später persönlich erkenntlich zeigen. So froh sie über diesen aufrichtigen Dank war, so besorgt war sie über die zu erwartende Reaktion ihres Chefs, die alles übertreffen würde, was die Belegschaft von ihm gewohnt war. Ein Vulkanausbruch war zu erwarten, oder mehr. Sie konnte ihm die Enttäuschung und Verbitterung ansehen. Sie wollte nicht in der Haut von Johannes Friemel stecken. Aber richtig wohl war ihr in ihrer eigenen auch nicht, denn über den Fall Friemel hatte sie entgegen der Bitte von Hans Karl Peter leider nicht schweigen können. Der Geist war nicht mehr in der Flasche.

Als seine Bürotür hinter Helen Spieker geschlossen war, wusste Hans Karl Peter, mit wem er nun sprechen musste und was ihn erwartete. Das hatte er sich selbst eingebrockt.

„Frau Grosfuß, bitte verbinden Sie mich mit meiner Frau."

These boots are made for walking

Ganz im Gegensatz zu ihrem Namen, der anderes vermuten ließ, hatte Nadine Grosfuß sehr zierliche Füße und eine ideale Figur für die Laufbahn, für die ihr Herz schlug. Sie wusste schon früh, dass sie auf den Laufsteg gehörte. Beeindruckt von ihren lässig-eleganten Bewegungen und ihrem außergewöhnlichen Style verpassten die Mitschüler ihr den Spitznamen Cruella. Sie war selbstbewusst genug, um sich davon nicht stören zu lassen, und trug es mit souveränem Humor, sie genoss es sogar, von den anderen bewundert zu werden. Schließlich war das ein gutes Training für später, wenn sie als Model von der Anbetung anderer leben würde. In der Theater-AG der Schule übernahm sie die Rollen von Königinnen und Gräfinnen, die sie überzeugend spielte. Besonders brillierte sie in der Haut arroganter Frauen, die anderen das Leben zur Hölle machten. Als böse Mutter von Schneewittchen spielte sie in einer Weihnachtsvorstellung ihren Part so gut, dass viele Kinder der unteren Klassen unter Tränen von ihren Eltern aus der Aula geführt werden mussten. Nadine Grosfuß hatte die Gabe, mit ihren Figuren so sehr zu verschmelzen, dass ihre Mitschüler ihr gegenüber oft unsicher waren, weil sie nicht wussten, wen sie vor sich hatten, die Queen oder Nadine. Ihre Intelligenz und die Leistungen in der Schule taten das Übrige und brachten ihr den Ruf der Unantastbarkeit.

Schon während der Schulzeit nahm Nadine Grosfuß an Schönheitswettbewerben teil und landete immer auf den vorderen Plätzen. Sie steckte sich hohe Ziele und hatte eine globale Karriere im Blick, daher fühlten sich der Titel „Miss Oberklemmbach“ oder „Kartoffelkönigin von Kelting“ eher wie eine Beleidigung an. Konnte ihr überhaupt jemand das Wasser reichen? Mit diesem Selbstbewusstsein ausgestattet, bewarb sie sich bei einer Modelagentur und bekam auch einen Vertrag. Im Lauf ihrer Ausbildung, besser gesagt, Unterweisung durch ein gealtertes Ex-Model, das seine Verbitterung am talentierten Nachwuchs ausließ, lernte sie, dass sie wenig konnte und nichts wert war ohne das harte Training durch die eisernen Hände dieser Frau. Und sie bekam zu spüren, wie sich Neid und Missgunst unter Berufskolleginnen anfühlt. Mit jedem Tag schmolz ihre hart erarbeitete Überzeugung von sich selbst dahin, ihr Gang wurde unpräzise, ihre Bewegungen fahrig. Nach drei Monaten Schleiferei bekam sie endlich ihren ersten Job zugeteilt, als Geh-Model für die neue Kollektion eines Herstellers von spießigen Markenschuhen, die auf einer Schuhmesse vorgestellt werden sollte. Ihre Knechterin war der Ansicht, jedes Model müsse sich von unten nach oben hocharbeiten – Füße, Beine, ganzer Körper –, und Nadine Grosfuß müsse erst beweisen, dass sie ordentlich gehen konnte.

Vor lauter Enttäuschung über diese Degradierung verlor sie jegliches Selbstvertrauen und bekam einen Weinkrampf, als sie am ersten Messetag die Schuhe sah, mit denen sie über den Laufsteg stolzieren sollte, was ihr angesichts deren fantasieloser Hässlichkeit unmöglich schien. Sie merkte erst jetzt, dass es um orthopädische Schuhe ging und die Messe den Titel „Gesund und fit im Alter" trug. Unter den kalten Augen ihrer Anleiterin Heidrun Schiffa, die sich ihren ersten Auftritt nicht entgehen lassen wollte, tat sie, was sie konnte, trug Modelle mit den Namen Roadrunner, Steel Heels oder Atomic Star vor den Zuschauern hin und her, die sich ganz offensichtlich langweilten. Das nahm Nadine Grosfuß persönlich, nicht ahnend, dass die Schuhe des Herstellers Golden Age noch nie begeistern konnten. Als vor ihrem letzten Gang über den Steg das Lied *These boots are made for walking* erklang, kam Bewegung ins Publikum. Einige erhoben sich und machten vorsichtige Tanzschritte. Von diesem Stimmungswandel inspiriert, packte Nadine

Grosfuß ihren eleganten Hüftschwung aus und entwickelte plötzlich eine Dynamik, die überraschte und sie innerhalb von Sekunden zum absoluten Hingucker machte. Sie war in ihrem Element und beendete die letzte Runde unter großem Beifall. Sie konnte mehr als zufrieden sein.

„Bist du von allen guten Geistern verlassen?“, brüllte Heidrun Schiffa sie hinter der Bühne an.

„Das war nicht deine Show. Es ging um die Schuhe.“

Da sie offenbar nicht wisse, wie ein Model sich auf einer Gesundheitsmesse zu verhalten habe, nämlich zurückhaltend und unscheinbar, habe sie das Thema verfehlt und würde erstmal keine neuen Jobs bekommen. Nadine Grosfuß hatte noch die High Heels des Herstellers an und fühlte sich in ihrer Ehre verletzt und sah ihre Intelligenz beleidigt. Sie trat zufällig mit dem rechten Absatz auf den linken Fuß der Ex-Schönheit – und das sehr lange –, bis sie sicher war, dass der spitze Schmerzensschrei echt war. Dann ging sie und ließ ihren Traum hinter sich.

Entknotet (Dienstag, 6.9.22)

Jonas Mischke, Lasse Gudsen und Bert Grabowski trafen sich nun immer öfter und wandelten diskutierend durch die Kräuterfelder. Sie wussten immer noch nicht, wie sie die massenhafte Ernte des Mongolenkrautes in der nötigen Qualität hinbekommen sollten. Im Gewächshausmaßstab war das kein Problem – solange Buschido in der Nähe war.

Das wiederum durfte auf keinen Fall bekannt werden. „Wenn uns nicht bald etwas einfällt, können wir den QUITT! vergessen und lebenslang den alten Sausepeter verkaufen, bis ihn keiner mehr sehen kann“, stellte Mischke frustriert fest. Das würde wohl nicht mehr lange gut gehen. Einen Qualitätsleiter würde das Unternehmen dann bald auch nicht mehr brauchen, seufzte Gudsen. Einen Entwicklungsleiter, der nicht wusste, warum sein in den Himmel gelobter Quittenbrand so gut war, auch nicht, dachte der, sagte es aber nicht. Grabowski meinte, er könne an nichts anderes mehr denken als an pinkelnde Hunde. Es sei wie verhext. „Mich verfolgt das auch“, sagte Mischke. „Sogar bis ins Badezimmer.“ Seine Tochter Gunda hatte am Morgen eine Gesichtscreme ihrer Mutter in der Hand und sagte, da wäre Urin drin. Wie ekelig das wäre. Dann warf sie die Tube in den Müll.

„Wie kam sie denn darauf?“, wollte Gudsen wissen, in dem sich etwas regte.

„Sie meinte, auf dem Etikett stehe unter den Inhaltsstoffen ‚Harn‘.“

Gudsen war wie vom Blitz getroffen und glotzte seinen Kollegen mit großen Augen an. Wie blind waren die drei Experten eigentlich, die da dumm zwischen den Beeten herumstanden und den Wald vor lauter Bäumen nicht sahen.

„Mein Gott, Mischke, sie meint Harnstoff!“, platzte es aus ihm heraus.

„HAARNSTOFFFF! Der ist in vielen Kosmetikprodukten. Ihre Tochter rettet uns gerade den Arsch!“

Mehr musste er nicht sagen, derselbe Schalter hatte sich auch in den anderen beiden umgelegt. Sie hatten viel zu kompliziert gedacht.

„Harnstoff gibt es nicht nur in Kosmetik. Der wird in

rauen Mengen künstlich hergestellt, ganz ohne Hunde. Das Zeug ist als reiner Langzeitdünger für Pflanzen ideal und sorgt langfristig für ein besseres Pflanzenwachstum und einen höheren Ertrag. Die Fotosynthese läuft auch besser“, dozierte Grabowski, der damit sogar Erfahrung hatte.

„Und warum fällt Ihnen das erst jetzt ein, Sie Spätzünder?“

Gudsen hätte durchdrehen können.

„Das Zeug enthält sechsundvierzig Prozent Stickstoff. Bei falscher Dosierung sind die Pflanzen hin, das ist mir vor Jahren mal passiert. Deswegen habe ich das Zeug nie wieder benutzt und völlig vergessen“, verteidigte sich ‚Der mit den Pflanzen spricht‘. Außerdem war ja nicht er der Entwicklungsleiter. Das war nun auch egal, sie hatten den Knoten durchschlagen und vielleicht eine Lösung. Harnstoff gab es überall tonnenweise zu kaufen. Sie mussten allerdings herausfinden, in welchem Mischungsverhältnis sie den Dünger an die Kräuter bringen konnten und ob der Geschmack am Ende genauso war, wie wenn Buschido das Düngen übernahm. Der Plan war schnell gemacht. Bestellen, Testflächen düngen, warten, ernten, mischen, probieren. Innerhalb einer Woche hätten sie Klarheit. Als sie auseinandergingen, hatten sie das erste Mal seit längerer Zeit wieder Hoffnung. Was keiner aussprach, aber jeder wusste: Ohne die gestrandete Hündin wäre nichts von alldem passiert. Ohne einen Reitunfall in der fernen Mongolei allerdings auch nicht. Dieses Geheimnis kannten nur ein paar schweigsame Bogenschützen und ein halbwildes Pferd.

Startschuss (Mittwoch, 7.9.22)

Die Anspannung im Team Fünfzig stieg nun mit jedem Tag, und mit ihr die Vorfreude. Zum Beginn der Baumaßnahmen waren sie alle da: Nadine Grosfuß, Jobst Anstand, Björn Paulsen, Gisbert Guth, Helen Spieker, Lukas Neubert, Matthias Albrecht und selbst Berufskritiker Gundolf Krachnitz. Zuerst musste das Parkplatzgelände weiträumig mit einem Bauzaun abgesperrt werden. Sie alle wollten sehen, wie Hans Karl Peter persönlich danach das erste Loch in die Erde grub. Dafür verpasste ihm Elias Grubner von Team Tief kurz vorher den „kleinen Baggerführerschein" und zeigte ihm, welche Hebel er bedienen musste. Er wollte sich vorsichtshalber neben ihn in das Führerhaus setzen, aber Peter schickte ihn entrüstet raus. Das würde er ja wohl gerade noch hinbekommen, noch wäre er nicht komplett senil. Da war er wieder, der Stinkstiefel, wie sie ihn kannten. Grubner, der vom Bau ganz andere Töne gewohnt war, beeindruckte das nicht im Geringsten.

„Wenn Sie bis nach Australien durchgraben wollen, müssen Sie den rechten Hebel nach hinten ziehen. Der links daneben schafft es nur bis Singapur!", rief er gegen den Baggerlärm an. Die anderen lachten und zeigten mit ihren Daumen nach oben. Der Mann hatte den Chef im Griff, wie leicht das war. Auch Gisela und Fiona Peter amüsierten sich. „Daba!", rief Fee begeistert, als ihr Großvater die Baggerschaufel anhob. Es ging alles glatt und hatte keine Folgen für Koalas und Kängurus. Mehrere Kameras hielten die Aktion fest. Helen Spieker hatte die Presse zu diesem Ereignis eingeladen, weil sie die Flamme langsam wieder anheizen wollte. Ein kleiner Bericht in den Medien sollte die Öffentlichkeit in Bewegung halten. Und das tat er.

Auf die Plätze! (Donnerstag, 8.9.22)

„Angraben mit Baggerführer Peter!“ Diese Überschrift lasen die Menschen in und um Oberklemmbach am Folgetag. Auf dem Foto sah man den Chef mit gelbem Schutzhelm auf dem Baufahrzeug die Hebel bedienen. Allem Anschein nach hatte er diebischen Spaß dabei. Unter dem Foto stand der Termin für die Feier, eine Erinnerung für alle registrierten Gäste, ein Nadelstich für alle anderen. Und ein Satz, der elektrisierte: „Der Beginn der Bauarbeiten für die unterirdische Feier ging reibungslos über die Bühne.“

Was dann passierte, hat hoffentlich jemand für die Annalen der Stadt notiert, denn es ist zu bezweifeln, ob sich so etwas je wieder ereignen wird. Jeder, der noch nicht für das Gruselabenteuer ausgestattet war, machte sich eilig auf den Weg, um die nötigen Utensilien zu besorgen. Alles war innerhalb von Stunden ausverkauft. Der Verein zum Schutz von Maulwürfen, Wühlhelm e. V., schickte eine Delegation, die untersuchen sollte, ob den Tieren ausreichend Zeit für eine sichere Flucht gegeben wurde. Sie mussten feststellen, dass unter der Erde nur Beton war und keiner da war, der hätte fliehen können. Das Telefon in der Bundeswehrkaserne klingelte Sturm. Major Volker Schlag hatte den Einfall, etwas für das Image der Truppe zu tun, und bot zweitägige Überlebenscamps an. Nahrung unter der Erde zu finden, Gefahren im Dunkeln zu erkennen, Stiefel ordentlich zu putzen und Hemden auf DIN A 4 zu falten. Die ersten zehn Kurse waren schnell ausgebucht. Eine Frau wollte ihren Mann nur für die Schuhputz- und Hemdenfalteinheit anmelden, das könnte er ruhig mal lernen nach zwanzig Jahren Ehe. Die verschiedenen Pfadfinderorganisationen boten Orientierungsläufe und Gewaltmärsche für Kinder und Jugendliche an, um sich die nötige Kondition zu erarbeiten. Ausgebucht! Einige sehr vorsichtige Eltern gründeten eine Selbsthilfegruppe, in der sie sich darauf vorbereiteten, dass irgendetwas Schlimmes passiert. Schockzustände, Panikanfälle oder andere Traumata, ausgelöst durch das Unheimliche, das in der Tiefe auf sie lauerte. Eine psychotherapeutische Praxis bot Motivationstreffen unter dem Titel „Ich schaffe das!“ an. Alles Ausgebucht. Die Apotheken dekorierten ihre Schaufenster mit Medikamenten in Familienpackungen, und das Rote Kreuz führte Ersthelferlehrgänge im Akkord durch. Hundeschulen wurden vermehrt damit beauftragt, Familienhunde schnellstens zu Menschensuchhunden auszubilden. Das lehnten sie ab mit dem Hinweis, dass so etwas selbst für den begabtesten Hund kaum in drei Wochen zu schaffen wäre. Heinz Fellbert mit seiner Schule Wuff & Waldi hatte sich von seinem bayerischen Kollegen Sepp Almiger zwanzig erfahrene Bernhardiner geliehen, die er jetzt vermietete. Mit oder ohne Rumfässchen am Hals. Die Tiere kannten sich zwar im Schnee besser aus, aber unter der Erde war es ja auch kaum anders als in einer großen Lawine. Das würde schon gehen, meinte der Sepp. Für den Tag der Firmenfeier waren alle Tiere innerhalb von einer Stunde online gebucht. Die Mieter musste sie aber schon die drei

Wochen vorher bei sich halten, damit sich Mensch und Tier aneinander gewöhnen konnten. Das war für Bewohner von Zweizimmerwohnungen eine echte Herausforderung. Almut Schmidt und ihr Mann Alwin mussten zum Schlafen auf das Wohnzimmersofa ausweichen, weil das Ehebett gerade richtig für Poldi war. Tagsüber lag der Hund gern in der winzigen Küche, wo kein Platz mehr für die Schmidts war. Aber mit Poldi fühlten sie sich sicher. Auch ein Einbrecher hätte keinen Platz in der Wohnung gehabt. Vielleicht würden sie den Hund behalten. Falls all diese gut vorbereiteten Menschen während ihrer unterirdischen Reise dem drohenden Untergang entgingen, wäre Oberklemmbach für die nächsten Jahrzehnte Heimat eines unschlagbaren Spezialteams für jegliche Art von Katastrophen.

Kein Weg zurück (Freitag, 9.9.22)

Eine Woche lang hatte Johannes Friemel an seinem Bericht gearbeitet, den er heute Hans Karl Peter überreichen würde. Darin beschrieb er den Verlauf der Coachingtreffen und die Entwicklung, die Jeremias Peter genommen hatte, oder auch nicht. Er erklärte seine Methoden, die Ergebnisse und interpretierte sie. In einem zweiten Kapitel analysierte er die fünf Filme, in denen der Junior ganz konkreten und realistischen Situationen ausgesetzt wurde, wie sie in jedem Unternehmen vorkamen. Er bewertete sein Verhalten, Mimik und Gestik, seine Wortwahl, seine Entscheidungen, seinen Umgang mit Mitarbeitern und Geschäftspartnern. Und seine Ausraster.

Fünf davon. Friemel legte seine ganze Überzeugungskraft in die Formulierungen. Alles sollte schlüssig und folgerichtig auf das Ergebnis hinführen, das nur ein Fazit zuließ. Dieses stand ganz am Ende und würde Hans Karl Peter nicht gefallen. Aber er hatte von ihm schonungslose Offenheit verlangt. Die bekam er nun. Sein Sohn war nicht in der Lage, seine in Schottland gelernten Dinge umzusetzen und entwickelte sich eher zurück als weiter. Dieser Abschlussbericht würde Hans Karl Peter die Augen öffnen und ihn ein für alle Mal von dem Gedanken abbringen, seinem Sohn die Verantwortung für die Peter GmbH & Co. KG zu übertragen. Aber Friemel hatte eine gute Alternative, damit das Unternehmen auch in Zukunft gut geführt werden konnte. Wenn alles optimal liefe, würde Hans Karl Peter selbst darauf kommen.

Als er zum Termin in Hans Karl Peters Büro erschien, stand dieser am Fenster und sah den Bauarbeiten auf dem Parkplatz zu. Grußlos und ohne sich umzudrehen, fragte er:

„Haben Sie gute Neuigkeiten, Herr Friemel?"

Der wusste nicht, was er darauf sagen sollte und kam schon früh vom Weg ab.

„Wie man's nimmt", brachte er heraus.

„Das werden Sie mir sicher erklären."

Peter drehte sich um, setzte sich an seinen Schreibtisch und zeigte auf den Stuhl ihm gegenüber, der etwas niedriger eingestellt war als seiner, nur ein paar Zentimeter, aber mit großer psychologischer Wirkung. Kein Kaffee auf dem Tisch.

„Ich höre, Herr Friemel."

„Es steht alles hier drin, Herr Peter."

Er legte seinen dicken Bericht auf den Tisch und schob ihn zu Hans Karl Peter. Der schob ihn wieder zurück.

„Ich möchte Sie bitten, mir alles persönlich zu berichten. Das Thema ist zu wichtig, um die Ergebnisse nur zu lesen. Da stimmen Sie mir doch sicher zu."

Das musste er wohl und trug die Ergebnisse vor, während Hans Karl Peter ihn mit zementierter Miene dabei ansah. Keine Regung, keine Frage. Das kann schon verunsichern. Er merkte, wie seine Hände erst feucht, dann nass wurden. Die Schweißperlen auf seiner Stirn konnte er nicht verbergen.

„Geht es Ihnen nicht gut, Herr Friemel?", fragte sein Gegenüber.

Allein diese kleine Frage untergrub Friemels hart erarbeitete Souveränität, die er nun nach und nach verlor, ohne dass Hans Karl Peter irgendetwas sagte. Oder gerade, weil? Nach der Schilderung seines Eindrucks, dass Jeremias Peter sich leider nicht zu seinem Vorteil als künftiger Geschäftsführer entwickelte, beendete er seine Ausführungen. Das aber ließ Hans Karl Peter nicht durchgehen.

„Was folgt nun aus all dem, Herr Friemel? Was empfehlen Sie mir?"

Er wollte es aus seinem Mund hören. Nun musste er es sagen und hoffen, dass seine Argumente stark genug waren. Hans Karl Peter hörte mit unverändertem Gesicht zu.

„Sie meinen also, dass mein Sohn auch nach Ihrem Coaching nicht zur Führung dieses Unternehmens fähig ist und sich persönlich keinen Schritt nach vorn entwickelt hat, Herr Friemel?"

Das wäre nicht ganz richtig, denn er hätte sich schon entwickelt, dann aber Rückschritte gemacht, wie von einem Gummiband immer wieder zurück an den Anfang gezogen, antwortete Friemel.

„Ist das nicht merkwürdig? Woran könnte das liegen?“, fragte Peter und bekam nur ein Schulterzucken als Reaktion. Johannes Friemel setzte sein schönstes Lächeln auf, als er sagte, er wolle das Gespräch nicht so negativ enden lassen. Er würde gern einen Vorschlag für die Zukunft des Unternehmens machen. Hans Karl Peter war wieder zu seiner Zementmiene zurückgekehrt.

„Nur zu.“

Ermutigung geht anders. Friemel spürte, wie nun auch der restliche Wind aus seinen Segeln wich und sein Boot vollends vom Kurs abzukommen drohte. Aber er musste jetzt sagen, dass er sich gut vorstellen könnte, das Unternehmen allein zu leiten.

„Aha, können Sie das?“, kommentierte Hans Karl Peter scheinbar verdutzt.

„Sie hätten es dann allerdings mit rund fünfhundert Mitarbeitern zu tun. Das sind vierhundertneunundneunzig mehr als einer.“

Im Boxring wäre das ein Tiefschlag gewesen. Hier auch. Er müsse nun erstmal nachdenken, fügte Peter hinzu. Das Gespräch war beendet. Johannes Friemel schlich aus dem Raum, es war nicht gut gelaufen. Wie hatte dieser Mann es geschafft, dass er sich nun einen Meter kleiner fühlte? Hans Karl Peter blieb sitzen und fühlte sich so groß wie immer. Als die Tür wieder zu war, stand er auf und lächelte. Das war gut gelaufen. „Frau Grosfuß, Sie können den Kaffee wieder auf den Tisch stellen!“, rief er durch die geschlossene Tür.

Einer geht noch (am selben Tag)

Die Lieferung des Harnstoffs war nur einen Tag nach der Bestellung eingetroffen, und die Düngung des Mongolenkrauts auf dem Feld konnte stattfinden. Jonas Mischke, Bert Grabowski und Lasse Gudsen diskutierten über die passende Mischung von Wasser und Dünger. Da sie sehr schnell zu einem Ergebnis kommen mussten, entschieden sie sich für vier verschiedene Varianten, von sehr viel bis ganz wenig Harnstoff im Gießwasser. Dann war der Gärtner dran. Er steckte vier Testzonen in einem der Beete ab, stellte kleine Schilder mit der Angabe des Mischungsverhältnisses von Wasser und Harnstoff auf und begoss die Kräuter täglich damit. Einige Tage später sahen sie rein äußerlich keine Veränderungen an den Pflanzen, die alle prächtig gediehen und sattgrün waren. Gelblich war keine von ihnen. War das Anlass zur Sorge? Jonas Mischke setzte sein Team auf eine neue Entwicklungsrunde für einen Quittenbrand an, die es in sich hatte, denn sie mussten mit „weiterentwickelten Kräutern" eine geschmackliche Punktlandung schaffen. Das Ergebnis musste genauso schmecken wie der bereits zum Sieger gekürte QUITT!. Niemand in der Mannschaft wusste, welchen Anteil Buschido an der Geschmackssensation des Quittenbrandes gehabt hatte. Sie dachten lediglich, sie sollten noch einen oben draufsetzen. Chinesen hätten es sich leicht gemacht und Glutamat als Geschmacksverstärker eingesetzt. Es war aber kein Chinese da. Zuerst mussten sie in der Rezeptur des QUITT! nur das Mongolenkraut aus dem Gewächshaus durch die vier neuen Alternativen ersetzen und dann den Geschmack testen.

Mischke hoffte inständig, dass wenigstens eine Mischung genauso schmeckte wie der QUITT!. Falls nicht, müssten sie weiter tüfteln. Und so kam es. Einmal mehr wurde in der Entwicklungsabteilung ein Testtrinken veranstaltet, bei dem es aber sehr ernst zuging. Alle wussten, was auf dem Spiel stand. Nach nur einer Runde war klar, dass drei von fünf Kandidaten aussortiert werden mussten. Immerhin blieben zwei, die dem neuen Quittenbrand sehr nahekamen, einer mehr als der andere. Den nahmen sie sich in fünf Teams erneut vor und veränderten die beigemischte Menge des Mongolenkrautes in kleinen Schritten nach oben und unten. Nach zwei Tagen kam Fabian Dengler in das Büro seines Chefs und stellte ihm zwei kleine Fläschchen mit gelber Flüssigkeit auf den Schreibtisch.

„Probieren Sie mal, Herr Mischke. Alt und neu."

Mischke wollte wissen, in welcher Flasche der originale QUITT! war, was Dengler aber nicht verriet. Jonas Mischke nahm einen Schluck aus einer der beiden Flaschen.

„Ich bin jedes Mal wieder beeindruckt. Das Zeug ist der Hammer", sagte er. Und dann probierte er den neuen Drink, wie er dachte.

„Hm, der hier ist eine Nuance weniger kraftvoll, finden Sie nicht, Herr Dengler?"

Der stimmte kopfnickend zu.

„Dann müssen wir noch mehr Feinarbeit leisten, fürchte ich", sagte Mischke enttäuscht.

Nein, das müssten sie nicht, sagte Dengler bestimmt. Als er das irritierte Gesicht seines Chefs sah, fügte er schmunzelnd hinzu:

„Die zweite Probe war der bisherige QUITT! Mischkes Kinnlade fiel so tief herunter, dass ein Kieslaster darin hätte einparken können.

„Sie wollen sagen, dass wir das Gesöff sogar noch verbessert haben?"

Er nahm zur Sicherheit nochmal einen Schluck aus der ersten Flasche und konnte es kaum glauben.

„Holen Sie sofort alle rein und rufen Sie Gudsen und Grabowski dazu.

Als alle versammelt waren, erklärte Mischke, dass sie in diesem Moment über die Zukunft des Unternehmens würden entscheiden müssen. Niemand dürfe wissen, dass sie die Rezeptur noch einmal verändert haben, diese Verantwortung werde er allein übernehmen. Dann übergab er Fabian Dengler das Kommando, der den anderen jeweils zwei Fläschchen reichte, in derselben Reihenfolge wie ihm zuvor. Mit demselben Ergebnis. Als allen dämmerte, dass sie ihre eigene Arbeit noch einmal übertroffen hatten, kannte die Begeisterung keine Grenzen. Gudsen und Mischke fielen ganze Gesteinsformationen vom Herzen. Einer von ihnen wusste nun endlich, warum seine Abteilung einen Hit gelandet hatte. Der andere musste den Behörden gegenüber kein Wissen mehr Verschweigen, was ihn Kopf und Kragen gekostet hätte. Und Bert Grabowski hatte das gute Gefühl, geholfen zu haben.

Für die kommende Woche war der Produktionsstart für den neuen Quittenbrand geplant. Mit einer offiziellen internen Mitteilung informierten Mischke und Gudsen umgehend Produktionsleiter Klaus Wunder und alle anderen Abteilungen, dass dem nun nichts mehr im Wege stand. Vertrieb und Marketing konnten Gas geben und die Werbung planen. Gisbert Guth und Björn Paulsen versammelten ihre

Teams um sich. Hans Karl Peter fand eine kleine Flasche auf seinem Schreibtisch mit der Nachricht. „Es geht los, Herr Peter. Auf in die Zukunft!“, stand auf dem Etikett, unterschrieben von Jonas Mischke. Große Freude bei dem Mann, der Buschido nicht kannte. Er nahm einen kleinen Schluck und war verzückt. Er hatte vergessen, wie gut der neue Quittenbrand schmeckte. Bevor er nach Hause fuhr, ging er noch bei Jonas Mischke vorbei, der gerade seinen PC ausschaltete.

„Auf ein Wort, Herr Mischke“, begrüßte er ihn in dessen Büro. Mischke war in Gedanken und erschrak leicht. Peter schloss die Tür hinter sich.

„Herr Mischke, ich danke Ihnen für Ihre Ideen und Ihren Einsatz. Wenn der QUIITT! ein Erfolg wird, woran ich wenig Zweifel habe, dann ist das Ihr Verdienst. Und natürlich vergesse ich auch Herrn Dengler nicht.“

Jonas Mischke schüttelte sich innerlich. Vor ihm stand ein ganz neuer Hans Karl Peter, dessen persönliche Anerkennung direkt und ehrlich war. Altersmilde, irgendein Schlüsselerlebnis? Der Grund war eigentlich auch egal.

„Sie ahnen nicht, wie sehr mich das freut“, antwortete er. „Aber ich muss leider die Annahme dieses Lobes verweigern, weil das zu hundert Prozent meine Leute verdient haben.“

Da war er wieder, der Vorgesetzte, der in schlechten Zeiten vor, in guten hinter seinen Mitarbeitern stand. Das Bild, das Hans Karl Peter von seinem Chefentwickler hatte, wurde immer runder. Es gefiel ihm. Bevor er ging, bat er noch um vier Probeflaschen, die er mit nach Hause nehmen wollte.

Häutungen (Samstag, 10.9.22)

Gisela Peter und ihr Mann waren zum Abendessen bei Fiona und Jeremias verabredet. So oft wie in letzter Zeit hatte sich die Familie vorher nie getroffen. Daran hatte er nie Interesse gehabt, weil er sich mit seinem Sohn wenig zu sagen hatte. Aber die klare Ansage seiner Frau, die immer noch in ihm arbeitete, hatte etwas in Bewegung gebracht. Zum ersten Mal in seiner nur von Erfolgen gekrönten Laufbahn stellten sich mehr Fragen, als er Antworten hatte. Aber er wollte sie finden. Er freute sich sogar auf das Treffen, nicht zuletzt der kleinen Fee wegen, die immer mehr zu seinem Herzblatt wurde. Manche Antworten sind plötzlich da und stehen unumstürzlich im Raum. Zum allerersten Mal hatte er sogar ein Geschenk für sie. Weil er selbst nicht so recht wusste, worüber sie sich freuen würde, hatte er Nadine Grosfuß gebeten, etwas zu besorgen. Und er wollte endlich wissen, was das mit dem Tierheim auf sich hatte. Noch so eine Frage. Als sie eintrafen, war der Tisch noch nicht gedeckt. Tarzan hatte in einem Anfall von Bewegungslust ein paar Vorhänge von den Stangen gerissen und sich anschließend oben auf der Küchenzeile versteckt. Dort war er gegen eine Vorratsdose mit Mehl gesprungen, die mit lautem Getöse erst auf Fiona, danach auf den Fußboden fiel. Und so sah es auch aus. Die Küche eine Winterlandschaft, Fiona Peter eine Schneefrau. „Daba!“ Fee fand es spektakulär und wälzte sich im Mehl, wollte auch so aussehen wie Mama. Jeremias ließ die beiden Besucher herein und machte schnell weiter in der Küche sauber. Die Katze saß noch immer oben auf dem Schrank und machte keine Anstalten, sich von dort wegzubewegen. Fiona und Fee standen noch unter der Dusche.

„Was ist denn hier passiert?", fragte Hans Karl Peter amüsiert.

„Und seit wann habt ihr eine Katze?"

Das seien zwei längere Geschichten, die er später erzählen würde, sagte sein Sohn. Nachdem er die Küche einigermaßen wiederhergestellt hatte, kamen auch Fiona und Fee die Treppe herunter. „Daba!" Und schwupp, war die Kleine auf Opas Arm.

„Mögt ihr Pizza?", fragte Fiona.

Das Essen auf dem Herd hatte etwas viel von dem herabschneienden Mehl abbekommen und war nun ungenießbar. Wenn man den Inhalt aller drei Töpfe zusammengeknetet hätte, wäre daraus sicher ein schicker Fleisch-Gemüse-Mehl-Klumpen geworden. Vielleicht sogar ein neues Gericht, eine Innovation. Rumkugel Royal, nach fünf Stunden im Ofen, lecker. Aber so kam es, dass Hans Karl Peter zum ersten Mal eine Pizza von einem Lieferservice aß, Pizza alla Chef. Dafür brauchte er sehr lange und schaffte nur die Hälfte, weil Fee auf seinem Schoss von ihm gefüttert werden wollte. Die Pizza war irgendwann kalt, der Kinderbrei überall auf seiner Hose. Als die Kleine im Bett war, gab Hans Karl Peter allen eine kleine Flasche mit gelber Flüssigkeit.

„Das ist die Zukunft unseres Unternehmens. Probiert mal."

Es freute ihn sehr, dass die drei anderen den QUITT! lobten. Viel besser als der Sausepeter, war die einhellige Meinung. Sie hatten sich verabredet, um zu reden. Alle hatten ihre Themen, aber es gab keine Tagesordnung. Wie also beginnen? Gisela Peter wusste, dass ihr Mann in persönlichen und emotionalen Dingen ungeübt war. Von ihm konnten sie nicht erwarten, dass er heute als Erster das Wort ergriff. Von Jeremias auch nicht, der sich immer hintenanstellte. Also mussten die beiden Frauen das übernehmen. Darin hatten sie mittlerweile Erfahrung. Gisela machte den Anfang und wiederholte, was sie ihrem Mann schon vor einer Weile gesagt hatte. Es sei offensichtlich, dass es Jeremias immer schlechter ging. Sie wollte außerdem wissen, wie das mit dem Coaching ihres Sohnes weitergehen sollte. Was für einer dieser Friemel eigentlich wäre und was der im Schilde führte, wollte sie auch wissen. Dabei sah sie ihren Mann mit bohrendem Blick an.

„Vor allem solltest du mal klar sagen, was du überhaupt willst, Jeremias."

Das war Fiona, die ihren Mann mit funkelnden Augen ansah. Hans Karl Peter war erst mal nicht gefragt. Was er wollte, wussten alle. Dachten sie. Es wurde ein sehr langer Abend, ohne Streit, aber mit einigen Überraschungen. Die beiden Frauen hatten die Offensive ergriffen. Gisela stellte eine Regel auf, die einzige. Jeder durfte zunächst fünf Minuten sprechen, ohne Unterbrechung durch die anderen. Kein Widerspruch. Auch nicht von dem, der sonst die Regeln aufstellte.

Jeremias konnte nicht über das Coaching sprechen, ohne das Thema Schottland und die Erwartungen seines Vaters an ihn zu erwähnen. Mit seinem neuen Selbstvertrauen packte er der Reihe nach alles auf den Tisch, was in fünf Minuten hineinpasste. Seine Schulzeit im Anzug als Zielscheibe des Spotts, eine Jugend ohne Freunde und Freude, ein erzwungener Schulabschluss. Ein Studium, das ihn nie interessierte, für eine Rolle, die nicht zu ihm passte. Kollegen, die von ihm etwas auf Schrottisch hören wollten. Und dem Friemel würde er eine glatte sechs geben und so weiter. Hans Karl Peter konnte nur schwer stillsitzen und schweigen. Er war schockiert und tief betroffen, hätte auch gar nichts sagen können. Es kam noch dicker. Fiona war an der Reihe. Sie schilderte die Veränderungen, die sie an Jeremias in der Zeit ihrer Ehe beobachtete. Er war von Anfang an nie der selbstbewussteste Mann gewesen, aber genau das mochte sie an ihm. Seine Feinfühligkeit, seine ruhige Art, mit der er sich nie vordrängelte und niemals den Erben eines Großunternehmers raushängen ließ. Ganz im Gegenteil, er war immer bescheiden. Er konnte gut zuhören und sich in andere hineinversetzen. Sie redete über seinen Sohn, über den Hans Karl Peter solche Sätze nie gehört oder auch nur gedacht hatte. Aber seit dieser Friemel auf „ihn angesetzt“ wurde, so sagte sie das, ging es Jeremias zunehmend schlechter. Die Alpträume, der Kauderwelsch. Und als gar nichts mehr ging, die Flucht ins Reich der Tiere, wo es ihm gut ginge. Und nur dort.

Gisela Peter übernahm das Ruder, da ihr Mann offenbar mit sich selbst zu tun hatte und um Fassung bemüht war. Sie wollte immer das Beste für alle, so war sie eben. Auch jetzt. Und sie musste ihrem Mann helfen.

„Hans, was möchtest du von Jeremias?“

Die Antwort war leise:

„Er ist mein Sohn und soll die Firma führen, wenn ich das nicht mehr mache.“ „Das hast du vor acht Jahren auch schon gesagt“, hielt seine Frau ihm vor.

„Vor acht Jahren, Hans, acht! Und dann hast du ihn vor allen Mitarbeitern lächerlich gemacht.“

Der nächste Schlag für den Alten.

„Hast du ihn jemals gefragt, ob er die Firma überhaupt übernehmen möchte? Vielleicht hat er ja ganz andere Pläne.“

Dieser Gedanke war ihrem Mann nie gekommen.

„Also nein?", insistierte Gisela Peter. „All diese Fortbildungen, Auslandsaufenthalte, das Studium, das Coaching – ohne zu fragen? Einfach angeordnet?"

„Er hätte ja sagen können, dass er das nicht möchte", verteidigte sich ihr Gatte.

„Widerspruch war nie eine Option für dich", sagte Jeremias.

Nun wurde Fiona rebellisch. „Mein Gott, Jeremias! Oder soll ich lieber Jerry sagen? Wenn er dir befohlen hätte, einen Pinguin zu heiraten, hättest du das auch gemacht? Wo ist dein Rückgrat? Was hätte denn schon passieren können? Enterbt, verstoßen?"

„Moment mal, bitte. Jetzt macht mich mal nicht schlimmer, als ich bin."

Hans Karl Peter fand seine Sprache wieder. Und nun wurde es ein Gespräch. Alle hatten sich Luft gemacht und konnten jetzt zuhören.

„Was hättest du denn gesagt, wenn ich dich gefragt hätte?", wollte der ratlose Vater von seinem Sohn ehrlich wissen.

„Dass ich es mir in Ruhe überlegen müsste und vor allem meinen eigenen Stil haben würde. Der ist anders als deiner."

Sie redeten lange, kamen sich näher, verstanden sich. Ein Beobachter hätte mehrere Häutungen verfolgen können. Aus der stillen Mutter und Ehefrau Gisela wurde eine umsichtige Wortführerin in Familienangelegenheiten. Ihre Schwiegertochter präsentierte sich als Mitglied im „Verein für klare Aussprache", und Jeremias wandelte sich zum ruhigen Fürsprecher seiner selbst, der niemandem etwas vorwarf, auch seinem Vater nicht. Eine Meisterleistung im interfamiliären Brückenbau. Und Hans Karl Peter? Hin- und hergerissen zwischen den Polen Schuld und Sühne, Zweifel und Erkenntnis, entdeckte er eine ganz neue Facette seiner Persönlichkeit und ließ den alten Alleswisser hinter sich. Wohlwollen und Verständnis standen ihm gut. Das fanden auch die anderen. Lösungen würde es geben, aber die wollten sie gemeinsam finden. Blieb noch die Friemelfrage. Ja, den hätte er eingestellt, um seinem Sohn auf die Sprünge helfen zu lassen. Böse Blicke, aber nicht zu böse, eher gespielt. Dass dabei aber etwas nicht stimmte, hatte auch er gemerkt, daher wäre er der Sache auf den Grund gegangen. Dann erzählte er vom Sonderkommando Spieker-Laskow und dem Bericht, den er von Johannes Friemel bekommen hatte. Einschließlich der Empfehlung, nicht Jeremias, sondern nur sich selbst als alleinigen Geschäftsführer einzusetzen. Was alle ahnten, lag nun auf der Hand. Es war nie Friemels Plan gewesen, Jeremias da hinzubringen, dass er die Firma übernehmen könnte. Mit einer perfiden Strategie hatte er unbemerkt stets neue Rückschläge provoziert und Jeremias so konditioniert, dass schon allein das Wort ‚Schottland' eine ausgewachsene Krise auslöste. Damit hatte er dafür gesorgt, dass die schlechten Erinnerungen an die Zeit bei den Kelten immer wieder hochkamen. Und in die Drehbücher für die Filme hatte er jeweils gegen Ende Fallen eingebaut, in die Jeremias auch prompt lief, sodass er am Schluss scheiterte. Die perfekte Hinterhältigkeit. Dieses Problem mussten sie lösen.

Ostwind (Montag, 12.9.22)

Alle großen Fachzeitschriften für Getränke und Gastronomie hatten innerhalb von drei Tagen zwei Mal Post aus

China erhalten. In den Redaktionen war man einigermaßen überrascht. Beide Absender waren völlig unbekannt, und was sie ankündigten, war entweder eine kalte Eroberung oder ein Witz. Sowohl die Peking Drink Ltd. als auch die Shanghai Drink Or Die Ltd. informierten über den kurzbevorstehenden Verkaufsstart eines revolutionären neuen Quittenbrandes, der den Sausepeter der Peter GmbH & Co. KG weit in den Schatten stellen würde. Da die beiden Firmen zu unterschiedlichen Verkostungen einluden, hatten sie anscheinend nichts miteinander zu tun. Auch das mutete merkwürdig an. Dennoch, zwei Pflichtveranstaltungen für jeden Spirituosen-Redakteur. Fünfzehn Fachjournalisten saßen an einem großen Tisch im Restaurant Mandarin in Unterpfölzheim. Dabei waren die Branchenriesen Saus & Braus, Genussjunkie, Feucht & Fröhlich, Mundwerk und Von der Hand in den Mund. Sie hörten der Begrüßung durch den Geschäftsführer Hin Tsu der Peking Drink Ltd., der durch seinen Übersetzer Fang So-An zu ihnen sprach. Alles dauerte doppelt so lang. Von einer ganz neuen Mischung war die Rede, die alles bisher Dagewesene vergessen ließ.

„Wir haben keine Kosten und Mühe scheu gemacht, um den größten Brand der Welt zu entfachen."

Sie hätten sogar große Plantagen mit japanischen Quittenbäumen angelegt, nicht etwa der chinesischen, die anders aussieht und schmeckt.

„Jahrelang haben wir geforscht und gewickelt und die besten Experten von Bord geholt."

Wahrscheinlich entführt, flüsterte Hanno Klein von Saus & Braus belustigt seinem Nachbarn ins Ohr. Frieda Folkert von Geht Gut Runter wollte sich den Werbeteil ersparen und fragte drauflos, warum ausgerechnet Chinesen in Deutschland einen Quittenbrand verkaufen wollten, wo es doch große etablierte Konkurrenz gäbe.

„Wir wollen zeigen, dass wir können mehr als Technik und Computer. Mit diesem Revolutionsgetränk werden wir uns in einer neuen Branche an die Füße fassen", übersetzte Fang die Antwort seines Geschäftsführers.

Jens Gluck von Der Tropfen wollte wissen, was die Peking Drink Ltd. so sicher machte, dass ihr Drink sich durchsetzen würde. Hin Tsu ließ übersetzen:

„Wir haben nur die besten Taten zu genommen und unserem Gönner keine Pause gegeben", war die selbstbewusste Antwort. Außerdem gäbe es Pläne, in Deutschland eine Produktionsfirma zu gründen oder zu kaufen. Sofort gingen alle Alarmlampen an. Welches Unternehmen sie denn übernehmen wollten, doch nicht etwas das von Hans Karl Peter.

„Leider kann ich die Katze noch nicht aus der Tüte lassen", antwortete der Geschäftsführer durch sein Sprachrohr. Man wollte nun zum wichtigsten Thema kommen und den neuen Quittenbrand für sich sprechen lassen. Fünfzehn Flaschen wurden auf einem beleuchteten Rollwagen in den Raum geschoben, dazu genauso viele kleine Gläser.

„Meine Damen und Herren, die Peking Drink Ltd. präsentiert den Kiwitt!"

Stirnrunzeln, Unverständnis und Fragezeichen statt des erwarteten Applauses. Diesen Namen verstand wohl nur Harm Jensen aus Husum von der Zeitschrift Nordmann. Er hätte das aufklären können, wenn ihn jemand gefragt hätte. Ob die plattdeutsche Version des Vogelnamens Kiebitz die richtige Wahl für den Erfolg eines alkoholischen Getränks war, durfte man bezweifeln. Vielleicht auf den Nordfriesischen Inseln.

„Dürfen wir Sie jetzt bitten, einen Trink zu schlucken? Und danach melden Sie sich bitte zurück. Wir wünschen guten Prost", rief der Übersetzer im Namen seines Chefs, dessen freudige Erregtheit er sehr überzeugend kopierte. Das war sein Job, Chinesen können das. Mit erwartungsvollen Gesichtern schenkten sich die Gäste ein und probierten. Noch erwartungsvoller schauten die chinesischen Unternehmensvertreter zu. Nur mit geringfügiger Verzögerung reagierten alle Tester so, wie sie sich normalerweise bei Tisch nicht verhielten. Einige spuckten den Schluck sofort wieder in ihr Glas, andere im hohen Bogen auf den Tisch, weil es schnell wieder raus musste. Nicht wenige rannten in Richtung der Toiletten, andere schrien nach Wasser oder dem Notarzt.

„Die wollen uns vergiften!", rief einer.

„Was für eine widerliche Brühe!", ein anderer.

„Packen sie ihre ekelige Sauce ein und fliegen dahin zurück, wo Menschen das lecker finden. Hier sind Sie so was von falsch!"

Übersetzer Fang So-An kam nicht hinterher. „Meine Damen und Herren, was für ein Los haben Sie?", rief er verzweifelt. „Ist Ihr Geschmack nicht gut?"

Seine Stärke war auch eher Chinesisch-Deutsch als umgekehrt. Sein Boss blickte irritiert im Raum umher. Schmeckte den Deutschen ihr eigenes Rezept nicht? Das war doch nicht zu verstehen. Als einer der Ersten erholte sich Uwe Ungut von Guten und drehte die Flasche um, die man ihm gegeben hatte. Was war da eigentlich drin? Die sehr kleingedruckte Liste der Zutaten kam ihm bekannt vor und ähnelte der des Sausepeter. Also keine Überraschung? Erst nicht, dann doch.

„Leute, die haben tatsächlich Brennnesseln und Löwenzahn fermentiert und da reingemörsert!“, informierte er die große Runde.

„Damit kann man Krieg führen. Ein Schluck, und der Feind ist platt!“, frotzelte die Redakteurin von Gutes Näschen.

„Hoppla, nichts gegen Platt“, warnte Harm Jensen.

Er schlug vor, dass jemand diese Plörre der Lebensmittelbehörde schicken sollte. Die Zutatenliste wäre sicher nicht zugelassen, und die Wirkung mit Sicherheit gesundheitsgefährdend, wenn nicht sogar giftig. Alle Anwesenden waren sich einig darüber, dass dieser groß angekündigte Drink schon wieder der Vergangenheit angehörte, bevor die erste Flasche verkauft war. Es wäre ihre journalistische Pflicht, die Öffentlichkeit vor diesem Verbrechen am guten Geschmack zu warnen. Die Artikel in den nächsten Ausgaben ihrer Blätter würden an Deutlichkeit nicht sparen. Genau das wollten sie den Herren aus Peking mit auf den Weg geben. Auf dem waren sie aber inzwischen schon. Der Übersetzer hatte an der Rezeption eine Nachricht hinterlassen: „Das Flugzeug auf Startbahn Null Drei ist wegen Nord-Ost-Wind eilig, wir konnten uns leider nicht abscheiden.“

So ungefähr war es auch drei Tage später im Restaurant Rice & Spice in Bad Bonnef. Dieselben Redakteure mit denselben Befürchtungen. Dieses Mal kamen die Gastgeber aus Shanghai, der Übersetzer hieß Si Hin und freute sich, dass alle zur „öffentlichen Probe“ gekommen waren. Die Entwicklung auf ihrer Linie wäre ein ganzer Erfolg, und das wollten sie zeigen. „Es hat lange gedauert, aber Weile will ein gutes Ding haben. Das ist die Wiese.“

Einen Unterschied zur vorangegangen Verkostung gab es

am Ende doch: Alle Gäste lasen dieses Mal zuerst die Zutatenliste auf dem Etikett. Dann rochen sie, aber sie probierten nicht. Das Zeug war identisch mit dem Gebräu aus Peking. Und es hieß auch Kiwitt. Eigenartig.

Die Artikel, die in den nächsten Tagen erschienen, waren mehr als Verrisse. Vernichtungen traf es besser. „Chinesische Attacke auf die Gesundheit", „Günstiges Gift", „Nicht anfassen!" oder „Besser zu Hause geblieben" waren noch die freundlichsten Überschriften. Alle Autoren vermuteten, dass zwei absolut gleiche Getränke in all ihrer Widerlichkeit kein Zufall sein konnten. Entweder hatten hier zwei chinesische Unternehmen voneinander abgekupfert, oder beide von einem europäischen Hersteller. Welcher das aber sein sollte, der in der Lage war, so eine ätzende Verirrung zu produzieren, wusste niemand. Jedenfalls nicht in den Redaktionen. Diese fulminanten Bewertungen machten schnell die Runde, wurden geteilt und kommentiert. Bestellt wurde zum Verkaufsbeginn bei jedem der beiden Unternehmen nur eine Flasche. Von der Lebensmittelbehörde.

Tagebuch eines Tierverwalters (Dienstag, 13.9.22)

Es gab neuen Aufruhr unter den Mitarbeitern der Peter GmbH & Co. KG. Nach dem Ende der Spionage und des gegenseitigen Bespitzelns hatte es eine Weile gedauert, bis Friede und Harmonie in die Firma eingekehrt waren. Beides war nun wieder in Gefahr. Der Grund, wer hätte es gedacht, waren neun kleine Hundewelpen. Nicht etwa, weil die Freude darüber nachgelassen hätte, dass Buschido Nachwuchs bekommen hatte. Im Gegenteil, die Begeisterung war grenzenlos, und jeden Tag trugen sich dutzende von Mitarbeitern in die Besucherliste ein. Eifersüchtig wurde darauf geachtet, dass niemand auch nur eine Minute länger als andere bei der Hundefamilie war. Jeder wollte sie streicheln, füttern, die Wärme für Herz und Seele spüren, die nur Tiere geben können. Der Rasen im Garten des Unternehmens war inzwischen plattgetrampelt und überall lagen Zigarettenkippen. Für Hundewart Bert Grabowski war das eine nervenaufreibende Zeit, zu seiner eigentlichen Arbeit kam er nicht mehr. Er konnte seinen Kollegen kaum verständlich machen, dass die Hundemutter auch mal Ruhe brauchte und die Kleinen nicht ständig angefasst und auf den Arm genommen werden sollten. „Spielverderber, Klugscheißer, Bürokrat und Tierverwalter", waren noch die harmlosesten Beschimpfungen, die er sich anhören musste. Dabei war er gar nicht zuständig für die Hundefamilie, was die anderen aber glaubten. Buschido hatte sich den Firmengarten schließlich selbst als Zuhause ausgesucht. Als Streit und Zankereien darüber ausbrachen, wer welches der Babys zu sich nehmen durfte, wurde es Grabowski zu viel. Er verabredete sich mit Jonas Mischke und Lasse Gudsen. Sie trafen sich, wie immer, vor den Gewächshäusern.

„So kann das nicht weitergehen", begann Grabowski und schilderte den anderen, was er täglich erlebte. Die staunten nicht schlecht über diese kuriose Entwicklung. Das müsse aufhören, meinten auch sie. Mischke stellte fest, dass sie eine „hundeneutrale" Lösung für das Düngen des Mongolenkrautes gefunden hätten und Buschido dafür nicht mehr bräuchten. Wenn es auch seine Richtigkeit hätte, so wäre es doch eine bedrückende Erkenntnis. Ohne diese treue und besondere Hündin wären sie niemals auch nur in die Nähe der Qualität dieses neuen Quittenbrandes gekommen. Sie hätte ihm und dem ganzen Entwicklungsteam zu einer spektakulären Neuentwicklung verholfen, die entscheidend für seine Karriere und die Zukunft des gesamten Unternehmens sein könnte. Daher täte Mischke sein eigener Vorschlag weh, die Hundefamilie ins Tierheim zu bringen. Da wäre sie gut aufgehoben und die Kollegen könnten sie dort ja auch besuchen oder einen der Welpen übernehmen. Eine andere Möglichkeit gäbe es wohl nicht, denn es müsste schnell etwas passieren.

„Bisher hat der Chef davon nichts mitbekommen“, sagte Lasse Gudsen. „Das sollten wir auch verhindern.“

Mischke und Gudsen sahen erst jetzt, dass Bert Grabowskis Gesicht knallrot geworden war.

„Tierheim? Was für eine schäbige Idee. Das kommt überhaupt nicht in Frage. Wir wissen doch gar nicht, an wen Buschido und die Kleinen dann verkauft werden!“, sagte er und konnte das nicht leise tun. „Ich rufe sofort Herrn Peter an.“

„Um Gottes Willen, lassen Sie das, Grabowski!“, riefen Gudsen und Mischke zugleich.

„Jeremias Peter“, beruhigte der Gärtner sie und zog sein Mobiltelefon aus der Hosentasche. Gesagt, getan.

Jeremias Peter saß gerade im Büro seines Vaters, wo die beiden sich nun regelmäßig trafen, um sich auszutauschen. Nadine Grosfuß war erst erstaunt, dann erfreut, als Hans Karl Peter sie bat, einen regelmäßigen Termin mit seinem Sohn in den Kalender einzutragen. Gestört werden sollten sie nur in dringenden Fällen. Es klingelte in Jeremias Peters Hosentasche. Er hatte vergessen, sein Mobiltelefon lautlos zu stellen.

„Darf ich kurz rangehen?“, fragte er und tat es. „Ist es dringend, Herr Grabowski?“ Das war es. In alle Kürze erklärte der Gärtner den Ernst der Lage. Mit besorgtem Gesicht beendete Jeremias Peter das Gespräch. Als sein Vater wissen wollte, was los sei, bekam er als Antwort, dass es um den Hund ginge, also, die Hunde.

„Welche Hunde, bitte?“, fragte er irritiert.

„Komm am besten mit, ich erzähle dir alles auf dem Weg.“

Jeremias stand auf und ging zu Tür.

„Kommst du?“

Mit vielen Fragezeichen auf dem Gesicht folgte ihm sein Vater.

Als sie den überrumpelten Bert Grabowski vor dem Schuppen trafen, war Hans Karl Peter über das Hundemärchen grob im Bilde. Auf den Gängen vor den Büros trafen sie viele Mitarbeiter, sodass es keine richtige Gelegenheit gab, sich aufzuregen. Dazu sah er allerdings nach seiner ersten Irritation auch keinen Anlass. Tiere tun Menschen offenbar gut. Er dachte an Tarzan und die Mehllandschaft, aber auch an das, was sein Sohn ihm über sein zweites Leben als „Jerry“ erzählt hatte. Er begrüßte den überraschten Bert Grabowski, der nun das Schlimmste kommen sah, und freute sich, nach längerer Zeit einmal wieder im Garten zu sein.

„Was ist denn mit dem Rasen passiert, Herr Grabowski? Ist hier eine Elefantenherde durchgelaufen?“

Das wäre eine längere Geschichte, sagte der vorsichtig. Sie gingen in den Schuppen, wo der Chef zum ersten Mal Buschido sah, die gerade ihre neun Welpen säugte. Der friedliche Anblick berührte etwas in ihm. Jeremias hockte sich daneben, streichelte die Hündin und forderte seinen

Vater auf, näherzukommen. Als dieser etwas zögerlich eine Hand auf den Kopf der Hundemama legte, brummte sie zufrieden.

„Sie mag dich“, stellte Jeremias fest.

Die Hand seines Vaters blieb, wo sie war. Bert Grabowski hatte seine Schockstarre abgelegt und berichtete von der jüngsten Entwicklung seit der Geburt der neun Welpen. Hans Karl Peter brauchte etwas Zeit, um alles zu verarbeiten, was er hörte und sah. Er hatte offenbar einiges nicht mitbekommen und fragte sich, ob er sich nicht wieder öfter in den Abteilungen sehen lassen sollte. Wie es schien, machten die Leute, was sie wollten. Den Hund hatte er nur einmal gesehen, in der Zeitung, und dachte, er gehöre zur Polizei. Und jetzt wurde ihm mitgeteilt, dass er quasi im Unternehmen zu Hause sei. Das war schon allerhand, zumal Haustiere im Büro verboten waren. Ein Außenstehender könnte jetzt anmerken, dass Buschido streng genommen kein Haustier war. Mehr ein Pflegehund mit sehr vielen Paten vielleicht.

„Herr Grabowski, wir bezahlen Sie für andere Dinge als die Betreuung einer Hundefamilie“, sagte Hans Karl Peter. „Ich muss mich schon sehr über diese Ereignisse wundern. Warum hat mir niemand etwas davon gesagt?“

„Weil jeder weiß, dass du das sofort verboten hättest und daraus einen Riesending gemacht hättest. Dieser Hund brauchte Hilfe, und viele Mitarbeiter fühlten sich verantwortlich für ihn. Und nun gehört er einfach dazu“, antwortete Jeremias Peter und sprang für den überforderten Grabowski ein. Es habe zwar nichts mit Unternehmensführung zu tun, aber das Betriebsklima wäre seitdem deutlich besser. Das wäre auch etwas wert.

„Ach, weißt du, wenn bei uns schon in der Kantine getanzt wird, sollte ich mich vielleicht auch nicht über einen Gemeinschaftshund wundern", kommentierte sein Vater. „Was kommt als Nächstes, eine Tabakplantage für die Raucher vielleicht?"

War das ein Anflug von Humor? Auch neu in Hans Karl Peters Repertoire. Wie auch immer, die Hunde könnten auf keinen Fall bleiben und müssten wohl doch ins Tierheim.

„Tierheim? Ich habe eine andere Idee", sagte Jeremias Peter. „Die möchte ich dir erstmal unter vier Augen vorstellen."

Fragen (Mittwoch, 14.9.22)

Die Präsentation der Quittenbrände aus China und die darauffolgenden Beiträge in diversen Medien sorgten für Aufregung und Irritationen in der gesamten Getränkebranche. Es gab zahlreiche Anrufe und E-Mails von Großhändlern und Gastronomen, die von Gisbert Guth und seiner Vertriebstruppe beantwortet werden mussten. Es herrschte Alarmstimmung. Wer konnte jetzt noch sicher sein, dass nicht auch die Hans Karl Peter GmbH & Co.KG irgendeine Sauce auf den Markt schmiss? Misstrauen überall. Auch Hans Karl Peter persönlich musste viele Fragen beantworten. Sie mussten etwas unternehmen, um diese Verunsicherung einzufangen. Er beraumte ein Meeting an, zu dem er Helen Spieker, Björn Paulsen, Jonas Mischke und Gisbert Guth einladen ließ. Bei aller Genugtuung darüber, dass ihnen die Chinesen auf den Leim gegangen waren und sich die ekelige Suppe selbst einbrockt hatten, musste das

Unternehmen nun dafür sorgen, dass der QUITT! zu dem Erfolg wurde, an den alle glaubten.

„Brainstorming, liebe Leute, was machen wir?", eröffnete Hans Karl Peter die Runde. Jonas Mischke stellte fest, dass die Qualität des neuen Brandes über jeden Zweifel erhaben sei, das wüssten inzwischen auch die wichtigsten Kunden. Björn Paulsen sagte, man dürfe diese Unruhe sich nicht selbst überlassen, weil sich daraus eine große Abwehrhaltung gegen Quittenbrände allgemein entwickeln könne. Das sei nicht ungefährlich. Helen Spieker brachte es auf den Punkt: „Wir sollten ein Gegenfeuer legen."

Sie schlug vor, möglichst schnell eine Presskonferenz zu organisieren, in der alle Redaktionen schon vor dem Verkaufsstart des QUITT! alle wichtigen Informationen bekommen sollten. Sie sollten probieren und sich selbst davon überzeugen, dass dem Unternehmen eine bahnbrechende Entwicklung gelungen war. Und darüber sollten die Redakteure schreiben.

„Dann ist Ruhe", zitierte Paulsen die Werbekampagne und grinste. „Wir müssen aber auch sofort mit den Anzeigen, Filmen und Plakaten loslegen. Das kann dann auch nicht mehr warten."

Die Besprechung war nach einer Stunde schon beendet, alle wussten, was sie zu tun hatten.

Countdown (Donnerstag, 15.9.22)

Zwei Wochen noch bis zur Jubiläumsfeier der Peter GmbH & Co. KG, wo die Vorbereitungen in allen Abteilungen auf vollen Touren liefen. Das Team Fünfzig ging an die Feinarbeit und hatte in der langen Checkliste das meiste erledigt. Alle registrierten Gäste hatten ihre Bestätigung bekommen, dass sie dabei sein konnten. Der Bau ging gut voran, Team Tief lag im Plan. Das Essen war bestellt, der Bühnenbauer war beauftragt, die Band Kantstein war engagiert und hatte zugesagt.

„Habt ihr gelesen, was die alles wollen?“, fragte Matthias Albrecht, der den Kontakt zu den Künstlern übernommen hatte. Der Auftritt war von zwanzig bis zweiundzwanzig Uhr geplant. Alle fünf Musiker und die zehnköpfige Crew beanspruchten zehn Suiten im besten Hotel am Ort. Am besten mit eigenem Fahrstuhl. Der Sänger und Star der Kombo, Phil Windemannn, erwartete einen Cadillac mit Fahrer, der ihn zwischen Hotel und Auftrittsort hin- und herfuhr. Weiterhin sollten im Backstagebereich, der nach Lavendel duften sollte, zwanzig verschiedene alkoholische Getränke in ausreichender Zahl stehen. Von Apfelschnaps bis Zitronenlikör, dazwischen der Rest des Alphabets. Für das Essen vor und nach dem Auftritt wurde eine exakte Speisefolge vorgegeben, einschließlich der zu verwendenden Zutaten.

„Sollen wir die nach dem Essen auf die Bühne rollen?“, staunte Lukas Neubert über die üppige Menüfolge. Nach dem Konzert müssten alle Musiker eine Massage bekommen, um am Tag danach wieder fit und entspannt zu sein. Mit der Presse wollten sie nichts zu tun haben, also keine Pressekonferenz, keine Fotos und Filme. Sonst noch was?

Wenn das schon ein dickes Paket war, so war die höchste Hürde eine ganz andere. Matthias Albrecht hatte einen Song über den QUITT! komponiert, den die Band spielen musste. So stand es im Vertrag. Die Instrumente hatte er selbst eingespielt, den Text gesungen und die Aufnahme als Vorlage an den Manager von Kantstein geschickt. Ob Albrecht vor dem Termin noch eine Antwort bekäme, konnte der nicht garantieren. Künstler eben. Aber er konnte sagen, dass seine Jungs „so eine Grütze" normalerweise nicht spielen würden. Besonders der Sänger wäre da sehr eigen. Bei der üppigen Gage würden sie aber vielleicht eine Ausnahme machen.

In der Welt außerhalb der Peter GmbH & Co. KG war man auch nicht untätig. Eine findige Veranstaltungsagentur unter der Leitung von Aron Grubner, dem Bruder von Elias, dem Tiefbauer, hatte für ganze zwei Wochen den Schützenplatz in Oberklemmbach gemietet und einen Jahrmarkt der Superlative aufgebaut. Er hatte den Titel „Einmal Gruseln ist nicht genug" und bestand fast nur aus Geisterbahnen mit unterschiedlichen Schreckensgraden. Besonders diejenigen, die es nicht geschafft hatten, sich für die Jubiläumsfeier anzumelden, und die Unerwünschten konnten sich hier austoben. Für die anderen war es so etwas wie ein Warm-up, Angruseln mit Abhärtungseffekt. Das Ganze war sehr schlau angelegt. Die Gäste bezahlten nur einmal Eintritt und hatten dann alle Attraktionen zur Verfügung. Dazu bekamen sie einen Plan mit einer empfohlenen Reihenfolge der Geisterbahnen, die harmloseste zu Beginn, den „absoluten Horrortrip" zum Schluss. Dieser war so heftig, dass einige Besucher liegend abtransportiert und in einem Sanitätszelt betreut werden mussten. Es war stockfinster und brüllend laute Musik, wummerndes Getöse prasselte von überall auf die Besucher nieder, die in Viererwagen durch das Grauen gefahren wurden. Angekettet, Flucht unmöglich. Sie sahen nichts, aber hörten alles. Riesige Monster kauten schmatzend an Knochen, die sie mit lautem Knurren zerbrachen. Es krachte laut und fies. Sie schlürften

Blut. Die Angst kroch den Menschen bis unter die letzte Hautschicht. Aber es gab auch etwas zu gewinnen. Wer es schaffte, diese Tortur ohne einen einzigen Schrei zu überstehen, konnte eine Wildcard für die Jubiläumsfeier der Peters gewinnen. Es gab keinen Gewinner. Am Ende der Fahrt wurden die Wagen mit den angeketteten Menschen, von einem lauten Furz begleitet, aus der Welt des Bösen geschieden. Einige Familien beschlossen nach diesem Erlebnis, der Jubiläumsfeier der Peter GmbH & Co. KG doch lieber fernzubleiben, wo es noch härter zu Sache gehen sollte. Nichts für Weicheier eben.

Fünfzehn Kneipen schlossen sich zusammen und organisierten am Wochenende die „Nacht des Grauens". In jedem Lokal wurden auf großen Bildschirmen schlimmste Filme gezeigt, die man nur im Pulk ertragen konnte. Und mit viel Alkohol. „Einmal zahlen, endlos schreien!" So wurde das Event beworben, und so kam es auch. So viel und so laut haben in Oberklemmbacher Kneipen niemals zuvor Menschen gebrüllt. Immer wieder riefen ahnungslose Passanten per Notruf die Polizei, weil in dieser oder jener Kneipe offenbar Menschen zu Schaden kamen. Diese kamen leichenblass aus den Türen gestürzt, stützten sich gegenseitig und fächerten sich Luft zu, übergaben sich an Ort und Stelle. Ein säuerlicher Gestank lag über der beschaulichen Innenstadt, das Gruseln hatte einen Geruch. Nach dem vierten oder fünften Notruf dieser Art fuhr die Polizei nicht mehr raus. Memmen konnten sie auch nicht helfen. Der Getränkeumsatz war an diesem Wochenende historisch hoch.

Etwas ganz Besonderes hatte sich ein Mitglied der Dark-Metal-Szene ausgedacht, Scream & Shout Partys. Diese fanden in absoluter Dunkelheit und totaler Stille statt. Es gab weder

Getränke noch Essen, nur bange Erwartung. Alle bewegten sich im Raum, immer einer hatte die Rolle des „Angstmannes". Aber niemand wusste, wer das war, denn das hatte eine Losziehung ergeben. Er suchte sich seine Opfer und flüsterte ihnen Dinge ins Ohr, die ihnen das Herz gefrieren ließ. Gewonnen hatte, wer innerhalb von zehn Minuten die meisten Gäste zum Schreien brachte. Ohnmacht zählte auch. Diese Partys waren immer ausgebucht und fanden jeden Tag an einem anderen Ort statt. Keller in stillgelegten Gebäuden, ein ausgedienter Luftschutzbunker, ein großer, unbeleuchteter Fahrstuhl, der auf halbem Weg nach oben gestoppt wurde. Eintritt dreißig Euro.

In den Werbebeilagen der Zeitungen wurden „Terrortrips nach Ober-Beklemmbach" angepriesen, Restaurants hatten Blutwurst auf der Speisekarte. Die Stadt war zum Bersten voll, alle Hotels ausgebucht, Ferienwohnungen nicht mehr zu haben. Selbst die Campingplätze hatten keinen Zentimeter Platz mehr zu vergeben. Und überall war es laut, die Aufregung musste ja irgendwohin. Eine aufgestachelte Stadt. Dabei hatte die Feier der Peter GmbH & Co. KG noch gar nicht stattgefunden.

Bühne frei (Montag, 19.9.22)

Die Verwirrung in den Redaktionen der Getränke- und Gastronomiemedien hätte nicht größer sein können. Kurz vor dem Wochenende war schon wieder ein neuer Quittenbrand angekündigt worden. Der dritte in kurzer Zeit. Warum hatten plötzlich so viele Unternehmen Interesse an diesem kleinen Marktsegment? Woher kamen all die Quitten? Das konnte kein Zufall sein. Zwei Firmen aus China hatten ihre Premiere dermaßen in den Sand gesetzt, dass sie sich hoffentlich nie wieder ins Land trauten. Diese dritte Neuankündigung kam allerdings von der Peter GmbH & Co. KG, der unangefochtenen Nummer eins. Seit einer Weile schon rumorte das Gerücht, dass es einen Nachfolger für den Sausepeter geben sollte, der nach Jahrzehnten nicht mehr den durchschlagenden Erfolg hatte. Nun war es offenbar soweit. Der Text in der Einladung ließ aufhorchen: „Ein Quittenbrand wie kein anderer."

Zur Pressekonferenz erschienen fünfzehn Redakteure, die nach den Erfahrungen der letzten Zeit wenig euphorisiert waren. Es gab Anlass zu Skepsis. Lauerte auf sie ein weiterer Missgriff einer Entwicklungsabteilung? Mehr als das interessierte sie, was hinter dieser Häufung neuer Quittenbrände steckte. Bislang war das Theater Stoff für eine Verfilmung, erwartete sie heute die dramatische Zuspitzung? Andererseits traute niemand dem altehrwürdigen Unternehmer Hans Karl Peter zu, dass er etwas anderes als Qualität auf den Markt brachte. Viele freuten sich, ihre Kollegen von den anderen Fachzeitschriften wieder zu treffen. Die Erinnerung an die beiden letzten Begegnungen war noch frisch. Darüber sprachen sie natürlich und beglückwünschten sich gegenseitig zu den kreativen Verrissen, die sie alle über die beiden Kiwitts veröffentlicht hatten. Eine seltene Gelegenheit, sich mal so richtig auszutoben und alle Register der journalistischen Demontage zu ziehen. Herrlich. Die Verkaufszahlen aller Blätter hatten einen Sprung nach oben gemacht.

„Vielleicht sollten wir regelmäßig irgendwen oder irgendwas in Grund und Boden schreiben", meinte Elgar Bruns von Geist & Genuss zu einer Kollegin.

Harm Jensens Zeitschrift Nordmann hatte eine treue Fangemeinde an der Küste. Egal, was er schrieb, es wurde gelesen. Die Vogelschutzorganisation einer nordfriesischen Insel hatte sich in einem Leserbrief darüber beschwert, dass der Name einer schützenswerten Vogelart für zwei alkoholische Getränke missbraucht wurde, noch dazu für gesundheitsschädliche. Das würde zu China passen, wo Tiere auf der Speisekarte stünden, die bei uns durch Gesetze geschützt wären. In Zusammenarbeit mit einer internationalen Tierschutzorganisation würde man eine Klage gegen die beiden Firmen in Peking und Shanghai einreichen. Ziel wäre es, die Verwendung des Wortes ‚Kiwitt' zu untersagen. Als die beiden Übersetzer der Drink Or Die Ltd. und der Peking Drink Ltd. ihren Chefs diese Informationen überbrachten, gab es hier wie dort Wutausbrüche. Die kompletten Entwicklungsabteilungen wurden gefeuert. Für die beiden Stoßtrupps, die man auf eine Spezialmission nach Oberklemmbach geschickt hatte, gab es in der Führungsetage beider Unternehmen eine andere Idee. Komischerweise ein und dieselbe. Es fällt schwer, zu glauben, dass diese nicht auch irgendwo kopiert worden war. Die Mitglieder beider Teams bekamen ein One-Way-Flugticket nach Deutschland und mussten sofort das Land verlassen. Sie dürften erst wieder zurückkommen, wenn sie herausgefunden hätten, wie genau die wirkliche Rezeptur des neuen Quittenbrandes der Peter GmbH & Co. KG lautete. Und das bitte vor der Konkurrenz. Wie sie das anstellten, wäre ihre Sache. Auf Wiedersehen! Das erste Problem begegnete ihnen noch vor dem Abflug: Es gab keine freien Unterkünfte in Oberklemmbach.

Pressesprecherin Helen Spieker begrüßte die Damen und Herren von der Presse und freute sich, dass alle es so kurzfristig einrichten konnten, dabei zu sein. Aufgrund der jüngsten Ereignisse hätte das Unternehmen keine Wahl gehabt und müsse nun vor der geplanten Zeit ein paar wichtige Informationen veröffentlichen.

„Es ist ja ein offenes Geheimnis, dass wir an einem neuen Quittenbrand arbeiten", sagte sie. Das wisse man ja sogar schon in China. Gelächter. Der Verkaufsstart sei für Oktober geplant, aber die wichtigsten Medien sollten heute bereits alles Wesentliche erfahren und dürften gern darüber schreiben.

„Wenn Sie die Wahrheit aushalten, sind wir dabei!", witzelte Christoph Hupp von Gegen den Durst.

Da habe sie wenig Sorgen, konterte Spieker und bat Jonas Mischke, ein paar Details über die Entwicklung zu berichten. Er sprach über den Beginn vor drei Jahren, erste Versuche, den Sausepeter zu verbessern, zunächst ohne den gewünschten Erfolg. Also hatten sie noch einmal ganz vorn angefangen, nicht verändern, sondern ganz anders denken. Das war der Weg. Es wurde ein sehr langer, aber sie hätten am Ende ihre eigenen Erwartungen übertroffen, sagte Jonas Mischke. Das hätten ihnen auch die wichtigsten Kunden bestätigt, die schon probieren durften. Bei dem Wort ‚Probieren' kam Unruhe auf, der ein oder andere blickte um sich und suchte vorsorglich das Hinweisschild für die Toiletten.

Was denn neu wäre an der Zusammensetzung des Getränkes, wollten einige wissen.

„Neu sind ungefähr ein Drittel der Kräuter, die wir verwenden. Die sind nicht im Sausepeter. Außerdem bauen wir seit Jahren alle Kräuter selbst an und kaufen keine irgendwo dazu."

Das war eine dicke Überraschung.

„Sie haben eigene Plantagen?", wollte Sigrun Hilbert von Hart & Happy wissen. Felder träfe es eher, sagte Jonas Mischke. Ob sie die mal sehen könnten, fragte jemand.

„Gern, wenn Sie gleich noch ein paar Minuten Zeit haben", sagte Helen Spieker. Die hatten alle fünfzehn.

Nach dreißig Minuten Vortrag waren die Gäste nun neugierig auf den Protagonisten, den Drink. Mischke ging zur Tür, öffnete sie und rief: „Kann kommen!" Herein kamen seine zehn Mitarbeiter, jeder hatte winzig kleine Flaschen QUITT! in Kartons in den Händen. Die stellten sie vor die Gäste. Mischke wies darauf hin, dass die Farbe der Flüssigkeit etwas brillanter als die des Sausepeter sei, auch eine Verbesserung.

„Sie dürfen nun gern probieren", lud er die anderen ein.

Niemand bewegte sich. Nach den chinesischen Foltern ihrer Geschmackssinne hatten sie keinen Bedarf an einer weiteren Qual. Mischke und Spieker grinsten sich an. Genau das hatten sie vorhergesehen.

„Ich verstehe, Sie hätten gern einen Vorkoster?", fragte Mischke.

Vorsichtiges Nicken. Irgendwie war es auch peinlich.

„Kein Problem. Wir haben natürlich eine Abteilung dafür. Vielleicht hat einer aus dem Team gerade Zeit."

Mischke öffnete wieder die Tür und sagte:

„Wenn Sie jetzt kurz Zeit hätten?"

Ein Raunen ging durch die Anwesenden, als Hans Karl Peter den Raum betrat. Er nickte kurz in die Runde und sah dann Jonas Mischke an.

„Wenn Sie dann bitte einen Schluck nehmen würden."

Das tat er und genoss es sichtlich. Er nahm noch einen und ließ sich mit dem Schlucken viel Zeit. „Köstlich!" Mit diesem einen Wort nickte er wieder in die Runde und verließ den Raum. Die Besucher waren zu perplex, um zu reagieren. War das der Chef selbst? Einige hatten ihn noch nie persönlich gesehen. Sie hätten Fragen gehabt, aber dafür war es zu spät. Der Coup war gelungen. Da es nun keinen Grund mehr für die Befürchtung gab, auch dieses Mal würden sie ihre Gesundheit aufs Spiel setzen, öffneten nun alle die vor ihnen stehenden Miniflaschen und probierten den QUITT! Zunächst blieben Reaktionen aus, da alle zu beschäftigt mit dem waren, was sie um ihre Gaumen spülten. Unter denen, deren Beruf das geschriebene Wort war, herrschte eine untypische Sprachlosigkeit. Sie fanden die Worte nicht für das, was sie sagen wollten. Einige nickten anerkennend mit dem Kopf, andere zogen die Augenbrauen hoch oder ließen sich seufzend in die Lehne ihres Stuhles sinken. Auch Schweigen kann eine Form der Anerkennung sein.

„Da Sie alle erfreulicherweise noch am Leben sind, gebe ich Ihnen ein paar schriftliche Informationen mit, die Sie gern verwenden können, falls Sie etwas über unseren neuen Quittenbrand scheiben möchten", füllte Helen Spieker die Stille. „Und eine kleine Flasche zur Erinnerung würden wir Ihnen gern mitgeben, damit Sie später noch einmal testen können oder Ihre Kollegen zu Hause."

„Von wegen! Davon gebe ich nix ab!", rief Guido Plaschke von Nie wieder Durst. Damit war das Eis gebrochen und eine Welle begeisterter Kommentare schwappte über Jonas Mischke und Helen Spieker. Dann kamen die Fragen. Wie der Zaubertrank überhaupt hieß, war die erste. Als sie QUITT! hörten und das auch in der Presseinformation lasen, hatten sie dazu keine Frage. Das passte einfach. Was für ein Wort, noch dazu mit mindestens doppelter Bedeutung, einfach und doch genial. Die nächste Frage kam von Udo Andresen von Besser trinken. Er war spezialisiert auf Pflanzenanbau und Heilkräuter, hatte das Kleingedruckte auf dem Fläschchen mit einer Lupe studiert.

„Herr Mischke, ich kenne alle Ingredienzien auf dem Etikett, bis auf eine. Würden Sie uns bitte erklären, was für eine Pflanze sich hinter Herba Miraculosa verbirgt?"

Er hatte sein Pflanzenlexikon immer dabei, darin aber keinen Eintrag mit dem Namen gefunden. Die Antwort, die Jonas Mischke darauf gab, nötigte ihm Respekt ab. Diese Pflanze wäre in Europa unbekannt und erst nach der Anmeldung durch die Peter GmbH & Co. KG in das offizielle Register aufgenommen worden. Anbauen würden sie diese selbst. Das war ein echtes Pfund für Kenner. Die Überschrift für einen Artikel sah Andresen schon vor sich: „Peters Wunderkraut macht den Unterschied." Wenn dann keine Fragen mehr wären, würden sie die Pressekonferenz beenden, sagte Helen Spieker.

„Moment, Sie müssen uns aber schon noch verraten, was diese Kapriole mit dem Kiwitt für eine Nummer war", forderte Heimo Hanke von Gut & Edel.

Das wollten alle anderen auch wissen. Warum die Chinesen beide mit demselben ekeligen Zeug und noch dazu fast zur selben Zeit aufgetaucht wären. Und beide Unternehmen hätten angekündigt, dass ihr Gesöff besser als der Sausepeter wäre.

Das könnte doch kein Zufall gewesen sein. Dazu müssten sie wohl in China nachfragen, sagte Jonas Mischke. Woher sollte er wissen, aus welchem Grund die Chinesen angetreten waren. Er erinnerte an die Billigkopien Prozente Peter oder Quid pro Po, mit denen andere Chinesen – oder waren es dieselben? – vor einigen Jahren einen ähnlichen Versuch unternommen hatten. Kopieren sei vielleicht doch nicht so einfach, wie manche glauben. Der ein oder andere erinnerte sich. Damals gab es kaum Resonanz auf die asiatischen Billigfusel, die schal und flach schmeckten. Sie waren auch nach kurzer Zeit nicht mehr im Handel. Zum Schluss zeigte Helen Spieker noch ein paar Plakate und Anzeigenmotive, die in Kürze überall zu sehen wären. Und dann war Ruhe.

Sozialer Wohnungsbau (Dienstag, 20.9., bis Freitag, 23.9.22)

Eine Woche war seit Hans Karl Peters erster Begegnung mit Buschido und ihrem Nachwuchs vergangen. Im Unternehmen hatte sich herumgesprochen, dass der Chef nun im Bilde war, seine Reaktion war noch nicht überliefert, was viel Raum für Spekulationen ließ. Es herrschte Einigkeit in der Erwartung, dass die Hundepatenschaften und die wohltuende Anwesenheit des vierpfötigen Sympathieträgers nun enden würden. Diese unverordnete Mensch-Tier-Reha hatte den stressgeplagten Bürobewohnern den Arbeitstag erleichtert und sie als Kollegen zusammengeschweißt. Sie hatten die gemeinsame Verantwortung für den Findling und teilten Freude wie Sorgen. Nun auch über die Kleinen. Eine ganze Woche Ruhe vor dem vermeintlichen Sturm spannte ihre Nerven auf die Folter, denn alle rechneten jederzeit mit einem gewaltigen Donnerwetter, das sich im Hintergrund sicher zusammenbraute. Viele wollten noch so viel Zeit wie möglich mit den Hunden verbringen, es herrschte Kommen und Gehen, Gedrängel und Ungeduld im Garten vor dem Schuppen. Manche brachten Geschenke für die Welpen mit, besonderes Futter für die Mutter oder Kuscheldecken. Abschiedsstimmung machte sich breit. Bert Grabowski erwischte eine Kollegin dabei, wie sie in einer Umhängetasche einen der Welpen durch den Garten trug und mitnehmen wollte. Als es gar nicht mehr anders ging, hängte er ein Schild an die Tür: „Keine Besuche!" Die Stimmung sank auf den Nullpunkt. Sollte sich der Chef seine dämliche Firmenfeier doch an den Hut stecken, vielen war nicht mehr nach Feiern zumute.

Als erste bemerkten einige Raucher in einer ihrer fünfminütigen Glimmstengelpause, dass sich etwas tat. In der Nähe des Schuppens sahen sie Jeremias Peter mit einer Frau, die sie nicht kannten. Sie unterhielten sich, schauten sich im Garten um und hatten Zollstöcke in der Hand. Dann war die Zigarette am Ende. Andere sahen die beiden Maß nehmen und das Gelände abschreiten. Es sah ganz danach aus, dass im Garten für die Zeit nach dem bevorstehenden Auszug der Hundefamilie etwas geplant wurde. Das interessierte erst die wenigsten. Und dann die meisten. Schon am nächsten Tag rückte die Firma Jäger Zaunbau mit vier LKW an, beladen mit verzinkten Zaunelementen, Türen und jeder Menge Baumaterial. Die unbekannte Frau und Jeremias Peter beaufsichtigten die folgenden Arbeiten und gaben Anweisungen.

Die Raucherfraktion hatte Alarm gegeben, an sämtlichen Bürofenstern zum Garten hin drückten sich Menschen die Nasen platt. Fundamente wurden gegossen, Messleinen gespannt, Markierungen gesetzt, Material wurde abgeladen. Bert Grabowskis Telefon läutete ohne Unterbrechung, jeder wollte wissen, was dort vor sich ging. Er nahm nicht ab. Wenn er mit den Hunden durch den Garten ging, winkte er den Leuten an den Fenstern nur zu, die ihn böse ansahen. Der Mistkerl ließ sie im Dunkeln.

Am nächsten Tag waren die Fundamente trocken. Die Zaunbauer errichteten zu zehnt an einem Tag einen drei Meter hohen Zaun auf einer Fläche eines Viertel Fußballfeldes, um den Schuppen herum, der nun in der Mitte der Fläche stand. Innerhalb des Areals wurden weitere Unterteilungen vorgenommen, sodass insgesamt vier umzäunte Flächen entstanden, eine war deutlich größer als die anderen. Türen wurden eingesetzt. Das Unternehmen bereitete offenbar neue Beete vor, die vor ungebetenen Kräuterfreunden geschützt werden sollten. Irgendwie verständlich. Es kam nicht selten vor, dass Mitarbeiter, wenn sie unbeobachtet waren, Kräuter pflückten und zu Hause verkochten. Bei den hohen Preisen auf dem Wochenmarkt war das ein naheliegender Impuls. Einen Kollegen hatte Grabowskis Kollege auf frischer Tat erwischt. „Hast Kraut geklaut, hast Mist gebaut, ich hab' dir dabei zugeschaut!", rief er dem hastig Flüchtenden hinterher, der mit dieser Art Lyrik überfordert war. Zu den Spekulationen passte allerdings nicht, was am dritten Tag passierte. Das Holzbauunternehmen Dach & Latte stellte mehrere große Holzhäuser aus Fertigteilen auf und machte sich auch darinnen zu schaffen. Am vierten Tag arbeitete niemand mehr im

Garten, alle Fahrzeuge waren verschwunden, das Gelände war fertig eingezäunt, die Häuser standen. Eine interne Mitteilung von Jeremias Peter lud alle Mitarbeiter, die Zeit hätten, ein, nach der Mittagspause kurz in den Garten zu kommen, es gebe eine kleine Neuigkeit. Es waren ungefähr dreihunderundzwanzig, die Zeit hatten und vor allem neugierig waren. Allesamt Hundepaten ersten oder zweiten Grades. Sie versammelten sich in der Nähe der Raucherecke und warteten. Es dauerte fünf Minuten, bis Jeremias Peter und diese Frau erschienen, mit ihnen Hans Karl Peter. Die wartende Menge sah ihn mit banger Erwartung an und wartete auf das Wort zum Sonntag. Der Chef aber er zeigte nur auf seinen Sohn.

„Ich bin heute nur Zuschauer", sagte er und lächelte.

„Ich eigentlich auch", sagte der und zeigte auf die Unbekannte.

„Aber ich möchte euch Nancy Uppelt vorstellen, die jetzt kurz erklären wird, was hier passiert."

Einhundertzwanzig Fragezeichen in zweihundertvierzig Augen. Wer war diese Frau? Die war auf jeden Fall nicht schüchtern und übernahm das Wort auch sofort. Sie stellte sich als Leiterin des Oberklemmbacher Tierheims vor, wo sie Jerry kennengelernt hätte. Die Zuhörer rieben sich innerlich die Ohren. Jerry? Tierheim? Vielleicht wäre der ein oder andere schon mal bei ihnen zu Besuch gewesen und wüsste, wie es dort aussieht. Nicken hier und da.

„Wir haben große Platzprobleme und wissen nicht, wohin mit den Tieren, die bei uns abgegeben werden."

In der Zeit der Pandemie hätten sich viele Menschen Haustiere angeschafft und sich das nicht gut überlegt.

„Und dann landen sie bei uns. Das ist für die Tiere schlecht und für uns eine Überlastung."

Manchmal geschieht das Gegenteil von dem, was man erwartet, und manchmal sogar das Unglaubliche. Jerry hätte diese Not erkannt und sie am eigenen Leib gespürt, wenn er im Tierheim arbeitete. Einmal hätte er die Show ganz allein geschmissen, als alle Mitarbeiter an Corona erkrankt waren. Das war jetzt mehr als eine Überraschung. Jerry, der Tierpfleger, Peter? Das alte Bild, das alle von ihm hatten, fiel in kleinen Stücken aus dem Rahmen und wurde erstmal nicht ersetzt. Abwarten. Und da es hier im Unternehmen ja auch zehn Hunde gäbe, also ein kleines Tierheim, hätten sie eine Zusammenarbeit beschlossen.

„Und dabei hatten wir eine Idee." Sie ging zu einer großen Tür im frisch aufgebauten Zaun, an der ein schwarzes Tuch hing.

„Tätäääää!", rief sie und zog das Tuch herunter. „Dog City" stand auf dem Holzschild, das nun zu sehen war.

„Alle Hunde werden aus dem Tierheim hierhin umziehen, gleich morgen. Hier ist Platz genug für alle und sogar noch mehr. Buschido und seine Welpen können weiter im Schuppen wohnen und haben lebenslanges Wohnrecht. Zwei meiner Mitarbeiter werden sich täglich um alle Tiere kümmern. Und wir suchen noch ehrenamtliche Helfer", sagte Nancy Uppelt.

Dog City sei dann nicht nur ein Ableger des Tierheims, sondern auch ein Lebensraum für Hunde, ein Dauerwohnsitz.

„Wir bieten auch Pensionsplätze für Hunde an, deren Besitzer in den Urlaub fahren wollen oder krank sind. Und bei uns im Tierheim haben wir dann wieder mehr Platz für die anderen Tiere."

Das war ein Hammer. Die anwesenden Mitarbeiter waren von den Socken und applaudierten begeistert. Das mussten sie erstmal verarbeiten. Ihre Patenschaft wurde offiziell von höchster Stelle legitimiert. Und dann sagte die unbefangene Nancy Uppelt etwas, das niemandem je in den Kopf gekommen wäre.

„Ich denke, Sie wissen alle, welch großartige Menschen Jerry und sein Vater sind und wie sehr ihnen Tiere am Herzen liegen. Sie bezahlen das nämlich für die nächsten fünf Jahre." Nun zerbröselte auch das Bild, das alle von Hans Karl Peter hatten. Und dann gab es Sekt.

Am folgenden Tag zogen die Hunde ein, wurden liebevoll in ihrem neuen Zuhause herumgeführt, probierten die Hundehäuser aus und tobten ausgiebig auf der Freilauffläche. Nicht weniger als sechzig Mitarbeiter der Peter GmbH & Co. KG brachten ihre Familien mit und sahen sich das Ereignis an. Buschido machte sich mit allen neuen Mitbewohnern bekannt und stellte klar, dass sie das Sagen hatte. Das geht bei Hunden schnell und ohne Diskussion. Dog City sollte Geschichte schreiben. Hans Karl und Jeremias Peter erlebten in den folgenden Tagen eine Welle der Anerkennung. In E-Mails, Telefonaten, Briefen und persönlichen Gesprächen äußerten sich die Menschen nicht nur überrascht und erfreut, sondern gaben zu, offenbar einen falschen Eindruck gehabt zu haben. Besonders vom Vater. In welchem Unternehmen kommt so etwas vor? Darüber gibt es keine Erhebungen.

Seepferdchen (Montag, 26.9.22)

Als Johannes Friemel am Wochenbeginn in sein Büro kam, machte er wie immer zuerst das Fenster weit auf, dieses Kabuff war einfach zu klein für einen Geschäftsführer. Da half auch die Minibar nicht. Dann schaltete er seinen Computer ein. Seine Assistentin war noch nicht da, der Kaffee noch nicht fertig. Auf seinem Schreibtisch stand sogar noch die benutzte und angetrocknete Tasse von Freitag, noch nicht einmal abgeräumt hatte sie. Diese Gleitzeit war doch die Pest, alle konnten kommen und gehen nach Belieben, wenn man sie brauchte, waren sie nicht da. Das würde er sofort ändern, wenn er hier das Kommando hätte. Feste Arbeitszeiten, Beginn um sieben Uhr dreißig, für alle. Natürlich würde es Widerstand aus der Belegschaft geben, aber die Leute sollten schließlich arbeiten und nicht den Arbeitstag möglichst angenehm rumbringen, um dann übergangslos in die Quality Time zu diffundieren. Der Betriebsrat würde das schon mitmachen, der bestand ohnehin nur aus rückgratlosen Luschen. Freier Kaffee für alle, überdachte Raucherecke, günstiges Kantinenessen – das gehörte alles genauso abgeschafft wie diese Swing-Partys und Essen am Arbeitsplatz. Homeoffice! Wenn er nur daran dachte, wurde ihm übel. Er war sich sicher, dass niemand in den eigenen vier Wänden überhaupt an Arbeit dachte und sah die Mitarbeiter auf Sofas dämmern, in Baumärkten und Supermärkten. Das würde er ihnen schon austreiben.

Die Liste mit allen Veränderungen, die er im Unternehmen vornehmen würde, war lang und lag schon seit Monaten in einer Schublade seines Schreibtisches. Er konnte es nicht erwarten, das Ruder in die Hand zu bekommen, und hoffte, diesen unfähigen Jeremias Peter bald los zu sein. So eine Memme! Ein paar Tage zuvor hatte er seine geheime Aufstellung auf dem Schreibtisch liegen lassen, als er am Abend das Büro verließ. Am nächsten Morgen lag sie immer noch dort, war aber nicht mehr ganz so geheim. Als seine Assistentin früh morgens Friemels Kaffeetasse von dessen Tisch abräumen wollte, fiel ihr diese Liste mit der Überschrift „Abschaffen!" auf. Als Mitglied der Gewerkschaft war sie von dem Inhalt alarmiert und zückte ihr Smartphone. Schneller hatte noch nie ein Dokument im Unternehmen die Runde gemacht. Es erreichte alle Handys unter dem Titel „Geheimsache". Spätestens jetzt wussten alle, was sie von Johannes Friemel zu halten hatten. Innerhalb von Minuten hatte der Geschäftsführer der Zukunft fünfhundert Gegner, von denen er nichts wusste. Pling! Auf Friemels Bildschirm erschien ein neuer Termin. Schon in fünf Minuten sollte er bei Hans Karl Peter sein. Ohne Kaffee vor einem Termin war er um diese Zeit nur halb wach. Was wollte der Alte denn schon wieder? Fluchend machte er sich auf den Weg. Unterwegs zu Hans Karl Peters Büro kam er an Nadine Grosfuß vorbei, die gerade einen Aktenordner aus dem Regal holte. Der stand weit oben, sodass sie sich strecken musste und auf den Fußspitzen stand. Mit ihrem hautengen Kleid machte sie dabei eine verteufelt gute Figur. Friemel sah für einen Geschäftsführer einen Moment zu lange hin.

„Soll ich Ihnen helfen, Frau Grosfuß?", sagte er mit einem kaum hörbaren Unterton, den sie aber sehr wohl wahrnahm. Sie hatte schon von Helen Spieker gehört, für wie unwiderstehlich der Mann sich hielt. Ignorieren ist in solchen Fällen eine der stärksten Waffen.

„Guten Morgen", sagte sie trocken, ohne auf seine Frage einzugehen und ohne ihn anzusehen.

„Äh, ich gehe dann mal rein", stammelte er. Kein Kommentar. Hans Karl Peter war zu Friemels Überraschung nicht allein. Auch Jeremias war da, und die beiden hatten wohl schon eine Weile zusammengesessen, das ließen die benutzten Kaffeetassen vermuten. Seit wann redeten die beiden miteinander, noch dazu im Büro des Alten? Hatte er etwas nicht mitbekommen?

„Guten Morgen, Herr Friemel. Der Kaffee ist nur noch lauwarm, den können wir Ihnen nicht mehr anbieten", begann Hans Karl Peter das Gespräch.

Er schlug vor, gleich zum Thema zu kommen. Welches konnte das sein? Friemel war nervös.

„Ich habe mir Ihren Bericht über das Coaching meines Sohnes in Ruhe durchgelesen. Jeremias hat ihn auch durchgearbeitet."

Ein Stromschlag fuhr ihm durch die Glieder. Friemel hatte nicht damit gerechnet, dass Vater und Sohn überhaupt miteinander sprachen, schon gar nicht über die Workshops und Filme. Er war immer davon ausgegangen, dass die Konstellation zwei zu eins war, Hans Karl Peter und er gegen Jeremias. Hatten sich die Verhältnisse verschoben? Derjenige, um den es ging, hatte seine eigene Vernichtung Wort für Wort gelesen. Schlimmer konnte es nicht kommen, dachte er. Es konnte.

„Ich habe an einigen Stellen sehr gelacht, Herr Friemel", ergriff der Junior das Wort. Damit meinte er die Filme.

„Entweder haben Sie mich an der Nase herumgeführt oder ich Sie. Vielleicht auch wir uns gegenseitig."

Johannes Friemel musste seine Mimik mit subkutanen Wäscheklammern festhalten, damit sie ihm nicht komplett nach unten verrutschte. Ganz konnte er es nicht verhindern. Kurze Pause, die beide Peters still genossen.

„Wie meinen Sie das?", war alles, was er herausbrachte, bevor ihm die Luft ausging. Er schnappte wie ein Fisch auf dem Trockenen.

„Könnte es sein, dass ein großes, amüsantes Missverständnis vorliegt?", fuhr Jeremias Peter fort.

„Äh, also ...", weiter kam Johannes Friemel nicht.

Es wäre doch wohl allen klar gewesen, dass diese Filme ein großer Spaß sein sollten, hörte er. Eine ausgedachte Situation zu einem speziellen Thema, die in verteilten Rollen spontan gespielt werden sollte. Das hatte sicher auch einen gewissen Trainingseffekt, war aber gleichzeitig auch auf die Dauer langweilig. Der besondere Witz bestand für ihn nur darin, dass der von ihm selbst dargestellte Geschäftsführer am Schluss immer irgendeinen Bock schießt. Es habe ihm viel Freude gemacht, sich in jedem Video etwas Neues auszudenken und sich selbst als nutzlosen Dilettanten zu spielen. Schließlich musste er den Regisseur Friemel ja zur Verzweiflung bringen. Über die Fehler regte sich dieser immer schrecklich auf, worauf der andere, also der Geschäftsführer Jeremias Peter, dann die Fassung verlor. Aufgelöst ruderte Johannes Friemel innerlich umher und wusste nicht, wie ihm geschah. So orientierungslos war er das letzte Mal als Sechsjähriger, der im Hallenbad sein Seepferdchen ablegen sollte. Weil er wasserscheu war, hatte ihn der Bademeister kurzerhand in hohem Bogen in das Nichtschwimmerbecken geworfen. Seine Mutter, die das von der Tribüne aus beobachtete, schrie so laut, dass man sie aus dem Gebäude führen musste. Sein Vater applaudierte zufrieden, er fand beides prima. Bevor der künftige Schwimmbefähigte die ersten chaotischen Paddelbewegungen machte, musste er wieder den Weg vom Grund des Beckens nach oben finden. Das fiel ihm schwer, weil er in seiner Panik oben und unten nicht unterscheiden konnte. Irgendwann tauchten an der Wasseroberfläche zwei Kinderfüße auf, etwas später ein Kopf mit schreckgeweiteten Augen. Das Wasser um ihn herum war rot gefärbt. So konnte man damals sehen, wenn jemand ins Wasser gepinkelt hatte. Für den Spott aller Anwesenden hatte er gesorgt. Mit gestohlenen Geldscheinen wird das auch so gemacht.

„Als ich Ihren Bericht zum zweiten Mal las, dachte ich, Sie haben meine Rolle als Schauspieler vielleicht tatsächlich zu ernst genommen. Das wäre dann ja wirklich absurd", fuhr Jeremias Peter fort. Ob er, Friemel, wirklich glaubte, dass er zu so einem Unsinn in der Lage wäre.

„Ich habe Sie auf jeden Fall nur als Schauspieler gesehen, Herr Friemel. Auf die Eskalation am Schluss habe ich immer schon gewartet. Das war wirklich lustig, ein wenig wie in der Serie *Das Ekelpaket*, wenn der Vater am Ende immer fast einen Herzinfarkt bekommt." Johannes Friemel hatte komplett den Faden verloren. Jeremias Peter sah aus wie der Bademeister aus seiner Kindheit, und Hans Karl Peter wie sein verstorbener Vater Gernot Friemel. „Ich schlage vor, sie überarbeiten ihren Abschlussbericht noch einmal und lassen die fünf Filme einfach außen vor. Vielleicht kommen sie dann zu einem anderen Fazit, Herr Friemel. Was meinen Sie?"

Die Antwort wartete Hans Karl Peter nicht ab, sondern gab ihm den Ordner mit dem Bericht zurück. Die Sitzung war beendet.

Die Schweißflecken unter Friemels Achseln hatten inzwischen auch die Außenseite seines grauen Sakkos erreicht. Es roch leicht säuerlich. Aufgeflogen und desolat schwamm er mit den Füßen nach oben aus dem Büro und hatte nun noch zwei Gegner mehr.

GO! (Dienstag, 27.9.22)

Björn Paulsen und Helen Spieker hatten mit ihren Teams alles für die bevorstehende Werbekampagne vorbereitet. Spots für TV und Kino, Plakate, Anzeigen und Broschüren waren fertig. Es musste nur noch jemand auf den roten Knopf drücken. Paulsen schlug vor, dass die Azubis das übernehmen sollten, weil die großartigen Ideen von ihnen waren. Er hatte zwar einiges an den Filmen und Plakaten geändert, worüber er aber nicht sprach. Dänen und Lorbeeren, das passt einfach nicht. Bevor alles in die Öffentlichkeit ging, sollten es noch die Mitarbeiter der Peter GmbH & Co.KG sehen, um nicht überrascht zu werden. Vielleicht wären sie auch ein wenig stolz, was nicht schaden könnte. Die Präsentation sollte ungefähr eine halbe Stunde dauern und fand in einer Lagerhalle für Flaschen statt. Nur dort hatten die rund fünfhundert Menschen Platz, stehend. Vor einem Hochregal war eine riesige Leinwand aufgehängt, die von einem Hochleistungsprojektor angestrahlt wurde. Sie hatten sich den Spaß gemacht, zunächst und nur den Slogan „Dann ist Ruhe!" als Standbild zu zeigen. Die Mitarbeiter kamen nach und nach in die Halle und sahen nur das Bild. Und es war so. Ruhig. Sie warteten geduldig.

Björn Paulsen begrüßte alle und kündigte kurz an, was sie gleich zeigen würden und dass die öffentliche Werbung am nächsten Tag schon überall zu sehen sein würde.

„Ich übernehme keine Verantwortung", sagte er grinsend und übergab das Mikrofon auch schon Helge Brand, einem der Auszubildenden. Der war so herzerwärmend aufgeregt, wie nur junge Menschen es sein können, wenn sie das erste Mal vor großem Publikum sprechen. Wenn es auch keine rhetorische Glanzleistung war und die Ähms zahllos waren, seine eigene Begeisterung über die frischen Ideen der Azubis steckte die anderen an. Die Videos lösten Heiterkeit, Anerkennung und Respekt aus. Im Vergleich mit der Werbung für den alten Sausepeter war diese Kampagne unverschämt frech und kreativ. Rocker schieben Rollstühle, arbeiten als Schülerlotsen, und einer wird Polizeipräsident. Hooligans liegen sich in den Armen, die Polizei fällt vor dem QUITT! auf die Knie. Das war mutig, aber gut. Begeisterter Applaus der Fünfhundert echote durch die Halle und war zugleich ein Beifall des ganzen Unternehmens für sich selbst. Mittendrin Hans Karl und Jeremias Peter. Diese Werbekampagne würde für Aufsehen sorgen. Daran waren sie inzwischen gewöhnt nach dem Drama um den Geheimnisverrat, dem Verdacht des Drogenanbaus, dem Hype über die Swing-Tanz-Gruppe und den chinesischen Fakedrinks. Die Peter GmbH & Co. KG war in aller Munde und nicht mehr dasselbe Unternehmen wie noch vor kurzer Zeit. Ein neues Peter-Gefühl machte sich breit. Zum Schluss bekam jeder noch eine kleine Probeflasche des neuen Quittenbrandes in die Hand.

Wie nicht anders zu erwarten, tauchten schon wenige Minuten nach der Präsentation die ersten Fotos und Posts in den sozialen Medien auf. Natürlich hatten nicht wenige Mitarbeiter alles gefilmt oder fotografiert und auch gleich veröffentlicht. Schon bevor die Werbekampagne für den QUITT! startete, machte sie die Runde. Genauso hatte die Strategin Helen Spieker es vorhergesehen – und Recht behalten. So waren die Leute eben, das konnten sie sich doch zunutze machen. Hans Karl Peter wollte eigentlich Schilder aufstellen lassen, „Keine Fotos oder Filme!“, hatte sich dann aber von ihr überzeugen lassen, dass es nichts Besseres gäbe, als stolze Mitarbeiter, die anderen mitteilen, was ihr Unternehmen drauf hat. Und so kam es. Aufgepeitschte Vorfreude in den sozialen Medien. Jetzt wartete die Welt ungeduldig auf den QUITT!.

Fertig! Testlauf (Mittwoch, 28.9.22)

Noch drei Tage bis zur Jubiläumsfeier der Peter GmbH & Co. KG, höchste Zeit für den Check auf Herz und Nieren. Das unterirdische System aus Gängen und Kanälen war fertig, alle nötigen Türen waren eingebaut, das stinkende Abwasser strömte und einige wilde Ratten hatten sich auch schon eingefunden. Vielleicht brauchten sie gar keine vom Zoo auszuleihen, wenn sich unter den Nagern herumsprach, dass es hier etwas zu entdecken gab. Die mobilen Toiletten standen bereit, Notfallkoffer waren installiert und die Orientierungskarten für die Gäste gedruckt. Die Bühne war aufgebaut, die Tanzfläche mit Holzdielen ausgelegt, Tische und Stühle für die Feier standen. Alle am Bau beteiligten Firmen waren anwesend, einige Rettungssanitäter, ein Notarzt und die

Feuerwehr. Sie mussten alles prüfen, damit nichts dem Zufall überlassen würde. Das Beste wäre ein Probedurchgang unter realen Bedingungen, hatte das Team Fünfzig entschieden. Den müssten sie selbst durchführen und hinterher auswerten. Lukas Neubert und Matthias Albrecht hatten zwei Teams aus jeweils vier Auszubildenden zusammengestellt, die den Weg durch das Labyrinth finden sollten. Sie bekamen Karten, Grubenlampen, Helme, Gummistiefel, Regenkleidung und Nahrungsmittel. Alle denkbaren Zwischenfälle sollten durchgespielt werden, weil im Ernstfall alles reibungslos klappen musste. Jemand musste auf die Toilette, Ohnmachtsanfälle, spontan verzweifeltes Aufgeben, Verletzungen, orientierungslose Menschen, Panikattacken. Es könnte auch Menschen geben, die den Anschluss an ihre Gruppe verlieren oder in das Abwasser stürzen und durchnässt die Flucht ergreifen. Und vieles mehr. Wie lange würden sie für den Weg brauchen? Würden sie überhaupt durchkommen?

Mit fünfzehnminütiger Verzögerung starteten die beiden Gruppen und gingen durch die Eingangstür mit der Aufschrift „Vielleicht doch umkehren?". Nadine Grosfuß drückte auf die Stoppuhr. Hans Karl Peter blickte skeptisch auf die sich hinter den Gruppen schließende Tür. Dann war Ruhe, aber nur kurz. Von tief unten dröhnten Töne, die nicht wirklich Musik waren, man hörte Schreie, Stille, wieder Schreie, eine Notausgangstür nach den ersten zweihundert Metern sprang auf und ein hechelnder junger Mann rannte zum Klo. Dabei rief er: „Was für ein geiler Scheiß!" Ein Rettungssanitäter musste Helge Brand kurz wegen einer Schürfwunde am Kopf behandeln, der dann sofort wieder auf die Suche nach seiner Gruppe abtauchte. Nach genau zwei Stunden und vierzig

Minuten kam die zweite Gruppe durch die Ausgangstür am Ende des Labyrinths, blass und verschwitzt. „Der Hammer!", war alles, was sie völlig außer Atem sagen konnten. Das erste Team kam zwanzig Minuten später und nur zu dritt, hatte sich erst verlaufen und dann ein Mitglied verloren. Der Letzte kam weitere zehn Minuten später, aus seiner rechten Jackentasche lugte neugierig eine Ratte hervor.

Es hatte alles funktioniert. Die Clowns waren schrecklich, die Musik irre, der Gestank unerträglich, die Ängste kaum zu ertragen.

„Also, ich glaube, dass viele das nicht bis zum Ende durchhalten", sagte Helge Brand. „Das ist schon sehr krass."

So ähnlich äußerten sich auch die anderen. War es zu viel Horror für Kinder? Nein, die wären härter drauf als ihre Eltern. War das Wasser zu tief, die Geräuschkulisse zu laut, die Clowns zu aggressiv? Alles nein. Genau richtig. Richtig fürchterlich. Kamen sie mit der kalkulierten Zeit pro Gruppe hin? Müsste klappen. Die Rettungssanitäter hatten noch ein paar Dinge zu bemängeln, Elias Grubner wollte lieber alle Notausgänge noch einmal prüfen. Das war es dann. Dachten sie.

„Stopp, bevor alle auseinandergehen. Was haben wir vergessen?", rief Betriebsratsvorsitzender Gundolf Krachnitz. Fragende Gesichter.

„Ist wieder typisch, keiner denkt an die Leute mit Beeinträchtigungen. Was ist mit denen?"

Es gibt Menschen, die geben Betriebsräten ungern Recht, aber hier mussten alle zustimmen. Sie hatten niemanden durch die barrierefreie Route geschickt. Das hatten sie

einfach vergessen. Sie waren nun schon seit sieben Stunden dort, und niemand hatte Lust, diese Strecke jetzt auch noch zu testen. Die war doch simpel, auch nicht ohne Schrecken, aber machbar für Menschen an Krücken und in Rollstühlen. Zufrieden verabschiedeten sie sich voneinander und wollten nach Hause gehen.

„Gehen Sie nur, ich mache das!"

Niemand hatte bemerkt, wie Hans Karl Peter in sein Büro gegangen war, sich umgezogen und ein paar Sachen geholt hatte. Da stand er nun, in seiner verdreckten Gartenhose, Gummistiefeln und Regenjacke, behelmt und mit einer Grubenlampe. Einen Rucksack mit anderen Notwendigkeiten auf dem Rücken.

„Das geht doch nicht, Herr Peter, Sie können nicht allein da …", weiter kam der besorgte Gisbert Guth nicht, der als erster aus der Sprachlosigkeit zurückfand.

„Ich kann was nicht, Herr Guth? Da durchgehen oder allein da durchgehen oder beides?", fragte Hans Karl Peter bestimmt.

„Sie alle haben heute genug getan, und Überstunden werden nicht bezahlt. Außerdem darf ich doch wohl dieses Gruselspektakel wenigstens einmal in Ruhe genießen, wenn ich es schon genehmigt habe. Meinen Sie nicht?"

Dann fragte er nach der barrierefreien Tür. Elias Grubner zeigte sie ihm und grinste. Taffer Typ, der Alte, dachte er sich.

„Ich will niemanden von Ihnen sehen, wenn ich da wieder rauskomme, egal wann."

Und damit verschwand Hans Karl Peter in der Welt der Clowns. Er ließ das Team Fünfzig ratlos zurück. Keiner machte Anstalten, zu gehen. Sie konnten den Mann mit seinen dreiundsiebzig Jahren doch nicht mutterseelenallein durch diese Unterwelt kriechen lassen, ohne zu wissen, ob er das auch gesund überstand. Während sie noch rätselten, was zu tun wäre, öffnete sich die Tür noch einmal und ihr Chef schaute heraus.

„Sie sind ja immer noch da. Ich bin noch kein Pflegefall, und jetzt machen Sie sich vom Acker!"

Die Ansage war klar und unmissverständlich. Zögernd und mit einem schlechten Gefühl zogen sie sich zurück. Helen Spieker machte auf dem Weg zu ihrem Auto einen kleinen Schlenker durch den Garten.

Knapp drei Stunden später, als Hans Karl Peter das Tunnelsystem verließ, war er aufgewühlt, erschöpft und fröhlich. War das herrlich! Dieser Anschlag auf Körper und Geist war mit Abstand das Verrückteste, was er jemals erlebt hatte. Einfach einmalig und großartig, viel zu schade, um es nach der Feier wieder abzubauen. Seit Ewigkeiten hatte sich Hans Karl Peter nicht mehr so wohlgefühlt, erschöpft, aufgedreht und froh. Nass und stinkend ging er zu seinem Büro, um sich umzuziehen. Die Klamotten müsste er sicher wegschmeißen, Waschen würde nicht helfen. Aus einem Gebüsch wurde er von dem beruhigten Bert Grabowski mit einem Nachsichtgerät beobachtet. Die folgende Telefonkette beruhigte auch alle anderen.

Auf dem Weg nach Hause hielt Hans Karl Peter an einer Tankstelle, die einen Shop hatte. Blumen für Gisela, die schon vor Stunden mit ihm gerechnet hatte, wären sicher eine gute Idee. Er nahm einen Strauß Rosen aus einem der Eimer vor der Tür und stellte sich drinnen an. Die Schlange war lang, abends war hier immer viel los. Sieben Leute standen vor ihm. Noch. Der Mann direkt vor ihm rannte zur Ausgangstür und schnappte nach Luft.

„Um Gottes Willen, was ist denn jetzt los?", rief er entsetzt.

Zwei andere hasteten zum Hinterausgang, die anderen in Richtung Toiletten. Einer erbrach sich noch auf dem Weg. Na so was, er war schon nach wenigen Sekunden an der Reihe. Hans Karl Peter ging mit dem Strauß auf die Kasse zu und wurde jäh gestoppt.

„Hau bloß ab und nimm die Blumen mit, raus hier! Dein Geld kannst du behalten, wenn das genauso stinkt wie du, können wir es eh nicht gebrauchen!"

Der Kassierer war außer sich.

„Aber, ich muss doch …", stammelte Hans Karl Peter.

„Ich rufe die Polizei, wird's bald!", hörte er noch, dann ging er raus. Aus dem Auto rief er Helen Spieker an.

„Frau Spieker, wir haben etwas vergessen."

Am selben Abend bekam Elias Grubner eine SMS mit der Frage, ob er schnell noch mobile Duschen besorgen könnte. Er konnte. Ebenfalls am selben Abend gingen rund eintausend E-Mails an alle registrierten Gäste mit den genauen Einzelheiten für die Feier. Einlass der Teams in die Welt des E-S wäre von vierzehn bis sechzehn Uhr, alle drei Minuten ein Team, fünf Türen insgesamt. Die zwanzig Gruppen mit Beeinträchtigungen bekamen eine spezielle Tür zugewiesen. Das Team Fünfzig hatte errechnet, dass der Start aller Teams durch die insgesamt fünf Türen rund zwei Stunden dauern würde. Ein Massenstart war nicht möglich, ohne gleich zu Beginn Notfälle zu produzieren. Neben allen anderen Dingen sollten unbedingt zusätzlich eine Nasenklemme, wahlweise eine Gasmaske, ein Duschhandtuch pro Person und frische Kleidung für hinterher mitgebracht werden. Die Anfahrt könne nicht mit dem Auto erfolgen, Shuttle Bus, Fahrrad, zu Fuß, Pferd – das müsste jeder selbst organisieren.

Und dann ist Ruhe (am selben Tag)

Es stand überall zu lesen, in Zeitungen, Zeitschriften, Poster hingen im ganzen Land. In den Kinos und im Fernsehen sahen die Menschen die Werbespots. Der QUITT! war da, und wie! Wenn man es undramatisch sagen möchte, wäre „ungläubige Begeisterung“ die passende Beschreibung der meisten Reaktionen. Noch hatte keiner einen einzigen Tropfen des neuen Quittenbrandes aus dem Hause Peter probiert, und doch war allen klar, dass sie Zeugen einer Thronbesteigung waren. Der QUITT! war schon jetzt das Maß aller Dinge. Es hagelte Bestellungen für ganze Kisten QUITT! im Onlineshop. Fußballvereine mit besonders rabiaten Hooligans orderten ganze Fässer und fragten, ob sie auch die passenden Sprühdosen bekommen könnten. Aus Seniorenheimen wurden Aufstände gemeldet, weil die Menschen lieber von Rockern als von Pflegern geschoben werden wollten. Schulkinder wollten Hells Bengels als Schülerlotsen. Die Polizei fragte diskret nach der Möglichkeit, den Brand in neutralen Sprühflaschen für „friedensstiftende Einsätze“ zu bekommen. Die Präsidenten der verfeindeten Hells Bengels und Candidos vereinbarten nach zwanzig Jahren Krieg einen Gangstergipfel, aber nicht ohne QUITT!. Sie waren auf den Pfad der Harmonie gezwungen worden und nun unter öffentlicher Beobachtung. Aus dem Bundeskanzleramt kam eine Vorbestellung von siebenhundertsechsunddreißig Flaschen – für die nächste Haushaltsdebatte im Bundestag, von der viel abhing. Die Werbekampagne überraschte, überzeugte und befriedete. Die ersten Plakate wurden von Liebhabern schon nach einer Stunde sauber abgerissen.

Die Menschen hatte ein gemeinsames Thema. Wer dachte sich so etwas aus? Und alle warteten sie ungeduldig auf den neuen Quittenbrand. Auch das hatten sie gemeinsam.

Los! (Freitag, 30.9.22)

Dann war es endlich so weit. Sonntag, dreißigster September. Voll besetzte Shuttlebusse rollten heran, Menschen kamen auf Fahrrädern, zu Fuß, per Taxi oder ließen sich bringen. Sie trugen Rucksäcke und Umhängetaschen, waren für extremste Bedingungen gekleidet, hatten Helme und Grubenlampen auf dem Kopf. Einige zogen voll beladene Bollerwagen hinter sich her, drei Gruppen wurden von einer Pferdekutsche gebracht. Die meisten hatten vorher nochmal „ordentlich" gegessen, damit sie genügend Kraftreserven haben würden. Kompass, Erste-Hilfe-Koffer, wasserfeste Mobiltelefone. Einige Gruppen wurden von ihren Therapeuten begleitet, die ihnen Mut zusprachen. „Finde Stärke in deiner Angst!" oder „Stelle dich deinen Dämonen!". Bundeswehrmajor Volker Schlag und seine Truppe marschierten zur Stärkung der Kampfmoral auf dem Gelände in Formation auf und ab und brüllten „Wir bleiben immer munter, hier geht keiner unter!". Diverse Organisationen und Selbsthilfegruppen hatten Zelte mit Sitzgelegenheiten, Getränken und Informationstafeln aufgebaut. „Kinder ohne Grenzen", „Gute Seele e. V.", „Jehovas Prüfung", „Rattenfreunde" und viele andere. Die einen boten Aufklärung, andere Unterstützung, um neue Mitglieder warben alle. Besonders die Partei des rechten Randes, Andreas für Deutschland, deren Flugblätter mit dem Titel „Macht Deutschland wieder groß“ niemand haben wollte. Annahme verweigert. Mehrere Einsatzwagen der Polizei standen bereit, Feuerwehr und Rotes Kreuz ebenfalls. Der Chor der Heilsarmee sang *Jesus, meine Zuversicht.*

Das Team Fünfzig war in voller Stärke anwesend und hatte die Aufgaben verteilt. Helen Spieker und Björn Paulsen lotsten die Fahrzeuge und Menschenströme in die richtige Richtung, Gisbert Guth und Lydia Bremer verteilten Müsliriegel und Powerdrinks, Lukas Neubert und Matthias Albrecht hakten die Teilnehmerlisten ab, übergaben die Wegeskizzen und prüften die Ausrüstung der Teilnehmer. Gundolf Krachnitz sprach allen Mut zu und verteilte Flyer der Gewerkschaft. Nadine Grosfuß, ganz in Weiß, saß erhöht auf einem Stuhl für Tennisschiedsrichter und behielt das Ganze von oben im Blick. Für Notfälle hatte sie ein Megafon dabei und eine Trillerpfeife im Mund – ein Pfiff, und der Notfallplan würde gestartet. Hunderte Menschen, die bei ihrer eigenen Registrierung gescheitert oder einfach nur neugierig waren, standen hinter dem hohen Zaun um das Firmengelände herum und beobachteten den Einzug der Gladiatoren. Die einen neidisch, die anderen schadenfroh. Manche waren hoch auf Bäume geklettert, um unverstellte Sicht zu haben. Auch die Medien waren vor Ort, Zeitungen, Rundfunk und Fernsehen. Aron Grubner hatte mit Genehmigung der Peter GmbH & Co. KG Tribünen für rund eintausendfünfhundert Zuschauer aufgebaut. Eintritt zwanzig Euro, von denen zehn an ein Kinderheim gespendet werden sollten. Es gab Getränkestände, Würstchenbuden und Merchandising-Artikel, da Grubner damit rechnete, dass die Zuschauer lange bleiben würden.

Damit ihnen nicht langweilig wurde, hatte er die Theater-AG des örtlichen Gymnasiums engagiert, auf einer kleinen Bühne ein paar Szenen aus dem Film *E-S* zu spielen. So viel Aufmerksamkeit und Beifall hatten die jugendlichen Darsteller bis dahin noch nie bekommen. Es hatte etwas vom Shakespeare'schen Volkstheater. Das örtliche Tattoostudio hatte vier Kabinen aufgebaut und bot Körperkunst zum Sonderpreis an.

Die Gruppen versammelten sich vor den verschiedenen Eingangstüren zur Unterwelt und waren vor Aufregung entweder blass oder feuerrot. Kinder schrien vor Ungeduld, Eltern fragten einander, ob sie nicht doch besser wieder nach Hause gehen sollten, worauf die Kinder Anfälle von Hysterie bekamen und mit Trennung drohten. Die dröhnenden Geräusche, die von tief unten durch die geschlossenen Türen zu hören waren, lösten Angst, Unbehagen oder Vorfreude aus, je nach Charakter und Verlauf der eigenen Jugend. Wie immer, wenn es haarig wird, mussten viele noch schnell auf die Toilette, einige mehrmals, auf Vorrat. Man konnte ja nicht wissen. Auf den Türen der Klohäuschen stand „Das letzte Mal!". Um sich Mut zu machen, wurden Lieder gesungen wie *Auf in den Kampf* oder *Bye Love*. Viele Teams verbanden sich mit Seilen, damit keiner verloren gehen konnte. Etwas abseits wurden zwanzig Bernhardiner und einige andere Hunde angeleint, wo sie mit Wasser und Futter versorgt wurden. Sie warteten auf einen möglichen Sucheinsatz und hatten vor sich irgendein Stück Stoff, das nach ihren Besitzern oder Mietern roch. Poldi schlief sofort ein. Nancy Uppelt hatte eine Mitarbeiterin des Tierheims abgestellt, die sich um die Tiere kümmerte.

Wie geplant starteten die ersten Gruppen um vierzehn Uhr. Mit den Plänen in der Hand betraten sie kurz nacheinander das dunkle Grauen. Bis zu den ersten Schreien dauerte es oft nur Sekunden. Zur Freude der Zuschauer wurden die Geräusche aus dem Inneren der Erde per Lautsprecher nach außen übertragen. Die Bilder dazu musste man sich vorstellen. Der Lärm hatte auf einige der wartenden Teilnehmer eine derart demoralisierende Wirkung, dass sie sofort nach Hause wollten. Unruhe kam auf. Es entstand ein großes Gedränge, weil einige gestartete Teams zum Eingang zurückwollten, was aber nicht ging, da hinter ihnen alles voll war. Schieben, Drücken, Ziehen, wie in einer japanischen U-Bahnstation. Panik kündigte sich an. Hans Karl Peter sah sich das eine Weile an und trat dann entschlossen mit dem Megafon von Nadine Grosfuß vor.

„Jetzt beruhigen Sie sich mal bitte. Erstens sind Sie doch keine Weicheier und zweitens werden Sie wohl schaffen, was ich auch geschafft habe. Und zwar ganz allein. Was sollen denn die Kinder denken?"

Nein, diese Blöße wollte sich niemand geben. Und dann war tatsächlich Ruhe und die Menschen gingen geordnet ihrem Untergang entgegen. Einer nach dem anderen verschwanden die Trupps in der Dunkelheit und begaben sich in die Hände des Schicksals. Allein der Geräuschpegel, der über die Boxen nach außen übertragen wurde, ließ vermuten, dass niemand überleben würde. Man hörte Verzweiflung, unkontrollierbare Angst, Entsetzen vor lauter Ekel, Schreie in unmenschlichen Tonhöhen, daneben das tiefe Grollen irrer Monster, krachend lautes und dunkles Getöse, Platschen von Füßen im Gewässer. Durch die Notausgangstüren stürmten immer wieder Menschen nach draußen, die um Luft rangen und einen wahnsinnigen Gesichtsausdruck hatten. Nach einigen Atemzügen verwandelte der sich in blanke Vorfreude, mit der sie sich wieder in das stinkende Abenteuer stürzten. Manche allerdings erst, nachdem sie sich heftig übergeben hatten. Von den Rettungssanitätern wollte keiner etwas wissen, diese Spielverderber. Einer rief: „Ich habe meine Gruppe verloren, herrlich!“ Andere kicherten irre und winkten dem Publikum zu. Ratten verließen fluchtartig die Kanäle und rannten in den Wald. Auf den Tribünen war die Stimmung bestens, es gab viel zu sehen und zu hören. Vorn gingen die Menschen hinein in die Welt des E-S und waren erstmal weg. Das Publikum zählte für jede Teilnehmergruppe einen Countdown von zehn bis null. Einige unterstützten lautstark Verwandte oder Freunde mit „Yes, you can!“. Sie hielten Tafeln hoch: „Norbert, der Superheld!“, „Anja kann ja!“, „Nase zu und durch!“. Allen, die aus den Notausgängen stürzten, schrien sie „Weichei, Weichei!“ oder „Du kannst nach Hause gehen!“ entgegen. Dabei schwenkten sie Fähnchen mit der Aufschrift „Das Ende naht!“ und trugen schwarze Baseballkappen, auf denen „Ich bin kein Weichei!“ stand.

Gruppe Achtzig war die Familie der Getränkegroßhändlerin Karin Tuppke, die mit ihren beiden Söhnen Tasso und Torben und ihrem Mann Jürgen antrat, der sich eine Bodycam umgeschnallt hatte, um die „kleine Wanderung“, wie er sagte, als Film festzuhalten. Er hatte Zweifel, ob die großspurigen Ankündigungen den Tatsachen entsprechen würden und er sich nicht doch langweilen würde. Er kannte jeden Horrorfilm und war durch nichts aus der Ruhe zu bringen. Sie betraten die Unterwelt und sahen zunächst kaum etwas in der Dunkelheit. Aber der Lärm war ohrenbetäubend, so-dass sie sich nur schreiend verständigen konnten. Urlaute von unsichtbaren

Monstern mischten sich mit verzweifelten Hilferufen anderer Teilnehmer, die irgendwo unterwegs waren. Jürgen Tuppke beschwichtigte seine Familie mit einer beruhigenden Geste, knipste seine Grubenlampe an und sah auf die Wegeskizze, die man ihnen gegeben hatte. „Ich glaube, wir müssen erstmal geradeaus und …“ Weiter kam er nicht, weil direkt vor ihnen aus dem Nichts eine Frau auftauchte, auf die Knie fiel, seine Beine umklammerte und darum bat, wieder herausgelassen zu werden, beim Leben ihrer Mutter. Bevor jemand von ihnen etwas sagen konnte, ging hinter ihnen die Tür auf und die nächsten Teilnehmer wurden in das Dunkel geschoben. Die Tuppkes konnten weder vor noch zurück, und die beiden Söhne wurden unruhig. Das fing nicht gut an. Karin Tuppke beugte sich zu der Frau und sagte ihr ins Ohr, dass sie nicht allein wäre und Gott sie auch hier im Blick hätte, sie würde nicht verloren gehen. Für eine überzeugte Atheistin war das ein beachtlicher Move, der seine Wirkung tat. Sie halfen der wieder normal atmenden Frau auf die Beine und schickten sie zurück nach vorn, wo sie im Nu nicht mehr zu sehen war. Dann gingen sie los.

Ansatzlos kamen die Attacken, erst von rechts, dann von links, von oben und unten, und schließlich von überall. Hände griffen nach ihren Beinen und hielten sie kurz fest, Finger bohrten sich in ihre Arme und Schultern, an ihren Köpfen spürten sie die Zugluft von vorbeifliegenden Ungeheuern mit großen Schwingen, die Aasgeruch hinter sich herzogen. Mutter Tuppke war schon jetzt bedient, die Jungen juchzten vor Schreck, und Vater Jürgen sah auf das Display seiner Kamera, auf dem nichts zu sehen war. Als er gerade die Helligkeit anders einstellen wollte, ging eine Ladung stinkender Jauche über ihm nieder, die ihm auf der Stelle seine lebenslang erarbeitete Gelassenheit raubte. „Was zum Teufel ...!“ Und noch ein Schwall. Dann war Ruhe, aber nur kurz. Ein schäbiges Lachen machte sich über den erbosten Vater lustig, der seine Familie zur Eile mahnte, denn es gab schließlich etwas zu gewinnen. Schnell zu gehen, war nicht möglich, denn der Boden unter ihren Füßen war schmierig und gab keinen Halt. Immer wieder glitschten sie aus und waren nach fünf Minuten alle mindestens einmal in den knöcheltiefen Schlamm gestürzt. Verletzt war niemand, aber sie sahen aus wie Soldaten, die den Winter bei Dauerregen in einem Schützengraben zugebracht hatten. Von dem ursprünglichen Gelb ihrer Regenkleidung war nichts mehr zu sehen, der Matsch wabbelte in ihren Gummistiefeln. Spätestens jetzt war auch Jürgen Tuppke klar, dass es hier mehr um das nackte Überleben als um einen harmlosen Ausflug ging. Seine Söhne registrierten seinen veränderten Blick sehr genau. „Kommt Leute, reißt euch zusammen!“, brüllte er und meinte damit mehr sich als die anderen. Der Krach um sie herum nahm von Minute zu Minute zu.

Sie kämpften sich voran und überholten andere Trupps, sahen Menschen, die nach Luft schnappend an Wänden lehnten und aus ihren Feldflaschen tranken. Ein Mann rief ihnen hinterher, sie seien ja wohl völlig wahnsinnig, da vorn warte das Verderben, er habe aufgegeben. Von links nahmen sie ein Licht war, eine sich öffnende Notausgangstür, durch die jemand nach draußen hastete und irgendetwas von Folter brüllte. Plötzlich war der Weg, auf dem sie sich befanden, zu Ende und sie standen vor einer Wand, aus der sich ihnen die Tentakeln eines Urviechs entgegenreckten. In Panik machten sie kehrt und rannten an der nächstbesten Gabelung nach links. Da Jürgen Tuppke schon nach diesen ersten zehn Minuten nicht mehr zu gebrauchen war, übernahm sein Sohn Tasso das Kommando und fragte, ob das der richtige Weg sei. Weil sein Vater ihn nur mit großen Augen anglotzte, entriss er ihm die Karte und entschied, dass sie in die andere Richtung müssten. Die anderen waren froh, dass er einen Plan hatte, und folgten ihm. Vorbei ging es an Eimern, die an der Wand hingen und aus denen es fürchterlich stank. Über einigen hingen Menschen, die ihr Innerstes nach außen spülten und dabei laut jammerten. Sie durchquerten einen knietiefen Abwasserkanal, in dem es von Wasserratten wimmelte. Die kamen neugierig sehr nah und gaben Karin Tuppke den Rest. „Iiiiiiiiiih! Den Peter zeige ich an! Was mutet der denn seinen Kunden zu?"

Aus Lautsprechern tönte es grollend: „Du Winzling, ich mache dich fertig!", als sie angewidert eine Ratte von ihrer Schulter schüttelte. Sie stieß ihren Mann an und polterte, er solle ihr gefälligst helfen und nicht nur nutzlos in die Gegend heulen. Tasso meinte, es müsse bald eine Hängeleiter kommen, auf der sie nach oben klettern müssten, einen anderen Weg gebe es nicht.

Und weil das so war, standen dort schon viele andere, die auch nach oben wollten, aber nicht konnten. Wie beim Anstieg auf den Himalaya konnte nur einer nach dem anderen den schweren Weg antreten. Auf halber Höhe hing ein Mann fest, der Höhenangst hatte und dessen Gliedmaßen streikten. Er zitterte, verdrehte die Augen und rief nach seinem Papa. Von oben wurde ein Rettungsseil heruntergelassen, von unten gab es Aufmunterungen und Flüche. „Du schaffst das, Yogi, wir glauben an dich!" „Mach hin, du Heulsuse, du blockierst alles!" Ein Schild an der Wand warnte, dass nicht mehr als zwei Personen zugleich auf der zehn Meter hohen Strickleiter sein dürften. Ein couragierter, etwas korpulenter Mann stieg zu dem Sitzenbleiber hinauf und drückte ihn mit den Schultern nach oben, bis der das baumelnde Seil zu fassen bekam. Was er ihm dann zurief, ging in dem monströsen Geheul unter. Der Mann jedenfalls ergriff erschrocken den Strick und ließ sich von seinen Teammitgliedern nach oben ziehen. Er war noch nicht ganz oben angekommen, als die Stufe unter dem Helfer zerbrach. Hektisch kletterte er die restlichen fünf Meter zum Ziel. Bis die Tuppkes endlich an die Reihe kamen, waren sie schon dreißig Minuten unterwegs. Erst Torben, Karin – und dann musste Jürgen auf die Toilette und suchte nach den Hinweisschildern.

„Das geht jetzt nicht, Papa!", rief Tasso hinter ihm, der die Not erkannte.

„Wir müssen jetzt erst da hoch! Egal wie!"

Jürgen Tuppke war klar, dass er sich vor seiner Familie bereits als Anführer disqualifiziert hatte, aber noch eine Blöße konnte er sich nicht leisten. Er begann zu klettern, eine Stufe nach der anderen, schwitzte und spürte, wie es ihm an den Beinen hinunterlief und sich in den Gummistiefeln sammelte. Auf Höhe der gebrochenen Strebe trat er prompt ins Leere und wäre fast nach unten gerauscht, konnte sich aber gerade noch an einem Längsseil festhalten. Als die Familie wieder komplett war, gab Tasso das Signal zum Weitergehen.

„Papa, musst du nicht mehr auf die Toilette?"

Keine Reaktion.

Die Kräfte ließen bald nach und sie mussten eine Pause einlegen, essen, trinken. Sie setzten sich auf einen Mauervorsprung, atmeten durch, so gut das in diesem Gestank ging, als die Steine plötzlich unter ihnen nachgaben und sie rücklings in einem Abwasserstrom landeten. Höhnisches Gelächter dröhnte ihnen von überall um die Ohren. Völlig durchnässt und angeekelt halfen sie einander auf die Beine und machten sich wieder auf den Weg. Alle Menschen, die sie sahen, waren genauso nass wie sie und mindestens ebenso am Ende. Sie passierten mehrere Notausgänge, wo abwechselnd Karin und Jürgen Tuppke ihren Familienausflug beenden wollten. Das aber ließen die beiden willensstärkeren Söhne nicht zu und zogen ihre Eltern unter Aufbietung all ihrer Überzeugungskraft weiter Richtung Ziel, das sie irgendwann erreichen wollten. Es warteten noch viele Zumutungen auf Familie Tuppke.

Draußen berichteten Rundfunk- und Fernsehreporter live über das Geschehen, und die Welt konnte mit dabei sein. Es hörte sich an wie Sportreportagen. Ernst Roberti vom Allgemeinen Deutschen Rundfunk war aus dem Häuschen.

„Meine Damen und Herren, willkommen zu unserer Liveübertragung der Jubiläumsfeier der Peter GmbH & Co. KG. So etwas hat noch niemand gesehen. In diesem Moment betreten die ersten Teilnehmer der lang erwarteten Feier „Nichts für Weicheier" die grauenhafte Unterwelt des E-S. Blass und verängstigt öffnen sie zögerlich die Tür und verschwinden in der Tiefe. Ob wir sie jemals wiedersehen? Mein Gott, sie schreien erbärmlich, hören Sie es? Und da! Aus den Notausgängen stürzen völlig durchnässte und verunstaltete Menschen ans Licht und schnappen nach Luft. Der Schock ist ihnen in die Glieder gefahren. Aber was ist das? Sie gehen alle wieder zurück in das dunkle Labyrinth. Meine Damen und Herren, das ist das Härteste, was Menschen sich zumuten können und worüber ich je berichten durfte. Das sollten Sie sehen. Unfassbar!"

Diesen und andere Beiträge hörten tausende Menschen an ihren Radiogeräten. In verschiedenen Biergärten hatten Gastronomen zum Public Viewing eingeladen. Vor riesigen Leinwänden verfolgten die Menschen fasziniert das Geschehen auf dem Gelände der Peter GmbH & Co. KG. An Verkaufsständen wurden grässliche Clownsmasken aus Pappe und T-Shirts in Matschoptik angeboten. Beides fand reißenden Absatz. Jeder kannte irgendjemanden der Teilnehmer auf der Leinwand. Sie sahen nicht nur die Menschen unter der Erde verschwinden und am Schluss völlig erledigt wieder herauskommen und gleich noch einmal hineinwollen. Ordnungskräfte mussten sie mit vereinten Kräften daran hindern. Dieser Nervenkitzel machte offenbar süchtig. Es gab Tumulte. Die Übertragungen endeten, als die letzten Teams ihre Gewalttour hinter sich hatten. Es war *das* Medienereignis und stellte jede Fußballweltmeisterschaft in den Schatten. Es gab weder Gewinner noch Verlierer. Oder doch?

Familie Fledder kam in Rekordzeit durch, was kein Wunder war. Die drei Söhne hatten das Legomodell des Tunnelsystems im Kopf, kannten jeden Winkel und den schnellsten Weg.

Die anderen Teilnehmer kamen nach und nach wieder ans Tageslicht, die ersten nach etwas mehr als zweieinhalb Stunden, die letzten um neunzehn Uhr. Wie sie aussahen! Kaum wiederzuerkennen und am Ende ihrer Kräfte, dreckig, nass, besudelt, aber nach kurzer Atempause offenbar glücklich und gelöst. Da sie alle gleich übel rochen, störten sie der Gestank der anderen nicht, Außenstehende aber näherten sich ihnen nur bis auf zwanzig Meter. Überall standen Schilder und wiesen den Weg zu den Campingduschen.

Als am Ende durchgezählt wurde, fehlten vier Teams, die nicht wieder aus der Welt der Clowns zurückgekommen waren. Heinz Fellbert von der Hundeschule Wuff & Waldi schickte gleich fünf der wartenden Bernhardiner los, um die Vermissten suchen zu lassen. Die Hunde hatten zuerst Probleme, weil der ungewohnte Duft ihre Nasen überforderte, aber sie kannten ihren Auftrag und hielten durch. Schließlich fanden sie die Verschollenen und führten sie gemächlich zurück zum Eingang. Dort angekommen, sahen die Hunde genauso verdreckt aus wie die Menschen und mussten mit einem Schlauch abgespritzt werden. Die Rumfässer aller Bernhardiner waren leer, die Geretteten bester Laune. Unter einer Dreckschicht konnte man vage Bert Grabowski erkennen, der mit drei Freunden ein Team bildete. Eine der anderen Gruppen war die Familie von Karin Tuppke, deren Ehemann die Familienführung unterwegs an seinen Sohn Tasso verloren hatte. „Berghunde retten Leben", „Firmenfeier am Rand der Katastrophe" und „Nahtoderfahrung bei Quittenpeter" titelten drei Zeitungen am Tag danach.

In der allgemeinen Freude darüber, dass offenbar niemand fehlte, ging fast unter, dass nur vier Bernhardiner zurückgekehrt waren. Heinz Fellbert sah es sofort und musste wohl oder übel selbst nach unten, um Nummer fünf zu finden. Mit allem Nötigen ausgerüstet, verschwand er unbemerkt durch eine der Türen. Glücklicherweise waren seit der Rückkehr der letzten Personen die Gruseleffekte und Geräusche ausgeschaltet, er konnte also mit Augen und Ohren suchen. Er ging systematisch die verschiedenen Gänge ab und leuchtete mit seiner Profistablampe in alle Winkel, sah aber keinen Hund. Er war ungefähr zehn Minuten durch Morast und Abwasser gestiefelt, konnte kaum noch etwas riechen, als er leise ein wiederkehrendes tiefes Geräusch hörte. Er ging in die Richtung, aus der es kam, und dachte dabei an einen heiseren Löwen. Und dann fand er Cujo laut bellend vor der Strickleiter, über die alle Teilnehmer geklettert waren. Da auch die Beleuchtung ausgeschaltet worden war, sah Fellbert zunächst nicht den Grund für die Aufregung des Tieres. Als er dann neben ihm stand und ihm den Kopf streichelte, erblickte er auf halber Höhe der Leiter eine Gestalt, die zappelte wie eine Fliege im Spinnennetz.

„Mein Gott, was machen Sie denn da oben? Die Tour ist zu Ende!", rief Heinz Fellbert.

Als Antwort kamen unverständliche Laute, wie durch ein Ofenrohr und ohne Sinn. Er richtete den Strahl seiner Lampe auf den Menschen und sah erschrocken, dass er gefesselt und geknebelt war. In ihrer Ausbildung lernen Rettungshunde, so lange bei den Verunglückten zu bleiben, bis Rettung kommt. Die war nun da.

Eilig kletterte Heinz Fellbert zu dem Mann, zerschnitt mit einem Jagdmesser zuerst die Fesseln an den Händen, damit er sich festhalten konnte, während er seine Füße befreite. Dann half er ihm beim Herunterklettern. Unten angekommen riss der Mann sich den Knebel aus dem Mund und krächzte, die würde er anzeigen wegen Freiheitsberaubung. Wen er damit meine, wollte Heinz Fellbert wissen. Das wusste der andere aber nicht, denn in der Dunkelheit hatte er niemanden erkennen können. Sie machten sich auf den Weg zurück zum Eingang, wo die anderen vier Bernhardiner ungeduldig auf ihr fehlendes Rudelmitglied warteten. Und Hans Karl Peter, dem das Verschwinden des Hundeführers nicht entgangen war. Die Tür öffnete sich und Cujo wurde überschwänglich von seinen Artgenossen begrüßt. Auf den Entfesselten wartete niemand.

„Herr Friemel, was ist denn mit Ihnen passiert?"

Ein Rettungssanitäter kam herangestürzt und zerrte den angeschlagenen Geschäftsführer in einen Rettungswagen, der mit Blaulicht das Gelände verließ.

Die Abenteurer des Tages waren trotz (oder wegen) aller Erschöpfung euphorisiert und aufgedreht. Zerstrittene Familien hatten eine unerhört schwierige Aufgabe gemeinsam gelöst und wieder zusammengefunden. Kinder bewunderten den Mut ihrer Eltern, und umgekehrt. Menschen umarmten sich. Alle hatten es geschafft. Es war eine Schicksalsgemeinschaft von hunderten Menschen entstanden. Die Feier konnte kommen.

Der Geräuschpegel war enorm. Tausendfünfhundert Menschen redeten, schrien vor Begeisterung und erzählten sich von ihren Erlebnissen am Abgrund ihrer Existenz. Von Menschen, die aus dem stinkenden Strom gezogen werden mussten oder es nicht rechtzeitig zur Toilette schafften, verlorenen Gummistiefeln und Lampen, an Hosenbeinen hochkletternden Ratten, Kreislaufzusammenbrüchen, Panikattacken. Geschichten für ein ganzes Leben. All das war ein reich gedeckter Tisch mit gefundenem Fressen für die Medienvertreter, die sich in die Menge stürzten, um O-Töne einzufangen und Interviews zu führen. Nicht alle hatten dabei ein gutes Timing. Britta Laskow wurde spontan von einem ungeduschten Teilnehmer geherzt, konnte ihren Ekel nicht kontrollieren und fiel kurzfristig in Ohnmacht. Ausgerechnet diese Szene fing eine Fernsehkamera ein. In den Biergärten lachten sich die Menschen scheckig. Ein völlig durchgedrehter Teilnehmer entriss Rundfunkreporter Jan Humpe von Radio Passiv das Mikrofon und brüllte außer sich vor Begeisterung: „Leute, ihr habt die größte Sauerei eures Lebens verpasst. Wir sind vor Vergnügen fast erstickt!" Dabei sabberte er vor Aufregung und wischte sich den Mund mit dem Schaumstoffkopf des Mikrofons ab. Die Sendung war für Humpe gelaufen.

Saubere Sache

Nachdem die Massen geduscht und sich umgezogen hatten, sahen sie wieder aus wie Menschen. Die verdreckte und übelriechende Kleidung steckten sie in namentlich gekennzeichnete Kleidersäcke und warfen sie in große Container. Die Großwäscherei Piek & Fein würde die Sachen abholen, reinigen und nach einer Woche zurückbringen. Diesen Service ließ sich Hans Karl Peter etwas kosten, zumal der Preis angesichts der zu erwartenden Zumutung für das Wäschereipersonal doppelt so hoch war wie sonst. Nadine Grosfuß saß wieder in ihrem Schiedsrichterstuhl, der nun dort stand, wo Büfett, Bühne und Tanzfläche aufgebaut waren. Durch das Megafon gab sie das Büfett frei und hatte den Satz noch nicht beendet, als die ausgehungerte Meute auch schon zu den Tischen mit den angebotenen Speisen stürmte.

„Halt! Ich muss doch sehr bitten!"

Wieder war es Hans Karl Peter, der sprach.

„Es ist genug für alle da. Also benehmen Sie sich bitte wie zivilisierte Menschen, auch wenn Sie gerade das Gegenteil erlebt haben. Danke."

Nach dieser für alle peinlichen Ansage bildeten sich ordentliche Schlangen, wie an englischen Bushaltestellen. Die Menge beruhigte sich und alle genossen das mittelalterliche Büfett, das auch wieder nichts für Feiglinge war. Also genau richtig, denn hier war niemand einer. Jetzt nicht mehr.

Die riesige Konzertbühne war mit schwarzen Vorhängen verhüllt, sodass man nicht sehen konnte, was dahinter passierte. Roadies stimmten die Instrumente, verlegten die letzten Kabel, prüften das Licht und die Anlage für die legendäre Pyroshow. Im Hintergrund lief harte Musik verschiedener bekannter Bands. Die waren alle nicht halb so hart wie das, was die Leute gleich hören würden. „Volle Härte" nannten Kantstein ihre Musik. Die Spannung stieg mit jeder Minute. Viele der Gäste hatten diese Band bislang nicht live gesehen, weil sie die aggressive Musik und den Stil der Band nicht mochten und die Texte zu krass fanden. Oder es war ihnen schlicht zu teuer. Nun hatte ausgerechnet der konservative Hans Karl Peter die Extremmusiker engagiert, das wollten sie sich nicht entgehen lassen. Der Fernsehsender Kante 5 hatte sich für viel Geld die Exklusivrechte für die Liveübertragung des Konzertes gesichert. Die eine Hälfte davon ging an die Band, die andere auf das Konto von Dog City. Mittlerweile hatten sich alle erholt und entspannt, Bier und Wein hatten daran ihren Anteil. Kinder und Jugendliche konnten sich verschiedene nicht-alkoholische Cocktails aussuchen. Die Hintergrundmusik wurde lauter, die Menge unruhig, drängte nach vorn zur Bühne, die durch starke Sicherheitsgitter abgeschirmt war. Plötzlich Stille, die Musik erstarb, die Leute schwiegen erwartungsvoll. Eine Minute, zwei, drei. Dann ein ohrenbetäubender Knall, das Publikum schrie unisono erschrocken und begeistert laut auf. Der Vorhang wurde zu beiden Seiten aufgezogen, im selben Moment eröffnete die Band das musikalische Feuerwerk mit einer Lautstärke, die alles übertraf, was die Menschen gerade in den Tiefen des E-S erlebt hatten. Viele steckten sich sofort die Gehörschutzstöpsel in die Ohren, die sie am Eingang bekommen hatten. Andere genossen den ungefilterten Lärm mit offenen Mündern, weil er ja irgendwo wieder herausmusste. Gleich der erste Song *Ich zieh' dir den Stecker* war einer der größten Hits der Band. Jeder Schlag des kahlköpfigen Drummers klang wie Kanonendonner, an den Vorhängen lief Filmblut herunter, und der Gitarrist hatte auf beiden Schultern eine Ratte sitzen. Einer biss er vor den Augen der schockierten Zuschauer den Kopf ab und leckte sich mit der Zunge die Lippen, das war die aus Marzipan. In der Bühnenmitte erhob sich eine Art Altar, auf dem ein hässliches Monster mit vier Armen hockte, das riesige Flammen spie und mit den Klauen lodernde Fackeln aus Teer schwenkte. Brennende Tropfen fielen auf den Boden und entfachten kleine Brände überall. Nach ungefähr fünf Minuten Instrumentalmusik brach am rechten Bühnenrand ein Feuer aus, durch das der entsetzlich geschminkte Sänger Phil Windemann auf einer Rutsche glitt und gleich mit seinem gutturalen Bass losröhrte: „Mach dich nass, dies ist kein Spaß!" Diese Zeile wurde er von einem mehrere hundert Stimmen starken Chor dermaßen laut begleitet, dass er sich selbst kaum noch hören konnte. So viel Sangesfreude hatte Kantstein noch nie erlebt. Die Musiker sahen sich irritiert an. Hatten die da unten geübt? Zwei Wochen vor der Feier hatte Matthias Albrecht in Zusammenarbeit mit der Musikschule Oberklemmbach zwei Workshops „Kant & Stein" angeboten. Die Teilnehmer konnten unter Anleitung des erfahrenen Rocksängers Krampino die bekanntesten Lieder von Kantstein gemeinsam singen üben, sogar mehrstimmig. Beide Termine waren mit jeweils dreißig Teilnehmern innerhalb von zehn Minuten ausgebucht. Sie konnten den großen Andrang nur durch fünf zusätzliche Onlinekurse bewältigen, an denen noch einmal fünfhundertachtzig Menschen teilnahmen. Danach hörte man zwei Wochen lang überall in der Stadt Menschen laut Lieder mit schwer erträglichen Texten singen, von denen die wenigsten jugendfrei waren. Diese Welle war unaufhaltsam und erreichte auch die Kindergärten. Die Dreijährigen in der Rotkehlchengruppe schrien ihre Erzieherin an: „Ich drehe dir die Ohren um, da guckste dumm, da guckste dumm!" Auf dem Schulhof einer Grundschule sangen achtzig Knirpse: „Fleischgeruch liegt in der Luft, ein Mensch ist tot, wer war der Schuft?" In allen Musikclubs und Kneipen wurde nur noch Kantstein gespielt. Die Lokalzeitung brachte einen Artikel mit der Überschrift „Eine Stadt singt sich in den Abgrund". So konnte es nicht wundern, dass die Zuhörer die Band übertönten. Aber es war nicht die einzige Überraschung, die Phil Windemann und seine Mitmusiker erlebten. Sie waren es gewohnt, dass zu ihrer Musik ekstatisch und epileptisch gezuckt wurde, Häupter und Haare wild geschüttelt wurden, die Menschen sich gegenseitig umrempelten, mit Bier übergossen und sich auf dem Boden wälzten. Ohne mindestens zwanzig Verletzte war ein Kanstein-Konzert kein gutes. Aber was die Band hier erlebte, als sie ihren Hit *Mein Herz rennt* spielte, von greller Pyrotechnik umrahmt, verschlug dem Sänger kurzfristig die Stimme. Vor seinen Augen tanzten hunderte Menschen zu zweit. Paartanz. War das Swing? Und viele von ihnen in einer großen Formation, von oben betrachtet eine beeindruckende Choreografie. Der Widerspruch zu den brachialen Tönen der ausgewiesenen Hartmusiker tat ihnen fast weh. Konnte man denn ihre Musik so missverstehen? Andererseits, wenn Musikkenner Vivaldi als ersten Punk seiner Zeit verstanden, musste doch auch Swing zu Kantstein legitim sein. Die Tanzenden dachten darüber in keiner Weise nach und zogen ihr Ding zu jedem Lied kompromisslos durch. Irgendwann wagte Phil Windemann es, die Menge mit kleinen Gesten zu dirigieren. Auf sein Signal drehten sie sich links oder rechts herum, gingen in die Knie, sprangen in die Luft, klatschen mit den Händen und warfen den Kopf nach hinten. Er selbst tat das auch auf der Bühne, schon bald folgten der Gitarrist und der Bassist. Kantstein tanzte Swing. Nur gut, dass die meisten Medien ausgeschlossen waren. Der Imageschaden für die Kultband wäre immens gewesen. Auf Pressefotos hätte man die Musiker lachen gesehen, was sie auf der Bühne prinzipiell nie taten. Privat auch nicht. Und dann geschah das Unglaubliche. Lydia Bremer, die in vielen Kursen mit den Leuten den Kant-Swing geübt hatte, kletterte auf die Bühne und schnappte sich den perplexen Phil Windemann. Unter dem euphorischen Gejohle der Massen legte sie mit dem exzentrisch gekleideten Sänger einen Powerswing hin, der zum Niederknien kreativ und dramatisch war. Sehr passend zur Musik. Da er nicht wusste, was und wie ihm geschah, führt sie ihn, ließ ihn Pirouetten drehen, durch ihre Beine rutschen und über ihre Schultern gleiten. Alle Musiker vergaßen ihre einstudierten Moves und Finsterblicke – sie hatten den Spaß ihres Lebens. Natürlich wurden Fotos mit Smartphones gemacht, und natürlich gelangte das in die Medien.

Der Hunger trieb Nadine Grosfuß von ihrem Hochsitz herunter und sie ging vorbei an der tanzenden Menge auf das Büfett zu. Der Rasen dort war in eine Schlammwüste verwandelt worden, und sie sank mit ihren Stöckelschuhen immer wieder ein, konnte kaum die Balance halten. Unter

Schwierigkeiten schaffte sie es aber, sich einen Teller mit rustikalen Speisen zu beladen, und schaute sich nach einem freien Platz an einem der langen Tische um. Weit hinten erblickte sie Lukas Neubert, der sich gerade über eine Lammkeule hermachte. Sie winkte ihm zu und wollte losgehen, als sie von hinten angerempelt wurde und kreischend vornüberfiel. Da sie mit der einen Hand den Teller und mit der anderen ein Glas Bier hielt, landete sie ohne Federung auf ihrem Gesicht, das im butterweichen Matsch versankt. Nach einigen Sekunden Schockstarre stemmte sie sich auf Hände und Knie, erhob sich dann langsam, wobei sie die Arme weit von sich streckte und den an ihr herabtropfenden Modder betrachtete. Ihre Haare klebten überall in ihrem braunen Gesicht.

„Och, das tut mir jetzt wirklich leid, ich habe Sie gar nicht gesehen", hörte sie eine Stimme hinter sich süffisant säuseln.

Carolin Guth, die Ehefrau des Vertriebsleiters, hatte seit der letzten Betriebsfeier noch eine Rechnung mit der arroganten Grosfuß offen, die sich erdreistet hatte, ihr sachdienliche Hinweise zum korrekten Bügeln der Hemden ihres Mannes ins Ohr zu flüstern. Leider war Carolin Guth ganz schlecht im Vergessen. Ein kleiner Schubser unter Feindinnen schien ihr heute durchaus angemessen, aber dass die Frau gleich so theatralisch zu Boden gehen musste, konnte sie ja nicht ahnen. Nadine Grosfuß war zu gut erzogen, um nun zu fluchen oder ihre Kontrahentin zu beschimpfen. Mit spitzen Schreien und weit aufgerissenen Augen ging sie auf Carolin Guth los, riss sie an den Haaren von den Beinen und kniete sich auf sie. Das war offenbar genau das Signal, auf das viele der ausgelassen Feiernden gewartet hatten. Die beiden Streithühner waren noch nicht auf dem Boden des Kampfrings angekommen, da warfen sich schon die ersten Gäste begeistert dazwischen und mischten mit, ohne zu wissen, worum es ging und wer hier gegen wen antrat. Das war auch allen anderen egal, die sich ins immer größer werdende Getümmel stürzten, das in Kürze biblische Ausmaße annahm. Keiner für irgendwen und jeder gegen alle. Auf der Bühne rockte die Band und genoss die ekstatische Rauferei hinten am Büfett, dazwischen wurde getanzt. Ein Triptychon, das es verdient hätte, gemalt zu werden. Nach der dritten Zugabe endete der Auftritt der Band, Musiker und Publikum beruhigten sich. Kantstein hatte in nur zwei Stunden einen totalen Imagewandel absolviert und war vom Publikum neu erfunden worden. Sie ahnten noch nicht, dass sie sich zu einer der weltweit bedeutendsten Swingbands entwickeln würden.

Björn Paulsen betrat die Bühne, begrüßte die Gäste, dankte der Band und kündigte ein weiteres Highlight an. Hinter ihm erschien auf der Leinwand ein Bild des QUITT! mit dem Slogan „Und dann ist Ruhe!". Er bat Matthias Albrecht auf die Bühne und sagte eine Sensation an. Kantstein würde nun das neue Lied zum QUITT! der Peter GmbH und Co. KG spielen, gesungen von Matt Al und Phil Windemann im Duett. Am Mikrofon stand der vermeintliche Multiallergiker Matthias Albrecht vor seinen Kollegen, die nicht glauben konnten, was sie da sahen. Phil Windemann fühlte sich sichtlich unwohl, denn das folgende Lied passte so gar nicht zum Repertoire der Band. Aber Vertrag war Vertrag. Die Band rockte los, die Gitarre zerfetzte die Luft, harte Trommelschläge im Sechsachteltakt drangen in die Magengruben, und der Bass löste tiefe Vibrationen aus, die den Boden erbeben ließen. Das war drei Nummern kräftiger als alles, was Kantstein je gebracht hatte. Die Gäste vergaßen den Swing, bewegten sich völlig unkontrolliert und hektisch. Der Moshpit bebte. Auf einen

Schlag jedoch blieben alle wie vom Donner gerührt stehen. Matt Al sang die ersten Zeilen seines Liedes *Sei mein Ende!*, und seine Stimme war nicht von dieser Welt. Kräftig, dunkel, mit ergreifendem Vibrato. Respektvoll trat Phil Windemann instinktiv von seinem Mikrofon zurück, die Bühne gehört jetzt nicht ihm. Die Menschen waren fasziniert von dem, was sie hörten: „Du gehst mir an die Kehle, ich verkauf' dir meine Seele, ich spür' es bis in meine Lende, du bist mein Anfang und mein Ende. QUITT, oh QUITT, ich bin entflammt, sei du mein einz'ger Quittenbrand!"

Das Lied schwappte sofort auf das Publikum über. Alle hielten Zettel mit dem Text in den Händen und sangen lauthals mit. Was für ein Lied! Die Band spielte entschlossen bis zum letzten Ton und war Geburtshelfer für einen Hit. Dass es dabei um einen Werbesong ging, störte nicht, er war einfach zu gut. Und der Sänger auch. So gut, dass sich Phil Windemann damit begnügte, die zweite Stimme zu singen. Nach dem letzten Akkord des Liedes tobte die Menge, feierte ihren Überraschungshelden Matt Al, Kantstein, die Swingtruppe und den QUITT!. Auch alle Kantsteiner applaudierten. Auf dem Höhepunkt der Ovationen betraten Hans Karl und Jeremias Peter die Bühne, der Vater im Anzug, sein Sohn in Jeans und T-Shirt. Beide hatten kleine Pakete im Arm, die sie auf der Bühne abstellten. Über die frischen Tattoos auf Jeremias Peters Armen wunderte sich zu diesem Zeitpunkt niemand mehr. Dann ging der Senior zu einem der Mikrofone.

„Liebe Gäste, dass wir heute das fünfzigjährige Bestehen dieses Unternehmens zusammen feiern dürfen, erfüllt mich mit Stolz und Freude. Ich danke der ganzen Belegschaft, unseren treuen Kunden und Geschäftspartnern. Sie alle sind der Schlüssel dazu."

Tosender Applaus. Dann rief er das Team Fünfzig auf die Bühne und bedankte sich für diese grandiose Organisation. Nicht endender Beifall.

„Und nun, meine Damen und Herren, möchten Sie sicher wissen, wer sich das alles ausgedacht hat, was Sie heute erlebt haben. Ich bin sicher, es hat sie umgehauen."

Schiere Begeisterung.

„Ich würde es Ihnen gern sagen, aber ich weiß es selbst noch nicht."

Ungläubiges Staunen machte sich breit. Der Chef hatte die Kontrolle über dieses historische Ereignis aus der Hand gegeben? Hans Karl Peter sah die Mitglieder der Planungsgruppe fragend an. Die traten einen Schritt zurück, bis auf Lukas Neubert und Matthias Albrecht, die von den anderen zum vorderen Bühnenrand geschoben wurden.

„Sie waren das?", fragte Hans Karl Peter und freute sich über sein eigenes Staunen.

„Also dann, darf ich Ihnen unsere beiden Auszubildenden Lukas Neubert und Matthias Albrecht vorstellen?"

Weiter kam er nicht, die Menschen schrien, pfiffen, klatschten. Zwei Azubis hatten dieses irre Gruselspektakel auf dem Gewissen, eine ganze Region über Wochen in Aufruhr versetzt und standen nun bescheiden und schüchtern auf der Bühne. Dann wandte er sich zu den Musikern und bedankte sich für dieses augenöffnende Privatkonzert.

„Meine Damen und Herren, wir können stolz darauf sein, so kreative junge Menschen bei uns zu haben. Sie sind die Zukunft. Und unsere Zukunft heißt QUITT!."

Vater und Sohn verteilten die Pakete an alle, die auf der Bühne standen. Eine Flasche des neuen Quittenbrandes und ein Schnapsglas für jeden. Phil Windemann nahm gleich einen

Schluck aus der Flasche und war hellauf begeistert. Dann tranken alle und prosteten dem Publikum zu. Das regte sich nicht und blickte enttäuscht wie ein Rudel gescholtener Hunde. Die gute Stimmung war schlagartig vorbei. Die beiden Peters grinsten breit, damit hatten sie gerechnet. Ein wenig einkalkulierte Enttäuschung, herrlich.

„Drehen Sie sich mal um", sprach nun Jeremias Peter.

Von allen unbemerkt waren zum Ende des Konzertes neben dem Büfett Getränkefässer aufgestellt worden. Auf denen stand „QUITT! für alle". Für die Kinder gab es Brausepeter.

„Dann probieren Sie doch mal!"

Das Stimmungstief war augenblicklich Geschichte. Und dann begann die Party erst richtig.

Wie es sich für einen Firmenchef gehört, verließen Hans Karl und Gisela Peter die Party früh, um den feiernden Menschen das Feld zu überlassen

Nachbrenner/Epilog

Die Stadt war unter Dauer-Adrenalin. Die einen waren froh, überlebt zu haben, andere hatten bewiesen, wie cool sie waren. Jeder war stolz auf sich oder irgendjemanden. Die Medien übertrafen sich gegenseitig in der Dramatik ihrer Berichte und veröffentlichten Interviews mit Teilnehmern und Organisatoren. Elias Grubner und Team Tief stiegen zu Stars der Branche auf und konnten sich vor Aufträgen nicht retten. Der Sondereinsatz der fünf Bernhardiner war Anlass für eine mehrteilige Fernsehserie, in der die einzelnen

Hunde porträtiert wurden. Das wiederum führte zu einem wahren Boom, den diese Rasse noch nie erlebt hatte. Almut und Herbert Schmidt behielten ihren Leihhund Poldi, der immer noch stank wie eine Herde Nashörner nach einem Bad in Wasserbüffelmist. Ein vom Bandmanagement befürchteter Imageschaden für Kantstein trat nicht ein, im Gegenteil. Die Verwandlung der Band wurde von den Fans als grenzüberschreitende Kreativität gefeiert, und die neue Nahbarkeit der Musiker löste viel Sympathie aus. Auf den Plakaten für die neue Tournee wurden als Special Guests eine Swingformation und der Sänger Matt Al angekündigt.

Im Unternehmen herrschte am folgenden Montag ausgelassene Stimmung. Der gemeinsame Blick in den Abgrund und die rauschende Feier wirkten nach. Das Team Fünfzig wurde auf allen Gängen bejubelt, Matthias Albrecht kam leichter bekleidet als sonst zur Arbeit und musste nicht mehr unter seiner dunklen Verhüllung schwitzen. Er beantwortete viele Fragen zu seiner Musik und gab Autogramme. Jonas Mischke und sein Team bekamen überschwängliche Glückwünsche zu diesem tollen Drink, den sie gebraut hatten. Ein gelöster Hans Karl Peter griff zum Telefon und rief Hauptkommissar Horst Maschinski an, um ihm mitzuteilen, dass die Suche nach der undichten Stelle im Unternehmen beendet sei. Die Person, die der Presse gesteckt hatte, dass ein neuer Quittenbrand geplant sei, habe sich gestellt. Als Polizist, der er war, wollte Maschinski wissen, um wen es sich handelte. „Das willst du nicht wissen, glaub mir“, antwortete Hans Karl Peter. Per E-Mail wurde die Belegschaft über das Ende der Hatz informiert, und die ganze Organisation atmete kollektiv vor Erleichterung aus. Es gab auch noch den ganz normalen Arbeitsalltag in den Büros und

Fabrikhallen der Peter GmbH & Co. KG. Der war allerdings anders normal als dort, wo normal eben normal war. Morgens, abends und in den Pausen besuchten viele Mitarbeiter Dog City. Bert Grabowski sah es mit Vergnügen und Freude. Der Hort entwickelte sich binnen kürzester Zeit zu einer Huta, einer Hundetagesstätte, in der die Mitarbeiter ihre Hunde während der Arbeitszeit betreuen ließen. Es waren mehr, als man hätte ahnen können.

Das Abenteuergelände unter dem Firmenparkplatz wurde unter der Regie von Lukas Neubert und Helen Spieker nun an andere Unternehmen und Eventveranstalter vermietet, die sich darum rissen, die Menschen unter die Erde zu schicken. Der Gewinn ging zu hundert Prozent an wohltätige Organisationen in Oberklemmbach. Der neue Quittenbrand war kaum in den Regalen und Gaststätten angekommen, als das Gedrängel um die ersten Flaschen auch schon begann. Viele Geschäfte mussten Kontingente pro Person festlegen, weil einige Kunden sich ganze Transporter vollluden und für andere nichts übrigließen. Binnen kürzester Zeit gab es akute QUITT!-Verknappung und blühenden Schwarzmarkthandel zu überhöhten Preisen.

Was niemand mehr erwartete, geschah dann doch und war nicht mehr als eine Randnotiz. Für die Zukunft der Peter GmbH & Co. KG hatte die Familie eine Lösung gefunden, mit der niemand hatte rechnen können, sie selbst am allerwenigsten. Andererseits wären die Menschen enttäuscht gewesen, wenn nicht auch diese Entscheidung eine faustdicke Überraschung gewesen wäre, man war ja verwöhnt. Die Nachricht über das Ausscheiden von Geschäftsführer Johannes

Friemel wurde standardmäßig im Unternehmen per E-Mail an alle Mitarbeiter geschickt. Als er einen Tag später, nach dem kurzen Krankenhausaufenthalt, seinen Firmenwagen abgab und dann mit einem Taxi das Gelände verließ, wurde hinter ihm aus einem Fenster ein Stück Stoff ausgerollt. Darauf stand in Großbuchstaben „TÜR ZU!“. Und dann war Ruhe.

ENDE

Bei OMNINO. erschienen:

„Lachen bis die Zähne rausfallen – Die unglaublichen Abenteuer der kiffenden Omas!" Die Alten von heute: Ein vierblättriges Freundinnenkleeblatt gehobenen Alters und Ehemann Peter klauen wie die Raben, verticken Rauschgift und kiffen genussvoll. Die Rentnerinnen sind zwar finanziell bestens ausgestattet und engagieren sich ehrenamtlich. Dennoch erpressen sie Männer, die sie zuvor in einem Dominastudio traktiert haben. Als Christa, Annelies, Gudrun und Sigrid es mit ihren kriminellen Machenschaften übertreiben, kommt es unter dramatisch-komischen Bedingungen zur Verhaftung. Die wilden Zeiten sind damit jedoch nicht vorbei... Der Strafprozess ist ein medialer Paukenschlag und die Politik ist gefordert auf die demografische Entwicklung zu reagieren, denn – tatsächlich – immer mehr Senioren werden straffällig. Doch die Omas mischen selbst die Pflegestation ihrer Strafvollzugsanstalt auf. Das Beste dabei: Weil der Strafvollzug kostenfrei ist, die Unterbringung auf der Pflegestation eines Altenheimes aber mindestens 60.000 Euro im Jahr kostet, bleibt ihr Vermögen zur Freude ihrer Erben unangetastet. Mit Witz greift Edith Luttner ein Thema auf, das uns alle angeht: Wir werden alt! Mit barock-handfestem wie skrupellosem Humor schafft sie es, eine Welt von Alten zu zeichnen, die auf fröhliche Weise außer Rand und Band geraten. Wir alle seien gewarnt: In Omas Garten blüht nicht nur der Mohn ...

ISBN 978-3-958-94-269-1

Anne Mey, 64 Jahre, 172 cm, nimmt Sie in ihren „Bekenntnissen“ mit auf ihre unerschrockene Reise durch die Dating-Welt. Ein Jahr lang hat sie die vielen munteren Begegnungen mit (männlichen) Menschen in ihrem Tagebuch notiert. Sie nimmt sich das Recht raus, als gestandene ältere Dame Liebe zu suchen, Sex zu haben, Männer zur Unterhaltung zu finden. Nichts von dem ist verboten. Also macht sie sich auf, das Leben noch einmal in vollen Zügen zu genießen. Die abenteuerlustige Seniorin, die auszog das Fürchten zu lernen - wie im Märchen der Gebrüder Grimm – hört den Lebensgeschichten ihrer Dating-Partner zu und beobachtet gleichzeitig ihre eigenen Wünsche und Ängste. Und sie analysiert die Funktionsweise der virtuellen Kontaktwelt. Sehr genau – und hilfreich – demaskiert sie Nachrichten von „Lovescammern“, lernt sie die Profile ihrer Männerkontakte richtig zu lesen. Es ist aber auch die mutige Erzählung über eine Dating-Sucht und das Ausschleichen aus dieser Droge. Versehen sind ihre Bekenntnisse mit kurzen Zitaten aus dem literarischen Liebeswerben und mit philosophischen Gedanken früherer Jahrhunderte - so wird jederzeit das Niveau gehalten. Ein äußerst unterhaltsames Buch für alle, die gedatet haben oder noch wollen, aber es bisher nicht wagten, weil sie dachten, sie seien zu „alt“, aber genauso für alle, die wissen, warum sie es nicht wollen.

ISBN 978-3-958-94-276-9